杨海萍 主编

袁崙名师讲坛演讲录

（第一辑）

商務印書館
The Commercial Press
二〇一三年·北京

图书在版编目(CIP)数据

昆仑名师讲坛演讲录.第1辑/杨海萍主编.—北京:商务印书馆,2013
ISBN 978-7-100-09750-5

I.①昆… II.①杨… III.①演讲—中国—当代—选集 IV.①I267

中国版本图书馆 CIP 数据核字(2013)第 006296 号

所有权利保留。
未经许可,不得以任何方式使用。

昆仑名师讲坛演讲录

(第一辑)

杨海萍 主编

商 务 印 书 馆 出 版
(北京王府井大街36号 邮政编码 100710)
商 务 印 书 馆 发 行
北京瑞古冠中印刷厂印刷
ISBN 978-7-100-09750-5

2013年3月第1版　　　开本 787×960　1/16
2013年3月北京第1次印刷　印张 19½
定价:39.00元

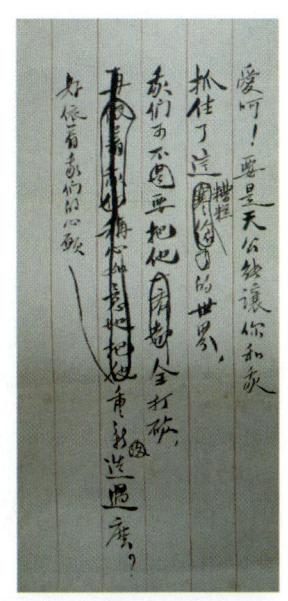

彩图1　胡适译古波斯诗人莪默《鲁拜集》诗一首（摄于"庆祝北京大学建校114周年北大著名学者手稿展"，文见《跨越东西方的诗歌之旅》）

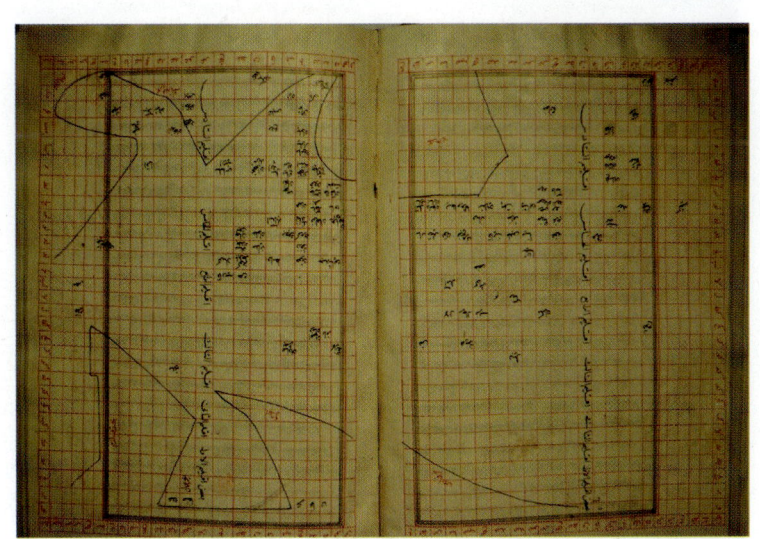

彩图2　哈姆杜拉·穆斯图菲《心之喜悦》中的地图
（文见《波斯文献中关于喀什噶尔在丝绸之路上的地位的记载》）

彩图 3 青花昭君出塞图罐

(以下图版文见《苍狼白鹿元青花》)

彩图 4 青花凤凰花卉草虫纹
八棱葫芦瓶

彩图 5 青花龙凤纹四系扁瓶

彩图 6　青花杂宝花卉纹盘

彩图 7　青花红蓝釉盖罐

彩图 8　青花缠枝莲纹碗

彩图 9　青花人物图玉壶春瓶

彩图 10　青花麒麟纹盘

《昆仑名师讲坛演讲录》编委会

编委会主任

  梁　超

编委会副主任兼主编

  杨海萍

副主编

  施　今　李建军

特邀专家委员（按姓氏音序排列）

  黄纪苏　孟宪实　荣新江　沈卫荣　朱玉麒

编委会成员（按姓氏音序排列）

  阿巴拜克·阿不来提　阿布来提·麦麦提
  艾尔肯·斯地克　曹湘洪　陈　彤　迪木拉提·奥迈尔
  高　靖　郭卫东　海米提·依米提　华锦木　黄一超
  季　荣　焦　黎　康书增　雷　琳　李建军　梁　超
  梁　云　马凤强　倪培强　牛汝极　潘伟民　邵典武
  施　今　粟　智　孙卫国　孙秀玲　孙钰华　王阿舒
  王晓峰　武　杰　徐　可　杨海萍　姚建忠　张　兵
  张　欢　张　鑫　赵　刚　赵建梅　周　珊　周月华
  周作宇　祝恒江

总　序

　　以现代文化为引领作为新疆特殊区情的战略选择，已日益成为新疆各族人民的共识；现代文化作为一个标杆也已日益成为新疆发展的灵魂，成为新疆各项事业发展的助推器，成为凝聚和引领各族人民的强大精神力量。新疆高校是现代文化的辐射源和主要传播者，其职责和使命在于人才培养、科学研究、文化传承与创新、社会服务，其中人才培养无疑是大学的核心工作，文化传承创新最终要体现在育人上。

　　为充分发挥大学的文化传承与引领功能，培育具有学术创新精神和文化视野的现代人才，着力打造将地域性与师范性特点紧密连接、凸显学术个性和品位的学术交流精品项目，为师生提供与名师大家交流对话和思想碰撞的理想场所和平台，新疆师范大学将丰富师生校园文化生活、提升大学文化品位和层次作为文化建设目标，对打造学术高地、追求卓越进行了积极探索，并于2011年9月正式启动"昆仑名师讲坛"。讲坛以毛泽东《念奴娇·昆仑》中的词句"横空出世，莽昆仑，阅尽人间春色"为蓝本，取"昆仑"为讲坛名称，其源有二：一是源于昆仑山是新疆最高的山，有世界第二高峰——乔戈里峰，寓意我们力争打造新疆文化品牌制高点；二是源于在中国历史上，昆仑神话是中国文化的一个重要母题，"玉出昆岗"使其很早就有了与内地往来的文化意蕴，昆仑山比天山更具有人文含义，寓意我们将开阔视野、面向国际。新疆师范大学"昆仑名师讲坛"坚持开放性、独立性、学术性、大众性的原则，配合学校国际化发展战略的推进，结合"请进来"与"走出去"，计划每年邀请40位国内外知名学者、文化人士或其他领域公众人物来校交流讲学，不断增强现代文化的对外辐射力和影响力，使师生更多地了解当代经济、政治、科技、文化发展的前沿动态，为师生提供感受名师大家思想观点、进行交流对话和思想碰撞的平台，不断提升科学、人文素养，拓展知识视野，完善知识结构。

"昆仑名师讲坛"自开讲以来，受到国内外高校、科研院所、文化艺术界的大力支持。怀着对西部教育的倾心、对新疆高校的厚爱，已有数十位学者、专家莅临担任主讲嘉宾，讲座内容广及人文社科与自然科学各个领域，深受师生好评，文化品牌影响逐步扩大。能够现场聆听国内外名师的讲座，同学们纷纷表示："昆仑名师讲坛的系列学术盛宴使我们真正领略到专家名师的视野、胸怀、博学，无论是在学术方面还是为人师表方面，都给了我们深刻的启发和无尽的回味，开辟了一个更加广阔的知识领域，名师讲坛为我们今后的学习生活架起了更加坚实的桥梁！"

为确保讲坛的可持续性发展，使更多的青年学子和读者共享文化资源，本丛书编委会征得主讲人同意，特汇集编撰《昆仑名师讲坛演讲录》。其中部分文稿根据录音整理而成，部分经过加工成为学术性较强的文章，计划一年出版一辑，让更多的学子能够通过这套书，亲炙名家名师讲堂；通过这个平台，去充分阐释现代文化的内涵和境界，去见证新疆空前的巨变和跃迁。

大学之道，在明明德，在亲民，在止于至善。加强大学生文化素质教育是时代发展的客观要求，是大学生提高创新能力的重要途径，是大学生提升其综合素质，获得成功的重要条件。我们真诚希望丛书的出版既能满足青年学子和社会读者的学术文化需求，又能够展示大学文化建设的一些特色和成果，切实发挥大学的社会责任和大学文化的辐射带动作用，实现大学的文化传承与创新功能，打造新疆师范大学素质教育和学术文化交流的新品牌，为加快现代文化前进步伐，推进文化兴疆做出应有的努力和新的贡献。

《昆仑名师讲坛演讲录》编委会主任

新疆师范大学党委书记　梁超

2012年8月18日

目 录

冯其庸　我的《红楼梦》研究　　　3

谭　帆　中国古典小说漫谈　　　17

王一丹　跨越东西方的诗歌之旅
　　　　——从《鲁拜集》的最初汉译看文学翻译成功的时代契机　　　37

戴庆厦　立足"本土"，讲究"视野"
　　　　——漫谈当今语言研究之路　　　53

齐东方　交流的价值
　　　　——外来器物与中国文化　　　65

尚　刚　苍狼白鹿元青花　　　77

〔伊朗〕M. B. 乌苏吉　波斯文献中关于喀什噶尔
　　　　在丝绸之路上的地位的记载　　　95

昝　涛　"土耳其模式"：历史与现实　　　109

邓正来　全球化与中国社会科学的"知识转型"　　139

杨圣敏　民族学是什么　　157

纳日碧力戈　民族共生与民族团结
　　　　　——指号学新说　　187

庄孔韶　从组织文化到作为文化的组织　　197

葛剑平　生态服务型经济的理论与实践　　211

顾钰民　马克思所有制理论在当代的发展　　229

顾明远　我的教育生涯　　249

蒙　曼　鉴古知今
　　　　——武则天的领导艺术　　265

于　丹　阅读经典　感悟成长　　279

袌舂名師詩壇

冯其庸（中国人民大学国学院教授）

我的《红楼梦》研究[*]

冯其庸

我这次是第八次来新疆,来新疆师范大学也有好几次了。来到新疆,一切感到非常亲切。学校请我给同学们作"我的《红楼梦》研究"的学术报告,我很高兴讲讲自己这方面的体会。刚好我一项《红楼梦》研究的工作告一段落,我花了五年的时间写了一部评批《红楼梦》的书,叫《瓜饭楼重校评批红楼梦》,我把《红楼梦》的每一节、每一回都做了分析评批,每一回后面有回后评,书前有一篇解读《红楼梦》的导言。所以,在这里讲一讲我对研究《红楼梦》的体会,我也非常高兴和大家交流。在座的很多位老朋友都是研究《红楼梦》的专家,讲的有不合适的地方,还希望他们能及时指正。

我这一次讲的内容是:我是怎样研究《红楼梦》的。

一

我研究《红楼梦》主要做了三项工作,第一项工作是有关曹雪芹的研究工作:关于曹雪芹家世的研究,他本人的研究、他所处的时代的研究等等。我感觉到要想研究《红楼梦》,不了解作者为什么写这部书,在什么环境、什么条件下写书的,写书的目的究竟是什么,这些问题都弄不清楚,那就是瞎子摸象。学术研究应该具有科学性,不

---

[*] 本文为冯其庸先生2004年在新疆师范大学"西域文史论坛"所做演讲,是为"昆仑名师讲坛"之先声,置于本书卷首,以见其渊源。——编者注

是猜谜。所以我第一项工作就是研究曹雪芹的生平、家世。为什么会促成我做这件事呢？因为我从1975年开始，接受国务院文化组（部）的任命，与朋友们一起重新校订《红楼梦》，整整校订了七年，一直到1982年完成。在完成之前出版社希望我写一篇前言。前言当然要涉及《红楼梦》的作者曹雪芹。曹雪芹究竟是什么人，他的生卒年，他的籍贯，他生活的时代。这方面已经发表的文章有很多，我也可以省点力气，采用大家认可的说法。但是我感觉有点不放心，许多问题究竟是否如此，没有看到原始材料，我不能放心。比如曹雪芹的祖籍究竟是哪？是丰润呢，还是别的地方？根据什么史料说他是丰润人？我找来找去找不到关于丰润的直接记载。他们使用的史料，都不是直接史料，甚至把文句都弄错了，误会成丰润了，我怎么可以相信呢？这样引起了我的警惕，我不能人云亦云。所以我就要对曹雪芹的家世作重新调查，别人用过的材料，我都要重新核对原书。我就从《清实录》看起。那时工作很繁忙，白天不可能到图书馆看书，晚上图书馆又不开门。后来幸亏得到社科院一位朋友的帮忙，他利用在图书馆工作的便利，帮我把整部《清实录》借回家，于是我每天下班回家就看《清实录》，没有窍门，一页一页地翻。你看，从乌鲁木齐到喀什这么远的路，现在有飞机两个多小时可以到达，我当时到喀什还是坐客运汽车去的，是一站一站坐过去的。读书也是这样，没有乘飞机的方法，只能一站一站地走，只能一页一页地看。我当时是这样想的：如果看完整部书，即使没有什么收获，也是收获，因为我了解了这部书的内容，也明白了它与曹家没有什么关系，就可以放下这部书了，如果有资料发现，那就是更大的收获。没想到看到天聪八年（1634年），发现了一条重要材料："墨尔根戴青贝勒多尔衮属下旗鼓牛录章京曹振彦，因有功，加半个前程。"虽然只有几十个字，但能记载到《清实录》里，说明它是很重要的。这条材料给我三方面的认识：第一，曹振彦的顶头上司是多尔衮，这是一条重要线索；第二，当时曹振彦已经担任旗鼓牛录章京，是部队的首领，带三百个士兵；第三，又立了功，加半个前程。这是前人从未用过的材料，也是非常可靠的史料记载。从这条材料开始，我就加紧认真地翻阅从清前期到乾隆年间的有关史料。在这个时期我又找到已经"迷失"的《五庆堂重修辽东曹氏宗谱》，上面有曹家的世系，有曹家六代人的名字，这给我的曹雪芹家世研究以更大的帮助。找到这部书也经过很多曲折。据说这部书在"文革"中已经"迷失"了，后来经过朋友的帮助，先找到了这部书的原始抄本。经过北京市文化局的努力，又将"迷失"的那本也找了回来，这些材料都集中在我的手中。因此我根据谱上曹家人物，与《清史稿》对照查阅，查出二十多人，名字及经历都很一致。这时的喜悦难以形容，我就更相信曹雪芹的家世资料可以继续寻找。

我的朋友李华同志是研究清代经济史的专家，他每天都要去图书馆查抄清代的经济史料，我却每天都要上班，于是我委托他在翻阅清代史料时，凡遇到有关曹雪芹的资料都告诉我。过了几天，他来看我，闲聊时他说："我看到一篇《曹玺传》，估计这类材料你们早就看过了，所以没有抄。"这引起了我的注意，我说下次你还是抄一段回来，看看是否看过。他抄回一段《曹玺传》，我一看，是我从未见过的史料。第二天，我就与他同到科学院图书馆查看原书，翻阅原文，是记载在康熙二十三年（1684年）未刊稿本《江宁府志》中的《曹玺传》。这是曹家最兴盛的时期，记载很可靠。后来他在北京图书馆又帮我找到一篇康熙六十年（1721年）的《曹玺传》，我又到北图去查看原书，这两篇传记中记载了很多前人从未见过的曹家的资料。这时又发现辽阳有三块后金时期留下的碑，碑上记有曹雪芹老祖宗的名字，我又连续去辽阳多次。根据这些新发现的资料，我写了一篇文章《曹雪芹家世史料的新发现》，这篇文章的发表在红学界引起了轰动。日本松之茂夫和伊藤漱平两位研究《红楼梦》的专家，还专门给我写了一封祝贺信，对我发现了这么多重要的史料感到高兴。从这一点来说，我感觉我们要认真下功夫，不可能所有的学问都被前人做完，也不应该指责前人这么多资料在以前未被发现。总而言之，这么多史料的发现，使红学研究前进了一大步，对研究曹雪芹家世有很重要的作用。

后来中国历史第一档案馆公布了大量曹家的史料，许多当年曹寅写给康熙皇帝的奏折原文都发表了，还有大连图书馆发现的有关曹家奏折，这许多史料综合起来，使我们对曹雪芹的家世，他本人的情况，有了更多可靠的资料。特别是弄清了曹雪芹的祖籍不是河北丰润，而是辽宁的辽阳，因为曹振彦自己写得清清楚楚"奉天辽阳人"。就像现在干部有履历表，上面的祖籍是由自己填写的，不可能有假，曹振彦的履历也一样，不可能造假。而且他历任地方官，每一处地方志都记载他是辽阳人。我所发现的两篇《曹玺传》，其中一篇明确写着"著籍襄平"，襄平就是现在的辽阳，所以在红学史上澄清了曹雪芹祖籍这样一件事实。而且包括曹顒、曹頫的字也是在这两篇传记中得到认识的。

总而言之，我研究工作的第一步是研究曹雪芹的家世生平。但是现在回顾，我们当时的认识也有片面性，还是沿袭历来《红楼梦》研究者的共识，认为《红楼梦》所描写的是曹雪芹家庭的经历和不幸遭遇，所以特别重视研究曹雪芹的家世。现在经过了30年之后，特别是我评点了《红楼梦》以后，我的认识有所改变，但不是根本改变，而是觉得《红楼梦》并不完全是曹雪芹一家人的事，不是单一的曹雪芹家庭不幸遭遇的艺术化，也不是曹雪芹的自传，这些都只是《红楼梦》的重要部分，《红楼梦》的内容要远比这个主题深广得多。我经过了30年的历程，才有了这个认识。现在红学界还有很多人认为《红楼梦》主要是曹雪芹家庭的艺术化再现，我觉得这只是认识了《红楼梦》的一个重要组成部分，而不是《红楼梦》的全部。这是我研究《红楼梦》的第一步工作，这个工作完成后我写了一部《曹雪芹家世新考》，20世纪80年代由上海古籍出版社出版，90年代又增补了一倍的资料，由 30 万字增补到 60 万字，由文化艺术出版社出版。

二

在《红楼梦》研究中我做的第二件工作，就是对乾隆时期《红楼梦》抄本的研究。我们以前读到的经过程伟元和高鹗整理过的《红楼梦》，有很多地方被修改了，不完全符合曹雪芹的原意。要研究曹雪芹的《红楼梦》，应该看接近曹雪芹原本的本子。现在有乾隆年间流传下来的几个本子，乾隆十九年（1754 年）的甲戌本，乾隆二十四年的己卯本，乾隆二十五年的庚辰本，这都是曹雪芹去世以前的本子，虽然都不是曹雪芹的原抄本，但却都是接近原本面貌的早期过录本。其中现存甲戌本的底本是甲戌年的本子，但过录的年代可能在乾隆后期，比己卯、庚辰本过录的时间可能要晚。最近国家图书馆重新影印被胡适带到美国去的甲戌本，请我写一篇序言，我把长期以来对甲戌本存在的疑问和所做的探索都写入了序言。我认为现存甲戌本用的是乾隆十九年的底本，但整理成现在的甲戌本已经到了乾隆末年。要认识曹雪芹的思想，必须看接近曹雪芹原稿的早期抄本。1975 年，国务院文化组组织人力，要我们整理出一部接近曹雪芹原稿的《红楼梦》。当时我主持这项任务。对于究竟以什么本子作为底本，大家争论得很厉害，我主张用庚辰本，有人主张用戚蓼生本，当年俞平伯先生用的就是戚蓼生本。我认为这个本子是经后人篡改过的，不能作为底本。反对我的人就说：“你拿出文章来！”于是我抓紧时间写出了《论庚辰本》一书，用将近十万字论证了自己的观点，连续刊载在香港的《大公报》上，引起了很大轰动，后来由上海文艺出版社出版。

庚辰本中有很多没有弄明白的问题，譬如它跟己卯本的密切关系。按我的说法它是根据己卯本抄写的，但这个结论也还存在着一些问题，未能彻底解决。再如这个本子当中有曹雪芹未完成的许多痕迹，如"乾隆二十一年五月初七日对清，缺中秋诗，俟雪芹"，"此回未成而芹逝矣，叹叹"，这一类的批语不少。庚辰本还有一个特点，就是己卯本抄错之处，它也错得一模一样。这些在我的书中都有揭示，从而证明了庚辰本非常重要，确是接近曹雪芹原稿的本子。更意外的是在中国历史博物馆的库房中发现了三回又两个半回的《红楼梦》抄本。当时我和吴恩裕先生正在研究《红楼梦》抄本，吴先生认为这个本子可能是乾隆二十四年己卯本散失的部分。通过我和吴先生到国家图书馆的核对，发现保存在国家图书馆的己卯本正缺这几回，这是证据之一；其次国图己卯本抄书人的笔迹与中国历史博物馆的残本的笔迹也完全一样；我们还发现这两个本子上都有两个相同的避讳字"晓"和"祥"，分别写做"曉"和"祥"。开始我们以为"晓"字是避纪晓岚的讳，但无法解释"祥"字是避谁的讳。后来恍然大悟，这是避怡亲王允祥和弘晓的讳，我们认为这己卯本可能是出自怡亲王府的抄本。因为怡亲王府和曹家的关系非常好，曹家败落前后都是怡亲王允祥在照顾。如果这个本子果真出自怡亲王府，它的底本极有可能是从曹雪芹手中得到的。为了证明这个本子究竟是否出自怡亲王府，我们又到国家图书馆去，查阅怡亲王府的藏书书目。我们发现书目中关于"晓"和"祥"的避讳和己卯本中避讳的写法完全一样，而且怡亲王府藏书书目上盖有怡亲王的很多图章，确是怡亲王府当年的原物。那么它证明《红楼梦》己卯本确是怡亲王府的抄本。当我们得到了确切无疑的证据以后，我们的兴奋是难以形容的，我们立刻写了一篇文章在《光明日报》上发表，当时造成了热烈的反响。

在论证了己卯本是怡亲王府的抄本之后，我又发现庚辰本是按照己卯本抄写的。己卯本现在只存有四十一回又两个半回，庚辰本有七十八回，既然庚辰本是照己卯本抄的，其行款等也完全相同，那么己卯本已经丢失的部分就可以根据庚辰本得到认识。这样，庚辰本就具有了双重的价值，于是我才写出了上面提到的《论庚辰本》一书，这样大家才认同己卯本、庚辰本的底本是曹雪芹生前的本子，具有重要价值，也就决定用庚辰本作为底本。现在人民文学出版社出版的《红楼梦》，就是当年我们争论的结果，所以学术不能没有争论。

我1980年到美国开首届《红楼梦》国际研讨会，特别提出要看甲戌本，把藏在康奈尔大学的这个珍贵本子拿到住处反复阅读。凡是《红楼梦》重要的抄本我大都看过原抄本、下功夫进行研究过，特别是流传到俄国的抄本，1984年冬天我奉国务院、外交部、文化部之命，与李侃、周汝昌同志一起到苏联考察，在双方代表的座谈会上，我代表中方做了学术发言，并说明了这个抄本值得两国合作出版。后来经过两国协议，同意由我们拿回来以两国联合出书的名义在北京中华书局出版。因为我对《红楼梦》的早期抄本大都做了认真的研究，所以才明白早期抄本和程伟元、高鹗的本子有多大的差异，以及为什么会有这样的差异。我先后写了一系列论证这些《红楼梦》早期抄本的文章，后来人民文学出版社把我这些关于《红楼梦》早期抄本的论文搜集在一起，出了一本书《石头记脂本研究》。我的第二个工作就是把《红楼梦》早期抄本做了一次总的研究。

跟这个命题相关的，我要了解清代人是怎样评价《红楼梦》这部书的，他们有什么见解，所以我又着手把清代许多重要的评点本综合在一起，编成一部《八家评批红楼梦》，我也借此了解了清代人是怎样理解《红楼梦》的，这本书对于了解清代红学研究成果有一定用处。我自己感觉许多清代研究《红楼梦》的学者还是有眼光的，也有相当好的鉴别能力，但是由于时代的限制，瞎猜的成分也很多，我们应当剔除瞎猜的部分，借鉴可用的部分。

我正在做上述两方面的工作的时候，红学界有一种看法，认为有一些人只搞《红楼梦》的考证工作，而不研究《红楼梦》本身，《红楼梦》是一部小说，只进行考证能有什么用？责备得很尖锐。我当时一再讲，无论是曹雪芹家世研究也好，无论是抄本研究也好，都是为《红楼梦》文本的研究做好必要的准备工作，并不是只做考证，而不做《红楼梦》文本的工作。要求每一位红学家把这三方面的工作都做到家太不容易了，所以有的专家愿意研究曹雪芹的家世，应该有他的自由；如果有的专家专门研究抄本，从抄本上做出贡献，对《红楼梦》文本的研究也有用处，我们也应该肯定他、感谢他，不应该求全责备。现在有人不断写文章指责红学界风气不正，只搞考证，其实并不是如此。但我看有些人研究《红楼梦》文本也没有说到底，没有说到家，这正是由于前两方面工作做得不够的缘故。

在重新校订《红楼梦》的过程中，有时我的个人见解不能被大家接受。我举个例子，《红楼梦》中有林黛玉和史湘云联诗，有一句"冷月葬诗魂"，戚蓼生本上是"冷月葬花魂"。很多人主张"冷月葬花魂"，因为林黛玉很漂亮，如花似玉，所以是"冷月葬花魂"。但我不这样认为，我认为曹雪芹并不是要写一个美女，曹雪芹是要写一个具有诗人气质的美女，所以应该是"冷月葬诗魂"。从版本上看，当时庚辰本是改动过的，庚辰本上是"冷月葬死魂"，"死"字原笔旁改为"诗"。有人认为"死"是由于"花"字的形近而误，有人认为"死"和"诗"声音接近，是由于听错才写成"死魂"。两种观点都有道理，我认为是音近而误。当时这样的争论很多，我们第一版《红楼梦》的校订本就是用"冷月葬花魂"。所以我请好朋友刻了一方图章"冷月葬诗魂"，旁边我写了一篇跋，大意说《红楼梦》原本是"冷月葬诗魂"，我认为林黛玉是一个具有诗人气质的形象，很美但更富有诗意，因此应该是"冷月葬诗魂"，现在很多人不能理解这一点，我只好刻一方图章，自己留做纪念。1984年我到苏联去看列宁格勒藏本，首先查阅这一点，苏联本子是"冷月葬诗魂"，找到了抄本的根据。后来又找到几个本子都是"冷月葬诗魂"。所以当我重校《红楼梦》时，就按照我的理解，也根据我找到的版本证据，重新把它恢复成"冷月葬诗魂"。

三

当家世、版本两件工作完成，《八家评批红楼梦》也完成后，我就开始着手研究《红楼梦》的文本。我研究《红楼梦》的文本不是写一篇一篇的论文，我觉得《红楼梦》固然可以写长篇论文来解析内涵，但《红楼梦》细枝末节的地方都有文章可作，我还是觉得清代学者评点的办法更细致，在句子下面评或者在眉批上评，譬如晴雯说袭人是"西洋花点子哈巴狗"，这句话是半开玩笑半当真，这句话妙在"花点子"，一个"花"字就点到了袭人身上。这些细枝末节的地方稍微提醒一下，读者们就理解了。诸如此类的文字在《红楼梦》中并不少，所以我采取评点的办法，有一部分是眉评，有一部分是句子下的双行小字评，每一回后有总评。这样一百二十回评下来，又进行反复地修改，这就让我对《红楼梦》文本的研究、欣赏有一些新的体会。

我自己整理完这部书后最大的收获是更深入确切地认识了《红楼梦》确实是一部非常深奥、内涵非常丰富的书，所以我就写了一篇论文《解读红楼梦》，发表在今年第二辑《红楼梦学刊》上。我感到以前许多学者认认真真做的工作有很多益处，但也有一些学者信口开河，随意想象，我们不能轻信，更不能人云亦云。我现在感觉《红楼梦》这部书在政治方面涉及很多尖锐的问题，"冷子兴演说荣国府"中两人喝酒聊天，说到"成则王侯败则贼"，贾雨村说："正是这意。"我就想查查这句话的历史背景，我发现明末清初直到乾隆年间许多进步的思想家反皇权的言论特别多，顾炎武、黄宗羲都有这方面的言论，特别是唐甄，他说："自秦以来，凡为帝王者皆贼也。"清代前期反皇权激烈到这种程度。跟曹雪芹同时代的袁枚说："夫所谓正统者，不过曰有天下云耳。其有天下者，'天'与之，其正与否则人加之也。"曹雪芹写《红楼梦》这部书的时候开始在乾隆九年（1744年）前后，上距雍正夺位还只有二十来年，他的家庭是在这场政治斗争中败落的，他当时写出这句话来有多大的分量！乾隆时代的文字狱比康熙、雍正时都要多，曹雪芹居然把这样的话也写进去了。乾隆抄本庚辰本以后的本子，就把这句话改成了"成则公侯败则贼"，这样就避开了尖锐的问题。特别是己卯本，也改成"公侯"了，因为己卯本是怡亲王府的抄本，所以首先把"王侯"两字改为"公侯"了，这说明这句话确是有妨碍的，但曹雪芹还是不顾一切地写进书中去了，所以曹雪芹的朋友称赞他"知君诗胆昔如铁"。还有《红楼梦》中有些话很难懂，如贾雨村说天地正气和邪气搏斗，正气把邪气压到深谷当中，正气和邪气相互渗透融合会产生一些奇人异士，譬如唐明皇、宋徽宗、顾恺之等等。当时我并不明白这段话的含义，后来我恍然大悟，这也是话里有话。前面我讲到反皇权的思想家顾炎武、王夫之、黄宗羲、唐甄、戴震等等都曾住在深山里，所以我感觉这句话实际上是指当时正统思想与反正统思想的斗争，正统思想当然是康熙提倡的程朱理学，而当时反程朱理学的一些思想家都被迫逃避到深山里，我认为这段话实际是指这一段历史背景。当然这只是我的一种理解，是否正确还可探讨。

《红楼梦》中涉及的政治问题太多了，除了"成则王侯败则贼"，还有封建官僚腐败的问题，贾雨村"葫芦僧乱判葫芦案"说明清代吏治的腐败；王熙凤为了整治尤二姐，勾通官府，她让官府怎样判官府就怎样判，封建司法完全掌握在大官僚家庭手中。当时青年人的出路只有读书，参加科举，然后做官，贾宝玉偏偏不愿读书，跟当时官方规定的年轻人的道路完全相反，这也是一个非常尖锐的政治问题。反八股文，反科举考试，是顾炎武等许多人的共同看法，特别是《儒林外史》中范进中举那一段，把八股文的误人害人写得多深刻，这是一个时代的共同问题。还有就是妇女问题。当时提倡程朱理学，许多妇女丈夫死了，要么是殉节，要么从此以后守寡；还有刚刚订婚没有结婚男方死了，未婚的女子也要殉节，或者是守寡；也有公婆劝媳妇殉节的，也有父母劝女儿殉节的，如果不殉节，就有舆论的压力，叫人无法生存。所以妇女的命运很可悲。曹雪芹在《红楼梦》中写了金陵十二钗，没有一个好的命运，李纨丈夫死后"心如槁木死灰"，这一句话写得多么有分量！就是说人没有死，心已经死了。

当时还有一种情况就是社会的虚假现象。贾政是一个正面人物，"贾政"这个名字读起来与"假真"一样的声音，这个人物，假就是他的真，真就是他的假，也就是只有假没有真。开始写他自幼喜欢读书，但周围围绕着的那些人却是詹光（沾光）、单聘人（善骗人）、程日兴（趁人兴）这一类的人物，却没有一个真正的读书人。特别是"大观园试才题对额"一回中，贾宝玉出口成章，而贾政却一句话也说不出来，支支吾吾，哼哼哈哈，一副尴尬的样子，却又道貌岸然，像煞是个读书人，实际上完全是虚假现象。但朝廷却让这样一个不学无术的人做督学，可见当时的学校是一种什么样的状况。所以《红楼梦》中充满着尖锐的政治性问题，因此说它是一部具有强烈的政治倾向的书，一点也不过分。

但如果只从这个角度去看《红楼梦》又具有片面性，《红楼梦》更重要的是一部文学作品，创造了许多艺术形象，许多深奥的思想是藏在这些艺术形象的行动语言里面的，并不是像政治书那样明明白白写出来的。所以曹雪芹自己说"满纸荒唐言，一把辛酸泪。都云作者痴，谁解其中味？"可见曹雪芹当年写这部书是用尽了心思的，既要避开文字狱，又要把心里话吐露出来。曹雪芹给自己起了一个号为"梦阮"，阮即阮籍，"竹林七贤"之一，阮籍是嵇康的好朋友。山涛推荐嵇康出来做官，嵇康就写了《与山巨源绝交书》，列举了自己不能做官的种种原因，后来嵇康终于被杀。阮籍与嵇康性格正好相反，懂得处世的道理，为了拒绝司马昭与他结为儿女亲家的婚事，通过醉酒不省人事来躲避。阮籍写了八十二首《咏怀诗》，历来认为很难解，"百代以下难以情测"，有人说阮籍身处乱朝口不臧否人物。八十二首《咏怀诗》历来研究的人很多，但是能完全解读它的意思的研究者很少。曹雪芹为什么要起"梦阮"这个号？这就给我们一个启示，曹雪芹的处境和阮籍一样，所写的东西不能让读者一眼看穿，而要认真去思考，去体味。

《红楼梦》中还有一个尖锐的问题，就是男女婚姻问题，他主张男女婚姻自主，但那个时代是不可能做到的，所以贾宝玉和林黛玉最后是一个悲剧，但又不是简单的悲剧。古今小说很少写人物内心活动，《红楼梦》中却有大段的内心思想活动的独白，这是《红楼梦》一个很了不起的地方。《红楼梦》反映当时的政治问题、皇权问题、社会法制问题、贪官问题、妇女殉节问题、青年男子的出路问题，更动人心魄的是青年男女恋爱问题，他的主张既不同于《牡丹亭》，也不同于《西厢记》，男女双方不是一见倾心，而是长期在一起互相了解，这在中国恋爱史上是全新的，是从未有过的，这已经接近我们近现代人的意识了。《红楼梦》在那个时代有这样先进的思想，塑造了这么多栩栩如生的典型人物，这是真正了不起的成就，因此单纯讲《红楼梦》的政治问题只是讲了它的一部分，真正的《红楼梦》是充满了艺术，充满了动人心魄的思想感情，充满了一系列活跃的典型形象的非常了不起的长篇小说。《红楼梦》的时代比马克思、恩格斯早出了一个世纪。20世纪50年代有一位研究《红楼梦》很有成就的朋友对我说："可惜曹雪芹没有遇到先进的思想。"我开玩笑地对他说："可惜你没有明白曹雪芹就是当时最先进的思想，马克思还比他晚一百年，他是马克思的老前辈的老前辈。"真正站在当时思想前沿的是一批思想界的精英，如顾炎武、黄宗羲、王夫之、唐甄、颜元、戴震等人。曹雪芹是与他们一起站在当时思想前沿的人物。那么他的思想究竟代表了一种什么样的性质呢？我认为已经不是封建时代的民主思想了。社科院的老前辈何其芳同志主张《红楼梦》反映出来作者的思想是"封建地主阶级的叛逆者的思想",是封建时代的民主思想。我一直不赞成这种看法,我主张这是带有资本主义萌芽的民主思想。所以我觉得《红楼梦》是康熙、雍正、乾隆时期社会各方面矛盾的集中的艺术体现,政治的、经济的、思想的、社会风俗的矛盾发展到了极端尖锐时期了,曹雪芹这样一位天才,用他的艺术才华,用他的独有的、超前的、先进的思想,融化成为这些典型形象,这些典型都有丰富的社会内涵、思想内涵,而又写得那么隐秘,使人难以一下就看透。比如曹家败落明明是因为康熙南巡用亏了许多钱,曹寅无法弥补,导致最终抄家。曹雪芹写到十七、十八回元妃省亲时,凤姐说:"只纳罕他家怎么就这么富贵呢?"赵嬷嬷说:"也不过是拿着皇帝家的银子往皇帝身上使罢了!"乌进孝进租,贾珍说:"再两年再一回省亲,只怕就精穷了。"明说元妃省亲,实际就是说康熙南巡。六次南巡,曹寅四次接驾,落下巨大亏空。这一点康熙是清楚的,他曾说:"曹寅、李煦用银之处甚多,朕知其中情由。"一再提醒曹家填补亏空。曹寅并不是贪官污吏,也不是花花公子,他的花销主要在康熙一家,曹寅自己也说"树倒猢狲散"。果然康熙去世后第一年也就是雍正元年(1723年),李煦就被抄家,雍正五年底曹家就被清查,雍正六年初被抄家,曹家百年世家彻底败落,只剩曹寅的寡妻和童年的雪芹(虚岁14岁)及家仆数人迁回北京,住崇文门外蒜市口。所以《红楼梦》中确实隐藏有曹家辛酸的历史,但这只是《红楼梦》的一个重要组成部分。曹雪芹由于自己家庭的悲惨遭遇,由于看到这个时代的许多矛盾,由于他自己站在思想前沿,他用自己特殊的天才创造了这么多艺术典型,在这许多艺术典型中蕴藏着先进思想。他唯恐人们意识不到他的思想,给自己取号为"梦阮",自己也说明是"假语村言",又说自己"亲见亲闻",都是为了提醒世人思考《红楼梦》。

曹雪芹在《红楼梦》里通过贾宝玉、林黛玉的婚姻悲剧,也通过书中各类人物不同的命运，尤其是贾母、刘姥姥、王夫人、王熙凤、李纨、薛宝钗、甄英莲（香菱）、贾政、元春、探春、迎春、惜春、秦可卿、妙玉等人，表明了他对社会现实的批判，也抒发了他对人生的感叹、对人生的希望和理想、对婚姻的希望和理想。曹雪芹对现实社会的批判和对人生的感叹以及对理想人生的憧憬，是《红楼梦》一书最具深远历史意义的内涵，是读者可以反复沉吟深思和涵咏无尽的永恒主题。也可以说《红楼梦》是曹雪芹对人生的感悟、叹息和向往与憧憬！

我从1975年开始到现在2004年，认真研究《红楼梦》刚好30年。我所做的三件事，一是曹雪芹家世考证，一是版本研究，一是《红楼梦》思想内容艺术方面的体会。这些都写在我的《瓜饭楼重校评批红楼梦》这部书中，包括后四十回与前八十回有哪些地方有矛盾，哪些地方接不上，哪些地方比较好，都有所评说。这些不过是我个人的体会，这种体会准确与否，有待社会来鉴定，要由历史最后来判断，我不过是给大家研究《红楼梦》做一个参考而已。

中国古典小说漫谈

谭　帆

今天非常高兴,也非常激动,这次到新疆来了一周,没想到来的时候还是华东师范大学的教授,现在临走的时候成了既是华东师范大学的教授也是新疆师范大学的教授,非常感谢学校。我是第一次到新疆,此行充分地印证了常常听到的两句话,第一句是"我们新疆好地方",真是好地方,山水好,人也好。第二句话就是"不到新疆不知道中国的大",茫茫戈壁,真是有种震撼的力量。今天非常有幸受聘为新疆师范大学文学院的教授,这就多给了我一点机会,可以多过来看看,非常感谢大家。

今天我讲的题目是《中国古典小说漫谈》,是一个漫谈,但是古典小说非常丰富,非常庞杂,这一个半小时怎么讲?我想给大家谈三个"一"。

第一,给大家介绍一本书,这一本书大致能够引出一个学科的基本内涵,我想介绍大家非常熟悉的鲁迅先生的《中国小说史略》。

第二,我想给大家谈一个观念,"何谓小说"?这个观念基本上可以看出我们中国小说的特性,也可看出20世纪以来我们对中国小说理解上的一些偏差。

第三,给大家介绍一个现象,通俗小说如何成为文学经典的?这一个现象可以反映中国小说在发展过程当中的一些重要迹象。这三个问题既有关联又相对独立。

谭帆（华东师范大学中文系教授）

首先谈第一个问题。给大家介绍鲁迅先生的《中国小说史略》。为什么要介绍这部书？因为它的确是一部学术名著。它好在哪里？著名在哪里呢？简单地说，鲁迅先生创作《中国小说史略》到现在为止，已经有一百来年了，但是，这一个世纪中国小说史的研究，可以说还没有超越鲁迅先生，这百来年中国小说史研究就笼罩在鲁迅先生这么一个庞大的阴影之下，无法超越。这的确是值得大家深思的问题。

那么这本书为什么好呢？我想从以下几个方面给大家介绍：

第一，《中国小说史略》可以说是中国第一部小说史。中国小说历来无史，大家都知道中国的历史都是帝王将相的历史，是重大政治事件的历史。小说在中国古代地位非常低，尤其是通俗小说。举个例子：中国的文学史上唯有通俗小说的作家最难考定，大量的小说至今不知哪一位是真正的作者。比如说《金瓶梅》，说是嘉靖年间一个大名士所做，这个大名士是谁呢？谁也不知道。到现在为止，《金瓶梅》的作者已经有将近五十种说法。《三国演义》到底是不是罗贯中创作的？罗贯中是何方人士？到现在还有争议。《水浒传》的作者施耐庵到底是哪里人？也有争议。所以，古代小说地位非常低，它根本入不了史家的法眼，而鲁迅先生第一个原原本本地梳理了中国小说史，理出了一个头绪。从现代的小说史研究来说，这部书的的确确是第一次完整梳理中国小说史的一部论著，所以非常值得大家读。

第二，这部著作非常精彩，我们可以从这样几个方面来说。一是它的研究方法。鲁迅先生创作《中国小说史略》可以说是吸纳了当时最好的几种方法，如比较早地吸收了西方的文学史观点、文学进化的观念和文学史发展的观念。同时他又采用了中国传统的考据方法。这是中国人的精华，我们现在好多人都在说这部书有缺陷，我们完全可以承认的确是有缺陷的，为什么？鲁迅先生当时看小说本子比我们现在要艰难得多，也少得多。但鲁迅先生的好多观点、好多结论都是以考据的方法做出来的。他的前期积累非常深厚，比如对小说史料的整理、对唐宋传奇的研究等，这些论著实际上都为他的小说史研究奠定了非常坚实的基础。所以他是一方面引进了西方的文学史观念，同时也是传承了中国传统的考据方法。另外，《中国小说史略》某些观点的得出及其表述方法，实际上是采纳了中国传统"诗话"的体式，中国传统的"诗话"体式是什么？简言之，它是用感悟的方法来表述，用一种悟性非常高的思考来对某一个问题作出精彩的判断。比如大家现在非常喜欢读王国维的《人间词话》，《人间词话》里边的感悟多好啊，一句话比我们现在写一篇论文，乃至一本书都要好。如他说什么叫"境界"？他用摘句批评的方式，"'红杏枝头春意闹'，着一'闹'字，境界全出矣。"不需要太多的分析，让你自己思考、自己感悟。鲁迅先生的某种判断就是以中国诗话感悟式的语言来表述的，所以好多语言成了经典，他提出的好多观点也都成了经典。比如说鲁迅先生提出中国小说发展至唐"始有意为小说"，他认为中国小说到了唐代是一大转折，这个转折点的标准是什么呢？是"有意为小说"，"有意为小说"的内涵在鲁迅看来主要是两个方面，一是有"意想"，即小说创作是有宗旨的、有想法的。二是有"文采"，语言精美。鲁迅先生就是以这么一种感悟式的判断及其语言来分析、来解读中国小说史，所以好多观点非常经典。

第三，鲁迅先生有明确的"小说"观念，且用这种"小说"的观念来梳理中国小说史，并且理出一条线索。我简单给大家梳理一下，鲁迅先生认为中国的小说史是这样构成的：第一块，神话传说，这是先秦时期的神话传说。第二块，志人志怪，以《世说新语》为代表的志人小说，以《搜神记》为代表的志怪小说。第三块，唐代的传奇。第四块，宋元的话本。第五块，明清的章回。他认为中国小说史就是这么发展的。那么这个小说史的发展，这个小说史的线索，鲁迅先生是怎么得来的？其实他有一个完整的"小说"观念，什么叫小说？

"小说是虚构的叙事散文",鲁迅先生没有明说,但我们从他的书里面可以感受到这就是他梳理中国小说史的基本依据。小说是虚构的叙事散文,这里面有几个关键点,一个它要有所虚构,第二个它要有故事,有虚构的有故事的又是散文体的这才是小说。所以按照这么一个标准,他为中国小说理出一个头绪,这也成了我们后来一百年研究中国小说史基本遵循的一个框架。

在某种程度上我们可以说,20世纪以来的中国小说史研究无非就是鲁迅先生《中国小说史略》的细化和深化,这个框架永远没有跳出。这种格局,一方面的确是让我们充满敬仰之情,另外一方面也是我们的悲哀,这么多年、这么多人的研究竟然难于超越他一人的力量。可见这的确是一部名著。

接下去谈第二个问题:介绍一个观念——"何谓小说?"上面介绍鲁迅先生的《中国小说史略》其实与这个问题是有关联的。我是想引出这样一个问题:为什么20世纪小说研究会出现现在这样的格局?这问题的回答其实与鲁迅先生有关系,尤其是跟他的小说观念是有密切关系的。我接下来给大家解读"小说"这一个观念。

我们先梳理一下中国传统的小说观念:从历史的角度看,"小说"一词的指称对象非常复杂,清人刘廷玑即感叹:"小说之名虽同,而古今之别则相去天渊。"概括起来说,主要有如下内涵:(1)"小说"是无关于政教的"小道"。此由《庄子·外物》发端,经班固《汉志》延伸,确立了"小说"的基本内涵:"小说"是无关于大道的琐屑之言;"小说"是源于民间、道听途说的"街谈巷语"。在这里,"小说"是一个范围非常宽泛的概念,大致相对于正经著作而言,大凡不能归入正经著作的皆可称之为"小说"。后世"子部小说家"即承此而来,成为中国小说的一大宗。(2)"小说"是指有别于正史的野史和传说。这一观念的确立标志是南朝梁《殷芸小说》的出现,清姚振宗《隋书经籍志考证》卷三十二说:"案此殆是梁武作通史时事,凡此不经之说为通史所不取者，皆令殷芸别集为《小说》，是此《小说》因通史而作，犹通史之外乘也。"唐代刘知几在《史通》中也作出了这样的理论分析："是知偏记小说，自成一家，而能与正史参行，其所由来尚矣。爰及近古，斯道渐烦，史氏流别，殊途并骛。"（《史通·杂说》）"偏记小说"与"正史"已两两相对，以后，司马光撰《资治通鉴》，明言"遍阅旧史，旁采小说"，也将小说与正史对举。可见"小说"与"史部"关系密切，源远流长。（3）"小说"是一种由民间发展起来的"说话"伎艺。这一名称较早见于南朝宋裴松之注《三国志》所引《魏略》中"诵俳优小说数千言讫"一语，"俳优小说"显然与后世的说话伎艺颇为相近。到了宋代，说话艺术非常兴盛，"小说"一词就专指说话艺术的一个门类。以"小说"指称说话伎艺，与后世作为文体的"小说"有区别，但却是后世通俗小说的近源。（4）"小说"是虚构的叙事散文。这与现代小说观念最为接近，而这一观念已是明代以来通俗小说发展繁盛的产物。

我们从以上的介绍中可以看出，"小说"在中国古代是一个内涵相当复杂丰富的语词，而古代小说也是非常丰富的。然而20世纪以来人们对"小说"的认识却有了很大的改变，其中最为关键的是吸收了西方小说的影响。这我们可以从"小说"与"novel"的对译谈起。

一般认为，现代"小说"观念是从日本逆输而来的，"小说"一词的现代变迁是将"小说"与"novel"对译的产物。从语源角度看，最早将"小说"与"novel"对译的是英国传教士马礼逊的《华英字典》（1822年）。在日本，出版于1873年的《外来语の语源》《附音插图英和字汇》也收有"novel"的译语"小说"，但两者影响均不大。而真正改变传统小说内涵、推进日本现代小说发展的是坪内逍遥（1859—1935）的《小说神髓》（1885年），坪内逍遥"试图把中国既有的'小说'概念和戏作文学（日本江户后期的通俗小说）统一到

'ノベル'（novel）这一西方的新概念上来。"① 由此，"小说"在传统基础上被赋予了新的内涵，即以西方"novel"概念来限定"小说"之内涵。包括小说的价值、功能和特性等，而其中最为重要的是确认了小说乃"虚构之叙事散文"这一本质属性。近代以来，中国小说之研究和创作受日本影响是显而易见的，其中最为本质的即是小说观念，而梁启超和鲁迅对后来小说之研究和创作影响最大。比如梁启超，"戊戌变法"失败后，梁启超逃往日本，航海途中，偶然翻阅日文小说《佳人之奇遇》，他当时还不通日文，但是日文中汉字太多了，随便浏览也读懂了基本故事。到日本以后，梁启超办报纸，第一份报纸叫《清议报》，开始对小说感兴趣，发表了《译印政治小说序》，翻译《佳人之奇遇》。又过了几年他在日本创办了《新小说》，发表了中国文学史上一篇非常有名的文章《论小说与群治之关系》。正是在这个格局当中，梁启超很自然地把引自西方的这一观念通过日本这个桥梁带回到中国。

"小说"与"novel"的对译对20世纪中国小说研究史和小说创作史都有深远的影响，在某种程度上我们可以说，它使中国小说学术史和中国小说创作史翻开了新的一页。从研究史角度而言，经过梁启超等"小说界革命"的努力，小说地位有了明显的提升，虽然近代以来人们对传统中国小说仍然颇多鄙薄之辞，但"小说"作为一种"文体"的地位有了根本性的改变，"小说为文学之最上乘"的言论在20世纪初的小说论坛上成了一个被不断强化的观念而逐步为人们所接受。正是由于这一观念的推动，近代以来的小说研究开启了不少前所未有的新途径，如王国维尝试运用西方美学思想来分析中国传统小说，虽不无牵强，却是开风气之先；胡适以考据方法研究中国小说，

---

① 详见何华珍《"小说"一词的变迁》，香港中国语文学会《语文建设通讯》第70期，2002年5月，第51—53页。

虽然方法是传统的，但运用考据方法研究中国小说则是以对小说价值的重新体认为前提的；而鲁迅等的小说史研究更是以新的文学史观念和小说观念为其理论指导。所有这些研究方法之新途都和"小说"与"novel"的对译关系密切，小说地位的确认和"虚构之叙事散文"特性的明确是中国小说研究形成全新格局的首要因素。这一新的研究格局在20世纪的中国小说研究史上，虽每个时期都有其局部之变化，但总体上一以贯之。从创作史角度来看，"小说"与"novel"的对译也促成了中国小说创作的质的变化，在这一过程中，如果说，梁启超等所倡导的"新小说"只是着重在小说表现内涵上的"新变"，其文体框架仍然是"传统"的，所谓"新小说"乃"旧瓶装新酒"；那么，以鲁迅为代表的小说创作则完成了中国小说真正意义上的"新旧"变迁，开启了全新的现代小说之格局。而小说新格局的产生在根本意义上是中国小说"西化"的结果，郁达夫在其《小说论》中即明确表示："中国现代的小说，实际上是属于欧洲的文学系统的"，而现代小说也就是"中国小说的世界化。"[①]

由此可见，"小说"与"novel"的对译，表面看来似乎只是一个语词的翻译问题，实则蕴含了深层次的思想内核，是中国小说研究和创作与西方小说观念的对接，中国现代学术史范畴的"小说"研究和中国现代文学范畴的"小说"创作均以此作为"起点"，其影响不言而喻，其贡献也不容轻视。然而，当我们回顾梳理这一段历史的时候，我们也不无遗憾地发现，由"小说"与"novel"对译所带来的"小说"新内涵在深刻影响中国小说研究和创作的同时，也给中国小说的研究和创作带来了不少"负面"影响，尤其在小说研究和创作的"本土化"方面更为明显。这主要表现在如下两个方面：

[①] 详见刘勇强《一种小说观及小说史观的形成与影响——20世纪"以西例律我国小说"现象分析》，《文学遗产》2003年第3期。

一是小说研究的"古今"差异所引起的研究格局之"偏仄"。20世纪以来中国小说研究的"时代特性"是明显的,古今之研究差异更是十分鲜明。从总体来看,中国小说研究的古今差异除了研究方法、理论观念等之外,最为明显的是研究对象重视程度的差异:由"重文轻白"渐变为"重白轻文",从"重笔记轻传奇"变而为"重传奇轻笔记"。而观其变化之迹,一在于思想观念,如梁启超"小说界革命"看重小说之"通俗化民";一在于研究观念,如鲁迅等"虚构之叙事散文"的小说观念与传奇小说、白话小说更为符契;而50年代以后之"重白轻文""重传奇轻笔记"则是思想观念与研究观念合并影响之产物。在20世纪的中国小说研究中,白话通俗小说成了小说研究之主流,而在有限的文言小说研究中,传奇研究明显占据主体地位,其研究格局之"偏仄"成了此时期小说研究的主要不足。更有甚者,当人们一味拔高白话通俗小说之历史地位的时候,所持有的从西方引进的小说观念却是一个纯文学观念(或雅文学观念),这种研究对象与研究观念之间的"悖离"致使20世纪的白话通俗小说研究也不尽人意,其中首要之点是研究对象的过于集中,《水浒》、《三国》、《红楼梦》等有限的几部小说成了人们津津乐道的小说研究主体。文言小说研究亦然,当"虚构的叙事散文"成为研究小说的理论基础时,"叙述婉转"的传奇便无可辩驳地取代了"粗陈梗概"的笔记小说之地位,虽然笔记小说是传统文言小说之"正脉",但仍然难以避免被"边缘化"的窘境。其实,浦江清早在半个世纪前就提出了不同的看法:"现代人说唐人开始有真正的小说,其实是小说到了唐人传奇,在体裁和宗旨两方面,古意全失。所以我们与其说它们是小说的正宗,无宁说是别派,与其说是小说的本干,无宁说是独秀的旁枝吧。"[1] 惜乎没能引

---

[1] 浦江清:《论小说》,《浦江清文录》,人民文学出版社1958年版,第186页。

起足够的重视。由此可见，20世纪中国小说研究的这一"古今"差异对中国小说研究的整体格局有着很大的影响。

二是小说内涵之"更新"所引起的传统小说文体之"流失"。随着小说与"novel"的对接，人们开始尝试研究小说的理论和做法，而在研究思路上则由"古今"之比较演变为"中外"之比较，并逐步确立了以西学为根基的小说创作理论。即西方以"人物、情节、环境"为小说三元素的理论在当时颇有影响，"清华小说研究社的《短篇小说作法》，郁达夫的《小说论》，沈雁冰的《小说研究ABC》等，都接受了这种新的三分法理论。西方小说理论的兴盛，意味着对中国小说的批评从思想层面向文体层面的深入，而古代小说一旦在文体层面纳入了西方小说的分析与评价体系，它要得到客观的认识势必更加困难了。"[①] 其实，这种影响非独针对中国传统小说之批评，它对当时小说创作之影响更为强烈，尤其"要命"的是，这些小说理论的研究者往往又是小说的创作者，理论观念的改变无疑也会改变他们的创作路数，所谓现代小说的产生正是以这一背景为依托的。于是，在这一"中外"小说及小说观念的大冲撞中，传统小说文体被无限地"边缘化"，一方面，传统章回体小说"隐退"到小说主流之外，蛰伏于"言情"、"武侠"等小说领域，且在"雅俗"的大框架下充任着不入流品的"通俗小说"角色；同时，颇具中国特色的笔记体小说在中国现代小说史上更是越来越难觅踪影，笔记体小说固然良莠不齐，但优秀的笔记体小说所体现出的创作精神、文体轨范、叙述方式、语言风格却是中国传统小说之菁华。近年来，当作家们感叹小说创作难寻新路，读者们激赏孙犁、汪曾祺小说别具一格的传统风神时，人们自然想到了中国文言

[①] 刘勇强：《一种小说观及小说史观的形成与影响——20世纪"以西例律我国小说"现象分析》。

小说之"正脉"的笔记体小说。然而，一个世纪以来对传统小说文体的"抑制"和在西学背景下现代小说的"一枝独秀"，已从根本上颠覆了中国古代小说之传统。这或许是20世纪初中国小说研究者在开辟新域时所没有料到的结局。

接下来谈第三个问题，讲一个现象——小说的经典化，主要是指通俗小说。在文学领域，"经典"一词主要表现为作品在接受空间上的"广泛性"和传播时间上的"持续性"。明代小说无疑以《三国演义》、《水浒传》、《西游记》和《金瓶梅》四部作品最为出色。晚明以来，这四部作品被称为"四大奇书"，成为明代小说之经典，在中国小说史上影响深远。然而"四大奇书"能够成为明代小说乃至中国文学史上之经典实与明代小说评价体系的转化和文人批评家对小说文本的精细修改密切相关，它的"经典化"过程大致经历了两个层面的鼓吹和改造。

一个层面是评价体系的转化促成了小说经典的产生。

在中国古代，以"小道可观"看待小说由来已久，"小道"指称小说的非正统性，"可观"则有限度地承认小说的价值功能，可谓一语而成定评，深深地制约了小说的发展进程与价值定位，中国古代小说始终处于一个尴尬的位置和可怜的地位正与此相关。这一评判小说文体的基本术语经数千年而不变，可以看成是中国古代小说评价体系中的核心内涵。至明代，小说创作与传播空前风行，"小道可观"这一小说评价体系中的核心内涵虽然没能彻底改变，但具体到对于《三国演义》、《水浒传》、《西游记》和《金瓶梅》的评判，评价体系已开始有所转化，这一转化直接促成了明代小说经典的产生。

明中后期以来，随着通俗小说的盛行，文人士大夫以其敏锐的艺术眼光和独特的艺术鉴赏力对通俗小说加以评判，他们阅读、鉴赏、遴选，并将通俗小说置于中国文学史的发展长河中予以考察，而在这种考察中,《三国演义》、《水浒传》、《西游记》和《金瓶梅》脱颖而出,成了文学史上不可多得的佳作,也为后世小说的发展提供了范本。我们来看史料:

周晖《金陵琐事》卷一记载李贽"好为奇论",称汉以来"宇宙间有五大部文章",汉是《史记》、唐是杜甫集、宋是苏东坡集、元是施耐庵《水浒传》、明是在当时享有盛名的"前七子"之首的李梦阳集。李卓吾将《水浒传》与《史记》、杜甫集等并称,实则改变了以往以雅俗文体的传统界定,将《水浒传》与所谓的雅文学一视同仁。

金圣叹这位被时人称为"怪才"的人物择取了历史上各体文学之精粹,名为"六才子书","六才子书"是《庄子》、《离骚》、《史记》、杜诗、《水浒》、《西厢》。

在这些评价中,卑微的通俗小说赢得了与《庄子》、《离骚》、《史记》、李杜诗等文学史上影响深远的作品同等的待遇和评价,这是通俗小说评价体系的一次新的转化。在此,文体的界线已不复存在,只有思想与艺术品位的高下成为他们品评文学作品的标准。

从小说史角度言之,这一评价体系的转化至少是在三个方面为上述四部作品成为小说之经典在观念上奠定了基础:

一是强化了作为经典小说的作家独创性。明中后期持续刊行的《三国演义》、《水浒传》、《西游记》和《金瓶梅》确乎是中国小说发展中的一大奇观。在人们看来,这些作品虽然托体于卑微的小说文体,但从思想的超拔和艺术的成熟而言,他们都倾向于认为这是文人的独创之作。施耐庵、罗贯中为《三国演义》和《水浒传》的作者已是明中后期文人的共识。《金瓶梅》署为不知何人的"兰陵笑笑生",但这部被文人评为"极佳"的作品人们大多倾向于出自文人之手。而金圣叹将施耐庵评为才子,与屈原、庄子、司马迁、杜甫等并称也是强化了作品的作家独创意识。强化作家独创实际上是承认文人对这种卑微文体的介入，而文人的介入正是通俗小说走向经典的一个重要内涵。

二是强化了作为经典小说的情感寄寓性。如李卓吾《忠义水浒传叙》即以司马迁"发愤著书"说为理论基础，评价《水浒传》为"发愤"之作。吴从龙《小窗自纪》卷一《杂著》评"《西游记》，一部定性书，《水浒传》，一部定情书，勘透方有分晓"亦旨在强化作品的情感寄寓意识。谢肇淛《五杂俎》卷十五《事部》评《西游记》"非浪作也"，而在推测《金瓶梅》之创作主旨时，明人一般认为作品是别有寄托、笔含讥刺的。如东吴弄珠客《金瓶梅序》明确认定《金瓶梅》乃"有意""有谓"而作，并申言"读《金瓶梅》而生怜悯心者，菩萨也，生畏惧心者，君子也，生欢喜心者，小人也，生效法心者，乃禽兽耳"。

三是强化了作为经典小说的文学性。如金圣叹将作家之"才"分解为"材"与"裁"两端，一为"材质"之"材"，一为"剪裁"之"裁"，其用意已不言自明，他所要强化的正是作为一个通俗小说家所必备的情感素质和表现才能。他进而分析了真正的"才子"在文学创作中的表现："若庄周、屈平、马迁、杜甫以及施耐庵、董解元之书，是皆所谓心绝气尽，面犹死人，然后其才前后缭绕，得成一书者也。"（《序一》）金圣叹将施耐庵列为"才子"，实则肯定了《水浒传》也是作家呕心沥血之作，进而肯定了通俗小说创作是一种可以藏之名山的文学事业。清初李渔评曰："施耐庵之《水浒》、王实甫之《西厢》，世人尽作戏文小说看，金圣叹特标其名曰'五才子书'、'六才子书'者，其意何居？盖愤天下之小视其道，不知为古今来绝大文章，故作此等惊人语以标其目。"（《闲情偶寄·词曲部》）可谓知言。

另一个层面是文人的改订提升了通俗小说的品位。

明中叶以来的文人士大夫对"四大奇书"的关注并非停留在观念形态上，还落实到具体的操作层面，即对于"四大奇书"的文本改订和修正，这种改订与修正也是"四大奇书"成为小说经典的重要因素。

在"四大奇书"的传播史上，对于小说文本的修订已成传统。如《三国演义》，刊行《三国志通俗演义》的书坊主周曰校就"购求古本，敦请名士，按鉴参考，再三雠校。"（万卷楼本《三国志通俗演义》封面"识语"）虽着重于文字考订，但毕竟已表现出了对文本的修订。毛氏父子评点《三国志通俗演义》则有感于作品"被村学究改坏"，故假托"悉依古本"对"俗本"进行校正删改。在毛氏父子看来，"俗本"在文字、情节、回目、诗词等方面均有不少问题，故其"悉依古本改正"（《凡例》）。毛氏的所谓"古本"其实是伪托，故其删改纯然是其独立的改写，有着较高的文本价值，体现了他们的思想情感和艺术趣味。而《水浒传》从余象斗《水浒志传评林》开始就明确表现了对小说文本内容的修订，尤其是"容与堂本"《水浒传》，该书之评者在对文本作赏评的同时，对作品情节作了较多的改定，但在正文中不直接删去，而是标出删节符号，再加上适当的评语。其所做的主要工作有：1. 对作品中一些与小说情节无关的诗词建议删去，并标上"要他何用"、"无谓"、"这样诗也罢"、"极俗，可删"等字样。2. 对作品中过繁的情节和显属不必要的赘语作删改，使叙述流畅，文字洁净。3. 对作品中一些不符合人物身份、性格的行为和言语作修改。4. 对作品中显有评话痕迹的内容作删节。而金圣叹对《水浒传》的全面修订使作品在艺术上更进一层，在思想上也体现了独特的内涵。就小说文本而言，一般认为刊于明崇祯年间的《新刻绣像批评金瓶梅》对《金瓶梅词话》作了一次较为全面的修改和删削，其改定工作主要有：1. 改变词话本的说唱特色，大量（约三分之一）刊落了原作中的可唱韵文。2. 改变小说结构，不从景阳冈武松打虎起始，而以西门庆热结十兄弟发端，从而变依傍《水浒》而独立成篇，也使小说主人公提早出场，情节相对比较紧凑。3. 对回目、引首等做加工整理，使之更工整，增强了艺术性。4. 对小说行文、情节叙述等做了一定润饰。总之，与《词话》本相比，此书更符合小说的体裁特性，从而成了后世的通行文本，张竹坡评本即由此而出。总之，明末清初对"四大奇书"的修订体现了文人对小说文本的"介入"，并在对文本的修订中突出地表现了修订者自身的思想、意趣和个性风貌。综合起来，这主要体现在三个方面：

首先是对小说作品的表现内容作了具有强烈文人主体特性的修正。这突出地表现在金圣叹对《水浒传》的改定和毛氏父子对《三国演义》的评改之中。

金圣叹批改《水浒传》体现了三层情感内涵：一是忧天下纷乱、揭竿斩木者此起彼伏的现实情结；二是辨明作品中人物忠奸的政治分析；三是区分人物真假性情的道德判断。由此，他腰斩《水浒》，并妄撰卢俊义"惊恶梦"一节，以表现其对现实的忧虑；突出乱自上作，指斥奸臣贪虐、祸国殃民的罪恶；又"独恶宋江"，突出其虚伪不实，并以李逵等为"天人"。这三者明显地构成了金氏批改《水浒》的主体特性，并在众多的《水浒》刊本中独树一帜，表现出了独特的思想与艺术个性。毛氏批改《三国演义》最为明显的特性是进一步强化"拥刘反曹"的正统观念，本着这种观念，毛氏对《三国演义》作了较多的增删，从情节的设置、史料的运用、人物的塑造乃至个别用词（如原作称曹操为"曹公"处即大多改去），毛氏都循着这一观念和精神加以改造，最为典型的例子是第一回中有关刘备和曹操形象的改写，如刘备：

  那人平生不甚乐读书，喜犬马，爱音乐，美衣服，少言语，礼于下人，喜怒不行于色。（李评本）

  那人不甚好读书，性宽和，寡言语，喜怒不行于色，素有大

志，专好结交天下豪杰。（毛批本）

再如曹操：

> 为首闪出一个好英雄，身长七尺，细眼长髯，胆量过人，机谋出众，笑齐桓、晋文无匡扶之才，论赵高、王莽少纵横之策。用兵仿佛孙、吴，胸内熟谙韬略。（李评本）
>
> 为首闪出一将，身长七尺，细眼长髯。（毛批本）

修改中评者的主观意图已十分明显，他把原作中有关贬损刘备的语句和对曹操的赞美之辞一并作了更改，由此突出其"拥刘反曹"的正统观念。此种评改在毛批本《三国志演义》中比较普遍，对于这一问题，学界长期以来颇多争执，或从毛氏维护清王朝正统地位的角度指责其表现出的思想倾向，或从"华夷之别"的角度认为其乃为南明争正统地位，所说角度不一，但均认为毛氏批本有着明确的政治倾向和民族意识。这两种观点都过于强化了政治色彩，其实，毛批本中的政治倾向固然十分明显，但也不必过多地从明清易代角度立论，其"拥刘反曹"的正统观念实际体现的还是传统的儒家思想，更表现出了作者对于一种理想政治和政治人物理想人格的认同，即赞美以刘备为代表的仁爱和批判以曹操为典型的残暴，故其评改体现了政治与人格的双重标准。从而使毛本《三国》成了《三国演义》文本中最重正统、最富文人色彩的版本。

其次是对小说文本的形式体制作了整体的加工和清理，使"四大奇书"在艺术形式上趋于固定和完善。

古代通俗小说源于宋元话本，因此在从话本到小说读本的进化中，其形式体制必定要经由一个逐渐变化的过程，"四大奇书"也不例外。明末清初的文人选取在通俗小说发展中具有典范意义的"四大奇书"为对象，故他们对作品形式的修订在某种程度上即可视为完善和固定了通俗小说的形式体制，并对后世的小说创作起了示范作用。如崇祯本《金瓶梅》删去了"词话本"中的大量词曲，使带有明显"说话"性质的《金瓶梅》由"说唱本"演为"说散本"。再如《西游证道书》对百回本《西游记》中人物"自报家门式"的大量诗句也作了删改，从而使作品从话本的形式渐变为读本的格局。对回目的修订也是此时期小说评改的一个重要方面，如毛氏批本《三国演义》"悉体作者之意而联贯之，每回必以二语对偶为题，务取精工。"（《凡例》）回目对句，语言求精，富于文采，遂成章回小说之一大特色，而至《红楼梦》达峰巅状态。

第三是对小说文本在艺术上作了较多的增饰和加工，使小说文本益愈精致。这主要包括三个方面，一是补正小说情节之疏漏，通俗小说由于其民间性的特色，其情节之疏漏可谓比比皆是，人们基于对作品的仔细批读，将其一一指出，并逐一补正。二是对小说情节框架的整体调整，如金圣叹腰斩《水浒》而保留其精华部分，虽有思想观念的制约，但也包含艺术上的考虑；再如崇祯本《金瓶梅》将原本首回"景阳冈武松打虎"改为"西门卿热结十兄弟"，让主人公提早出场，从而使情节相对比较紧凑。又如《西游证道书》补写唐僧出身一节而成《西游记》足本等，都对小说文本在整体上有所增饰和调整。三是对人物形象和语言艺术的加工。

那怎样看待这一现象？为何会出现这一情况呢？主要有两方面的因素：

在中国古代文学发展史上，通俗小说历来是一种地位卑下的文体，虽然数百年间其创作极为繁盛且影响深远，但这一文体始终处在中国古代各体文学之边缘。通俗小说的流传基本是民间性的，其创作队伍也是下层性的。流传的民间性使得通俗小说在刊刻过程中被人增饰修订成为可能，而创作者地位的下层性又使这种行为趋于公开和近乎合法。古代通俗小说有大量的创作者湮没无闻，而其作品在很大程度上也就成了书坊能任意翻刻和更改的对象。可以说，这是通俗小说在其外部社会文化环境影响下所形成的一种并不正常的现象。

通俗小说能够得到文人的广泛修订还与通俗小说的编创方式有关系。中国古代通俗小说在其发展进程中体现了一条由"世代累积型"向"个人独创型"发展的演化轨迹。而所谓"世代累积型"的编创方式是指有很大一部分通俗小说的创作在故事题材和艺术形式两方面都体现了一个不断累积、逐步完善的过程，因此这种小说文本并非是一次成型、独立完成的。在明清通俗小说发展史上，这种编创方式曾是有明一代最为主要的创作方式，进入清代以后，通俗小说的编创方式虽然逐步向"个人独创型"发展，但前者仍未断绝。这种在民间流传基础上逐步成书的编创方式使得小说文本往往处于一种"流动"状态，正因是在"流动"中逐步成书的，所以成书也并非最终定型，仍为后代的增订留有较多余地；同时，正因其本身始终处于流动状态，人们对其作出新的增订就较少观念上的障碍。在通俗小说的传播修订过程中，虽然人们常常以得"古本"而为其增饰作遮眼，但这种狡狯其实是尽人皆知的，修订者对此也并不太过在意。

正因为有上面两层因素，所以通俗小说在传播刊刻过程中得到了广泛的增饰修订，人们也常常把这种增饰修订视为一次艺术再创造活动。比如金圣叹就明确宣称："圣叹批《西厢》是圣叹文字，不是《西厢记》文字。"(《贯华堂第六才子书西厢记·读法》)他批《水浒》虽然没有类似的宣言，但旨趣是同一的。他腰斩、改编《水浒》并使之自成面目，正强烈地体现了这种精神。

我大致给大家讲这三个问题，最后简单归结一下：

第一，鲁迅先生的《中国小说史略》是20世纪中国小说研究中最为著名的论著，对中国小说研究的影响非常巨大。但也给后来的小说研究和创作带来了一些偏差。这是 20 世纪的一个时代潮流。

第二，中国小说是一个非常丰富的系统，它远远超越了虚构的叙事散文的格局，虚构的叙事散文无法涵盖中国小说的丰富性。

第三，在通俗小说的发展中，小说还是最受到文人的普遍关注的。通俗小说虽然不受重视，但通俗小说走向经典还是文人化的结果。今天我就讲这些，不当之处请批评指正！

谢谢大家！

王一丹(北京大学外国语学院教授)

跨越东西方的诗歌之旅

——从《鲁拜集》的最初汉译看文学翻译成功的时代契机

王一丹

一、从胡适的一首译诗说起

1919年4月15日发行的《新青年》第6卷第4号，刊发了胡适（1891—1962）翻译的一首波斯四行诗。该诗转译自19世纪英国诗人、翻译家费兹杰拉德（Edward Fitzgerald, 1809—1883）的英译本《鲁拜集》（Rubaiyat），即著名波斯古典诗人海亚姆（Omar Khayyam, 1048—1123）的四行诗集。《鲁拜集》中各诗原本没有标题，胡适翻译此诗后，题名为《希望》，并写了题记。此诗后来收入上海亚东图书馆1920年3月出版的《尝试集》，但题记被删，汉译后所附的菲兹杰拉德的英文翻译也有所改动。胡适翻译这首《希望》，让中国读者首次接触到海亚姆及其作品。译诗的题记简短而明了，准确地介绍了海亚姆的成就以及"鲁拜"（rubā'i）[①]这种波斯传统诗歌的主要特点。下面是《希望》一诗及其题记：

希望　　胡适 译

这首小诗的原著者Omar Khayyam乃是波斯国人。他的数理和天文学是波斯文明史上的一种光荣。他不但是一个科学家，

[①] 胡适称之为"绝句"，另有"柔巴依"、"怒湃"、"四行诗"等多种译名，本文按多数人习惯，称之为鲁拜。

还是一个诗人。他有五百首"绝句"(原名 Rubaiyat，乃是四句体的诗，一、二、四句押韵，第三句没有韵，狠（很）像中国的绝句体，故借用此名），狠（很）有名的。英国诗人 Fitzgerald 译出了一百多首，此外还有他种译本。这一首是 Fitzgerald 译的第 108 首。

这位波斯诗人生年已不可考，他死在西历 1123 年，当中国宋徽宗宣和五年。

要是天公换了卿和我，
该把这糊涂世界一齐都打破，
再团再炼再调和，
好依着你我的安排，把世界重新造过！
Ah! Love, could you and I with Him conspire,
To grasp this Sorry Scheme of Things entire,
Would not we shatter it to bits— and then
Remould it nearer to the Heart's Desire!

　　　　　　　　　　　Omar Khayyam[①]

诗中洋溢着一种打破束缚、大胆解放和创造的激情与勇气。胡适翻译这首《希望》之时，正值中国"五四"新文化运动时期。以"反对旧文学，提倡新文学"为特征的文学革命，是"五四"新文化运动的一个重要内容。其时的胡适，作为白话诗最早的积极倡导者，扛着"文学革命"的大旗，正大力主张并亲身实践着白话诗的创作。他出版于 1920 年的《尝试集》是中国第一部新诗集。在《尝试集·自序》中，胡适提出了"诗体大解放"的主张，要"把从前一切束缚自由的枷锁镣铐，一切打破"[②]。这种打破旧秩序、开创新天地的精神在新

[①] 原载《新青年》第 6 卷第 4 号，1919 年 4 月 15 日，第 374 页；收入《尝试集》，上海亚东图书馆 1920 年版，第 48 页。

[②] 胡适：《尝试集·自序》第 39 页，见《尝试集（附去国集）》，上海亚东图书馆 1920 年版。

诗创立期影响极大，这也正是《希望》这首译诗的精神。

菲兹杰拉德翻译的《鲁拜集》，内容大多是对韶光易逝、人生无常的慨叹，其基调是"清新的东方情调和一种但求今世欢乐的思想"①，弥漫着"淡淡的忧郁和浪漫的风格"②，表达了"醇酒妇人的享乐主义"和"'宇宙为万物之逆旅，人生乃百代之过客'那种永恒的悲哀"，体现了维多利亚"时代的迷惘怀疑"情绪③。只有被胡适选中的这一首，洋溢着一股特别的积极浪漫主义精神，充满了一种打破旧世界、开创新天地的豪迈。

在这里，我们不妨再抄引一首胡适填写的《沁园春·誓诗》，与《希望》两相比较："更不伤春，更不悲秋，以此誓诗。任花开也好，花飞也好；月圆固好，日落何悲！我闻之曰，'从天而颂，孰与制天而用之？'更安用，为苍天歌哭，作彼奴为！　文章革命何疑！且准备搴旗作健儿。要前空千古，下开百世；收他臭腐，还我神奇！为大中华，造新文学，此业吾曹欲让谁？诗材料，有簇新世界，供我驱驰！"④

好一个"制天而用之"，"簇新世界，供我驱驰"！如此非凡的气魄，与《希望》一诗何其相似。如果说两者有区别的话，正如它们各自的题名那样，《誓诗》表达的是一种誓言，为"文学革命"摇旗呐喊的决心与誓言；《希望》则表达了一种愿望，打破传统、开天辟地的愿望。《誓诗》作于1916年，《希望》译于1919年，同属于"五四"新文化运动时期，反映的同是一种激扬反抗、自由创造的时代精神。

胡适翻译的这首《希望》，据说是他"最得意的一首译诗，也是在他诗里最脍炙人口的一首"⑤。这首诗在当时产生了不小的反响，不少诗人、评论家都曾发表看法，褒贬得失，并就诗歌翻译的问题进

---

① 王佐良：《英国文学史》，商务印书馆1996年版，第359页。
② 〔英〕艾弗·埃文斯：《英国文学简史》，蔡文显译，人民文学出版社1984年版，第110页。
③ 梁实秋：《英国文学史》（第三卷），台北：协志工业丛书出版股份公司1985年版，第1585—1586页。
④ 胡适：《尝试集·自序》，第27页；又收入《去国集》，第50页，见《尝试集（附去国集）》。
⑤ 徐志摩：《我默的一首诗》，载《晨报副刊》1924年11月7日，收入赵遐秋、曾庆瑞、潘百生编《徐志摩全集》第四卷，广西民族出版社1991年版，第241页。

行了讨论。闻一多（1899—1946）说："胡译虽过于自由，毫未依傍原文，然而精神尚在。"①成仿吾（1897—1984）则说："一多说胡适之的《希望》精神尚在，我却不以为然。胡译不仅与原文相左，而且把莪默的一贯的情调，用'炸弹！炸弹！炸弹！干！干！干！'一派的口气，炸得粉碎了。"②徐志摩也认为胡适的这首诗"不能叫译"，他说："适之那首莪默，未始不可上口，但那是胡适，不是莪默。"③显然，胡适的汉译，也像菲兹杰拉德的英译本一样，被认为不忠于原作；同时，它也像菲兹杰拉德的英译本一样，传达着与时代精神相契合的信息，因而激起了时人的共鸣。正如当时一位读者所说，"我们中国现在的青年，哪个读了能不受感动？"④

菲兹杰拉德的英译本《鲁拜集》第二版有110首四行诗⑤，胡适唯独选译了这一首，并非偶然。在1928年9月10日发行的《新月》第1卷第7号上，我们读到了胡适翻译的哦亨利（今译欧·亨利）的短篇小说《戒酒》，小说结尾处引用了欧玛尔·海亚姆的两首四行诗，其中最后一首即这首《希望》，不过没有标题，译文有两处不同，一是诗句以5行的形式出现，二是第2行的"糊涂世界"改作"糟糕世界"。据胡适的附记，此篇小说译自"美国短篇小说大家博德（William Sydney Porter），笔名'哦亨利'（O. Henry）……他短篇全集凡十二册，此篇原名为 The Rubaiyat of a Scotch Highball，载在全集中的 The

---

① 闻一多：《莪默伽亚谟之绝句》，原载《创造季刊》第2卷第1号，1923年5月1日，"评论"第14页；收入孙党伯、袁謇正主编《闻一多全集》第2卷，湖北人民出版社1993年版，第99页。
② 闻一多：《莪默伽亚谟之绝句》，《创造季刊》第2卷第1号，"评论"第24页；《闻一多全集》第2卷，第108页。
③ 徐志摩：《一个译诗问题》，载《现代评论》第2卷第28期，1925年8月29日；收入《徐志摩全集》第四卷，第304页。
④ 天心：《我也来凑个趣儿》，《晨报副刊》1924年11月12日第四版。
⑤ 胡适在题记中说此诗译自菲兹杰拉德英译本的第108首，可知是译自英译本第2版，因为只有第2版收录了110首四行诗，其他的版本只有75首（第1版）或101首（第3、4、5版）。不过胡适此处所附的英文翻译与菲兹杰拉德第2版的文字略有出入，如所引第一行中的第8词"Him"，在菲兹杰拉德的第2版中为"Fate"，菲氏是在第3版以后才改用"Him"一词的。有兴趣的读者可对比：*Rubáiyát of Omar Khayyám*, rendered into English verse by Edward Fitzgerald, the four editions with the original prefaces and notes, Leipzig: Bernhard Tauchnitz, 1910, p. 102, no. CVIII (second edition); p. 159, no. XCIX (third edition); p. 217, no. XCIX.

Trimmed Lamp 一册内。哦亨利最爱用一地的土话,和一时的习语。土话是跟着地方变的,习语是跟着时代变的,时变境迁,便难懂得。字典又多不载这种土话熟语。故外国人读他的作品往往感觉很大的困难。我译此篇的志愿,起于 1919 年 2 月,只译了其中的莪默的第二首诗,后收在《尝试集》中,题为希望。一搁笔便直到今日,十年的心愿于今方了,总算一件快心的事。"① 如此看来,胡适译此诗的起因,是欧·亨利的小说,诗歌很快译出,小说却迟至 9 年后才译成,这固然是因为小说难懂——如胡适所言,但更重要的原因,应该是这首诗更强烈地打动了译者的心。小说中引用的另一首鲁拜诗,就没有得到胡适同样的喜爱,因为它是一首劝人珍惜青春、及时畅饮的酒诗,虽然优美,却不符合译者当时的精神需求。

值得一提的是,胡适翻译的《希望》一诗,并不只以上两种版本,另外还有第三种未曾刊发、鲜为人知的译文。2012 年 5 月 5—9 日,在北京大学图书馆举办的"庆祝北京大学建校 114 周年北大著名学者手稿展"上,展出了胡适的 5 件手稿,其中一件为"胡适译古波斯诗人莪默《鲁拜集》诗一首"(彩图 1),② 译文如下:

> 爱呵!要是天公能让你和我
> 抓住了这糟糕的世界,
> 我们可不要把他全打破,
> 好依着我们的心愿重新造过么?

这个译稿与发表于《新青年》和《新月》上的两种译文区别较大,尤其是第一行的起始句"爱呵!"在胡适已发表的版本中是没有

---

① 哦亨利著:《戒酒》,适之译,《新月》第 1 卷第 7 号,1928 年 9 月 10 日,第 9 页。这两首鲁拜收入《尝试后集》,见欧阳哲生编《胡适文集》第九卷,北京大学出版社 1998 年版,第 326 页。小说男女主人公都对《鲁拜集》情有独钟,经常一起念诵其中的诗句。小说篇名今译《苏格兰威士忌的〈鲁拜集〉》,收入《剪亮的灯盏》,参见〔美〕欧·亨利著《欧·亨利小说全集》第四卷,王永年译,人民文学出版社 2003 年版,第 205—217 页。
② 承朱玉麒教授惠赐其在手稿展上专门拍摄的照片,谨此致谢。

的；第三行的翻译，也改掉了"再团再炼再调和"那种旧体诗的味道①，而采用了更舒缓的、接近口语的白话。在手稿上还清晰可辨译者所做的修改，其中，原写作"寒伧了"的三字被删去，改作"糟糕"；"全打破"前原本有"一齐都"三字，后被圈划删除；最后一行所做的改动最大，原译是"再依着我们称心如意地把他重新改造过么？"译者删减掉了过多的赘词。从胡适对手稿的修改可以看出，他对这首诗的翻译相当慎重认真，经过了反复推敲，一译再译。由于手稿未注明完成日期，无法得知它与已发表的两种译稿孰前孰后②。

比较三种译文，未出版的这一稿从"忠实性"角度来看似更接近菲兹杰拉德的英译，但诗歌内在的节奏感却不如《新青年》版，尤其是在用韵上，《新青年》版"我、破、和、过"四个韵脚连用，自然而有力，一气呵成，比第三种译稿更富于感染力。

《希望》一诗虽短，却在中国现代文学翻译史上有着重要地位。它以清新自然的白话，激情洋溢的风格，引起当时文坛的注目，在此之后，才出现了郭沫若的全译本《鲁拜集》，从而进一步吸引了时人的关注，并引发了现代文学史上一次关于诗歌翻译的热烈讨论。这次讨论不仅扩大了海亚姆及《鲁拜集》的影响，也推动了汉语诗歌翻译的进步。从这个意义上说，这首小诗开风气之先，功不可没。

二、郭沫若与《鲁拜集》全译本

在胡适首开纪录、翻译了《希望》这首四行诗以后，郭沫若（1892—1978）于1922年9月完成了对菲兹杰拉德英译本第4版全部

---

① "再团再炼再调和"似是自那首著名的《我侬词》化来，"有赵松雪合管夫人'塑泥人'的小词的意味"（荷东：《译莪默的一首诗》，《晨报副刊》1924年11月13日第四版）。
② 本文于《新疆师范大学学报》（哲学社会科学版）2012年第6期刊出之后，读者顾家华来信告知：北大图书馆邹新明先生曾撰专文介绍此译稿，并指出翻译时间"应该在胡适题名为《希望》的翻译之后"，即"1924年11、12月间"。参见邹新明《胡适翻译莪默〈鲁拜集〉一首四行诗的新发现》，《胡适研究通讯》2009年第3期。笔者在此谨向顾家华先生特致谢忱。

101 首鲁拜的汉译,并撰写了一篇长文《波斯诗人莪默伽亚谟》加以介绍,文章与翻译一并刊发于 1923 年的《创造季刊》第一卷第三期①。其中第 99 首与胡适的《希望》为同一首。在文章的第一节"读 Rubaiyat 后之感想"中,郭沫若说,《鲁拜集》使他联想到了屈原的《天问》对宇宙人生的疑问,联想到了歌德的《浮士德》和我国的"古诗十九首"中的享乐主义,并认为从海亚姆的诗歌中可以看出我国诗人刘伶和李太白的面孔来②。

郭沫若的翻译引起了更多人对海亚姆的兴趣。闻一多在《创造季刊》第二卷第 1 号 (1923 年 5 月) 上发表了评论文章《莪默伽亚谟之绝句》,表示"我读到郭译的莪默,如闻空谷之跫音"③,认为郭译的成功之处在于"译者把捉住了它的精神,很得法地淘汰了一些赘累的修词,而出之以十分醒豁的文字,铿锵的音乐。"④ 对于郭译各诗中的失误,他逐一举例指出并订正,还同时刊出了他自己的几首翻译。此后不久(1924 年 11 月 7 日),诗人徐志摩也在《晨报副刊》上发表了短文《莪默的一首诗》,针对胡适翻译的《希望》提出看法,并根据自己的理解做了重译,与胡适的译文一起刊出,以期抛砖引玉,"供给爱译诗的朋友们一点子消遣;如其这砖抛了出去,竟能引出真的玉来,那就更有兴致。"⑤ 徐志摩的这篇文章及译诗,吸引了一个名为"天心"的读者的注意,他在几天后的《晨报副刊》上发表《我也来凑个趣儿》一文,附上自己的译诗,并写道:"我因看见胡适之、郭沫若、徐志摩关于莪默的一首小诗闹得如此有趣,所以也忍不住要来凑个趣儿。怪不得适之先要用寸楷来写,高声用徽州调来唱这首诗的,它本来是很好呢;尤其是我们中国现在的青年,哪个读了能

---

① 郭沫若:《波斯诗人莪默伽亚谟》,《创造季刊》第 1 卷第 3 号,"杂录"第 1—41 页。
② 同上书,"杂录"第 1—11 页。
③ 闻一多:《莪默伽亚谟之绝句》,《创造季刊》第 2 卷第 1 号,"评论"第 10 页;《闻一多全集》第 2 卷,第 95 页。
④ 同上书,"评论"第 17 页;《闻一多全集》第 2 卷,第 101—102 页。
⑤ 徐志摩:《莪默的一首诗》,《晨报副刊》1924 年 11 月 7 日;收入《徐志摩全集》第四卷,第 241 页。

不受感动？"① 此文刊发的第二天，一位"荷东"读者也在《晨报副刊》上发表议论，认为胡适是意译，徐志摩是直译，都有可改进之处，因此他分别用白话与文言两种风格尝试进行翻译，"以凭胡徐二先生鉴定。"②

这一连串的反响，不只令人感到"如此有趣"，还令今人看到了当时文坛的活泼健康、开放自由的批评氛围。鉴于这几人的译作是继胡适《希望》之后最早的鲁拜汉译，今天的读者已不易见其全貌，我们在此将其逐一转录。至于这些译文以及后来的各种《鲁拜集》汉译孰优孰劣，非本文主旨所在，这里不作比较，读者见仁见智，可以有不同看法。

郭沫若：
　　啊，爱哟！我与你如能反畔"他"时，
　　把这不幸的全部的"计划书"来夺取，
　　我怕不把它扯成粉碎——
　　从新又照我心愿涂写！③

闻一多：
　　爱哟！你我若能和"他"钩通好了，
　　将这全体不幸的世界攫到，
　　我们怕不要捣得他碎片纷纷，
　　好依着你我的心愿去再抟再造！④

徐志摩：
　　爱阿！假如你我能勾着运神谋反，
　　一把抓住了这整个儿寒尘的世界，
　　我们还不趁机会把他完全捣烂，——

---

① 天心：《我也来凑个趣儿》。
② 荷东：《译莪默的一首诗》，《晨报副刊》1924 年 11 月 13 日第四版；收入《徐志摩全集》第四卷，第 242—243 页。
③ 郭沫若：《波斯诗人莪默伽亚谟》，《创造季刊》第 1 卷第 3 期，"杂录"第 40 页。
④ 闻一多：《莪默伽亚谟之绝句》，《创造季刊》第 2 卷第 1 号，"评论"第 14 页；《闻一多全集》第 2 卷，第 99 页。

再来按我们心愿,改造他一个痛快。①

天心:

爱呵!你我若能与上帝勾通,

把这个糊涂世界整个抓在掌中,

我们怕不一拳捶它粉碎,

依着你我的心怀,再造成整块?②

荷东:

白话体——

爱呵!你我果能与运神合商(或叶韵改合作)

来执掌这支配万物的权,

我们岂不能将世界都打碎(或叶韵改打破)

改造成合我们心意的一种变迁?

文言体——

噫气长吁叹

爱神汝来前;

果能参造化,

执此万类权,

摧枯如碎粉

新观逐物迁,

一一随意旨

讵不心豁然?③

以上的翻译,有白话体,也有文言律体,不见得都很理想,但

---

① 徐志摩:《我默的一首诗》,《晨报副刊》1924年11月7日;收入《集外译诗集》,见《徐志摩全集》第一卷,第521页;第四卷,第242页。
② 天心:《我也来凑个趣儿》。
③ 荷东:《译我默的一首诗》,《晨报副刊》1924年11月13日第四版。又收入《徐志摩全集》第四卷,第243页,所录诗句略有出入,如"与运神"录作"兴运神","参造化"录作"感造化","一一"录作"一二"。

是，几位诗人和读者的热情参与、尝试、互相切磋与讨论，却为后来翻译的进步提供了宝贵经验[1]。

  这里还应一提的是闻一多对郭译的批评，以及郭沫若的回应。闻一多对郭译《鲁拜集》评价很高，但是对于他的失误，批评起来也毫不客气，认为他的翻译有时是"明珠艳卉"，有时却是"马勃牛溲"，有时忠实到笨拙的地步，有时却又"自我作古"，"英雄欺人"，"全篇还有一个通病，便是文言白话硬凑在一块，然而终竟油是油，水是水总混合不拢"[2]。面对这些批评，郭沫若未作任何辩驳，而是全盘接受，并表示："我一面校对，一面对于你的感谢之念便油然而生。你所指摘的错误，处处都是我的弱点，我自己也是不十分相信的地方，有些地方更完全是我错了。你说 Fitzgerald 的英译前后修改了四遍，望我至少当有再译三译。你这恳笃的劝诱我是十分尊重的。我于改译时务要遵循你的意见加以改正。"[3] 回顾这一段往事，令人由衷地感到欣慰，为批评者的直言无忌，也为被批评者的虚怀若谷，同时，也令人更深怀念那个造就了如此文坛佳话的、已经远去了的时代。

  在此后出版的《鲁拜集》单行本中，这首译诗经过了修改，形成了今天通常所见的这个译文：

    啊，爱哟！我与你如能串通"他"时，
    把这不幸的"物汇规模"和盘攫取，
    怕你我不会把它捣成粉碎——
    我们从新又照着心愿抟拟！[4]

---

[1]《希望》一诗可以说是译成汉语次数最多的英语诗歌之一，据说先后共有 26 个出自不同译者的版本。参见邵斌：《诗歌创意翻译研究——以〈鲁拜集〉翻译为个案》，浙江大学出版社 2011 年版，第 155—157 页。

[2] 闻一多：《莪默伽亚谟之绝句》，《创造季刊》第 2 卷第 1 号，"评论"第 18 页；《闻一多全集》第 2 卷，第 103 页。

[3] 同上书，"评论"第 24 页；《闻一多全集》第 2 卷，第 109 页。

[4] 莪默伽亚谟：《鲁拜集》，人民文学出版社 1958 年版，第 101 页。郭沫若的不同版本之间存在些微差异，如上海光华书局 1930 年版中，第三行的"不会把"改为"不把"，第四行则删去了"我们"二字（第 74 页）。

在这个译文中，译者不仅遵从闻一多等人的意见改正了第一行中的失误，把"反畔"改为"串通"，同时对后三行也做了不小改动。只是，修改后的译文中"物汇规模"一词晦涩难懂，破坏了全诗语言的清澈和流畅，与郭译其他各诗相比，实非上乘之作。

郭沫若翻译的这 101 首诗，于 1924 年 1 月由上海泰东书局出版单行本，书名《鲁拜集》。《鲁拜集》与郭沫若创作的诗集《女神》（1921 年）一样，都是"五四"精神所激发的产物。郭沫若本人谈到当年惠特曼《草叶集》对他的影响，"正是五四运动发动的那一年，个人的郁积，民族的郁积，在这时找出了喷火口，也找出了喷火的方式。"[①]"惠特曼的那种把一切的旧套摆脱干净了的诗风，和五四时代的暴飙突进的精神十分合拍，我是彻底地为他那雄浑的豪放的宏朗的调子所动荡了。"[②] 这里说的是郭沫若诗歌创作的缘由，也同样适用于他翻译《鲁拜集》时的情况。郭沫若在五四时期以至 20 世纪 20 年代初的诗歌，不论是创作还是译作，大都回荡着高昂的激情和雄壮的旋律，反映了一种突破一切束缚的彻底的叛逆精神和热望新生的浪漫主义激情。在稍后发表的《黄河与扬子江的对话》中，作者继续呼唤着"二十世纪的中华民族大革命"，号召"把一切的陈根旧蒂和盘推翻，另外在人类史上吐放一片新光"[③]，与上引鲁拜译诗中"和盘攫取、捣成粉碎"非常接近。《对话》最后的短诗中，第一句就是："人们哟！醒！醒！醒！"使人很自然联想到郭译《鲁拜集》第一首第一句："醒呀！太阳驱散了群星……"[④] 两者风格颇为相似。在这篇作品中，作者充满了对革命未来的憧憬，其中洋溢着高亢的反抗和破坏的激情，与译自海亚姆的那首诗也是相通的。

---

① 郭沫若：《沸羹集·序我的诗》，《郭沫若全集·文学编》第 19 卷，人民文学出版社 1992 年版，第 408 页。
② 郭沫若：《我的作诗的经过》，《沫若文集》第 11 卷，人民文学出版社 1959 年版，第 143 页。
③ 郭沫若：《黄河与扬子江对话》，《孤军》杂志第一卷第 4、5 期合刊，1923 年 1 月 1 日"打倒军阀"专号；收入《郭沫若全集·文学编》第 1 卷，第 314 页。
④ 我默伽亚谟：《鲁拜集》，郭沫若译，第 3 页。

三、《鲁拜集》初期汉译成功的启示

郭沫若翻译的《鲁拜集》"在之后的 20 多年里一共出版了 4 种版本,至少重印了 8 次以上,对中国新诗的发展产生了重要影响。"[①]事实上,郭译《鲁拜集》出版后,很快就有更多人加入到《鲁拜集》翻译队伍中来,据新近出版的一本研究专著所列的《鲁拜集》主要译本简表,二十世纪二十至四十年代,在郭沫若之后翻译出版过《鲁拜集》的译者有 10 人,而二十世纪五十年代以后,中国台湾出版的《鲁拜集》译本有 8 种之多,内地则在二十世纪八十年代以后不断涌现新译本,除了转译自英语的译本以外,还有了直接译自波斯语的三种译本[②]。这个简表并不完全,至少还可增加两种最近译自英语的译本[③],以及另外两种直接译自波斯语的译本,其中一种为英—法—汉—阿拉伯—波斯 5 语对照版[④],另一种为波—英—法—俄—阿—西(班牙)—汉—日 8 语对照版[⑤],均出版于德黑兰。

《鲁拜集》汉译者中,有大名鼎鼎的诗人[⑥],有著作等身的文学

---

① 谢天振、查明建主编:《中国现代翻译文学史(1898—1949)》,上海外语教育出版社 2003 年版,第 591 页。
② 参见邵斌《诗歌创意翻译研究——以〈鲁拜集〉翻译为个案》,第 84—85 页。
③ 〔波斯〕海亚姆:《鲁拜集新译》,覃学岚译,中国对外翻译出版公司 2011 年版;《陌上蔷薇:鲁拜集新译》,滕学钦衍译,中国海洋大学出版社 2011 年版。另外,承顾家华来信告知,新近译自英文本《鲁拜集》的汉译本还有:《裘默绝句集》(绝句体),眭谦(伯昏子)译,载于《由桥斋吟稿》,巴蜀书社 2011 年版;《鲁拜集》(绝句等混合体),阮小晨译,载于《英美名诗二百首新译》,漓江出版社 2011 年版;《鲁拜集》(五言绝句体),徐燮均译,载于《英语名诗 80 首》,四川大学出版社 2010 年版;《鲁拜集——世界上最美的诗歌》(绝句等混合体),王虹译,花城出版社 2012 年版。
④ Omar Khayyam, *Omar Khayyam's Quatrains*, English-French-Chinese-Arabic-Persian edition, Tehran: Ketabsaray-e Tandis, 2002 (穆宏燕汉译)。
⑤ Omar Khayyam, *Rubaiyat (Quatrains)*, Persian-English-French-Russian-Arabic-Spanish-Chinese-Japanese edition, Tehran: Gooya House of Culture and Art, 2010 (王一丹汉译)。
⑥ 诗人译者中特别值得一提的是朱湘。他的《番石榴集》大概是中国新文学运动以来第一部世界范围内的译诗选本,入选其中的波斯古典诗人有 5 人,除了阿玛·加漾(即欧玛尔·海亚姆)以外,还有左若亚斯忒(琐罗亚斯德)、萨密(鲁米)、萨第(萨迪)和哈菲士(哈菲兹)。参见朱湘选译《番石榴集》,商务印书馆 1936 年版,第 25—31 页(15 首);又见《朱湘译诗集》,湖南人民出版社 1986 年版,第 13—17 页。此外,《番石榴集》下卷(第 237—313 页)收录安诺德(M. Arnold, 1822—1888)的长诗《索赫拉与鲁斯通》实际上也是波斯古典文学故事,出自波斯诗人菲尔多西(940—1020)的史诗《列王纪》,索赫拉(今译苏赫拉布)与鲁斯通(今译鲁斯塔姆)的故事是这部波斯民族史诗中最著名的一个悲剧。

家，也有笔耕多年的翻译家，以及成就卓著的科学家，可谓"译笔缤纷，华章比美"①，蔚为大观。甚至在武侠小说《倚天屠龙记》中，作家金庸也借故事中波斯少女之口，吟咏海亚姆的诗句："来如流水兮逝如风，不知何处来兮何所终！"②译笔之典雅飘逸，令人称绝。

伴随着译本出现的，是不断增多的有关翻译问题的讨论。对于《鲁拜集》汉译的历史与得失，已有众多研究者进行了回顾与总结③。在总结的基础上，又逐渐产生了对《鲁拜集》汉译方法的理论探索，其中最有代表性的应是黄杲炘根据其多年翻译实践经验总结出的"兼顾译诗诗行顿数、字数与韵式"的翻译法④，以及邵斌在系统考察各家《鲁拜集》汉译方法的基础上，提出的"诗歌创意翻译"概念⑤。另外值得关注的是，自二十世纪末开始，在《鲁拜集》翻译研究领域，逐渐有研究者立足于波斯语文本和波斯—伊斯兰文化传统，重新审视《鲁拜集》的翻译，起初是张承志、张鸿年等知名学者提出质疑⑥，后来又有研究者更进一步，尝试采用后殖民理论来观照《鲁拜集》的汉译，他们或分析中国译者在西方视角影响下长期以来对海亚姆形成的误读⑦，或探讨《鲁拜集》如何经菲兹杰拉德英译本的折射，被附加上英语文学所处的强势地位，从而影响了当时中国对波斯文学认知的过程⑧。这一类文章目前为数不多，但代表着一种新的研究趋势。

---

① 张承志语，见《波斯的礼物》，收入《文明的入门》，十月文艺出版社 2004 年版，第 323 页。
② 金庸：《倚天屠龙记》第 30 章《东西永隔如参商》，香港明河社 1983 年第 5 版，第 3 册，第 1199 页。
③ 这方面的著述极为丰富，笔者所见比较有代表性的论著有：莫渝《〈鲁拜集〉——甲子翻译史》，《台湾时报》1987 年 3 月 6 日；黄杲炘《从柔巴依到坎特伯雷——英语诗汉译研究》，湖北教育出版社 1999 年版；邵斌《诗歌创意翻译研究——以〈鲁拜集〉翻译为个案》第四章"《鲁拜集》百年汉译研究"，第 73—157 页。
④ 黄杲炘：《英诗汉译学》，上海外语教育出版社 2007 年版，第 80 页；同作者《从柔巴依到坎特伯雷——英语诗汉译研究》，第 227 页。
⑤ 邵斌：《诗歌创意翻译研究——以〈鲁拜集〉翻译为个案》，第 178—185 页。
⑥ 张承志：《波斯的礼物》，见《文明的入门》第 323—326 页；张鸿年：《"啊，我爱"根本不存在——鲁拜翻译漫谈》，《文汇读书周报》2002 年 5 月 17 日。
⑦ 参见姑丽娜尔·吾甫力《译者的误读与误导——以欧玛尔·海亚姆诗歌的翻译为例》，《中国比较文学》2006 年第 3 期。
⑧ 参见沈一鸣《后殖民主义翻译理论在世界文学中的运用——以欧玛尔·海亚姆的〈鲁拜集〉翻译为例》，见《东方文学研究：文本解读与跨文化比较》，王邦维主编：《东方文学研究集刊》第 6 辑，北岳文艺出版社 2011 年版。

就诗歌本身而言，海亚姆用波斯语创作的《鲁拜集》语言纯净，风格清新，哲理深邃，几乎每一首都堪称波斯语诗歌的精品，令所有懂波斯语的人沉醉。因此，尽管译自英语的《鲁拜集》已如此之多，也不乏成功之作，却仍然不断会有懂得波斯语这门诗歌语言的人愿意倾尽全力将它直接从原文译出，为人们提供更多认识的角度和鉴赏的途径。与《鲁拜集》英—汉翻译 90 多年的历史相比，直接译自波斯语原文的《鲁拜集》汉译时日尚短，经验不足，更未能上升到理论的高度，还有许多尚待解决的难题，而《鲁拜集》英—汉翻译长期积累的经验正如一笔巨大的财富，如果后来的译者善于从中借鉴经验，汲取营养，那么假以时日，译自波斯语的《鲁拜集》，也同样可以产生令人传诵的佳作。

《鲁拜集》可以说是译成汉语次数最多、最受中国读者熟悉和喜爱的波斯文学作品。如果说，胡适当初翻译的那首《希望》，像一颗蒲公英的种子，跨越了千山万水，从西方来到东方，落在中国的土地上，那么，随着《鲁拜集》各种汉译本的问世，这颗种子已经在中国文化的土壤中生根、发芽，开出了众多缤纷的花朵。回顾这颗种子落地和成长的过程，以及催发它生长的气候和土壤，我们仍能从中得到许多有益的启发和感悟。

中国与波斯虽然同处世界的东方，但《鲁拜集》这部波斯文学的名著，却是首先通过远在西欧的英国翻译家、作为英语文学的名著而被介绍到中国，获得人们的喜爱和欣赏。从波斯到英国、再从英国到中国，在辗转跋涉于异文化国度的过程中，《鲁拜集》给不同国度、不同时代的民族，带来了不同的情感慰藉和精神力量。《鲁拜集》翻译过程中这种因时代和民族而异所发生的再创造现象，反映了不同社会文化背景下的翻译者对其文化内涵的取舍。

比较英语文本与波斯语文本《鲁拜集》的区别，以及它们各自的汉译本的不同，将使我们真正理解《鲁拜集》在波斯、英国和中国跨文化语境传播过程中发生的变异、过滤、误读、重写等现象，其有趣之处远远超越了一般的语言翻译层面和单纯的文学接受范畴，体现了更为复杂的文化碰撞和文化对话的问题。

四、结语

每一个时代都有自己的文化特点和精神需求。正如文学创作要顺应时代精神一样，文学翻译作为一种再创作，也受制于时代的精神与需要。只有符合时代需求、契合时代精神的翻译作品，才能引起共鸣、打动心灵，才能被翻译作品的读者所广泛接受。如果没有菲兹杰拉德那充满维多利亚时代人文精神的、自由而优美的、富于创造性的翻译，海亚姆作为诗人的面目也许至今仍不为世人所知，《鲁拜集》仍然只能作为一部深奥的波斯古典文学文本停留在少数几个东方学家的案头，而不会像今天这样走入世界上难以计数的读者的心田，引起如此广泛的共鸣。同样，如果没有胡适和郭沫若那反映了五四精神的汉译，《鲁拜集》不会在当时的中国读者中引起如此强烈的反响，也不会在此后的中国文学史和翻译史上留下如此悠长的回响。事实上，如同菲兹杰拉德的《鲁拜集》英译本已经成为英国文学经典的一部分一样，郭沫若的《鲁拜集》汉译本也已经成为中国新文学的一部分。如果说好的诗歌翻译要"特别能培养一种新的感受力，特别能给另一种语言和文化注入新的活力"[①]，从这一点来说，菲兹杰拉德做到了，胡适和郭沫若也做到了。

[①] 王佐良：《论新开端·序言》，外语教学与研究出版社 1991 年版，第 1 页。

戴庆厦（中央民族大学教授）

立足"本土",讲究"视野"
——漫谈当今语言研究之路

戴庆厦

我做语言学研究已经有半个多世纪了。回想这一段历程的主要体会是,要取得成就除了尽心尽力之外,还要摸索并形成适合自己条件的路子。我的研究路子是:立足"本土",讲究"视野"。下面谈一些体会,提一些问题,供大家参考。

一、立足"本土"才能发挥优势

什么是立足"本土"？立足"本土"是指重视利用、开发本国的语言资源,充分利用本土资源建立自己的优势。怎么认识我国的语言资源呢？

(一)我国的语言资源取之不尽,对语言学的建设有着不可替代的价值。但是,人们对自己资源的丰富性总是认识不足,直接影响到对资源的开采和利用。

众所周知,我国是一个多民族、多语言、多文种的国家。目前已识别的少数民族语言有120多种,少数民族文字有28种。其丰富性和复杂性主要表现在:

1. 我国语言分属汉藏、阿尔泰、南亚、南岛、印欧五大语系,语言类型多。这些语言中既有分析语,又有黏着语、屈折语。语种多、类型复杂,是中国语言资源的重要特点之一。特别是,世界上使用人口居第二位的汉藏语系主要分布在中国。中国是汉藏语系的故乡，有着发展汉藏语系得天独厚的条件。

  2. 我国语言保留着大量的对语言研究有价值的现象，这对认识语言本质、语言历史及演变有着重要的价值。如：汉藏语系藏缅语族羌语支保留了大量的复辅音声母，在一定程度上反映了原始汉藏语的声母特点，这对汉藏语、汉语的声韵系统的历史研究有着重要的价值。如：道孚语有声母300个，其中单辅音声母49个，复辅音声母251个，复辅音声母中，二合的有251个，三合的有34个。上古汉语究竟有没有复辅音，有多少复辅音形式，这是需要去探明的。

  3. 我国语言长期以来处于相互交融、相互影响的状态，这对接触语言学、底层语言学等理论研究能够提供大量新鲜的语言事实。如：类型学的规则显示，汉语的语序有一些不符合类型学共性，出现异常，如Greenberg归纳的45条人类语言的共性，其中第2条和第24条就不符合汉语事实。第2条共性是：使用前置词的语言中，领属语几乎总是后置于中心名词，而使用后置词的语言，领属语几乎总是前置于中心名词。但汉语的情况则相反，它属于前置词型语言，但领属语则前置于中心名词。这是为什么？所以，有的学者就认为汉语是受各民族语言影响后形成的混合语，对吗？又如，分布在四川一带的"倒话"，词汇是汉语的，语法是藏语的，因此有人也认为它是混合语。问题是，人类语言究竟有没有混合语，划分混合语的标准又是什么，这些问题语言学理论都没有答案。底层理论能否成立？也待研究。

  4. 我国语言有大量应用问题亟待研究，比如少数民族语言文字的信息化、标准化，少数民族的双语习得等，这当中有做不完的事，都能做出贡献。

  我国幅员广大，人口多，不仅少数民族语言丰富复杂，汉语的方言也是五彩缤纷。各种语言在长期历史的不断交融、分化的进程中，出现了大量的、在别国所没有的语言现象和语言规律，是丰富、发展语言学理论的养料。

（二）我国的语言国情急需全面、深入认识。特别是要科学地认识现代化进程中中国语言的变化（包括变化规律、变化新特点等）

在世界经济一体化、人口流动增多的今天，我国语言影响、语言转用、语言兼用的现象不断增多，出现了许多前所未有的新现象、新规律、新问题，等待我们去研究、去认识。诸如语言兼用问题应当怎么认识，双语关系要如何处理才好，怎样摆好强势语言和弱势语言的关系，语言濒危现象在我国应当如何定位、定性，中国少数民族语言的走势如何等等问题，都是大有研究价值的课题。这些都是摆在语言学家面前的重要任务。研究好了，必将丰富语言学理论。

近8年来，我们中央民族大学985创新基地开展了语言国情调查研究，出版了15部语言国情个案调查报告。这些报告系统地描写、论述了这些地区的语言生活，指出母语使用的状况及其功能分布，还对兼用语情况及特点进行了分析。双语状况调查成果显示，中国少数民族大多保存使用自己的母语，但也不同程度地兼用了国家通用语，有一些民族如基诺族、阿昌族的语言生活已进入全民双语型。在一个多民族的国家，少数民族兼用国家通用语是有助于民族发展的趋势。不仅中国如此，我去过的一些国家如泰国、老挝、缅甸等国也是如此。这是世界发展的共同潮流。

国情调查是为了认识语言现状，包括语言本体和语言功能两方面。其成果能为国家制定语文方针政策提供事实依据。

我们还开展了跨境语言调查研究（languages cross borders）。跨境语言是指分布在不同国家的同一语言的不同变体。跨境语言差异有其自身的特点和规律，是语言变异的一种特殊的模式。它不同于因年龄、职业等因素的差异而引起的社会语言学变异；不同于由于地域差异而出现的方言变异；也不同于由于正常的语言分化而形成的亲属语言变异。中国有30个跨境民族使用35种跨境语言。

总的看来，国内外跨境语言的研究比较薄弱。在我国，跨境语言受到重视并提到语言学分支的角度来研究是从 2006 年开始的。2011年，国家语委"十二五"科研规划根据我国语言学发展的需要，及时地将"跨境语言研究"列入重点项目，中央民族大学申报的《中国跨境语言现状调查研究》被批准立项。如今，跨境语言研究已成为中国语言学的一个分支学科——跨境语言学。其重要性已成为语言学家的共识，并受到民族学家、社会学家、人类学家的关注。有大量的课题等待人们去探索，前景看好。

跨境语言研究的理论意义在于：从跨境语言的变异中，能够发现语言演变的新规律。而且，跨境语言往往或多或少地保留着古代语言的某些痕迹，有助于历史语言学的研究。其应用价值在于：科学地认识跨境语言现状及其演变规律有助于跨境国家制定跨境语言的语言规划（包括语言规范），有利于跨境语言的使用以及跨境语言的和谐、互补。

（三）新疆有得天独厚、丰富的语言资源，大有可为

新疆地处西北边疆，占全国六分之一的国土面积。新疆是个多民族、多语言、多文种的省份，历史上民族交融、语言接触的情况十分复杂。无论是现在正在使用的语言，还是已经消亡的古代语言，都是国家的语言资源。科学地、深入地认识新疆地区的语言现状及其历史演变，不仅对语言学而且对历史学、文化学、教育学等学科都有重大价值。

特别是新疆的少数民族的双语教育，意义重大，任务繁重，要做好这一工作是要花大力气的。新疆的双语教育的研究和实践，能为我国双语教育的理论建设提供重要的经验。

世界各国语言学发展的道路告诉我们：立足于本土发展语言学容易做出特色，能够做出别国做不出的特殊贡献。我认为，年轻人做语言研究，最好从自己熟悉的语言或方言做起，逐步扩大。我本人 50 多年的学术路子，就是从自己的母语——闽语仙游话开始的，然后再做少数民族语言景颇语——同时扩展到藏缅语、汉藏语——并兼作社

会语言学研究，包括语文政策、双语问题等。主线是清楚的——主要做藏缅语（以景颇语为主）。实践证明立足本土是必要的，大有好处的。这是一条经验。

二、讲究"国际视野"才会有高度

语言学是人类共有的，是各国相通的。所以，做语言研究，除了立足"本土"外，还要有"国际视野"。国际视野是指研究语言要看看国外有哪些新理论、新方法，有哪些可以参考借鉴。时时思考人家是怎样做的，自己应该怎样做。也就是说，国际视野要汲取国外创造的成果来为我所用。讲究"国际视野"，才会有高度。

对一个有作为的中国语言学家来说，在他的学术生涯中，对国际上语言学的进展情况一定要有所了解，要学会引进自己所需要的。

但我又认为，一个有作为的中国语言学家在处理立足本土和重视国际视野的关系上，必须坚持以下四个"必须"。

（一）必须坚持语言事实是第一性、语言理论是第二性的理念；还要认识到语言事实是永恒的，语言理论是暂时的

理论有大有小，要学会从语言事实中发现理论问题。所以在行动上，应当把自己的主要精力放在语言事实的发掘归纳和解释上，而不是迷恋于泛泛的理论，或热衷于赶理论时髦，或用不中用的"理论"来装潢门面。

乔姆斯基2004年在展望21世纪语言学发展动态时指出："语言学的发展会呈现'描写性的特点'，而在理论解释方面，可能不会有长足的进步。"

（二）必须认识到现代语言学出现的各种流派各有长短，相互间不是完全对立的，而是有一定的补充性

纵观语言学史可以看到，现代语言学理论在国外不断翻新，一浪

高过一浪。语言学研究主要经历了传统语法、历史语言学、结构语言学、转换生成等几个阶段。历史语言学重在研究语言演变的规律,并通过语言比较构拟原始母语;结构语言学则注重语言内部结构的分析原则,使用一整套方法揭示语言的结构特点;后来出现的转换生成学派一反过去不重视外在的言语行为,而主要研究人的大脑的语言能力。这些不同的学派尽管角度不同、方法不同、侧重点不同,但目标是相同的,都在探索语言内部的构造及其演变的规律,即探讨语言究竟是一个什么现象,包括它是怎么起源的,怎么分化的,怎么融合的。它们之间除对立的一面外,还有互补性。所以,不能只按一种理论来处理自己所研究的语言。只要有解释力,哪种理论都可以拿来用。

陆俭明教授在《半个世纪来对语言的新认识和当代汉语语法研究》中说:"从上个世纪末到这个世纪初,整个语言学领域发生了值得重视的可喜变化。以往一直认为,语言是声音和意义相结合的符号系统。这看法并没有什么不对,但不全面。""现在认识到,首先应该将语言看作是人脑心智的重要组成部分。语言乃是人因遗传而生来具有的信息表达、接收系统。其重要性类似于人的呼吸系统、消化系统。""说乔姆斯基革命,改变了语言研究的学风,是说开创了敞开言路、自由争论的民主学风。"

(三)要学新理论,但还必须重视创新

人类虽然天天都在使用语言,但对自己语言的"庐山真面目"所知甚少。有大量的语言事实还无法解释,要有这样的一个基本估计。

如中国语言的系属问题,即汉藏语系和阿尔泰语系内部不同语族的关系,究竟是同源关系,还是借用关系,至今在认识上还存在分歧。印欧语系的系属关系,已运用历史比较法取得了一致公认的证据。但汉藏语系和阿尔泰语系的系属问题,语言学家也用历史比较法进行过艰苦的探索,则始终未能解决问题,成了难啃的"硬骨头"。原因何在?是语言学家运用历史比较法不到位,还是语言本身复杂尚未找到合适的理论、方法？

　　我认为，历史比较语言学虽然是语言学发展史上的一个重要阶段，揭示了语言的历史演变，提出了构拟原始共同语的任务，是人们认识语言的一次飞跃，但它毕竟是在印欧语基础上产生的，有着一定的局限性。对亚洲语言来说，由于融合和分化比较复杂，同源关系和借用关系往往交织在一起难以区分，因此照搬历史比较法的理论与方法并不完全适用，需要根据亚洲语言的实际特点，在探讨语言历史关系上有所创新。

　　半个多世纪以来，一些语言学家做了艰苦的探索，试图在理论方法上有所革新。比如：有的提出了"深层语义分析法"来证明同源词；有的提出了"语言联盟"的理论来解释汉语和壮侗语的联盟关系；有的用"语言质变论"来解释汉语和壮侗语的语言关系。虽然上述探索并未取得共识，但却使人们对汉藏语的认识加深了，有助于今后对问题的解决。

　　在现实的语言中，不知又有多少"语言之谜"未被认清。许多小问题，都含有大道理，所以要善于"小题大做"。比如，"清洁北京"的说法，为什么逐渐被接受，是否与"败兵、破釜沉舟"等底层有关。"沙石收购站、煤矿采集场、拖拉机修配厂、汉语研究所"等结构，定语要切在哪个词的前面？数词十进位中为什么"一"的特点多种多样？怎样认识数词的不同层次？并列复合词或短语的词序受什么规则制约，如"酸甜苦辣、山清水秀、青红皂白、牛马、猪狗、耳鼻喉、黑白心肺"等，为什么不同语言并列复合词有不同的制约规则？

　　一个有作为的语言学家要有强烈的创新意识。重蹈别人的一百句话，还不如说一句别人没说过的、有新意的话。

（四）国外提出的理论必须结合中国的语言实际

　　国外提出的各种理论都有其产生的土壤和个人的学术背景，所以在吸收国外提出的新理论、新问题时，应当与本土的语言或自己所熟悉的语言相结合，以达到更好消化、更好吸收的目的。

比如，濒危语言研究问题于20世纪80年代开始受到语言学家、人类学家的极大关注。联合国教科文组织认为语言作为文化载体，其消失导致文化的消失，因而应当抢救。有的语言学家估计，世界上使用六千多种语言，在21世纪语言将消失70%至80%。1993年联合国教科文组织确定该年为抢救濒危语言年。1993年以来，国际上成立了近百个抢救濒危语言的组织和基金会，如日本、英国等。国外研究濒危语言的热浪一下就传进我国，一些语言学家也在疾呼要抢救中国的濒危语言。但中国语言的濒危状况如何，其严重程度是否就像国外那样，中国的濒危语言有哪些特点，与国外相比有哪些共性，哪些个性？我们应当总结中国濒危语言研究的理论。

三、要有跨语言视野才能有深度

跨语言视野，是指研究某一语言，要参照别的语言，即用别的语言来反观。这是深入发掘语言特点、深化语言认识的必由之路。

拿汉藏语系语言来说，汉藏语语种众多，特点殊异，有可能通过语言的相互比较，反观不同语言的特点。少数民族语言与汉语有亲缘关系，相互间既有共性，又各有个性。少数民族语言都程度不同地保留着汉语过去的特点，以及与汉语相同、相近，虽然不同但有关系的特点。因而，汉语研究有可能通过与亲属语言的比较得到启示。即便是没有亲属关系的语言，如阿尔泰语系的维吾尔语、蒙古语，南亚语系的佤语、布朗语等，汉语研究也可以通过与这些语言的比较得到启示。

跨语言视野要把握哪些环节呢？

（一）从跨语言视角中发现问题

发现和提出有价值的问题，是语言研究者必须具备的素质。但要走好这一步，有效的手段之一是通过跨语言比较。比如，现代汉语自主动词与非自主动词对立的发现，马庆株是受到藏语存在的自主动词与非自主动词的启发的。藏语的自主动词与非自主动词的对立是有形态标志的，如"看"一词，自主动词是 blta，非自主动词是 mthong；而汉语是由语义差异影响语法结构的。二者有同有异，但有密切关系。[①]

又如，汉语究竟有没有被动范畴，意见不同。有的称被动表述，有的称被字句，有的称被动句等。但从跨语言的视角看，汉语的被动表述则有其不同于其他语言的显著特点。藏缅语中的一些语言如彝缅语支、景颇语支等，就没有被动态，也没有像汉语那样的被动句或被字句。但这些语言则有一种强调施事的施动句，即"强调式施动句"。显然，汉语的被动句也不同于藏缅语的强调式主动句。认识汉语的被动句，要摆脱印欧语的眼光，还要参照亲属语言，寻找自己的特点。

（二）对发现的问题进行解释

发现问题，是揭示语言内部规律的第一步。但只发现问题是不够的，还要对问题进行解释。因为解释是认识从感性到理性的升华，是认识事物由表层向深层的推进。现代语言学发展的趋势之一，是从单纯的语言描写转为描写与解释相结合。

语言问题（包括语言现象和语言规律）的解释，内容是多方面的。其中主要有：它的性质如何，它是如何形成的，其形成的机制是什么，受哪些因素制约？等等。固然，语言问题的解释，要从语言自身结构中去发掘；但跨语言的比较则能为语言问题的解释提供有价值的证据。

比如，为什么汉藏语普遍有四音格词，而非汉藏语的阿尔泰语、印欧语等则没有，或者很少？我们还可以进一步追问，汉藏语诸多语言的四音格现象究竟是亲缘关系，即从原始共同语继承下来的，还是

[①] 参见马庆株《自主动词和非自主动词》，原载《中国语言学报》第三期，商务印书馆1988年版。

后来各自产生的，属于类型学关系？从非汉语的四音格特征反观汉语，能否有助于认识汉语四音格演变的轨迹，能否有助于揭示汉语四音格形成的语言机制？

我们通过对汉藏语诸多语言的比较，发现四音格词找不到相互间的同源关系。总的看来，缺乏形态手段的分析性语言，一般比形态手段丰富的语言更易于产生四音格词。由此可以推测，汉藏语普遍存在的四音格现象，并非来源于原始汉藏语，而是各种语言后来各自形成和发展的，是语言类型作用的结果。我们还看到，韵律、双音节化、对称、重叠、类推以及词汇化等因素，是汉藏语四音格词形成和发展的动因。

再如，如何认识汉语的述宾结构，也需要跨语言的反观。与藏缅语相比，我们清楚地看到汉语述宾结构的一些特点，如类别多、特点复杂，既有受事宾语，又有工具、处所、时间、施事等宾语。如"吃大碗、去北京、等半天、坐着孩子"等。但藏缅语则不同。藏缅语的宾语，类别比较简单，主要是受事宾语，没有工具、处所、时间、施事等宾语。汉语的工具、处所等类的宾语，藏缅语表达时都大多改为状语，也有改为主语的，说成"用大碗吃、北京方向去、半天等、孩子坐着"等。汉语与藏缅语的这种差异，与语法类型包括分析性程度、语序是"VO"还是"OV"等特点有关。

（三）从跨语言视角中验证已有的认识

比如，主语和宾语如何辨别？汉语形态标志少，不能靠形态辨别主语、宾语，于是受大多数人首肯的是语序标准，即在前的是主语，在后的是宾语。这样处理倒是容易操作，但简单化后又带来了新问题。如"台上坐着主席团"的"主席团"，因在谓语之后，被视为是"施事宾语"，宾语不是施事者；"他被打了"的"他"，因在谓语之前，被视为是"受事主语"，主语不是施事者。"施事宾语"和"受事主语"的概念不甚科学，与语义句法是有矛盾的。汉语这种辨别主宾语的标准,在理论上能否站得住?如果站得住,那为什么有亲属关系的汉语和藏缅语,在主宾语的辨别上存在不同的标准?这应该如何解释,在语法理论上是否可行?

(四)从显性特征和隐性特征的相互映照中发现隐性特征

语言现象有隐性和显性之分。显性特征容易被认识,而隐性特征往往要通过分析对比才能被揭示。

汉语和非汉语之间,隐性特征和显性特征的分布不平衡,在汉语里是隐性特征的在其他语言里有可能是显性特征,反之亦然。如景颇语在语法形态上有个体名词和类别名词的对立,但汉语没有。如:

nam^{31} si^{31}　水果(个称)　　nam^{31} si^{31} nam^{31} so^{33}　水果;果类

ʃã^{55} kum^{51}　墙(个称)　　ʃã^{55} kum^{51} ʃã^{33} kap^{55}　墙(总称)

"水果"一词,在"我吃一个水果"和"水果是有营养的"这两个不同句子里,水果是同一个形式(句法结构不同)。

总之,跨语言对比在语言研究中大有可为。这里引语言学大师李方桂先生的一段经典的话。1939年12月29日,李先生在国立北京大学文科研究所作题为"藏汉系语言研究法"的讲演中说:"我并不希望,比方说,专研究汉语的可以一点不知道别的藏汉系语言。印欧的语言学者曾专门一系,但也没有不通别系的。就拿汉语来说,其中有多少问题是需要别的语言帮助。所以依我的意见,将来的研究途径,不外是'博而能精',博于各种藏汉语知识,而精于自己所专门的系统研究。"

齐东方（北京大学考古文博学院教授）

交流的价值

——外来器物与中国文化

齐东方

没有外来文化的参照，我们很难看清楚自身，了解不同文化之间的差异与共性，不同文化之间的借鉴乃至融合，古人为我们提供了经验、教训和方向。无论是古代还是现代，不同的文化享有许多共同的美、共同的人性。交流的价值在于影响人们的思想、行为，任何一个民族、国家，外来文化不仅是补充，还将激发出创造和发展的活力。

汉唐时期有很多外来文物，自身制造的一些器物中有些造型、纹样，原本也来自外来文化，最终融入了人们的生活之中，分辨它们的渊源流变，会发现交流使社会的物质文化不断推陈出新，精神资源也不断丰富发展，交流给人类社会进步带来巨大的影响。

一、从"溥天之下，莫非王土"到"丝绸之路"

思想观念是如何转变的？有哪些象征性文物？文物怎样反映这种开拓精神？

"溥天之下，莫非王土，率土之滨，莫非王臣"[1]，曾是中国早期的政治地理概念，中国东临浩瀚无际的太平洋，北接荒无人烟的西伯利亚，西北是苍茫险峻的塔克拉玛干大沙漠，西南为耸入云端的喜马拉雅山。当人们无法跨越某些地理障碍时，这种自然地理环境带来的

---

[1] 《诗经·小雅·北山篇》。

观念的消极方面，就是影响和限制了人们对外部世界的了解。封闭的环境，早期的政治地理概念，又被孔子发挥为"天无二日，土无二王，家无二主，尊无二上"的大一统观。

公元前2世纪发生的"张骞通西域"事件①，动摇了这一传统观念。张骞历经千辛万苦的西方之行，直接原因是要联合大月氏攻打匈奴，然而却成为一次放眼看世界的机遇，意外的收获是使中国开始逐渐勾画出沟通欧亚的蓝图，此后不断派出的庞大使团常常带着牛羊、金帛等礼品，不再完全以政治军事为目的，改变了过去把异态文明看做是自身敌人、采用一些极端的方式加以对付的做法。许多国家的使者也纷纷来到中国。"张骞通使西域"开创的与西域诸国政府间的往来，对异态文明满腹狐疑的防范心理逐渐减少，并增添了试图了解和求知的渴望，一代代肩负重任的使者，穿梭于异常艰难的戈壁沙漠通道，寻找着东西方文明对峙中的调解办法。

如果按时代先后比较，汉代"丝绸之路"的商贸常常在政府的直接控制之下，更多地附属于军事政治目的。南北朝时比较单纯的商业交往增多，如同今天语汇中的由"计划经济"转变为"市场经济"。隋唐时期又在物资交换的基础上更注重文化方面的交流。

在对外交流不断深入的历史过程中，文献记录与考古发现出现了不同，文字记录主要是对卫青、霍去病、王方翼、苏定方等将士们的歌颂，赞扬武力战争。考古发现却以大量的外来艺术品或商贾和驼队

---

① 大月氏曾居住在敦煌和祁连山之间，被匈奴打败后迁到西域。汉朝强盛后为消除匈奴的威胁，想与大月氏建立联合。建元三年（前138年）张骞"以郎应募，使月氏"。但出使中途即被匈奴截留十余年，逃离后西行到了大宛（今乌兹别克斯坦共和国境内）、康居（今哈萨克斯坦共和国东南）、大夏（阿姆河流域），找到了大月氏。这时臣服于大夏的大月氏，已无意东还与匈奴为敌。张骞逗留了一年多只得归国，途中又被匈奴拘禁一年多。公元前126年，乘匈奴内乱脱身回到长安。张骞出使时带着一百多人，历经13年后，只剩下他和堂邑父两个人回来。张骞回来以后，向武帝报告了西域的地理、物产、风俗情况，为汉朝开辟通往中亚的交通提供了宝贵的信息。元狩四年（公元前119年），张骞第二次奉派出使西域，率领300人组成的使团，每人备两匹马，带牛羊万头，金帛货物价值"数千巨万"到了乌孙，游说乌孙王东返，没有成功。他分遣副使持节到了大宛、康居、月氏、大夏等国。元鼎二年（前115年）张骞归来，乌孙派使者几十人随同到了长安。此后，安息等国的使者也不断来长安访问和贸易。从此，汉与西域的交通建立起来。

的形象来默默地缅怀昔日丝绸之路的盛况。文字记录通常是一些事件和特例，而考古发现的多是日常生活的器物，更反映了具有普遍意义的社会风貌。

汉代以后，西域各国、各民族前来中原王朝的次数与日俱增[①]。路上主要是用骆驼和马匹运送物资，因此胡人牵引的满载货物的骆驼成为那个时代具有特色的风景，用实物反映了东西交往的盛况。在这个发展过程中，值得一提的是隋炀帝，他是中国历史上亲自西巡的君王之一，他率众经过历时半年的艰难旅途到达张掖[②]，会见了西域二十七国的君主或使臣，场面十分隆重[③]。后来诸番酋长又汇集到洛阳进行交易，"相率来朝贡者三十余国"。隋炀帝命整饰店肆，陈设帏帐，陈列珍货，大设鱼龙曼筵之乐，会见西方宾客。盛会昼夜不歇，灯火辉煌，终月乃罢[④]。这是中国史无前例的创举，犹如一次"万国博览会"，对中外交流是一次重要的推进。

唐代是中国政治史上更为成功的王朝，它的前半段是一个稳固的专制帝国，通过强化控制防止了内部的冲突，对外则积极主动地进行外交。与"张骞通使西域"相比，统治的观念变化更近一步。唐初在一次宴会上太上皇李渊令突厥、南蛮首领共同歌舞，高兴地说道："胡越一家，自古未有也。"[⑤]感慨各族人聚集一堂，四海一家。击败了劲敌突厥人后，唐太宗曾兴奋地对来自中亚安国的人说："西突厥已降，商旅可行矣！"于是"诸胡大悦"。可见即便是通过残酷战争，和平通商和友好交往也是最终的目的。

[①] 参见余太山《两汉魏晋南北朝与西域关系史研究》，中国社会科学出版社1995年版；黄烈：《魏晋南北朝时期西域与内地的关系》，《魏晋隋唐史论集》第一辑，中国社会科学出版社1981年版。
[②] 《隋书》卷三《炀帝杨广纪》："慨然慕秦皇、汉武之功，甘心将通西域"，"经大斗拔谷，山路隘险，鱼贯而出。风霰晦冥，与从官相失，士卒冻死者大半"（中华书局1973年版，第73页）。
[③] 《隋书》卷六七《裴矩传》："皆令佩金玉、披锦罽，焚香奏乐，歌舞喧噪。复令武威、张掖士女盛饰纵观，骑马嗔咽，周亘数十里，以示中国之盛"（第1580页）。
[④] 参见《隋书》卷八三《西域传》，第1841页。
[⑤] 《资治通鉴》卷一百九十四，唐太宗贞观七年："命突厥颉利可汗起舞，又命南蛮酋长冯智戴咏诗，既而笑曰：'胡越一家，自古未有也。'"

东西方之间的中亚地理环境恶劣,气候变化莫测,当时只有骆驼才能穿越那些令人生畏的沙漠戈壁。在汉唐文物中骆驼被特别加以表现,大量出现在塑像、绘画等艺术作品中,反映出人们的钦佩、崇敬之情和对丝绸之路勇敢的开拓精神的歌颂。而且骆驼与商胡常常是一种固定的组合,例如展现于杜甫诗中的"东来橐驼满旧都"、"胡儿制骆驼"等具体形象。商胡几乎都是深目高鼻,满脸浓密的络腮胡,或秃头顶,或卷发,身穿翻领长袍,足蹬高靴,戴各种胡帽。高超的艺术家们对各国来的客人有深刻了解,塑造出各种各样生动的容颜,这些见多识广的胡人也是中西文化的传播者。

汉唐文物中骆驼形象的变化轨迹,表现出中外交往的不断深入。汉代骆驼较少,而且显得有些稚拙,蹄子与马蹄无异,形象塑造与真实的骆驼存在差距,似乎是对骆驼并不十分了解。北朝时期的骆驼多以驮载物品为特征[1],点明了骆驼的运输用途。唐代胡人牵引载货骆驼如同是天经地义的造型选择,把它和对外交往、交通贸易紧密地联系在一起。除了时代变化,还有一个有趣的现象,在中国西北出产骆驼的地区,骆驼的形象塑造并不十分精致;反而越靠东边骆驼稀少的地区,骆驼形象塑造越多、制作越生动。在越不熟悉的地区刻画越精美,显然是向往、猎奇的创作,是把骆驼作为一种符号,象征当时"丝绸之路"的兴盛。有些塑像抓住了骆驼习性中精彩的瞬间,充满动感,极为传神,刻意表现骆驼与自然抗争、勤劳顽强的特点,勾画出"无数驼铃遥过碛,应驮白练到安西"的美妙图景[2]。

汉代开通的丝绸之路,开拓了人们的视野,唐代坚持宽容、开放的治国方略,在古老的传统和外来文化影响的旋涡中寻找自己前进的方向。胡人与骆驼的大量出现,反映了对丝路贸易的重视已不是政府

---

[1] 参见洛阳博物馆《洛阳北魏元邵墓》,《考古》1973年第4期。
[2] 张籍:《凉州词》。

和统治阶层独有的偏好，丝路贸易、对外开拓的精神成为社会普遍的追求。到了唐代，出现了"九天阊阖开宫殿，万国衣冠拜冕旒"的盛况，首都长安已如同世界商贸的大市场，举行着通宵达旦的国际博览会，改变了人与人的关系和不同文化之间的关系。

二、商品的魅力与东西方的碰撞

外国输入的物品是哪些？发现在什么遗址中？来自哪些国家和地区？

对异域物产的好奇和需求，是人们商贸交往的最初诱惑。在重农抑商、自给自足的农业中国，商业的繁荣是对传统的冲击，商贸过程中带来公平意识，影响到人们在生活及其他方面的态度。

新疆乌恰深山的一个石缝中曾发现大量的金条和947枚萨珊银币[①]，通向楼兰的黑山梁也发现过970多枚唐"开元通宝"铜钱[②]。与其他考古发现不同，这些荒芜之地的发现，显然都是过路商人因突发事件而埋下的，也证明了东西方之间曾大规模地相互购买货物。丝路贸易的繁荣，使波斯萨珊银币、东罗马金币和唐"开元通宝"币成了跨区域的通用货币，外来的金银钱币与中国的铜钱还出现了明确的换算关系。

商品中包含着文化内涵，人们在享受外来的物质利益的同时，会产生对异国文化了解的欲望，如同西方通过美丽的丝绸等认识了中国一样，中国也通过外来商品逐渐认识了外部世界。通过商品的沟通，到了唐代，人们不再一味用居高临下的态度描述其他诸国，某些近乎诋毁的语言也大大减少，商贸之路成了东西方文明的对话之路，频繁的商贸活动成功地转化为文化的交融。

---

① 参见李遇春《新疆乌恰县发现金条和大批波斯银币》，《考古》1959年第9期，第482—483页。
② 参见《西域史论丛》。

驼背满载的织物、丝束，形象地述说着丝绸流向西方，驼背上携带的长颈瓶、胡瓶、扁壶等，也表明外来物品的传入。这些物品穿过荒芜的戈壁滩和茫茫的沙漠，由大大小小的商贸队伍带来送去，为中外经济贸易留下了永久的记忆。驼背上详细刻画的扁壶和胡瓶，是对异域器物惟妙惟肖的塑造，在考古发现的实物中也有发现。

目前考古发现的最早的输入品中，战国到东汉时期常常发现的玻璃珠是重要的一类，由于表面有各种色环，被称为"蜻蜓眼"。许多"蜻蜓眼"玻璃珠的化学成分主要是钠钙，这在埃及公元前13、12世纪就已出现，很快遍布于中亚、西亚。中国许多省市都有发现，较早的出土于贵族墓中，稍晚的在中小型墓中也有，出土时位于尸体的颈部和胸部，多的达千枚以上。

外国输入的玻璃器皿，是采用型压、无模吹制或有模吹制而成，成分主要为钠钙。产于罗马地区的主要在广州、洛阳、辽宁、南京出土。这批玻璃器皿的质地、器形，以及堆贴玻璃条、磨花等装饰技法，都体现出罗马玻璃中常见的特点。萨珊玻璃器皿，更广泛出土于中国的新疆、宁夏、陕西、北京、河南、湖北等地。萨珊玻璃擅长在表面用挑勾和磨琢的方法制出乳钉或凹凸圆形的装饰。伊斯兰玻璃纹样以几何纹刻纹为最多见，陕西扶风县法门寺唐代地宫中出土了一批盘、钵，保存完好，制作精美，是伊斯兰玻璃中罕见的珍品。

输入品中还有金银器，广州西汉南越王墓的银盒，制作技术采用锤揲方法做成凸起的纹样，犹如浮雕，富有立体效果。江苏邗江甘泉二号东汉墓出土一批掐丝、焊金珠、镶嵌绿松石和水晶的金饰品，都是来自外国。汉代以后罗马银盘、萨珊银盘、中亚的银碗和银壶等也纷纷传入。

中国发现的外来文物，许多都是举世无双的，而且至少具备五个特点：有准确的出土地点；经过科学发掘获得；器物制作年代下限明确（有墓志伴出）；同其他器物有组合关系；器物保存完好。这在地中海地区、西亚、中亚等原产地也是少见的。这些珍贵的器物表明了中国与西方诸国的往来十分密切。

各国派往中国的使节或商人带来的外来土特产与新技术令人耳目一新，首先在技术层面对中国产生了影响。中国古代玻璃器、金银器早期多采用铸造技术，没有显示出玻璃、金银材料制造器物的优越性。外来物品的输入，使玻璃逐渐采用吹制法、金银逐渐采用锤揲工艺，掐丝、粘金珠技术也很快被中国工匠掌握，汉代的金灶、金龙，就是用这种技法制成的。

古代器物在实用性之外，也包含着精神文化的内容，作为商品输入后，会潜移默化地改变人们的思想。西安南郊何家村唐代遗宝中有一件极为奇特的玛瑙兽首杯，早在西亚的亚述、波斯阿契美尼德王朝已经出现，在西方被称作"来通"（rhyton），多是角杯形，底端有孔，液体可以流出，用途与中原人生活习俗无关。令人惊异的是这类器物传到中国后，陶瓷器中出现了仿制品，而且还出现在唐代表现贵族生活的壁画场景中[①]。仿制品还保持着角杯状、底部有兽首的形态，由于生活习俗不同和对西方文化的生疏，底部都没有泄水孔，已经失去了原本的实用性。追求新奇是对异类文化的关注，即便是滥用外来文化成分，也体现出思想上的解放。中国古代对外来事物的借鉴，通常是吸收不是取代。齐王墓随葬坑出土的银盒，看上去像"豆"。但器物下面的座及上面的纽是青铜的，为后来安装。材质虽然不协调，原有器形改变后，却符合了中国人的审美和使用。同样的做法也出现在欧洲，他们将中国的瓷器加上了把手。

外来物品及其文化，使中国传统的艺术表现也出现变化，丝绸之路的畅通，西方艺术中的植物纹冲击了汉代的龙怪、云气独霸的现象，生动活泼的忍冬、葡萄等植物纹样立刻被接受，迅速流行，成为

---

① 参见陕西省博物馆、文管会《唐李寿墓发掘简报》，《文物》1974 年第 9 期。

中国考古、美术史上的一次大变化。

中国古代帝王和官修史籍的编撰者都认为自己是世界的中心，周边邻国为"蛮夷"，商贸活动用所谓"朝贡"来表述，事实上通过"朝贡"而得到的"赏赐"，本质上仍体现通商贸易关系，商品的魅力和移植在物品上的文化，最终使商贸活动转化为文化的交融。

三、模仿借鉴与文化的馈赠

中国接受了哪些外来文化的因素？为什么会做出那些选择？外来文化因素与中国文化是怎样重新搭配组合的？

中国历史上的民族关系，古人既有"五胡乱华"的诋毁，也有"胡越一家"的感慨。但无论如何，文化的碰撞都会使后人享受恩惠。古代文物展示出的各民族和东西方文化交融，形象、深刻地揭示在交流中人们观念和生活的改变。

外来器物的新颖造型和纹样，激起了人们的创作热情，因而出现了一些精巧化、多样化、无固定模式、自由随意创作的器物群体。中亚粟特盛行一种带环形把手的杯，唐代进行了仿造，开始时还直接仿造在器体的棱面饰联珠纹、把手带指垫和指鋬环，指垫上饰胡人头像等充满趣味的细节。后来融入的创新成分是将外凸的八棱改为内凹的八瓣，分界处的联珠变做柳叶，指垫做成多曲三角形，杯腹的主题纹饰也换成浓郁唐式风格的狩猎图和仕女游乐图。这种杯最初与其说是实用品，不如说主要用于观赏，但由于带把而便于使用，最终扩展到陶瓷器的制造上[1]，并开创了后代带把器物的流行。

中亚地区多瓣造型的器物传入中国后[2]，也很快融汇演变成瑰丽

---

[1] 参见中国社会科学院考古研究所《偃师杏园唐墓》，科学出版社 2001 年版。
[2] 参见齐东方《中国发现的粟特银碗》，《唐代金银器研究》，中国社会科学出版社 1999 年版。

的唐式作风，凸瓣、细密水滴状瓣形变为桃形莲瓣装饰。器物形态与生活习俗有关，直接仿制外国的器物很难流行，只有进行重新搭配和改造，才能够被人们接受并一直流行。唐人以很高的艺术修养，在欣赏西方艺术的同时，把富于变化的多曲形改造成了适合中国人使用的创新产品，呈现出花朵般的造型设计，既体现了对异域文化的取舍和改造，也自然融入了东方的审美情趣。演变后新的样式又成功地得到推广，后来花瓣形的杯、碗和高足花口杯成为中晚唐乃至宋代器皿的主流。西方器物的传入，也一定程度引起了人们生活方式的变化，陕西房陵公主墓壁画，仕女手中所持的器物有许多都是外来的器形，应是贵族生活的真实反映①。

唐代"胡瓶"的出现和流行更是对外来器物的直接接受。胡瓶是一种椭圆形器体，它有较长的细颈，流口作鸟啄形，带盖，口部到腹部有弯曲的把手。文献记载它来自东罗马等地，形状奇特②。唐代的吐蕃人、安禄山等都向朝廷进献过"胡瓶"。日本奈良正仓院保存一件银平脱漆胡瓶，书于天平胜宝八年（756年）的《东大寺献物帐》上称之为"漆胡瓶一口"③。胡瓶虽然不是中原汉人的发明，但使用起来方便，很快成为唐人生活中新崛起的器类，并用陶瓷制作来满足广泛的社会需求，走进了寻常百姓家。

比器物更为重要的还有家具的变化，中国古人原本席地而坐，相配合的家具是低矮的几、案之类，后来从西域传来一种便于携带的轻便坐具"胡床"④，即今天还在使用的轻便的折叠凳，也就是俗称的

---

① 参见安峥地《唐房陵大长公主墓清理简报》，《文博》1990年第1期。
② 参见《太平御览》卷七五八引《前凉录》，此条又见《十六国春秋》卷七二。十六国"张轨时，西胡致金胡（瓶）饼，皆拂菻作，奇状，并人二枚""拂菻"是指东罗马，西胡泛指中、西亚。
③ 奈良国立博物馆：《正仓院展》，便利堂1990年版。
④ 《三国志·魏书·苏则传》载：魏文帝行猎时"槎枒拔，失鹿，帝大怒，踞胡床拔刀，悉收督吏，将斩之"。（易水：《漫话胡床——家具谈往三》，《文物》1982年第10期。）椅子起源于古代埃及、西亚一带。新疆和田的尼雅古城发掘到一把汉代木椅是高脚带靠背的椅子。这种椅子的形制可能影响到印度，使印度佛教造像如犍陀罗式雕中出现了垂脚而坐的佛像，后来更出现了坐高脚靠背椅说法的佛像。（黄正建：《唐代的椅子与绳床》，《文物》1990年第7期。）

"马扎儿"。胡床在隋代以后改名为"交床",使用时是下垂双腿,双足着地。又受佛教的垂脚坐式的影响,最终出现了高腿椅子。高背椅子在唐代叫绳床或倚床,宋代有人做了明确的解释,说是一种可以垂足靠背的坐具①。唐末木字旁的"椅"字正式出现。宋代以后人们终于改变了跪坐的习惯。

起居方式会引发生活习俗的一系列的变革。高腿家具与席地而坐迥然不同,与椅子配套的是桌子,不光使得人们在居室内自由走动更加随意,视野开阔,日常生活器皿形态、装饰也发生变化,晚唐和宋代以后作为观赏的图案花纹,也由仅仅装饰在器物外表变成装饰内部。由于伏案姿势的变化,甚至连人的着装、书法的艺术追求也发生了改变。起居方式的改变也出现人际交往礼仪的新要求,儒家礼学大师认为"古人坐席,故以伸足为箕倨。今世坐榻,乃以垂足为礼,盖相反矣","若对宾客时,合当垂足坐"②。家具的变化不是一场轰轰烈烈的政治革命,却比较彻底地改变了人的生活和思想观念。

音乐、舞蹈、服装等方面与外来文化的交融在文物中得到明确的体现。唐初"以陈、梁旧乐杂用吴、楚之音,周、齐旧乐多涉胡戎之伎,于是斟酌南北,考以古音,作大唐雅乐"③。稍后增订完成了十部乐,分为燕乐、清乐、西凉乐、天竺乐、高丽乐、龟兹乐、安国乐、疏勒乐、康国乐、高昌乐。广泛吸收了各民族和外国音乐、乐器的精华,打破了传统文化的单调。外来的舞蹈,通过绘画、图案的方式保存下来。以快速、热烈、刚健为特色的中亚胡旋舞,出现在一些器物的图案装饰上,北魏时适于马背上携带的游牧民族喜爱的扁壶,

---

① 《资治通鉴》引程大昌《演繁录》:"交床、绳床,今人家有之,然二物也……绳床以板为之,人坐其上,其广可容膝,后有靠背,左右有托手,可以搁臂,其下四足著地。"
② 《朱子语类》卷九一,《鸡肋编》卷下。
③ 《旧唐书》卷七九《祖孝孙传》,中华书局 1975 年版,第 2710 页。

上面塑有深目高鼻的胡人和乐队表演胡腾舞（胡旋舞）。唐人十分明确地指出这种舞蹈源自中亚粟特[1]，最初流行于胡人之中[2]，后来几乎遍及中国。莫高窟初唐220窟中几乎完美地描绘出了这种技巧难度很大的舞姿，宁夏盐池唐墓中甚至将之刻在了石墓门上[3]，湖南长沙窑还用这种形象来装饰瓷器。唐代音乐舞蹈出现的雄强之气，是与此前不同的新的精神面貌，其中得益于对外来艺术的借鉴。以外来乐舞为参照完成的更新改造，满足了新时代人们追求精神享乐的渴望，而且中国古代乐舞大多带有"功成作乐"的性质，与礼仪制度有关，是礼仪制度层面对外来文化的吸收。

表现人体自然之美，是古希腊罗马的艺术追求。借丝绸之路的畅通，一批西域画家将之东传。新疆尉犁县营盘在汉晋时期古墓中的织物上可见异域风格的人物。北齐时从中亚移居而来的曹仲达，画人物"其体稠叠，衣服紧窄"，像水湿过似的贴在身上，后世有"曹衣出水"之说，隋唐时这种艺术风格被广为接受。在陶俑的变化中，体现出从唐初闲雅而潇洒，到盛唐丰丽而浪漫，以至再晚些舒展而放纵的演变。汉魏时期传统的褒衣博带式装束在唐代为新奇而大胆的胡服所冲击。女性服装的变化中最有趣的是幂离、帷帽、胡帽的更替。幂离是在帽下垂布帛将全身遮蔽。帷帽为下垂布帛到颈，胡帽不垂布帛。最初女性由遮掩全身防止窥视转变为靓妆露面时，受到了唐高宗的严厉斥责，认为是"过为轻率，深失礼容"的轻佻之举，但这种服装新潮流并没有因为皇帝反对而改变，在相隔60年后的唐玄宗时期，不

---

[1] 刘言史《王中丞宅夜观舞胡腾》："石国胡儿人见少，蹲舞樽前急如鸟。织成蕃帽虚顶件，细毷胡衫双袖小。手中抛下蒲萄盏，西顾忽思乡路远。跳身转毂宝带鸣，弄脚缤纷锦靴软。四座无言皆瞠目，横笛琵琶遍头促。乱腾新毯雪朱毛，仿佛轻花下红烛。"胡腾舞或胡旋舞的舞姿粗犷，要在铺设的小地毯上旋转、踏跳、腾跃。白居易形容是"左转右转不知疲，千匝万周无已时"。岑参描写为"回裾转裙若飞雪，左铤右铤生旋风"。

[2] 《旧唐书·音乐志》说过这种舞"舞急转如风，俗谓之胡旋，乐有笛二、正鼓一、和鼓一、铜钹一"。安禄山臃肿肥胖，"腹缓及膝"，却能跳胡旋舞，"乃疾如风"（《新唐书》卷二二五，第6413页）。

[3] 参见宁夏回族自治区博物馆《宁夏盐池唐墓发掘简报》，《文物》1988年第9期。

仅诏令认可，还进一步要求妇人"帽子皆大露面，不得有掩蔽"，鼓励妇女靓妆露面。

通过丝绸之路西方各国和各民族的人大量来到内地，着装奇特的胡人、胡姬，带来了异域的审美倾向，唐代女性服装由全身障蔽到窄狭贴身，再到袒胸露肌的动态变化过程，使缺乏对人体美追求的中国古代造型艺术发生了改变，这种在西方文化影响下出现反传统的现象，其社会意义更为重要，应该是社会风尚、观念的深层变化。

四、结语

古代文物呈现出一个跌宕起伏、精彩变幻的世界。器物的制造、演变中每个充满趣味的细节，不仅凝塑着古人的智慧和情感，还可以看到与外来文化的交融。汉唐时期的移民与征服、交往与贸易，产生出文化的相互馈赠往往超出最初的设想，在这个动态的过程中，人们接受外来文化的态度不断转变，突破国家、民族、地域的限制，放弃"非我族类，其心必异"的陈腐观念，以宽容与开放的心态主动善意地与各民族交往，极大促进了中国文化新的整合和盛世辉煌的出现，也加速了东西方文明的共同发展。

苍狼白鹿元青花

尚　刚

我们在这里将讨论蒙古族的颜色好尚、生活习俗和数字观念对元青花的重大影响，同时，还试图揭示同蒙古族关联的若干元青花纹样。自然，元青花还和伊斯兰文化与汉族传统文化有种种联系，但那已超出了本次讲座的主题。

一、颜色好尚

近年的考古资料证实，尽管中国青花的生产在唐代便已肇始[①]，但其繁盛还要晚到元代。作为元代唯一的官府瓷器作坊，浮梁磁局和它所在的景德镇是青花的主要产区，其典型作品，即通常所谓至正型，则应主要出自浮梁磁局匠户的手下，相信其中的一部分是为官府烧造的，更多的当为匠户在应役之暇，以自家的材料和设备，按照官府样式制作的。

富有意味的是，中国陶瓷发展到元，品种已经丰富之极。然而，在众多的可行选择里，元人没有看上如青瓷、青白瓷等声誉高、品质精良的传统品种，却偏偏相中了在唐宋时代十分寂寞、相当粗鄙的青花。并且，在元代陶瓷中，发展最快的也是青花，成就最高的还是青花（图1、彩图3）。何以如此？固然原因种种，但关键只有一个——青

---

① 其中，尤其重要的是对巩义窑的发掘和对"黑石号"的考古。前者见《河南巩义出土稀世珍品唐代青花瓷》，Yahoo 网财经新闻，2003 年 4 月 13 日；后者见谢明良《记黑石号（Batu Hitum）沉船中的中国陶瓷器》，《美术史研究集刊》第 13 期，第 13—14 页。

尚刚（清华大学美术学院教授）

花的呈色同蒙古族的颜色好尚一致。正是因为建立元朝的蒙古族喜爱蓝、白两色,才导致了白地蓝花或蓝地白花的青花瓷由衰而盛的命运转折。

图 1 青花杂宝双凤纹盘

不过,除瓷器之外,在既有实物中,蒙古族的色尚较难体现,这是因为典型官府作品的匮乏,无论是出土物,抑或传世品。[①]因而,仅仅仰仗现存的实物,对于蒙古族的尚蓝、尚白,求索显然偏难,但是检索历史文献,结果却全然两样。在中国古代工艺美术里,丝绸地位最高,也最具代表性,它的情形也更能说明蒙古族的色尚。

先说尚蓝。元代的官府丝织作坊数量极多,但今日知其产品颜色的,仅只四处:庆元路织染局、镇江路织染局、镇江路生帛局和集庆路句容县生帛局。庆元路(治今浙江宁波)织染局在延祐七年(1320年)前后,造蓝色丝绸1363段(其中,鸦青[②] 620段、蓝青743段),在至正二年(1342年)前后,造蓝色丝绸748段(其中,鸦青620段、蓝青128段),各占其当时织造额的2/5强和1/5强[③]。至顺

[①] 蒙古族特殊的葬俗和明初的大破坏导致了元代官府文物今存不多,详见拙作《元代工艺美术史》,辽宁教育出版社1999年版,第311—313页。

[②] 参证《南村辍耕录》卷一一《写像诀》及《碎金·彩色篇第二十》的记录,知鸦青为一种呈色深浓的蓝色。

[③] 参见袁桷《延祐四明志》卷一二《赋役考·织染周岁额办》,第6294页上栏—6295页上栏,王元恭:《至正四明续志》卷六《赋役考·织染周岁额办》,第6522页下栏,《宋元方志丛刊》本,中华书局1991年版。

（1330—1333 年）前后，镇江路织染局造鸦青丝绸 988 匹，占其当时织造额的 1/4 强；此时的镇江路生帛局则造鸦青丝绸 422 匹，占其当时织造额的 1/4 弱[①]。而至正年间，在集庆路句容县生帛局所造的四色丝绸中，鸦青排名第二[②]。这样，现今了解其产品颜色的织染局院都造蓝色丝绸。甚至常课丝绸的镇江路丹徒县的民户 300 余家，也需逐年向政府缴纳鸦青色斜纹丝绸 80 匹[③]。

由于织染局院的大量织造，元代的宫廷仪典大批使用蓝色织物，对此，《元史》的《舆服志》和《祭祀志》有许多记录。在内府的书画裱褙绫绢里，蓝色的应用更多，如至元十四年（1277 年），用去蓝绫、蓝绢 3000 尺，接近总数的 3/8[④]，大德四年（1300 年），用去天碧绫 2000 丈 4 尺，几乎是全部[⑤]。丝绸以外，元代的宫殿也大量使用蓝色琉璃，时人将此形容为"瓦滑琉璃，与天一色"[⑥]，在大都和上都的宫殿庙宇遗址中，蓝色的琉璃瓦和建筑装饰已经屡有发现。凡此种种都在提示，蒙古族尚蓝。对此，尽管史无明载，但在后代依然明确。北京团城上的建筑，顶部基本用黄琉璃绿剪边，唯独承光殿前的一座小亭例外，它用黄琉璃蓝剪边，那是乾隆皇帝专为贮放蒙元渎山大玉海敕建的玉瓮亭。时至今日，蒙古民族依旧保留着对若干颜色的特殊喜爱，其中，重要的便有蓝色和白色。

再说尚白。就目前的知识，元代肯定织造白色丝绸的官府作坊仅有两处，即镇江路织染局和集庆路句容县的生帛局[⑦]，并且，产量都不高。虽然如此，但白色在元代风靡天下。《元史》记录的帝王旌旗、仪仗、帷幕、衣物常为白色；丝绸之中，则有白纱、白罗、白绫、白

---

① 参见俞希鲁《至顺镇江志》卷六《赋税·造作》，《宋元方志丛刊》本，第 2306 页上栏—下栏。
② 参见张铉《至正金陵新志》卷六《田赋志·句容县》，《宋元方志丛刊》本，第 5635 页上栏。
③ 参见俞希鲁《至顺镇江志》卷六《赋税·造作》，第 2306 页上栏—下栏。
④ 参见王士点、商企翁《秘书监志》卷六《秘书库》，浙江古籍出版社 1992 年版，第 106 页。
⑤ 参见佚名《元代画塑记·大德四年九月二十四日》，人民美术出版社 1964 年版，第 27—29 页。
⑥ 陶宗仪：《元氏掖庭记》，《续百川学海》本，第 1 页上栏。
⑦ 参见俞希鲁《至顺镇江志》卷六《赋税·造作》，第 2306 页下栏；张铉《至正金陵新志》卷六《田赋志·句容县》，第 5635 页上栏。

锦、白绫丝（即今日所谓缎）。台北故宫博物院珍藏的忽必烈画像有两种，一为刘贯道的《元世祖出猎图》，一存《元帝像册》，主题人物皆衣白。马可·波罗说，每逢新年，举国衣白，四方贡献白色的织物、白色的马匹，人们互赠白色的礼物，以为祝福①。在更早的时候，百官每以"一色皓白为正服"，还曾引来汉族臣僚委婉的谏诤②。

就织物颜色而言，白有两类，一是蚕丝的本色，即唐人所谓"黄白"③，一为入染后得到的雪白。黄白色的织物古来已多，而元代典型的白色却是雪白。它的风靡与蒙古族的好尚直接相关。关于蒙古族的尚白，元人说得简捷，"国俗尚白，以白为吉"④。语词简捷至此，原委必定难详。但如果追溯到蒙古族曾经信奉的萨满教，推测倒也不难：在北方系统的萨满教观念里，白就有善良、吉祥、正直等美好寓意⑤。因此，不仅在元，在辽、金，白色的制品也曾风靡天下。而建辽的契丹族、建金的女真族，也都有过信奉萨满教的历史。

蒙古族"以白为吉"，故不仅丝绸，其他白色的官府制品也数量极多。如《大元毡罽工物记》登录的官府白色毛制品名目繁多、行用极广，大都四窑场则"营造素白琉璃砖瓦"⑥，至于浮梁磁局的主要产品，专家普遍相信为卵白釉瓷。

蒙古族的色尚蓝、白还有更直接的原因，这就是他们"苍狼白鹿"的著名祖先传说。在其最早的官修史书里，开篇就说：

当初，元朝人的祖是天生一个苍色的狼和一个惨白色的鹿相配了……产了一个人，名字叫做巴塔赤罕。⑦

---

① 参见《马可波罗行纪》第87章，冯承钧译，中华书局1955年版，第356页。
② 王恽：《秋涧先生大全文集》卷八六《乌台笔补·论服色尚白事状》，《四部丛刊初编》缩印本，商务印书馆1936年版，第828页下栏—829页上栏。
③ 杜佑：《通典》卷六一·礼典二十一·君臣服章制度》，中华书局1988年版，第1727页。
④ 宋子贞：《中书令耶律公神道碑》，《元文类》卷五七，《国学基本丛书》本，商务印书馆1936年版，第830页。
⑤ 参见《不列颠百科全书》和《苏联大百科全书》"萨满教"条，转引自《世界宗教资料》1983年第3期，第35页转42页。
⑥ 宋濂等：《元史》卷九〇《百官志六·大都留守司》，中华书局1976年版，第2281页。
⑦ 佚名著，额尔登泰、乌云达赉校：《蒙古秘史》，内蒙古人民出版社1980年版，第913页。

天生的苍狼自应与天同色，因此，这里的"苍"所指为浅蓝，即元人常常说起的"天碧"，亦即青花瓷上所见的蓝色（《元世祖出猎图》上，忽必烈所乘马的障泥也取此色），而"惨白"即雪白。依照今日的科学知识，"苍狼白鹿"的传说当然荒诞神奇，不过，一部庄严的官修史书能够如此郑重地声明，体现的自然是蒙古族确曾相信其祖先兼有蓝、白两种颜色特质。蒙古民族尊天敬祖，蓝、白既然是万能的"长生天"和伟大祖先的颜色标志，就必定蕴含着种种美好的寓意，因此，在蒙元时期，蓝、白色的制品如果不流行，反该是咄咄怪事了。

在蒙古族妇女的装束中，对尚蓝、尚白的表现尤其明确。这曾为13世纪中叶出使蒙古的法国教士所记述：

> 所有的妇女都跨骑马上，像男人一样。她们用一块天蓝色的绸料在腰部把她们的长袍束起来，用另一块绸料束着胸部，并用一块白色绸料扎在两眼下面，向下挂到胸部。①

至于蒙古权贵的天蓝色绫地印金袍，已经出土在集宁路故城的窖藏。从同时出土的其他丝绸上的墨书题记判断，这个窖藏应是该路达鲁花赤总管府的遗物，而按元代制度，达鲁花赤要由蒙古人充任。

由于陶瓷器及其残片不腐不变，所以，今存的元代蓝、白色文物基本由它们组成。除去青花之外，还有蓝釉器、呈色天蓝的孔雀绿釉器和白釉器。为什么在元代，青花比白釉器发展快得多、成就高得多，而数量则比蓝釉器和孔雀绿釉器大得多？道理显然就在于，那些瓷器只能反映蒙古族颜色好尚中的一种，而青花却能完美地体现两种。

有个域外的情况理当重视。我们在此讨论的时代，蒙古族还建立了地跨欧亚的钦察汗国，在其设于伏尔加河流域的都城遗址里，也出土了大量当地烧造的白釉蓝花陶器，一些以氧化钴在釉下绘画图案的

---

① 《鲁不鲁乞东游记》第6章，〔英〕道森编：《出使蒙古记》，吕浦译、周良霄校，中国社会科学出版社1981年版，第120页。

器物（图 2）还与元青花（图 3）十分相似。在同是由蒙古族创建、地处西亚的伊利汗国故地，则不仅元青花保存颇多，还大量烧造其仿制品。蒙古族好尚对当时陶瓷等手工艺品影响之深远广泛，由此可见一斑。

图 2　白地蓝花束莲纹盘残件

图 3　青花满池娇纹花口盘

二、生活习俗

我们对这一问题的讨论包含迁徙生活和饮食习惯两个方面。

蒙古族本是游牧民族，在南下平金灭宋以后，依然延续着迁徙的习俗。特别是蒙古族上层，他们常在旅途中，定期的旅行是两都巡幸，即帝后每年率领臣僚、军队春赴上都（在内蒙古正蓝旗五一牧场内），秋返大都（今北京）。与他们转徙随时的生活相适应，元青花中便于携带的器形特别多，如八棱的罐、执壶、梅瓶（图 4）、葫芦瓶（彩图 4）、玉壶春瓶。同圆形相比，八棱的器身显然易于扎系、捆绑，也利持握，难滑脱。最典型的是四系扁瓶（彩图 5），其肩设四系，可穿绳束带，器身扁平，以利贴体，这种设计别出心裁，极宜骆驼牛马负载。同时，一些较小的元青花胎体相当轻薄，但较大的器物却极厚重。厚胎器虽然笨重，却不易损坏，这或许又同蒙古族迁徙动荡的生活形态相联系。

更具元代造型特色的是那些大盘、大碗，在元青花里，它们为数甚多，所占比例尤高。盘的口径常在 40 厘米以上（彩图 6、图 5），最大的可达 71 厘米。碗则一般在 30 厘米上下（图 6），40 厘米左右的也见过几次，个别的居然超过了 58 厘米。在伊斯坦布尔的托普卡普博物馆，这种特大的盘、碗都有收藏。[①]

图 4　青花海水龙纹八棱梅瓶

图 5　青花杂宝缠枝牡丹莲荷纹盘

图 6　青花满池娇纹碗

---

① 参见〔日〕三杉隆敏《世界の染付·元》图版 35 青花满池娇纹盘，口径 71 厘米；图版 55 青花竹石纹碗，口径 58.2 厘米，小学馆出版株式会社 1981 年版。

许多专家指出了大型盘、碗同穆斯林饮食习惯的联系，这种联系当然存在，不过却显然忽略了更重要的蒙古族风俗。因为它们毕竟是在蒙古族统治中国的时代烧造的。蒙古族素以饮食豪放著称，只有使用大型的餐饮器具，才能展现他们的饮食风采。

蒙哥时代，出使蒙古的法国教士就特别记录了那里的大盘，即令共同信奉基督教，但蒙古草原巨大的圣饼碟，仍令西方人士印象深刻①。蒙古族对大盘的喜爱保留到了今日。体量奇大的碗，现在他们不用了，然而，在当年的漠北高原，却很流行。那时的蒙古上层常以一种名为"满忽儿"（又被汉译做"蒙忽儿"）的大碗做酒具。14世纪的波斯史家曾两次记录这种比桶还要大许多的碗：②

> 王汗给他（孛斡儿出）穿上外衣，赠给他十个金"满忽儿"。"满忽儿"一词基本上是这些部落的用语。他们把比大桶子还要大很大很大的碗称做"满忽儿"。现在因为我们不了解这个词的确切含义，我们把小碗称做"满忽儿"。
>
> 他（窝阔台）下令让著名的金工匠为沙剌卜哈纳（注称，意为酒房、酒窖）打造象、虎、马等兽形的膳具，它们被用来代替"蒙忽儿"（注称，即饮用的大碗）盛酒和盛马湩。

以体量如此巨大的碗做酒具，体现出酒不太浓烈，那时蒙古人喜爱的葡萄酒、马奶酒恰恰如此。而后，他们又爱上高酒精含量的蒸馏酒，其酒碗的转小即与此相联系。

三、数字观念

装饰繁密为元代工艺美术的基本特点，典型就是青花瓷。中国器

---

① 参见《鲁不鲁乞东游记》第30章，《出使蒙古记》，第199页。
② 〔波斯〕拉施特著：《史集》第1卷第2分册《成吉思汗纪（三）》，第155页；第2卷《窝阔台合罕纪（二）》，余大钧、周建奇译，商务印书馆1983年版，第69页。

物早有装饰繁密的实例，但元青花的情形与更早的作品不同，不靠众多的题材组成适合图案以为装饰，而是由细巧的花纹组成若干装饰带去环绕器身，装饰带大多以弦纹间隔。在元青花上，装饰带的数量通常很多，五层、六层、八层、九层的比比皆是，七层的却很少见。这个现象颇有意味，应当根源于蒙古族特殊的数字观念。

古代对罪犯笞杖的数目一般尾数为零，但元代特殊，元初，便被忽必烈恩减三下，成了七。对此，元明之际的叶子奇曾有解说：

> 元世祖定天下之刑，笞、杖、徒、流、绞五等。笞杖罪既定，曰："天饶他一下，地饶他一下，我饶他一下。"自是，合笞五十，止笞四十七；合杖一百十，止杖一百七。[1]

由于世祖皇帝的宽仁，七便与刑罚联系到了一起，从《元典章》、《通制条格》、《元史》等文献看，这大体成为定制。七的不祥，还与丧葬有关。在北方草原，这个数字很早就同丧葬联系，比如突厥族，[2]到蒙古时代，君主殉葬的金器也是七件，此事载入正史：

> 凡宫车晏驾……殉以金壶瓶二、盏一、碗、碟、匙、箸各一。[3]

"七"既然凶险如此，于是，就成了元人的忌讳，这在蒙古官员的书写上有明确体现。对此，叶子奇既曾记录，又有解说，他解说为蒙古人不识汉字：

> 北人不识字，使之为长官或缺正官，要题判署事及写日子，

---

[1] 《草木子》卷三下《杂制篇》，上海古籍出版社1959年版，第64页。
[2] 参见《通典》卷一九七《边防典十三·突厥上》，第5404页。蒙古族的许多观念均源出更早的北方民族，其中与突厥联系尤多，同本文有关的还有突厥人也自认狼种。
[3] 《元史》卷七七《祭祀志六·国俗旧礼》，第1925页。

七字钩不从右七，而从左ナ转，见者为笑。①

蒙古官员多不识汉字确属事实，但在汉字里，七几乎是最易记、易写的一个，既然要写，就很难出错。这样，他们将"七"字写反应含有深意，若从上述刑罚和丧葬的情况推测，更大的可能是避凶。

由于工艺美术品要蕴含吉祥寓意，元代，七却犯凶，因此，青花也要回避七。在元代作品里，已知唯一的例外是木质银裹漆瓮，它做成于至元二十二年（1285年），高"一丈七尺"或"一丈七寸"②，即高的尾数是七。对此，可做的解说是，观念的形成不会一蹴而就。蒙古族"始初草昧"，在髹造漆瓮的元初，他们将七与工艺美术相联系的观念还不明确，而装饰带繁多的元青花却一律是中期以后的产品。从种种迹象判断，元文宗、明宗时代（1328—1332年），青花瓷方始成熟。

应当说明的是，少数传世大罐的装饰带为七层（图7）。不过，从元代的画迹（图8）和所有完好的出土物以及多数传世品看，作为存储器，大罐原本都是配盖使用的，而盖上还绘有多层装饰带（彩图7、图9）。倘若在风格相同的器物里，还有本来就是七层装饰带的，那么，它们就不是元代的作品，而是明初的。有些专家往往仅只依据器形和纹饰等的简单排比，去考订遗物的年代，其偏颇显而易见。因为，艺术形式的传宗接代本无可避免，即令政权方易手，不仅前代工匠仍在，后代也会遵循前代的某些典范，这就是理论家一再强调的形式的稳定性。明初，伴随政权的更迭和刑律的改动，"七"的特殊意义不复存在，因此，它也不再是工艺美术忌讳的对象。至于明初青花与元代产品的诸多相似，甚至相同，只是艺术形式相对稳定的重复证明。

---

① 《草木子》卷四下《杂俎篇》，第82—83页。
② 《南村辍耕录》卷二一《宫阙制度》称"木质银裹漆瓮……高一丈七尺"（第251页）。《元史》卷一三《世祖纪十》称之为"大樽"，记为"高一丈七寸"（第273页）。

图7 青花缠枝牡丹纹罐　　　　图9 青花云龙纹兽耳盖罐

图8 对坐图

　　和七的寂寥相反，九与其倍数在元代工艺美术里很活跃。在集宁路故城窖藏出土的刺绣夹衫上，小图案就有九十九组，这个窖藏的遗物必与集宁路达鲁花赤有关；作为皇家祭器，著名的"太禧"铭白釉盘上，也有印花的变形莲瓣纹十八个[①]；在青花中，连盖在

---

① 参见孙瀛洲《元卵白釉印花云龙八宝盘》，《文物》1963年第1期，第25—26页。

内，江西高安窖藏里的缠枝牡丹纹梅瓶的装饰带为九层（图10）[①]；土耳其托普卡普博物馆的大碗，连口沿和内外壁，装饰带九层（彩图8）；在青花玉壶春瓶里，九层装饰带的所占比例也相当高（彩图9、图11）。

图10 青花缠枝牡丹纹梅瓶

图11 青花狮子戏球纹玉壶春瓶

　　元代工艺美术品中，装饰数目为九及其倍数的常见自有原因。特别是在蒙古人心目中，九是个吉数。故成吉思汗立国，建"九游白旗"[②]；答剌罕备得优宠，便享受"九罪弗罚"的特权[③]；帝王登基，先受佛戒九次[④]；六月二十四日祭祀，所用之物其数多为九[⑤]；皇家影堂里的长明灯，规定每盏一年用油二十七个（每个十三斤）[⑥]；君主的赏赐物数目常常为九[⑦]。马可·波罗说，每逢新年，四方要贡献白马、金帛等，其数目都是九的九倍[⑧]，尽管由于《马可·波罗游记》奇特的成书

---

① 参见刘裕黑、熊琳《江西高安县发现元青花、釉里红等瓷器窖藏》，《文物》1982年第4期，第59页。图示者于瓶口绘有一层装饰带，图上已为瓶盖遮蔽。
② 《元史》卷一《太祖纪》，第13页。
③ 韩儒林：《蒙古答剌罕考》，《穹庐集》，上海人民出版社1983年版，第28—30页。
④ 杨瑀：《山居新话》卷一，影印文渊阁《四库全书》本，上海古籍出版社1991年版，第345页下栏。
⑤ 《元史》卷七七《祭祀志六·国俗旧礼》，第1924页。
⑥ 《山居新话》卷二，第356页下栏。
⑦ 在元代史料中，这类记录几乎俯拾即是，较典型的是姚燧《牧庵集》卷一九《忠节李公神道碑》："（太宗）赐西马、西锦，为匹皆九。"商务印书馆《四部丛刊初编》缩印本，第182页。
⑧ 《马可波罗行纪》第87章注三："剌木学本在此处加入一段，表示蒙古人重视九数。其文曰：'此外有一种风俗，凡诸州之进贡物品于大汗者，必须进呈九数之九倍。例如某州献马，须献九九八十一匹。金帛银锭之数亦然。'考《帖木儿传》有一事与此相类。……"（第358页）

条件，这个说法不大准确（从元代文献看，不必非八十一不可，通常是九的倍数即可，有时与九无关也行），但蒙古族重九仍被他一语道破。

在元代社会，重九的不止蒙古族，有重大文化影响力的回族如此[①]，人口最多、文化影响更大的汉族也如此[②]。但是，蒙古族重九的作用一定最大，因为只有在他们创立的元朝，九才和工艺美术发生了如此紧密的联系。

以蒙古族为代表的元代社会重九恶七，青花瓷装饰带等的数目往往体现了这个数字观念，表现出一种趋吉避凶的愿望。藉此可以了解，起码在元代，工艺美术蕴含吉祥寓意的部分，并不仅仅限于通常所说的图案题材，还包括了装饰的数量。

四、特殊纹样

元代的一些装饰题材也同蒙古族有联系，其中，重要的首推为数甚多的麒麟。元代的麒麟纹形体若鹿，矫健英俊，而明清的麒麟则形体近狮，威武雄壮。尽管"麒麟"两字皆从鹿，元代的形象更合古制，但它们与明清麒麟的大相径庭，却总让人想起蒙古族"苍狼白鹿"的祖先传说。这种纹样的共同之处是"鹿形马尾"，区别在于角的数目，青花中，数量甚多的一类是双角（彩图10），颇罕见的另一类为独角（图12）。独角的应当是角端（或做"角瑞"），它是元人常常说到的一种异兽，因为它与成吉思汗西征时的一桩奇事有关，其导演者应是著名人物耶律楚材：

> 行次东印度国铁门关，侍卫者见一兽，鹿形马尾，绿色而独角，能为人言，曰："汝君宜早回。"上怪而问公（耶律楚材），公曰："此兽名角端，日行一万八千里，解四夷语，是恶杀之象，

[①] 〔美〕希提著、马坚译《阿拉伯通史》第10章："（真主）有九十九个美名和九十九种德性。穆斯林的念珠有九十九颗珠子，正相当于真主的九十九个美名。"（商务印书馆1979年版，第149—150页。）

[②] 在汉族的传统观念里，九是个极数，有高、大、全的寓意，如天子用九鼎、帝位亦称九五，天下又做九州。

盖上天遣之，以告陛下，愿承天心，宥此数国人命，实陛下无疆之福。"上即日下诏班师。①

西征见角端，此事太荒唐。不过，元人信以为真，还把它当做开国皇帝顺天意、施仁爱的象征，而屡为文人吟咏。此外，在海外收藏的元青花上，还几次见到一种独角异兽（图13），它虽并非鹿身，却具马尾，在其他朝代的装饰中，起码极少出现，因而，它或许也同蒙古族有特殊的联系。

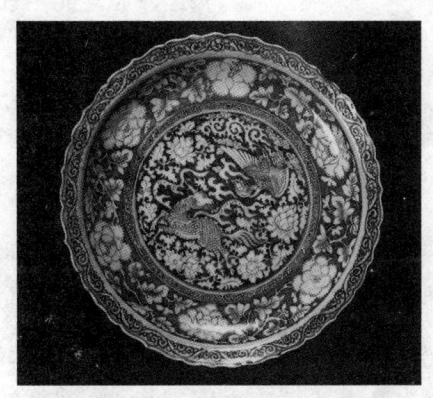

图 12　青花角端翔凤纹盘

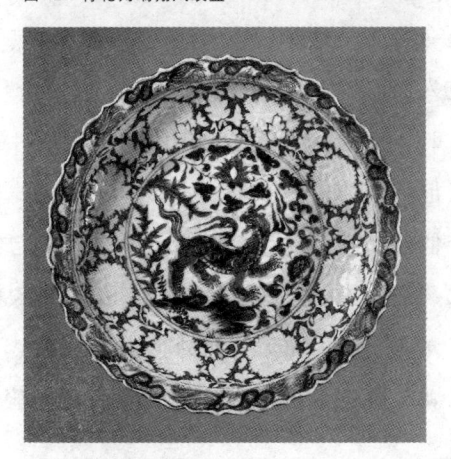

图 13　青花瑞兽纹盘

---

① 宋子贞：《中书令耶律公神道碑》，《元文类》卷五七，第 830 页。

图 14　衣云肩装饰的中国男人　　图 15　青花云肩玉马缠枝牡丹纹兽耳盖罐

云肩是种服饰样式，出现在上衣的肩部，形制如云。在稍晚的波斯细密画里，还保留了身着云肩装饰的中国人形象（图 14）。元青花上，云肩纹颇常见（图 15），当年，帝王仪卫等等便服用"制如四垂云"的云肩①，这当是青花云肩纹的范本。特别当云肩纹装饰于瓶、罐的肩部时，更令人相信是对服饰云肩的摹仿。自然，还应说明，云肩在金代已经进入舆服制度②。同时，也应了解，金代云肩的服用范围远远不及蒙古时代广泛，且依据现有的知识，那时的云肩纹更没有出现在陶瓷等其他门类的作品中。

与云肩纹类似的是满池娇，它也源出服饰，其定名与出现同样早于元。但因为元文宗的青睐，满池娇成为御衣的著名刺绣纹样。至于图案内容，则被元人明确定义为"池塘小景"③。元代，蒙古族的服用几无禁忌，所以满池娇也常被蒙古达官和贵胄用做服装绣纹。如今，

---

① 《元史》卷七八《舆服志一·仪卫服色》，第 1940 页。
② 参见脱脱《金史》卷四三《舆服志中·宗室及外戚并一品命妇服用》，中华书局 1975 年版，第 980 页。
③ 柯九思：《宫词十五首》，陈高华编：《辽金元宫词》，北京古籍出版社 1988 年版，第 4 页。

满池娇的刺绣实物已经发现，在前述绣出九十九组小图案的集宁路窖藏夹衫上，装饰在双肩的图案即是。文宗以来，满池娇也成为元青花最常见的装饰主题，现存的样式有莲池鸳鸯以及莲池白鹭、莲池等。显然，作为"池塘小景"，满池娇旨在表现池塘的清幽安谧，有无水禽，有哪种水禽都不重要，而出现较多的当然还是寓意美好的鸳鸯。

元青花上的满池娇纹构图相若，形象仿佛，似出一人之手。当年的元青花数量必定远胜今日，作为风行的装饰主题，绘制又断非同一陶工所能完成。按照元代制度，官府作坊的制作有统一的设计，所以应有来自皇家的高贵范本，而磁局相关匠户的工作只是将范本临摹上瓷。主张高贵范本的存在还另有原因，元青花上的满池娇酷似，却与此前、此后的情形大不相同。元文宗以前，池塘小景虽然为数不少，但构图、形象差异较大，明清时代，满池娇仍经久不衰，且被多种质料的作品采用，而构图和形象再趋多样。这显然是因为高贵范本的缺失或变换。[①]

五、小结

1. 陶瓷等工艺美术的历史也是浓缩而生动的文化史、生活史。倘若满足于在技术、艺术上寻寻觅觅，爬梳搜集，谨毛失貌在所难免。元青花已是绝好的例证。

2. 在中国艺术史研究中，实物是当然的核心，但文献不可或缺。只有以实物和文献互相证明、互相补充、互相阐发，才可能建设尽量完善的艺术史。在文化遗产特别丰厚的中国，充分利用文献尤其富有重要意义。

[①] 关于满池娇，详见拙作《鸳鸯鸂鶒满池娇——由元青花莲池图案引出的话题》，《装饰》1995年第2期，第39—41页；又《元代工艺美术史》，第113—115页。

3. 工艺美术是为人制作的，在具备多种选择的时代，人的好恶和需求决定作品的命运和面貌。元青花的勃兴和若干造型、装饰特点对此已有足够的证明。

4. 在陶瓷等工艺美术现象形成的种种因素里，统治集团的作用至关重要。

5. 蒙古族文化是制约元青花勃兴和时代面貌的主要因素，其中，颜色好尚的作用最大。因为，它导致了青花的勃兴，从而为其他文化因素发挥作用创造了空间。

6. 在工艺美术装饰中，丝绸居于核心地位。丝绸图案常被其他材质的作品仿效，如我们讨论的云肩和满池娇。

7. 尽管元青花同蒙古族联系很多，但联系基本借助抽象的思想观念和生活形态，常常难以指明到底是哪种造型、哪种装饰直接来自蒙古族的工艺美术，这是因为，蒙古民族"始初草昧，百工之事，无一而有"[1]，既然手工艺没有传统，艺术的传承便无可能。

---

[1] ［宋］彭大雅著，徐霆疏，王国维笺证：《黑鞑事略》，上海书店影印《王国维遗书》第 13 册，第 18b 页。

波斯文献中关于喀什噶尔在丝绸之路上的地位的记载

〔伊朗〕M. B. 乌苏吉 著

林喆 译，王一丹 校

一、前言

我们伊朗人对喀什噶尔（Kāshghar）*的认识，自蒙古时期以来——即公元14世纪以后，随着萨迪（Saʻdī）的《蔷薇园》（Gulistān）中关于这座城市的故事进入了新的阶段。在所有伊朗人的思想和记忆中，这座城市的名字多少和伟大的设拉子学者萨迪的作品联系在一起，因此，我们很多人对喀什噶尔这个名字最初的认识来源于萨迪的中国之旅。[①] 对于萨迪是否到过喀什噶尔旅行，或者他的故事是不是幻想出来的，众说纷纭，此处不予讨论，但是萨迪的这个故事、伊朗人对《蔷薇园》一书的深刻认识以及《蔷薇园》在古代伊朗教学传统中，直到大约一百年前，都是最重要的教学书籍之一，这一切使得一代又一代的伊朗学生通过萨迪的作品认识了喀什噶尔。尽管伊朗人对这座城市的认识其实可以追溯到伊朗伊斯兰时期以前，而选择丝绸之路作为与中国进行商品贸易通路的伊朗商人也确实必须从这座城市穿过。事实上，喀什噶尔在丝绸之路上的位置，使得这座城市在包括伊

---

* 原文为波斯语，本文的波斯语转写，采用 International Journal of Middle East Studies（IJMES）转写系统，该系统与 MESA（Middle East Studies Association）转写系统相同。——译者

本文涉及地名较多，部分地名在不同时代有不同译法，本文主要采用与之同时代汉语文献译名，如无古代译名，则采用今天通行的译名。如无通行译名，则采用直接音译。——译者

[①] 关于《蔷薇园》的这个故事，请参阅：Muṣliḥ al-Dīn Saʻdī, Gulistān（《蔷薇园》），bāb-i panjum: Dar Ishq va Javānī（第五篇："论爱与青春"）。

穆罕默德·巴格尔·乌苏吉（M. B. Vosoughi，伊朗德黑兰大学历史系教授）

朗民族在内的各民族之中名声大噪。伊朗前伊斯兰时期最重要的波斯语文献之一，即公元 4 世纪萨珊王朝（Sāsāniyān，224—651）时期的"琐罗亚斯德天房碑文"上，这座城市的名字以"Kāshī"[①] 记录下来，这事实上是有关喀什噶尔的最早的波斯语资料。[②] 由于伊朗和中国的商贸往来在长达几个世纪的历史时期里一直延续，而喀什噶尔被视为途中最重要的城市之一，因此它的名字在很长一段时期里，在许多波斯语历史、地理和文学著作中[③]被记录下来。此处精选其中最重要的几种进行简要介绍，以增进中国研究者的了解。

二、伊斯兰初期和中世纪波斯语历史、地理文献中的喀什噶尔

伊朗萨珊王朝的统治在公元 7 世纪由于阿拉伯穆斯林的入侵而结束，自那以后，伊朗进入了一个新的历史时期，被称作"伊斯兰时期的伊朗"。随着伊斯兰武力征服的不断扩张，世界上很多重要地区、不同种族之间的科学和文化得以交流，使得伊斯兰各门科学在公元 8 世纪以后得到长足发展。包括历史、地理和天文在内的许多科学领域，涌现了大量著作，其中最重要的文献是地理著作，它们讲述了陆地的划分，对整个地球和各个地区、城市、村落等进行了介绍。这些书籍主要介绍和讨论各条商贸之路和路上的各站。事实上，这一时期的地理书籍也可以称作"商贸路线指南手册"。所有地理书籍都提到的贸易路线，是伊朗到中国的陆路和水路。在介绍这两条路线时，作者们详细地描述了途中的城市、聚落和这些城市经济、文化等方面的特点。喀什噶尔在这类书籍中，作为伊朗与中国连通路上重要的一

---

① 意为"琉璃瓦"。
② 更多关于碑文的资料请参阅：'Uriyān, Saʿīd; *Rāhnimā-i Katībihā-i Īrānī*（《伊朗碑文导读》），Tihrān: Sāzmān-i Mirās-i Farhangī, 2003, p. 70.
③ 伊朗伊斯兰时期的历史、文学和地理文献用阿拉伯语和波斯语两种语言写作，本文主要介绍波斯语文献，因篇幅所限，无法介绍全部用阿拉伯语和波斯语写作的文献。

站，引起了人们的关注。

《世界境域志》（Ḥudūd al-ʿĀlam min al-Mashriq ilā Maghrib）是最早用波斯语介绍喀什噶尔的、也是伊朗最负盛名的地理著作之一。它成书于 10 世纪（982 年或 983 年），作者不详。书中主要介绍了丝绸之路上的各个重要城市、多个可作为商队在途中主要休息站的城市，以及这些城市的经济、农业状况与风土人情。这本书把"中国"（Chīn）称作"秦斯坦"（Chīnistān）①，这与伊朗古代对"中国"（Chīn）的称呼一致。书中把喀什噶尔称为"在商队贸易之路上通往西方、东方和南方的中国城市之一"。此书作者有可能是河间地区（Māvarā al-Nahr）居民，他对喀什噶尔在丝绸之路上的重要地位有恰如其分的评价。同时，他也提到了陆上丝绸之路由东往西的重要停留地，根据这本书上的信息，可以对多条以中国为终点的贸易通路进行研究。关于喀什噶尔，他写道："喀什噶尔属于秦斯坦，但是位于样磨（Yaghmā）、吐蕃（Tabat）、黠戛斯（Khirkhīz）和中国的边界上。喀什噶尔的长者们古时可能是从葛逻禄（Khallukh）或者样磨来的。"② 从此处的记载可以看出，喀什噶尔在伊斯兰初期的伊朗已经是通往中国的丝绸之路上重要的一站，同一时期的其他文献也进一步印证了这个事实。艾哈迈德·本·穆伽达希（Aḥmad b. Muqadasī）是公元 10 世纪的穆斯林地理研究者，他在介绍商队由东往西的贸易通道时提到了喀什噶尔："从东方最遥远之处，从喀什噶尔到穆希特海（Dariyāy-i Muḥīt）需要将近两个月，大约是 2600 法尔生格（farsang）*。我认为从东方最遥远处到喀什噶尔，到西方最遥远之处苏斯

---

① 《世界境域志》的作者在其中一个标题为"大海与海湾之方位"的章节中写道："首先是绿海，我们称作'东大洋'。它的地理边界是清晰的，从南方居民区的边缘延伸到赤道、沃格沃格岛（Vāqvāq）、秦斯坦。"参见 Sayyid Jalāl-i Tihrānī (ed.), Ḥudūd al-ʿĀlam min al-Mashriq ilā Maghrib, Tihrān: Matba ʿa-i Majlis Millī, 1973, p. 7. 此书有 15 处记录"中国"为"秦斯坦"。请参阅此书第 3、6、7、8、12、13、17、18、36、38、39、41、46、47、50 页。(此书汉译本可参阅王治来译注《世界境域志》，上海古籍出版社 2010 年版，第 5 页。——译者)
② Ḥudūd al-ʿĀlam min al-Mashriq ilā Maghrib（《世界境域志》），p.50.
* "法尔生格"是波斯长度单位，等于 6.24 公里。——译者

(Sūs)③需要大约两个月行程。"②

关于以喀什噶尔为终点的贸易路线，在公元 11 世纪的波斯语文献中，有一部名为《记述的装饰》(Zīn al-Akhbār) 的著作，作者加尔迪兹（Abī Sa'īd 'Abd al-Hayy Maḥmūd Gardīzī）这样写道："到吐蕃的路从于阗（Khutan，今和田）到阿尔珊（Alshān）出来，经过于阗的许多座山，那些山人烟稠密，布满了牛、羊和牦牛，穿过这些山能到达阿尔珊。在那里有一座桥，架在两座山之间，据说这座桥是于阗人以前建造的。从这座桥到吐蕃的入口有一位山中汗王，当你走近他时，他的气场会让你透不过气来，以致无法呼吸，说话困难，很多人都死在那里，吐蕃人把这座山称为'毒山'(Kūh-i Zahr)；当有人从喀什噶尔来的时候，由东直穿过两山之间的通路，到达一个名叫乌兹根（Uzgand）的省。这个省约 40 法尔生格大，其中一半面积都是山区；而喀什噶尔则有许多村庄和数不清的乡野。以前那个地方曾经被汗王统治。从喀什噶尔到萨尔萨姆克斯（Sārsāmkis），从那里一直到阿里舒尔（Alīshūr），穿过荒漠，直到有一条流向库车（Kūchā）的小溪出现；在这条流经荒漠的小溪边上，有个叫哈姆函（Ḥamhān）的村落，村子里住着许多吐蕃人；当合罕到达吐蕃时，那里有一座寺庙，寺庙里供奉着不少佛像，其中一个佛像坐在案上，像后放着一件木制品，佛像头部靠在那件木制品上。当你将手伸到佛像背后时，会有火花从佛像的身体往外射出；在这个省左方是沙漠和荒原，在河边有大量枣树。"⑤

此外，在伊朗穆斯林历史学家泰伯里（Muḥammad Jarīr Ṭabarī）写的权威历史著作《诸先知与国家史》(Tārīkh al-Rasul va al-Mulūk)*中，第一次把喀什噶尔称为进入中国之门，这本巨著在公元

---

③ 苏斯城位于今非洲北部的马格里布（Maghrib），在当时被认为是地球上最西端的城市。

④ Abū 'Abd Allāh b. Aḥmad Muqadasī, Aḥsan al-Taqāsīm fī Ma 'rifat al-Aqālim（《对诸域知识的最佳划分》），Qāhra：Maktaba Madbūli, 1411 qamari, v.1, p.64.

⑤ Abī Sa'īd 'Abd al-Hayy Maḥmūd Gardīzī: Zīn al-Akhbār（《记述的装饰》），'Abd al-Hayy Habībi (ed.), Tihrān: Duniyā-i Kitāb, 1948, p.563.

* 又称《泰伯里史》——译者

11 世纪由萨曼王朝（Sāmāniyān）一位官员翻译成波斯语。

萨曼王朝的首都在布哈拉（Bukhārā）。当时该王朝的著名官员阿布·阿里·巴勒阿米（Abū 'Alī Bal'amī）同时也是一名历史学家，他将《泰伯里史》（Tārīkh-i Ṭabarī）从阿拉伯语翻译成了波斯语，并补充了一些内容。他的书籍可称为 11 世纪最有名的历史著作。书中在描述中国的中央政权和喀什噶尔时这样写道：

> 瓦利德·本·阿卜杜马利克（Valīd b. 'Abd al-Malik）去世后，人们效忠于苏莱曼（Suleymān）。屈底波（Qutayba）深思熟虑之后，想带领军队渡过巴尔赫河（Rūd-i Balkh），并把家眷也带到撒马尔罕（Samarqand），在那里扎根。他渡了河，向着喀什噶尔——第一座中国城市进发。当他到达那里时，中国的国王知道了这个消息。国王向屈底波派遣了使者，并提出了这样的要求："你应该派来一个你军中年长的将士，这样我们可以向他咨询一些事情，他也将告知我你们的信仰。"屈底波·本·穆斯利姆（Qutayba b. Muslim）从穆斯林和有才善辩的群众中选出了 12 个男人，下令让他们都卸下武器，并准备了各种细软光滑的衣服、良马和优质的产品、器具等进献给中国的国王。中国国王派来使者传召这些人。[①]

考虑到巴勒阿米对河间地区的地理情况非常熟悉，而且出身宫廷，在当时担任朝中要职，因此他的记述十分有价值。

其他 10—11 世纪有关喀什噶尔的波斯语资料，有伊朗当时著名的学者、天文学家比鲁尼所著的《星象学基本原理》（Al-Tafhīm li-

---

① Abū 'Ali Bal'amī: Tārīkhnāna-i Ṭabari（《泰伯里史》），Muḥammad Rowshan（ed.），Tihrān: Intishārāt-i Alburz, 1994, vol. 4, p. 862.

Avā'il al-Ṣanā'at al-Tanjīm）。比鲁尼（Abū Rayḥān Muḥammad b. Aḥmad Bīrūnī）在伊斯兰历 362 年 12 月，即公元 972 年出生于花剌子模（Khārazm）。他早年在花剌子模生活和学习，也在当地的马蒙王朝（Ma'mūniyān）担任过官职。之后他四处游历，来到了齐亚尔王朝（Ziyārī）境内。当时该王朝国王是卡布斯·瓦施姆吉尔（Qābūs Vushmgīr）。在那里他写下了自己第一部天文和地理方面的科学著作，名为《古代遗迹》(*Āsār al-Bāqiya an al-Qurūn al-Khāliya*）。从此他声名远播，伽色尼王朝的国王 Sultān Muḥammad Ghaznavī 听说后将他邀请到王朝的首都伽色尼（Ghazna）。他进入伽色尼宫廷后，国王又让他随军远赴印度。旅途中他结识了印度的贤哲和学者，并学会了梵文，更全面掌握了印度的哲学。学成之后他写下了《印度志》(*Taḥqīq-i Māl al-Hind*）一书，并将几本梵文书籍翻译成了阿拉伯语。比鲁尼在物理、地理、数学、天文和矿物学等方面都有重要著作和译作，其中《星象学基本原理》用波斯语写成，是伊朗和伊斯兰最权威的地理、天文著作。此书在之后的数个世纪都被作为学校的教科书。他在书中的世界地理部分介绍了中国的地理情况及其重要城市。关于中国，他这样写道："第一区域始于大地的东方和中国，穿过中国海。这些溪流将船只送往杭州（Khānjū）、汉府（Khānfū，今广州）等沿岸的港口城市。""第四区域穿过中国领土……以及其他城市。"[1] 书里绘制了世界七大区域的地图，其中中国位于第七区域，也就是世界的最东方。由于比鲁尼精通地理，并能够汲取伊朗伊斯兰化之前历史、地理著作的养分，所以他的作品具有相当的重要性。

《布哈拉史》(*Tārīkh-i Bukhārā*) 的作者穆罕默德·本·扎法

---

[1] Abū Reyḥān Muḥammad b. Aḥmad Bīrūnī: *Al-Tafhīm li-Avā'il al-Ṣanā'at al-Tanjīm*（《星相学基本原理》），伊朗伊斯兰议会图书馆藏抄本，文见抄本第 153—154 叶，地图在第 153 叶，参看附图 1、2。

尔·纳尔沙希（Muḥammad b. Jaʻfar Narshakhī）在 10 世纪写下了另一部波斯语著作。它的内容十分有趣，同时也较详细地介绍了喀什噶尔的情况。

关于喀什噶尔城，他这样写道：

> 这是个非常好的地方，气候宜人，其北方边界是"蒙古斯坦诸山脉（Kūh-hā-i Mughūlistān）"，喀什噶尔的河流从这座山一直流向南方。那个地方与柘支（Shāsh，今塔什干）相连，它的边界也穿过吐鲁番（Tūrfān），到伽里木格（Qālimāq）领土；向着那个方向一直延伸至出了伽里木格，直到目不能及的地方。从柘支到吐鲁番需要三个月的路程；它的西部边界是一条绵延的山脉，蒙古斯坦诸山脉正是从这条山脉分支出去的。这座山也是一些从西往东的河流的发源处，于阗正位于这座山的山麓；该省东边和南边的边界一大片完全是由森林和荒漠组成的原野……古时候在这片荒漠上有过一些城市，如今只有其中两座城市的名字流传下来，一个名叫"涂布"（Tūb），另一个名叫"库纳克"（Kunak），已尘封在沙石之下；在这片沙漠中生活着的一些骆驼，也成了被狩猎的对象。首府喀什噶尔位于西边的山麓，从那座山上流下来的溪流全部被用于农业和建筑；其中一条小溪名叫塔曼（Taman），以前曾从喀什噶尔城中穿过。当时王国的君主米尔扎·阿布贝克尔（Mīrzā Abūbikr）毁掉了那座城市，并在原地的一侧建起了另一座城市。那条小溪现在从城市的旁边流过。那个王国的另一个城市名为叶尔羌（Yārkand），在古代也是一个很大的城市，城中曾有许多财富，但后来日渐衰落，几乎要成为野生动物的栖息地，猫头鹰也在那里筑巢。但米尔扎·阿布贝克尔喜欢上了那里的气候，并把首府定在那里，建起了华美的楼房，还将一些溪流引入城中；米尔扎·阿布贝克尔在位期间，

在城市的中心地带和周边村落建造了一万两千个花园；城中建起了很大的城堡，叶尔羌城中有溪流、树木和花园，如天堂般无与伦比，这座城市由此享有盛名。喀什噶尔的墙有三十泽洛尔①，小溪在全境范围内淙淙流过。一个令人惊奇的现象是，初春本是河流补充水量的时节，这里的水却极少，而当夏天到来时，河流的水量会突然剧增。尽管如此，叶尔羌的空气却总是污浊不堪。②

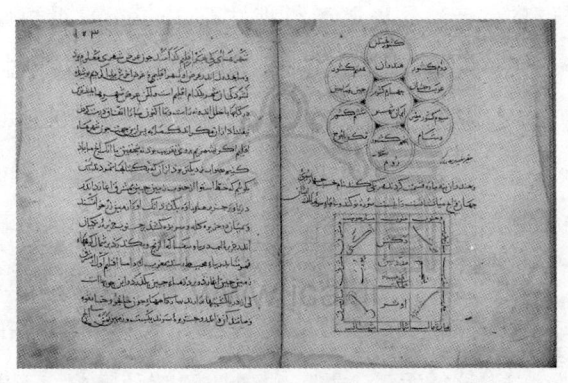

图1 比鲁尼《星象学基本原理》手稿，第153叶

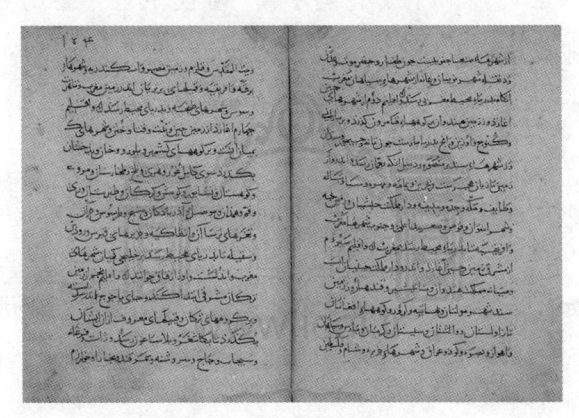

图2 比鲁尼《星象学基本原理》手稿，第154叶

---

① 泽洛尔（zirā'）是穆斯林古代长度测量单位，相当于114厘米。
② Muḥammad b. Ja'far Narshakhī, *Tārīkh-i Bukhārā*（《布哈拉史》），ed. Charles Schefer, Paris, 1892, pp. 267—268.

在其他引用了与喀什噶尔相关内容的波斯语地理书籍中，还应该提到一本名为《诸域图纪》(Ṣuvar al-Aqālīm) 或《七国志》(Haft Kishvar) 的书。该书作者不详，成书于公元13世纪以后。书中在描写第四气候带的人口聚居地时这样写道："然后，区域里最后的便是契丹 (Khitā)，还有生活着许多貂、松鼠和麝的田野和山区。再往后，有几条很长的山脉……那个区域附近的一座山中有许多叫做孔雀石 (dahanj)①的矿产，这种矿产与雅姑石 (yāqūt) 很相像，不过佛郎机 (Farangī) 的孔雀石是最好的，很多容器都用该矿制成，人们很珍视这种矿石。从那往后，是哈剌和林 (Qarāqurūm)、别失八里 (Pīshbālīgh)、于阗、喀什噶尔。这些城市主要位于寒带。"② 喀什噶尔相关信息的最后一部古代波斯语地理文献，是萨法维王朝成书的地理著作《简明扼要》(Mukhtaṣar va Mufīd)。该书作者是亚兹迪 (Muḥammad Mufīd Mustawfī Yazdī)，成书于17世纪。在描述"第五区域"时，作者这样写道："第五区域：'喀什噶尔、于阗、撒马尔罕 (Samarqand)、布哈拉、花剌子模、亚美尼亚·鲁姆 (Armaniya Rūm)、罗斯 (Rūs)、费尔干纳 (Farghāna)、巴德库贝 (Bādkūba) 和沙马希 (Shamākhī)'，这个区域被所有智者认为是与金星③对应的。"④

三、波斯语诗歌作品中的喀什噶尔

对伊朗人而言，有关喀什噶尔的记忆不仅来自波斯语历史和地理

---

① 类似于祖母绿的宝石。

② 佚名作者，Ṣuvar al-Aqālīm（《诸域图纪》）或 Haft Kishvar（《七国志》），Manūchihr Sutūda (ed.), Tihrān: Intishārāt-i Buniyād-i Farhang-i Īrān-zamīn, p. 100.

③ 在古代地理文献中，古代星相学家认为，地球上每个区域对应一个行星，而第五地域被认为是对应于金星。

④ Muḥammad Mufid Mustawfī Yazdī, Mukhtaṣar va Mufīd（《简明扼要》），Sayf al-Dīn Najm Ābādī (ed.), 德国威斯巴登版，第11、12页。

著作，这座丝绸之路重镇的一些自然和人文特点也在波斯文学作品，尤其是诗歌中得到体现。用波斯语创作的诗人从公元11世纪开始，反复在自己的诗歌作品中提到喀什噶尔的名字。许多作品盛赞这座城市生产的物品或是那里舒适宜人的气候和美丽的自然景观，其中部分意象包括"喀什噶尔的锦缎"、"喀什噶尔的柏树"、"喀什噶尔的麝香"、"喀什噶尔身手敏捷的骑手"、"喀什噶尔的月亮"。为了使研究者对有关喀什噶尔的伊朗诗歌作品有更多的了解，本节列举了创作年代从公元11世纪到19世纪的部分作品，以此展现喀什噶尔在伊朗人记忆中从古至今的历史存在。

　　从阿比西尼亚（Ḥabash）到喀什噶尔，从喀什噶尔到安达卢西亚（Andalus），
　　每个地方都在将马思伍德（Mas'ūd）王称颂。
　　——法鲁西·锡斯坦尼（Farukhī Sīstānī，11世纪）

　　我没有在喀什噶尔也没有在巴格达谋取布道之职，
　　为什么他们在哈里发与汗王跟前将我诋毁中伤。
　　——纳赛尔·霍斯鲁·古巴迪扬尼（Nāṣir Khusrū Qubādiyānī，11世纪）

　　有时在喀什噶尔从汗王处因效力得到酬劳，
　　有时作为礼物最终又都还给喀什噶尔汗王。

　　你英勇的名声从喀什噶尔传到了吉拉万（Qīravān），
　　你无畏的激情从吉拉万传到了喀什噶尔。

　　她美丽的脸庞犹如锦缎，无人能比，

让巴格达、鲁姆（Rūm）和喀什噶尔的丝绸也相形见绌。
——阿米尔·穆阿兹（Amīr Mu'izī，12世纪）

巴赫塔里（Baḥtarī）[①]的公正之名从哈勒城（Ḥala）传到了吉尔万，
鲁达基（Rūdakī）的忠诚之名从底格里斯河畔传到了喀什噶尔。
——萨那依·加兹纳维（Sanāyī Ghaznavī，12世纪）

啊，身姿挺拔的人儿啊，如同喀什噶尔的柏树，
啊，你美丽的脸庞像月亮一样，却比它更美。
——马思伍德·萨德·萨勒曼（Mas'ūd Sa'd Salmān，12世纪）

从黠戛斯、察赤（Chāch）和喀什噶尔，
召来了许多系着金腰带的勇士。
——内扎米·甘扎维（Niẓāmī Ganjavī，13世纪）

你在宝座和荒野上都有所依靠，
你在喀什噶尔也拥有庞大的军队。
——阿塔尔·内沙布里（'Aṭṭār Nayshābūrī，14世纪）

他如此回答道：我是第一个，
从喀什噶尔出发，前往中国。
——哈朱·克尔曼尼（Khāju Kirmānī，15世纪）

我让她坐到面前，频频为她斟酒，
那喀什噶尔月亮般的脸变成郁金香的红色。

[①] 巴赫塔里是阿拉伯著名诗人和作家，以评判公正而著称。

她们每一个都如喀什噶尔的仙女般容光焕发，
编起的头发都像桑给巴尔（Zangbār）[①]般乌黑。
——伽安尼·设拉子（Qā'ānī Shīrāzī, 19 世纪）

四、从一幅蒙古时期的历史地图看喀什噶尔在丝绸之路上的地位

蒙古帝国在公元 13 世纪初的建立、其势力范围从东方到地中海岸的推进，以及一个统一帝国的出现，导致了丝绸之路的上述区域暂时处在统一的政权之下。因此，在蒙古时期这条历史路线非常活跃，沿途的很多城市和乡镇都变得繁荣兴盛。当然，也应当指出，在成吉思汗死后，王位之争的愈演愈烈使丝绸之路的安全受到威胁，伊朗在波斯湾海域的南边海路，即连接中国东部海域的通路，也因此变得更为引人注目，异常繁荣。因此，伊朗当时的众多地理学家越来越重视记录丝绸之路上的贸易路线和途中各城市的情况，其中一位 14 世纪伊朗著名的历史学家、诗人和地理学家哈姆杜拉·穆斯图菲（Ḥamd Allāh Mustawfī），首次绘制了一幅网状的丝绸之路及其城镇的新地图（彩图 2）。13、14 世纪绘制的丝绸之路贸易路线的典型图例，清晰地标注了这两个世纪中许多商业繁荣的城市。哈姆杜拉·穆斯图菲有两本代表作，一本名叫《选史》（Tārīkh-i Guzīda），另一本名叫《心之喜悦》（Nuzhat al-Qulūb），前者关于历史，后者关于世界地理。由于他是蒙古伊利汗王国统治下的伊朗行政官员之一，所以能接触到大量一般人无法掌握的资料。哈姆杜拉·穆斯图菲在《心之喜悦》一书中，描写了商队从东方到西方往来要经过的许多重要城市和站点，同时在书中画出了一幅地图，把这条线路上重要城市的位置都标注了

[①] 桑给巴尔是非洲东海岸地区的波斯语名称，"桑给"一词在古波斯语中表示黑色的意思，"巴尔"表示海岸，"桑给巴尔"指黑色的海岸。

出来。另外有一幅地图画的是蒙古时期，即 14 世纪，很多由西方通往东方的通路，路线上的重要站点也被标注出来，而喀什噶尔占据着相当重要的地位。事实上大部分进入中国的路线都需要经过这座城市。这幅地图表明喀什噶尔是丝绸之路上中国境内最重要的停留点之一，并在丝绸之路的经贸往来中具有重要地位。根据哈姆杜拉·穆斯图菲的地图，我们可以发现丝绸之路通过当时主要的三条路线前往喀什噶尔：

南路：经过巴里黑（Balkh，今巴尔赫）、塔里干（Ṭāliqān）、巴达哈伤（Badakhshān，今阿富汗巴达赫尚），然后到喀什噶尔；

中路：经过马鲁（Merv，今梅尔夫）、布哈拉、撒马尔罕到达喀什噶尔；

北路：经过花剌子模、哈剌和林地区到达喀什噶尔。

这幅地图西路上标注的最重要的城市包括特拉布宗(Ṭarābūzān)、巴格达（Baghdād）、大不里士（Tabrīz）、亚美尼亚（Armanistān）、马拉盖（Marāgha）、萨维（Sāva）、设拉子（Shīrāz）、克尔曼（Kirmān）、内沙布尔（Nayshābūr）、塔巴斯（Ṭabas）、伽恩（Qā'in）、赫拉特（Harāt）、梅尔夫、巴尔赫、巴达赫尚、塔里干、花剌子模、撒马尔罕，它们都从上述三条路线通往喀什噶尔，再从那里进入中国境内。这些路线表明：喀什噶尔在蒙古时期的丝路上具有重要的地位和意义，事实上可以视为沿丝绸之路进入中国的最重要一站。

"土耳其模式"： 历史与现实

昝 涛

近年来，尤其是在 2011 年，关注中东—伊斯兰世界发展的人们不可避免地谈到"土耳其模式"[①]，因为，一方面，阿拉伯人民的革命连续推翻了一系列强人政权，另一方面，在这些国家出现动荡之际，土耳其却显得"风景这边独好"[②]。尤其是随着后革命时代的到来，伊斯兰主义政治力量开始接管阿拉伯国家，这不免引起人们对中东地区伊斯兰政治未来走向的担忧和种种猜测。土耳其是一个地跨欧亚的区域性大国（面积 78 万多平方公里，其中 3% 在欧洲，97% 在亚洲，人口 7300 多万），近十年来，一直由一个温和的伊斯兰主义政党——正义与发展党（AKP，简称正发党）执政，且政绩斐然，其发展道路已经具有了某种"模式"效应，后革命时代阿拉伯国家跃跃欲试的伊斯兰政党也纷纷表示欲效法土耳其的正发党模式。凡此种种，都使我们研究和了解土耳其模式具有了重要意义。

本文认为，历史地看，土耳其模式有两种形态，一是通过民族主义在一个穆斯林社会建立起世俗的国家，即凯末尔主义阶段；二是在民族国家体制下经过长期教俗双方力量的博弈，建立起在世俗主义基础之上的、由温和伊斯兰政治力量执政的稳定的民主制度，即当下的埃尔多安（主义）阶段。研究土耳其模式需要回归到奥斯曼—土耳其的历史进程中，故本文从土耳其历史的中长期视角切入对土耳其模式

[①] 关于当代国际观察家对土耳其模式感兴趣的原因，本文第一部分有详细讨论。
[②] 拙文《中东变局中的土耳其》，《世界知识》2011 年第 13 期。

昝涛（北京大学历史学系副教授）

的考察，主要涉及两个重要问题：一是土耳其的民族建构问题；二是土耳其的政—教（亦即教—俗）关系问题。这两个问题是有内在联系的：民族建构是土耳其现代国家发展的前提和保证，亦在意识形态上支持土耳其的世俗主义现代化；世俗化是土耳其现代国家建设的具体内容。文章最后再着重探讨当代土耳其正发党的温和伊斯兰主义模式问题。

一、几种有关土耳其模式的认知

历史上，将现代土耳其的发展视为某种模式，大致可以分为四个阶段：独立革命、现代化、中亚的榜样、中东民主化。

（一）土耳其独立与改革的模式效应

自20世纪初以来，土耳其的发展即被亚洲国家视为榜样。1908年青年土耳其革命的发生，被列宁视为亚洲觉醒的重要部分；及至1923年凯末尔领导反帝民族革命取得胜利，又在建立现代土耳其共和国后进行大刀阔斧的改革，自20世纪20年代以来就受到中国学者的关注。一直以来，在中国也有一些对土耳其民族独立艳羡不已的知识分子和年轻的历史学家，表达了对"新土耳其"的敬意。这其中最具代表性的作品是柳克述撰写的《新土耳其》[1]，柳氏自述其撰写《新土耳其》旨在"警策国人"、"唤醒民众"。

出于跟柳克述相似的目的，解放前的中国学者对土耳其现代史的研究投入了很大的努力，出版了相当丰富的研究论著[2]。比如，在1928年，程中行编译了《土耳其革命史》一书。程氏在该书的"译

---

[1] 柳克述：《新土耳其》，商务印书馆1926年版。
[2] 关于中国人对土耳其革命与改革的研究史，可参董正华 "Chinese Views of Atatürk and Modern Turkey"，载于 Ankara Üniversitesi Siyasal Bilgiler Fakültesi（安卡拉大学政治学系）编：*Uluslararas Konferans*: *Atatürk Ve Modern Türkiye*（《"阿塔图克与现代土耳其"国际会议论文集》），Ankara Üniversitesi Basumevi, 1999, pp. 669—675.

者自序"中说:"数年以来,国人但知土耳其革命之成功,而不明其成功之所自,国人但忧吾国革命之尚未成功,而不能通力协赞成功之原则。是书本旨,虽在铺陈土耳其革命之事迹,而国人读是书者,不可不于其成败之点,反复三致意焉。"① 1948 年,边理庭编著了《新土耳其建国史》,在该书第一部分,作者就论证土耳其是黄色人种,其用意很明显:"……我们说土耳其民族乃是黄色人种的血胤。黄色人种在亚细亚洲的东西两端,建立了两个大国家——中华民国与土耳其,东西辉映,为世界人类生色不少,为黄色人种尤其生色不少。"②

(二)土耳其的现代化成就

西方学术界经常乐观地把土耳其看作是现代化最成功的模范之一。其中有两本书已成为现代化研究范式的经典,即丹尼尔·勒纳的《传统社会的消逝》和伯纳德·刘易斯的《现代土耳其的兴起》③。刘易斯的书初版于 1961 年,他在"前言"中上来就说:"本书的主题是一个新土耳其从陈旧腐朽中的诞生。"许理和教授在一次讲座中谈到:"尽管刘易斯没有在任何地方定义过什么是'现代',但是,显然这一概念对他意味着:民族国家、宪政—代议制和工业化。在他的现代性概念中,最根本的是世俗主义——从政府、法律、教育和文化中祛除宗教因素。就如同对土耳其的凯末尔主义者一样,对刘易斯来说,现代化与世俗主义几乎是同义词。"④ 到 2002 年《现代土耳其的兴起》第三版的时候,刘氏还坚持自己以往的观点。他进而认为,在漫长的历史进程中,土耳其在两方面已然成为他人效仿的榜样,"在奥斯曼人时代,是战斗的伊斯兰;在凯末尔·阿塔图克那里,则是世俗的爱

---

① 程中行编译:《土耳其革命史》"译者自序",民智书局 1928 年版。
② 边理庭编著:《新土耳其建国史》,独立出版社 1942 年版,第 6 页。
③ Daniel Lerner, *The Passing of Traditional Society: Modernizing the Middle East*, US: The Free Press, 1964, paperback. Bernard Lewis, *The Emergence of Modern Turkey*, 3rd edition, Oxford University Press, 2002.
④ Eric J. Zürcher, "The Rise and Fall of 'modern' Turkey," 载于荷兰莱顿大学突厥学网站: http://www.let.leidenuniv.nl/tcimo/tulp/Research/Lewis.htm.

国主义。"刘易斯充满深情地展望了土耳其将会创造的第三个成就:"如果他们能够在不失掉自己的个性与身份的情况下,成功地创造自由经济、开放社会和民主政体,那么,他们就会再次成为其他民族的榜样。"[①] 刘易斯所谓的下一个榜样,显然是就土耳其在自由化、民主化等各个方面的成就而言的。

(三) 土耳其对中亚的榜样意义

由于特殊的历史和文化联系,土耳其与中亚之间形成了天然的亲和关系。冷战格局限制了土耳其与中亚之间的关系。随着苏联的解体,中亚地区出现了几个独立的国家,它们大多数是由讲突厥语的民族构成,土耳其与这些中亚国家的关系迅速发展。在谈论这些国家的未来时,同样是讲突厥语的、位于小亚细亚的土耳其共和国就成为一个重要的参照。对中亚国家来说,随着独立的激情逐渐降温,一种无所适从感油然而生,它们急于寻求国家发展的新方向。在这种情况下,土耳其的市场经济和民主制度就被当作了一个可以被效仿的"模式"。同时,土耳其也欲发挥其作为东西方桥梁的地缘地位。[②] 不过,即使土耳其也曾努力地输出它的"模式",至今,中亚诸国也没有实现所谓的"土耳其化"。

(四) 中东民主化视角下的土耳其模式

2003 年,美国打赢了第二次海湾战争后,开始着手伊拉克重建,并推出了"大中东民主计划"。在这一背景下,土耳其作为一个模式被美国官方和学术界在不同场合提到,认为土耳其作为一个伊斯兰国家成功地建立了稳定的、世俗的民主制度。2005 年 4 月,美国国务卿赖斯(Condoleezza Rice)在对"美国报纸编辑协会"(American

---

① Bernard Lewis, *The Emergence of Modern Turkey*, 3rd edition, Oxford University Press, 2002, p. xx.
② Yücel Vedat and Ruysdael Salomon, ed., *New Trends in Turkish Foreign Affairs*, San Jose: Writers Club Press, 2002.

Society of Newspaper Editors）成员发表演讲时，就将土耳其作为一个模式，说它代表了"伊斯兰教、穆斯林世界与民主制"不矛盾。①在2006年的一次有关中东民主问题的辩论会中，土耳其模式还被作为一个专门的议题讨论。②

2010年年底以来，中东地区发生了被称为"阿拉伯之春"的剧变。中东这场影响深远的革命所带来的一个重要变化就是，独裁专制的世俗政权被推翻后，各色伊斯兰主义政治力量开始通过后革命时代的民主手段登上了这些国家的政治舞台，这引起了有关"阿拉伯之春正变成伊斯兰接管"的担忧：突尼斯的伊斯兰复兴党上台，利比亚"过渡委"欲以伊斯兰教法为法律依据，埃及穆斯林兄弟会将上台……③

2011年6月，土耳其顺利完成了议会选举，自2002年以来就作为议会多数派执政的正发党，毫无悬念地又赢得了大选。九年来，正发党在土耳其政坛已经成功上演了"帽子戏法"，成为自1946年土耳其实行多党民主制以来在该国执政时间最长的政党。早在2007年正发党第二次赢得大选的时候，笔者就撰文断言，正发党在土耳其俨然已经"将自身塑造为代表土耳其大多数民意的政党"④。在正发党执政下，土耳其政局稳定、经济蒸蒸日上、国际地位日渐提高。⑤

在后革命时代的阿拉伯国家，为了打消国内外的忧虑，跃跃欲试的各伊斯兰政党纷纷表示要效法土耳其的正发党，走温和伊斯兰主义

---

① "Rice Shows Turkey as Model," http：//www.turks.us/article.php?story=20050417072001358 [2011—12—20].
② Daniel Pipes, "Democracy Is about More than Elections：A Debate," *Middle East Quarterly*, Summer 2006.
③ "突尼斯选情打乱西方算盘，" http：//news.sina.com.cn/w/p/2011—10—28/021423375463.shtml [2011—12—21].
④ 拙文《变动不居的道路？》，《读书》2007年11月。
⑤ 2010年土耳其经济增速达到了8.9%。土耳其目前已经成为世界第16大经济体，其目标是在2023年建国100周年时进入世界十强。就总量来看，土耳其已成为经济实力最强的伊斯兰国家；在中东地区，其经济实力更首屈一指。

的道路，包括叙利亚的穆斯林兄弟会也在 11 月 28 日表示支持"土耳其模式"①。土耳其也力图在"阿拉伯之春"中扩大自己的影响力，总理埃尔多安在推销土耳其模式的时候不断强调，他的政党领导下的土耳其，政治基础是世俗主义。②

二、背景：现代土耳其的民族建构

现代国家是民族国家。土耳其共和国是经由革命缔造的国家。随着世界历进入到近代，欧洲民族国家的逐渐形成及其相对于东方的胜出，对多民族、多文化的奥斯曼帝国产生了极大影响。历史并没有因为土耳其人的努力而改变其方向——原本地跨欧、亚、非三大陆的奥斯曼帝国最终崩溃了。一战后，协约国及其支持的希腊人力图瓜分安纳托利亚，这直接威胁到了土耳其人的生存，正是在这生死存亡的关头，安纳托利亚的民族运动发展起来，在穆斯塔法·凯末尔的领导下，一个崭新的土耳其共和国在奥斯曼帝国的废墟上建立起来。

民族建构的核心是民族意识的形成。奥斯曼帝国境内民族主义的存在一个次序问题，民族主义思想首先出现于帝国的非穆斯林群体，然后出现在阿尔巴尼亚人与阿拉伯人中，最后才是土耳其人，也就是说，土耳其民族主义的出现是较晚的，格卡尔普对此提出了令人信服的解释："奥斯曼国家是由土耳其人自己创造的。（对土耳其人而言）国家本身就是一个已经建立的民族（nation de fait），而民族主义理想所鼓吹的是建立在主观意志基础上的民族（nation de volonté）。从直觉上

---

① Soner Cagaptay, "Under the Influence: Syria's Unique Relationship with Turkey," in *Hurriyet Daily News*, December 4, 2011.
② "Erdogan's Way," in *Time*, November 28, 2011.

我们就能理解，土耳其人开始的时候是不愿意以理想来牺牲现实的。因此，土耳其思想家当时信仰的不是突厥主义而是奥斯曼主义。"①

1904 年，在开罗的报纸《突厥》（Türk）上，出生于俄罗斯伏尔加河畔的鞑靼知识分子优素夫·阿克储拉发表了其著名政论——《三种政策》②。在文中，这个被后人称为"境外突厥人"（Dis Türkler）之一的思想家探讨了奥斯曼帝国当时所面临的困境，分别指出了在帝国存在的三种政治思潮（三种政策）的缘起、内容及出路，这三种思潮分别是：奥斯曼主义、（泛）伊斯兰主义和（泛）突厥主义。

阿克储拉所做的是对帝国前途的战略性思考，他的观点可以概括为：在内忧外患日益加剧的形势下，要想保住帝国原来的版图格局已属妄想，追求建立统一的奥斯曼民族这种做法已经遭到了彻底失败，因此，谁要是还在追求奥斯曼主义，那简直就是在浪费时间；谋求全世界的穆斯林建立统一国家的（泛）伊斯兰主义，尽管听上去是那么浪漫而诱人，但是，不仅伊斯兰教内部不同教派和民族之间存在无法克服的矛盾，而且，这一政策也必将在世界范围内遭到强大阻力，因为在各个拥有穆斯林公民的国家中，它们绝对不会任由国内的伊斯兰分裂势力发展；基于种族特性而提出的（泛）突厥主义是一种影响很小的"新思维"，谋求建立从土耳其到中亚的统一的突厥国家，但阿克储拉对此也不抱很大信心，这一政策的最大对手是俄罗斯，他认为，这一政策的实施同样也是利弊参半。

阿克储拉指出，奥斯曼主义力图"通过吸纳与统一臣属于奥斯曼人的各民族，创造出一个奥斯曼民族"。这一政策始于 19 世纪初，其真实目的是："要在帝国境内的穆斯林和非穆斯林民族之间实现权利与

---

① Ziya Gökalp, *Turkish Nationalism and Western Civilization*, translated and edited by Niyazi Berkes, New York: Columbia University Press, 1959. p. 72.

② 阿克储拉：《三种政策》，昝涛译，载《大国》，北京大学出版社 2005 年版。下文中所有引用阿克储拉的话都出自《三种政策》，不再另加注释。

政治责任的平等,如是,则实现了完美的民族平等,以及完全的思想与信仰之自由。这一目标就成了赋予奥斯曼民族一个统归于单一国家的新的民族性,这有点类似于美利坚民族,该目标的实现要通过上述民族间的相互浑融,并且对它们之间的宗教和种族差异置之不理。所有这些艰难进程的最终结果便是维系了'伟大的奥斯曼国家'的原初外形,即其古老的疆界。"这种用国家造就民族的做法即"国族主义"[1]。

从历史发展的实际情况来看,尽管有诸多挫折与困难,到19世纪90年代,奥斯曼帝国的主导意识形态仍然是奥斯曼主义;同时,苏丹哈密德二世渐渐开始转向支持泛伊斯兰主义。出现这一变化的历史背景是:在19世纪末,奥斯曼帝国境内的人口构成发生了急剧的变化。随着帝国内欧洲领土的大片丧失,境内的非穆斯林人口锐减,同时,原属欧洲基督教领土上的穆斯林人口大量向东迁徙,致使帝国境内穆斯林人口比重剧增。在这种情况下,哈密德二世力图从穆斯林身上汲取力量,想利用伊斯兰意识形态牢牢掌控穆斯林臣民的忠诚。作为这一政策的体现,奥斯曼的学校教育中宗教课程的比重大大增加,同时更强调阿拉伯语的学习[2]。在帝国的对外政策中,哈密德二世日益强化其哈里发身份,要求全世界的穆斯林团结在哈里发的周围,共同反对欧洲的帝国主义。

与此同时,一种基于种族特性的新民族主义思潮在奥斯曼帝国境内兴起,即所谓的"泛突厥主义"[3]。"泛突厥主义运动的主要目标是:在所有确实是或者认为是源自突厥的民族之间,造成某种文化或实质的,或二者兼而有之的联合,不论其是否生活在奥斯曼帝国(后

---

[1] 在汉语语境中,"国族主义"的提法源自孙中山,后被台湾学者所袭用。在中国现代史上孙中山打算构建的"中华民族"与"奥斯曼民族"的设想颇有雷同之处,这一点从它们都拿美国来做标准即可看出。孙中山在描绘美国的民族构建时说,它是将不同种族、不同文化的群体"合一炉而治之,自成一种民族"。(孙中山:《三民主义》,岳麓书社2000年版,第10页。)

[2] Mehmet Ö. Alkan, "Modernization from Empire to the Republic and Education in the Process of Nationalism," in Kemal Karpat (ed.), *Ottoman Past and Today's Turkey*, Leiden: E. J. Brill, 2000, pp. 70—74.

[3] 若其所指范畴仅涉及奥斯曼土耳其境内,则可译为"土耳其主义"。

来是土耳其共和国）疆界之内。"[①] 阿克储拉写作《三种政策》时，帝国境内的泛突厥主义影响还很小，仅局限于少数知识分子，而且国家政权并不支持这一主张，因为，这种主张把伊斯兰世界分成了突厥人和非突厥人，显然有违当局的泛伊斯兰主义政策。

泛突厥主义的兴起部分地归因于欧洲的"突厥学"。欧洲的学术研究激起了一些奥斯曼帝国知识分子对伊斯兰教之前的突厥历史的兴趣。19世纪末20世纪初，一些来自俄罗斯与阿塞拜疆的穆斯林/突厥知识分子流亡到伊斯坦布尔，这些出身于资产阶级上流社会的精英分子，非常了解西方的思想，而且他们对俄罗斯通过民族主义压制其境内的穆斯林群体的做法有切身体验，从而获得了民族主义思想与实践的双重认知，这种背景使他们在奥斯曼帝国的首都很快就融入当地的知识精英阶层中。这些"境外突厥人"向青年土耳其党人传播了突厥历史和语言，并带来了西方的民族主义思想。可以说，在土耳其共和国建立之前，一直不遗余力地推动泛突厥主义的主要就是这些抱着去国怀乡之情的"境外突厥人"。

1908年，奥斯曼帝国的最后一批改革精英——青年土耳其党人发动政变上台，是为青年土耳其革命。他们的政治主张是三种政策的杂糅：主张奥斯曼主义是为了维护帝国对欧洲领土的残存吸引力，缓解非穆斯林的离心力；主张泛伊斯兰主义，是取悦当今圣上并赢得保守顽固的乌莱玛阶层的支持；采纳泛突厥主义，是在认识到前两种政策没有什么效果的前提下，不得已而求其次的投机罢了。青年土耳其党人支持泛突厥主义，更多的是带有投机倾向，而不是什么政治理想，而且从该党成立之日起，就曾经明确反对把自身定位为突厥民族主义者。[②]

[①] 《以色列学者论泛突厥主义》，陈延琪、潘志平主编：《泛突厥主义文化透视》附录四，新疆人民出版社2000年版，第128页。

[②] Zana Çitak, *Nationalism and Religion: A Comparative Study of the Development of Secularism in France and Turkey*, Ph. D dissertation, Boston University, 2004, pp. 148—149.

其实，追求不同种族、文化群体之间一律平等的奥斯曼主义的政策，其实质最终变成了推行"突厥化"（Turkification）。这有两个原因：第一，奥斯曼帝国的政治精英乃是突厥人，要造就一个统一的"奥斯曼民族"就意味着用统治精英的文化来同化其他种族与文化群体；第二，帝国境内最先觉醒的民族主义群体是基督徒，青年土耳其革命后，恢复了1876年宪法，表面上又成为了一个立宪民主政府，议院遂成为基督教群体表达和追求自身民族利益的合法讲坛，这是推行奥斯曼主义的帝国政府始料不及的，作为对这种具有强烈分裂倾向的民族主义的回应，统治精英也只有更强调自身的土耳其认同。在这种情况下，奥斯曼主义在青年土耳其党人时期更无法挽回业已失去的民心。

历史的发展要想取得突破，往往需要借助于突发事件。1914年第一次世界大战爆发，10月奥斯曼帝国加入同盟国一方参战。正是这一场大战改变了帝国的一切。1918年10月奥斯曼帝国在"一战"中战败，帝国很快就土崩瓦解。尼雅齐·拜尔凯斯（Niyazi Berkes）曾讲道："在1918年10月30日，泛奥斯曼主义、泛伊斯兰主义和泛突厥主义同奥斯曼帝国一道完蛋了。在一段短暂的消沉与迷茫后，西方主义、伊斯兰主义和（泛）突厥主义又东山再起，不过，这些主张现在已经发生重大的变化。原因其实很简单：奥斯曼帝国烟消云散了，而一个土耳其国家已经从帝国的灰烬里获得了新生。"[1]

土耳其共和国建立后，一些泛突厥主义者被迫面对一个他们从未遇到的矛盾：一方面是他们的泛突厥主义诉求，另一方面是新国家的需求。在种族、文化、语言和历史等这些民族认同的重要符号方面，主张泛突厥主义的人与新国家的政治意识形态需求产生了直接的分

---

[1] Niyazi Berkes, *The Development of Secularism in Turkey*, London: Hurst Company, 1998, p. 431.

歧。① 凯末尔很早就清楚地表达了自己的观点，他决无搞"民族统一主义"的野心。早在 1921 年的一次演讲中，凯末尔就拒斥了"泛突厥主义"（"土兰主义"），并宣称"新土耳其的国家政策将立足于独立生存，只依靠我国边界内的土耳其自己的主权。"② 同年，凯末尔还声明："土耳其大国民议会决定建立以土耳其民族为基础的地域性民族国家……正是为了保全生命和独立……我们没有为大伊斯兰主义而效劳"③

20 世纪 30 年代，土耳其共和国着手进行系统的民族建构（nation building）。"30 年代的土耳其民族主义构成了土耳其现代史的重要篇章。"④ 按照查普塔伊的看法，土耳其人民在凯末尔的领导下先是为了民族独立而斗争，然后又在帝国留下的废墟上重建家园，"致力于建设一个新的、世俗的共和国"，所以，20 年代的土耳其尚无多大精力进行民族建设。但到了 30 年代，"已经能够集中精力关注意识形态问题了。"⑤ 土耳其共和国的新意识形态就是凯末尔主义，即"六大原则"（亦称"六个箭头"—altioku）⑥。"它是在半殖民地半封建的土耳其国家中孕育、在反帝的民族革命战争中逐步形成，并在一系列政治和社会改革中丰富和发展起来的。"⑦ 民族主义是其中的一项重要内容。

20 世纪 30 年代土耳其民族构建的一个重要内容是"土耳其史观"（Türk Tarih Tezi）的提出，其主要内容是：突厥人是数千年前

---

① 大多数泛突厥主义者迫于凯末尔的压力而放弃了自己的政治诉求，转而一心一意支持凯末尔主义。
② 引自 Jacob M. Landau, *Pan-Turkism: From Irredentism to Cooperation*. Bloomington and Indianapolis: Indiana University Press, 1995, p. 74.
③ 伯纳德·刘易斯：《现代土耳其的兴起》，商务印书馆 1982 年版，第 372 页。
④ Soner Cagaptay, "Otuzlarda Türk Milliyetciliginde Irk, Dil ve Etnisite"（《三十年代土耳其民族主义中的人种、语言和种族》），in *Modern Türkiye'de Siyasi Dusunce Milliyetcilik*（《现代土耳其的政治思想》之第四卷《民族主义》），Istanbul, 2002.
⑤ Ibid., p. 245.
⑥ 凯末尔主义的主要内容包括六条原则：共和主义、民族主义、平民主义、革命主义、世俗主义和国家主义，这六大原则于 1937 年 2 月写进土耳其新宪法第二条。
⑦ 陈德成：《论中东民族主义》，《中国社会科学院研究生院学报》1999 年第 6 期。

生活在中亚的一个短头颅的民族，他们曾在中亚的一个内陆海那里创造了灿烂的文明，当这个内陆海由于气候变迁干涸了的时候，他们就离开了中亚，为了世界其他地方的开化，而四处迁移；他们向东到了中国；向南到了印度；向西到了埃及、美索不达米亚、伊朗、安纳托利亚、希腊和意大利[①]。

"土耳其史观"这样一种具有明显神话色彩的民族史观的提出，既有内部原因，又有外部原因。首先是外部原因。总体而言，20 世纪 30 年代初的国际环境对年轻的土耳其共和国的主要影响是：第一，在这一时期，主要资本主义国家陷入经济危机，土耳其的国际压力减轻，取得了相对的自主性；第二，土耳其与西方的政治问题得到了解决，并开始向世界开放；第三，土耳其对外开放的结果之一就是，它更清楚地意识到，与欧洲相比自己是多么落后；第四，在思想文化上，土耳其遭遇到欧洲的一种含有种族主义特征的历史理论，它认为土耳其是奥斯曼王朝的遗绪，侮辱其为"病夫"（hasta insan）。所有这些因素最终导致了一种认同危机。土耳其精英要克服这种被歧视的自卑感，就努力向土耳其人灌输一种思想，即：土耳其民族是特殊而优越的古老民族，她拥有自己的文明。这种意图在意识形态上的具体表现便是"土耳其史观"。凯末尔党人希望以此来增强土耳其人的自信[②]。其次是内部原因。"土耳其史观"还整体上服务于凯末尔在国内所领导进行的现代化变革。在 20 世纪 30 年代所编写的历史教科书中，奥斯曼帝国被看作是土耳其人所创建的诸多国家之一，而共和国则是一个全新的国家，"民族斗争"（millî mücadele）时期被当作共和国的准备时期。如许理和所言："土耳其史观"强调了帝国与共和国之间的断裂，许理和认为这种做法既有意识形态的又有现实政治的

---

① Afetnan, "Atatürk ve Tarih Tezi," in *Belleten*, Vol. 3, Ankara: 1939.
② Baskin Oran, *Atatürk Milliyetciligi: Resmi Ideoloji Disi bir Inceleme*, 1999, p. 273.

考虑:"意识形态上的考虑,是因为新的政权力图从中东伊斯兰的文明全面转向欧洲文明,同时,重新把'土耳其的'身份界定为与奥斯曼是完全分离的。"[1] 通过构造出土耳其文明是世界各大主要文明的祖先这样一个神话,新生的土耳其共和国就至少获得了两个好处:第一是有利于世俗化,这个神话使土耳其摆脱了伊斯兰教传统的束缚,因为早在土耳其人接受伊斯兰教文明之前,他们的祖先就创造了灿烂而伟大的文明,必须注意,那是一个世俗的文明,凯末尔党人号召土耳其人回归自己的伟大过去;第二是有利于西方化,那个先于伊斯兰教数千年的伟大文明不仅是土耳其人所独有的,而且还由土耳其人传授给了其他的种族,特别地,西方文明最早也是由土耳其人创造的,因此,这种对古老文明的回归与接受西方文明就衔接起来了。这样,"土耳其史观"对凯末尔的世俗化改革就具有强大的意识形态支持力。

三、激进世俗化:土耳其模式的第一阶段

近代以来,伊斯兰教与现代社会(或现代性)之间的关系就占据了数代穆斯林有识之士的头脑。关于这个问题的争论,也一直持续至今。在土耳其,伊斯兰教的地位问题其实是伴随着奥斯曼帝国的衰落而提出来的。

奥斯曼帝国最早的衰落迹象发生在17世纪。在1699年卡罗维茨大败之后,奥斯曼人不得不开始考虑学习新的理念和新的方式以应对欧洲国家。欧洲军事技术的优越性不得不被承认。这就导致人们接受

---

[1] Erik Jan Zürcher, *The Unionist Factor: The Role of the Committee of Union and Progress in the Turkish National Movement* (1905—1926), Leiden: Brill, 1984, pp. 27—31. 参见 Erik Jan Zürcher, "From Empire to Republic-Problems of Transition, Continuity and Change",载于荷兰莱顿大学的突厥学研究网站: http://www.let.leidenuniv.nl/tcimo/tulp/Research/Fromtorep.htm.

了一个对穆斯林而言非常具有震撼性的理念,即他们必须向他们从前所鄙视的"低贱的异教徒"学习。奥斯曼帝国的苏丹塞利姆三世(Selim Ⅲ,1789—1807)和马赫穆德二世(Mahmud Ⅱ,1808—1839)是最早承认这一点的两位皇帝。帝国的现代化需要最初仅仅被局限在军事技术领域。但是,随着西方教员、技术和理念的到来,奥斯曼人开始意识到,为了使帝国现代化并得以拯救,他们或许不得不采纳一种全盘西化的进程,包括技术的、体制的、文化的甚至心理上的。

坦齐麦特的领导人力图按照欧洲的形式,在不同层面上改革奥斯曼社会的重要体制。实际上,奥斯曼主义的提出已经标志着帝国世俗化的开始,因为,不考虑宗教或种族出身,承认所有民族在法律面前人人平等,这样的主张对于伊斯兰教的米勒理念和制度来说,已经是革命性的。① 此外,在其他领域,比如教育、法律和管理的世俗化也已经开始了。西式教育的现代学校被建立起来。世俗的法庭被建立起来,西方式的法律条文(特别是法国的)被采纳;新的管理体制也根据法国模式被设计出来。

然而,坦齐麦特的改革者们并没有也不可能触动传统的伊斯兰教建制,比如宗教学校和宗教法庭。坦齐麦特改革所带来的最重要影响就是一种双元结构的形成,在其中,世俗的现代体制与传统制度并存,后者没有受到什么触动。

青年奥斯曼人则致力于使伊斯兰教与西方的现代科学技术相融合。青年奥斯曼人的出现主要就是作为对坦齐麦特时代的一个反弹。凯杜里曾说,这一反对派的出现是政治改革自身的一个产物。② "他

---

① 米勒制度的特征是,让拥有不同宗教和文化认同的群体实行自治,而不考虑其种族或语言的差异。这样,就是要在帝国的穆斯林(土耳其人、库尔德人、拉兹和阿莱维派)、东正教徒(亚美尼亚人和希腊人)与犹太教徒之间进行划分。在奥斯曼帝国的历史上,米勒的数量是不断变化的。Kemal K. Karpat, *An Inquiry into the Social Foundation of Nationalism in the Ottoman States*: *From Social Estates to Classes*, *from Millets to Nation*, Princeton: Princeton University Press, 1973, pp. 88—89.
② Kedourie, *Politics in the Middle East*, Oxford: Oxford University Press, 1992, p. 50.

们是奥斯曼知识分子首次组织起来的一个反对派团体,他们使用的是启蒙理念,力图使现代化与伊斯兰教相适应。"[1] 青年奥斯曼人认为,坦齐麦特运动没有一个坚实的意识形态或伦理的基础;而使国家现代化的方式可以在伊斯兰教中找到。对纳末克·凯末尔来说,代议制政府的原则与沙里亚(Sharia,伊斯兰教法)高度一致[2]。这样,他就使伊斯兰教成为了向西方学习的合法性框架,因为,根据纳末克的看法,伊斯兰教"已经为政治家提供了一整套基本的政治原则。"[3] 所以,我们可以发现,对于青年奥斯曼人来说,伊斯兰教并非是帝国落后的原因;相反,正是由于缺乏对伊斯兰教的正确遵守,才导致了现今落后的状态。

当历史发展到青年土耳其党人的时候,情况开始发生改变。青年土耳其党人是一群在医学院和军事院校接受教育的人,这些人接受了欧洲的思潮,比如生物进化论和唯物主义,这使得他们日益与伊斯兰教社会的价值体系相疏离。总体来说,青年土耳其党人与伊斯兰教疏远了,联合与进步委员会的成员只是作为一个政治工具来利用伊斯兰教而已。在他们的思想中,重要的是要根据科学的原则来改变奥斯曼的社会结构,而且要用科学代替宗教,并将科学作为社会的基础。一旦获得了权力,他们将毫不犹豫地践行这些目标。

在1913年1月,联合与进步委员会开始掌握帝国的政权。利用他们在议会中的绝对优势地位,联合与进步委员会可以强制推行一套政治和社会改革的方案。与此同时,除了那些在军队、中央政府和行省级的管理方面所进行的变革之外,改革更有影响力的一个方面是司法和教育体制的进一步世俗化,以及乌来玛(ulema,伊斯兰教教

---

[1] Hugh Poulton, *Top Hat, Grey wolf, and Crescent: Turkish Nationalism and the Turkish Republic*, London: C. Hurst & Co. (Publishers) Ltd., 1997, p. 55.
[2] Serif Mardin, *The Genesis of the Young Ottoman Thought*, Syracuse University Press, 2000, p. 81 and 308.
[3] Serif Mardin, *The Genesis of the Young Ottoman Thought*, p. 309.

士）阶层地位的进一步降低。1916 年，帝国议会不再给伊斯兰教大教长（Seyhüislam，伊斯兰教最高教职）留有职位，并在很多方面限制了其权限。1917 年教法法庭被划归世俗的司法部控制之下，宗教学院（medress）则被划归教育部的控制之下，还创建了一个新的宗教基金部来管理传统的伊斯兰宗教基金——瓦克夫（evkaf）。与此同时，高等宗教学院的课程也被现代化了，甚至，欧洲语言也被规定为必修课程。在联合与进步委员会的统治之下，妇女在家庭和社会中的地位也开始发生改变，特别是在上流社会和中产阶层中，这个方面的改变是非常大的①。

与 1913—1918 年间执政的青年土耳其党人类似，凯末尔党人的改革目标也是要使土耳其社会实现全面的世俗化与现代化。在凯末尔的领导下，土耳其进行了如下的世俗改革：与青年土耳其党人相比，在社会生活的改革方面，凯末尔政权的步子迈得更大，走得也更远，1925 年，凯末尔党人废除了一夫多妻制，1926 年，强制推行文明婚礼；1934 年，国家规定妇女和男性在担任公职方面享有平等的权利；1926 年上半年，土耳其开始采用欧洲历法，并同时照搬瑞士民法和意大利刑法；同时通过了多部法律对银行和财政部门进行重组；除了在军队中以外，在社会生活中取缔封建时代的敬称（如贝伊、艾芬迪和帕夏）；1925 年 9 月，土耳其封闭了所有的宗教神殿（turbe）和托钵僧修道院（tekke）；同年 11 月，国家禁止男性戴传统的土耳其费兹帽（fez，红毡帽，自苏丹马赫穆德二世以来奥斯曼绅士戴的传统头饰），代之以西方式的礼帽②。许理和评论说："苏丹和哈里发制度的废除以及宣布共和，这些措施构成了凯末尔改革的第一次浪潮。显然，这些改革构成了坦齐麦特和联合党人改革的延续，这些改革已经使大多数的法律

---

① Zürcher, *Turkey: A Modern History*, London and New York: I. B. Tauris, 1993, p. 125.
② Zürcher, *Turkey: A Modern History*, p. 180.

和教育制度世俗化了。通过使苏丹—哈里发成为点缀性的角色,以及从内阁中废除大教长职位,国家本身早就在很大程度上被世俗化了。"①

青年土耳其党人与凯末尔党人的世俗化政策,反映了他们对伊斯兰教与西方式现代性之关系的理解。对作为一种民族主义思潮的土耳其主义来说,"民族的"东西要比"宗教的"东西更为重要。所以,我们可以发现,土耳其民族主义的历史观力图使土耳其人皈依伊斯兰教之前的那段历史古典化和理想化。在格卡尔普对土耳其历史的理解中,土耳其人皈依伊斯兰教就标志着"中世纪"的开始,而随着土耳其人开始与西方文明的接触,以及采纳西方文明,一个新的时代又开始了②。对土耳其主义者来说,土耳其人皈依伊斯兰教之前的那个"过去",就是他们民族主义意识形态中最重要的因素,因为,通过把土耳其人描述为在信奉伊斯兰教之前是一个世俗、勇敢、诚实、尊重女性、民主、进步和爱国的民族,它可以较容易地使土耳其人与伊斯兰教疏离,并转而采纳西方文明(实证科学、工业技术等)。那么,这里的论调就是,对于土耳其人来说,成为现代的,就是回到他们荣耀的过去而已③。当时一些土耳其的民族主义者认为,伊斯兰在土耳其人的历史上只是一个临时的过渡阶段。这样,土耳其社会的世俗化就被合法化了。

对凯末尔党人来说,他们对土耳其中世纪历史的理解也使用了同样的逻辑。他们认为,土耳其人对伊斯兰教的发展做出了重要贡献,但是,同样也是伊斯兰教在后来阻碍了土耳其民族的进步。伊楠(Afetnan)还认为,对土耳其人来说,伊斯兰教认同相对于"突厥认同"来说是次要的。④ 在意识形态上,伊斯兰教被凯末尔主义者所

---

① Zürcher, *Turkey: A Modern History*, p. 181.
② Ziya Gökalp, *Türk Uygarligi Tarihi*, Istanbul: Inkilap Kitabevi, 1991, p. 4.
③ 参见 Uriel Heyd, *Foundations of Turkish Nationalism: The Life and Teachings of Ziya Gökalp*, London: The Harville Press, 1950, p. 112。
④ *Birinci Türk Tarih Kongresi: Konferanslar Müzakere Zabitlari*, Istanbul: Matbaacilik ve Neirketi, 1932, pp. 428—444.

诟病；在制度安排上，伊斯兰教则被置于国家的严密控制之下。在凯末尔主义的土耳其，跟青年土耳其党时期一样，宗教人士变成了国家的公务员。此外，土耳其于 1924 年设立了"宗教事务局"。该局的成立意味着，土耳其并没有实现美国意义上的政教分离，而是建立了一种国家干预型的政教关系，是一种国家管理下的积极世俗主义模式。

对凯末尔党人来说，他们与青年土耳其党人一样，都坚信社会生活必须建立在实证主义和科学而非伊斯兰教的基础之上。他们把人民大众界定为需要从早期的也因此是发展的"落后"阶段中被"拯救"出来。把自身看成是现代的、进步的和普世主义的凯末尔主义者们自认肩负着伟大的历史使命，即要把"文明"世界的标准引荐给人民。凯末尔主义者认为，他们有义务去教育土耳其的大众如何穿、如何吃、如何看待别人以及如何说话等，并将此说成是文明化。在世界历史上，土耳其是较早赢得民族独立并走上资本主义发展道路的非西方国家。凯末尔领导土耳其结束了历时几百年的奥斯曼帝国的封建统治，开始了历史发展的新阶段。凯末尔当政 15 年（1923—1938 年），励精图治，革除旧俗，使土耳其人以欧洲文明为榜样，在伊斯兰教神权帝国的废墟上，建立起了一个世俗国家。这便是土耳其模式的第一个阶段，它以凯末尔主义的激进的世俗民族国家建设为标志。

东方落后民族的现代化基本上都是靠着民族国家的力量和强人政治推行的。自奥斯曼帝国晚期开始，土耳其的现代精英们就致力于在土耳其的社会中植入西方式的现代性。他们主要都是通过对政治权力的垄断来实施其政策的，换句话说，是政治权力保证了他们对公开的和潜在的反对者们的控制与主导。凯末尔党人在土耳其建立了一个威权主义的政体和共和人民党的一党统治，这也确保了他们对共和国"敌人们"的掌控。这里面的"权力"问题，不只是政治权力的问题，还包括对文化霸权的垄断，这种文化霸权就是进步主义的意识形态，这也是凯末尔党人的政治合法性所在。

凯末尔党人设计并贯彻了一个现代主义的文化方案，力图在一种国家主导下的（或者说自上而下的）民族主义基础上来使土耳其社会实现"文明化"。为了赶超西方式的文明，世俗化是在国家的控制下进行的，是在国家允许的范围内展开的，换句话说，其限度是由国家自身所设定的。在这个意义上，凯末尔党人的现代性是一种"被管理的现代性"（guilded modernity）。

在土耳其的历史上，被管理的现代性与这个国家的国家主义特质紧密相连。伯纳德·刘易斯认为，像土耳其这样的国家，"国家必须负责"的教条是一种简单而又使人熟悉的做法，非常符合其长期的统治者与被统治者这一关系所产生的传统和习惯。对于凯末尔政权来说，威权的、官僚的、精英主义的和家长式的作风，以及在经济生活中的国家主导与控制，是统治精英的权力、特权和功能的自然而明显的延伸。[①] 对像奥斯曼—土耳其这样的赶超型国家而言，精英而且几乎只有精英才有力量选择一条他们认为对社会、人民和他们自身都正确的道路。根据凯末尔在1931年的说法，"国家主义，如同我们所采纳的那样，在给予个人工作和努力优先权的同时，也包含了这样的意思，即在各个领域中，只要是与民族的整体利益有关的，国家都要干预，而这样做的目标就是，引导国家毫不拖延地走向繁荣与幸福。"[②] 凯末尔党人的精英主义和国家主义的现代化方案，造成了精英与大众之间的对立和分裂。因为，精英自视为普世主义的，把大众看成是无知和落后的"客体"，他们没有选择的权利和能力，只能被动地接受

[①] 参见刘易斯《现代土耳其的兴起》，第471页。
[②] 转引自 J. Landau, ed., *Atatürk and the Modernization of Turkey*, Leiden: Westview Press, 1984, p. 39。

精英提出的方案。这样一种社会改造工程很难深入群众、赢得民心；它对伊斯兰教的排斥更使其难以最终获得广大穆斯林的拥护。土耳其广大的农村社会实际上在凯末尔时代仍处于文盲状态，因此，那些激进的文化变革实际上根本就没有深刻地影响到农村。

凯末尔党人的政策在实际上造成了世俗民族主义与伊斯兰教之间的冲突。在整个中东地区主要的合法性资源就是传统宗教与民族主义。其他的"主义"顶多处于次要地位。宗教和民族主义也是大忠诚（macroloyalty）的资源，因为它们制造出了最广泛的被这个地区所普遍接受的价值关联[1]。因此，这两者之间的关系也就成为现代土耳其社会各种冲突和矛盾的根源。在中下层社会，伊斯兰教依然是重要的团结和认同的纽带。伊斯兰教已经内化于土耳其民族的悠久传统之中。可以说，在中东地区，伊斯兰教已经影响了对如下事务的政治态度，例如：集体认同、正义观、合法政体的本质、统治者和被统治者的权利与义务，以及决策者应该具备什么样的特质。它比民族主义有着更为广泛和深远的领域——特别是在下层和中下阶层之中，而他们构成了人口的绝大多数。在打破以宗教为团结纽带的传统社会结构、以造就一个同质化的现代社会的过程中，宗教的实际影响力依然是巨大的。若对其认识不足或视而不见，就很难造就一个长期稳定的现代社会。这大概也是40年代末实现民主化之后，土耳其政治与社会一直不稳定的原因之一。

四、埃尔多安主义：土耳其模式的第二阶段

一旦国家政治权力的基础发生变化，凯末尔党人所建构起来的那

---

[1] 参见 G. Hossein Razi, "Legitimacy, Religion and Nationalism in the Middle East," in *The American Political Science Review*, Vol. 84, No. 1 (Mar., 1990), p. 75。

一套进步—民族主义的政策、原则和话语——即"被管理的现代性"必然受到挑战。实际上,即使是在凯末尔党人当政时期,这种挑战也未停止过[①]。这是宗教势力对民族主义的反抗。[②] 自 1946 年土耳其实现了多党民主制后,文化多样性的原则逐渐在这个国家获得了政治上的重要性。经过 20 世纪 50 年代土耳其的民主化和社会结构变迁,在民主党的统治之下,伊斯兰教势力和少数族群的群体意识开始发出它们在民主时代的声音,凯末尔主义不断遭到反威权主义和反世俗—民族主义势力的挑战。讽刺的是,凯末尔亲手建立起来的共和人民党在民主化时代竟几乎没有赢得过一次大选,而以宗教为号召的政党,尽管遭到以土耳其军方为代表的强硬世俗势力的打压,却不断地问鼎政权。

实际上,世俗的、进步主义的东方民族主义,无论它使用多么巧妙的"现代治国术",都不能有效地压制住其内在的真正张力。"在世界上每个后殖民地国家的民族主义政权的政治生活中,它们都是明显的。在很多的例子里面,它们的表现形式是基于民族认同的分离主义运动,证明了'民族问题'解决得不彻底。"在土耳其就是表现为库尔德人的民族分离主义运动。"更值得重视的是,它经常表现为一种狂热的反现代、反西方的政治潮流,这种潮流同样反对资本主义,因为它与现代主义和西方相联系;经常鼓吹原教旨主义的文化复兴,或乌托邦式的千年王国。民族主义在受迫之下,为资本和人民—民族之间矛盾提出的解决方案的脆弱性,在这里就表现出来了。"[③] 当然,土耳其并没有表现出一种明显的反现代的原教旨主义运动,而是以温和的伊斯兰主义为特征的。

---

① 正如许理和向我们展现的那样,凯末尔党人的世俗化措施遭到了人民群众的激烈反对。但是独立法庭在镇压这些反抗的过程中发挥了重要作用。在《维持秩序法》之下,近 7500 人被逮捕,660 人被处死。参见 Zürcher, *Turkey: A Modern History*, p. 181.
② Emile Marmorstein, "Religious Opposition to Nationalism in the Middle East," in *International Affairs*, Vol. 28, No. 3 (Jul., 1952).
③〔印度〕帕尔塔·查特吉:《民族主义思想与殖民地世界:一种衍生的话语》,范慕尤、杨曦译,凤凰出版传媒集团、译林出版社 2007 年版,第 238 页。

下面，我们将着重探讨当代土耳其温和伊斯兰主义的正发党模式。从政教关系的角度来说，这是土耳其模式的第二个阶段。如前所述，在第一个发展阶段，即凯末尔主义阶段，土耳其建立起一个以世俗民族主义为基础的现代民族国家，以进步主义为导向的激进世俗化是其重要特征。随着历史的发展，僵化的凯末尔主义世俗化模式已经受到多方面的冲击和挑战，2002年，正发党的上台和随后的长期执政预示着土耳其形成了一个新的模式。

除了政绩显著外，从土耳其政治意识形态和社会变迁的角度看，正发党的成功还有着更为复杂和深刻的历史原因。从20世纪80年代开始，土耳其内政经历了重大变化，简单来说就是随着经济改革和社会发展，土耳其的政治版图开始发生根本性的变迁，传统的凯末尔主义精英相对于厄扎尔领导集团开始日益处于从属地位。厄扎尔的支持者是安纳托利亚的小资产阶级以及保守的政治和社会集团，他出身于社会底层，受到普通民众的欢迎和支持。在厄扎尔执政时期，传统的凯末尔主义精英相对被边缘化了。这一时期，土耳其逐渐放弃了凯末尔党人坚持多年的国家主义，并改变了世俗主义、民族主义、改革主义和共和主义的一些内容，尤其是摧毁了很多凯末尔时代的禁忌。厄扎尔时代的意识形态是："技术西化＋土耳其主义＋伊斯兰主义"。土耳其学者将这种意识形态概括为"土耳其—伊斯兰一体化"（Turkish-Islam Synthesis），据此，土耳其只有同时奉行伊斯兰主义和土耳其民族主义，才能期望在国际舞台上获得强有力的地位。厄扎尔在意识形态上复兴了奥斯曼和伊斯兰的文化遗产；另外，厄扎尔还强调经济和政治的自由主义，以自由化促现代化。[①]

土耳其建国八十多年以来，国内政治的总体发展趋势，概括来讲

---

① Muhittin Ataman, "Leadership Change: Özal Leadership and Restructuring in Turkish Foreign Policy," in *Alternatives: Turkish Journal of International Relations*, Vol. 1, No. 1, (Spring 2002).

就是从凯末尔主义时代向后凯末尔主义时代的转变，这个转变的过渡时期就是1980—1990年代的厄扎尔时代，并随着2002年正发党的上台而基本完成。这一转变的最明显之处是国家统治集团的改变，也就是，政权逐渐地从国家主义和精英主义的凯末尔党人手中，转移到强调自由主义、多元主义以及民粹主义的温和伊斯兰政党手中。把握和体现土耳其这一重要历史变迁的政治力量就是正发党。

土耳其学者指出，2002年的土耳其大选博弈的是"社会与经济问题"，而不是过去所谓的"国家与安全问题"。20世纪90年代末之前，库尔德问题与政治伊斯兰问题一直困扰土耳其。所谓的社会与经济问题，主要就是民生问题，对土耳其来说，就是克服之前长期的危机与衰退、失业与贫困等。2002年，土耳其人也不是给新自由主义投票，而是投给了"自由与管制之间的协调道路"，是有效地维持经济增长，是维护社会正义，是承诺和保证基本上自由且明智地管控的市场经济。这些学者还指出，对于土耳其而言，这类似于国际上流行的所谓"第三条道路"：在全球化的时代，它可以提供方法应对全球性力量对民族性社会（national societies）的挑战。第三条道路代表了一种现代化的可替代性图式：在一个由法制下的自由为原则所管理的社会，将政治秩序、经济秩序和社会公正问题（包括最低标准的社会福利、公平分配以及对文化多样性的尊重）视为一个动态性整体的协作部分。在这个意义上，2002年正发党的上台，只是土耳其对于全球性的第三条道路的迟到的拥抱（a delayed embrace of the global third way）[①]。

就土耳其的正发党模式，还有两个重要的方面值得指出。首先，正发党的温和化是土耳其伊斯兰政党被世俗力量"驯化"的结果。土

[①] E. Fuat Keyman, Ziya Onis, *Turkish Politics in A Changing World: Global Dynamics and Domestic Transformations*, Istanbul Bilgi University Press, 2008, pp. 164—165.

耳其长期和坚实的世俗化成就是正发党活动的社会和政治大环境，正发党的前身因为过于宗教激进主义，而多次被以军方为代表的土耳其世俗力量所压制，最终，脱胎于伊斯兰主义政治的正发党不得不提出了更为包容和现实主义的政纲，显示出对现代性、多元主义和自由民主的认同，以及被"驯化"后更加强调政绩的务实倾向[①]。其次，在前述大环境下，世俗主义的反对党也需要形成自身强大的政治力量，在伊斯兰主义政党执政的过程中，形成有效的制衡。凯末尔亲手创立的世俗政党——共和人民党，是土耳其世俗主义力量在政治上的代表，该党由于历史的包袱和僵化的意识形态，几乎从未在民主制时代单独执政过比较长的时间，但作为当前最大的反对党，它正在进行新的整合，可能会形成对正发党的制约。

正发党现在已经形成一党独大的体制。土耳其的世俗主义者意识到了这一情形，并在 2007 年发动了数次大规模的反对正发党的抗议[②]。2007 年 4 月 27 日，为了显示其对世俗主义原则的坚定支持，就在议会要选举被认为有伊斯兰背景的居尔当总统之前，土军方在其网站上挂出一个备忘录，发誓要与政治伊斯兰战斗到底，这显然是对正发党的一个警告[③]。但是，这也并没有阻止居尔在另一轮投票中被选为土耳其第十一届总统，而他的上台使土耳其历史上首次出现了一位戴伊斯兰头巾的第一夫人。2011 年 7 月 29 日，土耳其军方发生所谓的"人事大地震"，武装部队总参谋长厄舍克·科沙内尔以及海陆空三军司令集体辞职，欲以此种方式来警告和威胁正发党政府，但并

---

① 这里面有一个所谓"学习过程"的问题，即通过教俗力量的长期博弈，伊斯兰主义者逐渐明白，一个背离世俗主义的政党在土耳其是没有出路的，而一个拥抱极端伊斯兰主义政治的政党也只能得到土耳其社会的很小支持。也正是在这个认识的前提下，正发党的领导人埃尔多安使其政党远离伊斯兰主义的标签，将自身塑造为一个已经准备好面对土耳其经济之紧迫问题的中右力量，强调执政能力、民主和团结，尽可能多地寻求土民众的广泛支持。E. Fuat Keyman, Ziya Onis, *Turkish Politics in A Changing World: Global Dynamics and Domestic Transformations*, p. 186, pp. 165—166.
② *Milliyet*, April 15, 30, and May 14, 2007.
③ 参见 *Turkish Daily News*, April 30, 2007。

未取得什么实际效果。这表明,土耳其的世俗民主政治已经发展到一个较成熟的阶段,世俗主义与伊斯兰势力之间达成了某种妥协。土耳其人也已经形成一个新的共识,即需要常规的文官体制来承担起捍卫民主与世俗主义的重任,而不再是让军队来干预内政。在与正发党政府的较量中,土耳其军方在某种程度上失败了[①]。正发党代表的是温和的伊斯兰主义,它倡导的是一种调和立场,坚持世俗主义是立国之基,宣扬伊斯兰与现代性是不相违背的。正发党的胜利暗示,在某种程度上,对僵化的凯末尔主义的挑战已经在土耳其取得了胜利。

五、余论

今天,人们会羡慕土耳其政权的稳定与民主制的成熟运转,很可能忽视其历史上长达半个世纪的动荡不安,这里面有左与右的冲突、世俗与宗教的冲突,还有文官政府与军人集团的冲突。土耳其的世俗民主制度模式是在这些冲突之中逐渐形成其稳态格局的。看不到这一点,就会犯非历史的错误。从1923年土耳其共和国建立到2002年正发党上台,经历了近八十年。在这一过程中,土耳其首先是在凯末尔党人的威权主义统治下经历了激进的西方化改革(1923—1945年)。从1946年开始,土耳其投入西方阵营,开始实行多党民主制。这个过程实际上是非常漫长的,1961年、1970年和1980年几乎每隔十年就发生一次军事政变。当然,军事政变的发生与民选的文官政府无力维系政治和社会秩序有关。在后1980时代,土耳其虽然再没有发生直接的军事政变,但军方一直作为世俗民主秩序的捍卫者存在,即使如此,土耳其的文官政府依然呈现动荡和分裂的格局,直到2002年,脱胎于伊斯兰主义政党的正发党上台,才形成了较为

[①] 参见拙文《土耳其两种精英的斗争》,《世界知识》2011年8月。

稳定的政治局面。

正发党在土耳其的成功也促使我们去反思当代伊斯兰世界的伊斯兰政治问题。从全球范围来看，伊斯兰主义政治的发展已经历了两个阶段，即从伊朗模式到土耳其模式的过渡。在第一阶段，1979年的伊朗伊斯兰革命是其顶峰，在整个20世纪80年代，伊朗为伊斯兰化创造了一个模式，该时期的特征是："主要由革命的、好战的原教旨主义者界定了伊斯兰的公共行动。"第二阶段的特征是行动的主体有所改变，与第一阶段相反，在第二阶段，新的社会团体，如穆斯林知识分子、文化精英、企业家以及中产阶级，更多地界定了伊斯兰的公共形象，他们以改革主义为其思考和行动的指南，"他们的出现是伊斯兰主义运动与现代世俗教育、市场价值以及政治理念的共同产物。"他们的意图是调和伊斯兰与现代性，既认识到伊斯兰的差异性，又接受某种现代生活，他们对伊斯兰原教旨主义者所提出的那种乌托邦式的方案不满，他们寻求在职业的、政治的与公共的生活中为自己开辟空间。可见，第一波伊斯兰主义是坚持一种反体制的立场和僵化意识形态；第二阶段，"新一代穆斯林打入了一个共享的世界，与世俗的行动者和生活的现代领域互动，从而改变了这一运动的动力和定位。然而，这并不意味着极端主义的终结，极端主义现在是日益以恐怖主义行动的方式来显示自身的存在。"①

在上述角度下来认识"阿拉伯之春"后各阿拉伯国家伊斯兰政治发展的本质，它不再是一场原教旨主义的伊斯兰运动的复兴，而是有着广泛群众基础的、各社会力量共同参与的现代伊斯兰主义运动。笔者比较赞成一位法国学者的初步总结："通过这场革命，阿拉伯和伊斯兰世界以自己的方式拥抱了现代化。这是一种符合伊斯兰主义运动所设定标准的特殊现代化。其表现形式是公民社会反对执政当局的独

---

① Nilufer Gole, Ludwig Ammann, *Islam in Public: Turkey, Iran and Europe*, Istanbul Bilgi University Press, 2006, p. 4.

裁专制与贪污腐败。……它仍然可称得上是自 1916 年至 1917 年奥斯曼帝国解体以来出现的最大规模的转折。"①

日裔美国学者福山认为宗教与民主之间并不存在固有的冲突，更为关键的是，"宗教本身并不能创造自由社会。"就基督教来说，福山认为，"基督教在某种意义上必须通过使其目标世俗化来废除自己才能带来自由主义。在西方，这种世俗化公认的载体就是基督新教。新教通过把宗教改造成基督教和它的上帝之剑的一种私人问题，消除对神职人员这个单独的阶级的需要，以及宗教对政治更广泛的干预的需要。"在福山看来，对现代自由主义最大的威胁来自正统犹太教和原教旨主义的伊斯兰教，福山说，它们是"一种极端主义的宗教，它们寻求支配人生活的各个方面，不论是私人的还是公共的，包括政治领域。这些宗教可以和民主和平共处，特别是伊斯兰教，和基督教一样地承认人人平等的原则，但它们却很难和自由主义及普遍权利（特别是意识和宗教自由的权利）的认可相和谐。"在谈论这个问题的最后，福山还引用了土耳其这个例子，他说："当代伊斯兰世界唯一一个自由民主的国家是土耳其。这也许并不奇怪，土耳其是 20 世纪初期唯一一个明确表示拒绝继承伊斯兰教传统、赞成世俗社会的国家。"②可见，福山认为，伊斯兰教与一般意义上的大众民主制度并非不兼容。对于建立在世俗主义基础上的早期土耳其国家来说，它或许不需要在官方层面上纠结于伊斯兰与现代性之间的矛盾，也不需要顾及民众的宗教感受；但在民主化之后，它就需要现代主义的伊斯兰复兴运动去化解民众的宗教激情。

对"土耳其模式"的概述应该就是：经历了凯末尔主义的激进世俗民族国家建设时期，团结（民族主义）与进步（世俗主义）已经成

---

① 〔法〕多米尼克·莫伊西：《阿拉伯革命到了初步总结时》，《参考消息》2011 年 12 月 14 日。
② 〔美〕弗朗西斯·福山：《历史的终结及最后之人》，黄胜强、许铭原译，中国社会科学出版社 2003 年版，第 247—248 页。

为土耳其社会的普遍共识；在这个共识的基础上，土耳其多党民主政治才能较为有效地运转，同样地，激进的伊斯兰主义诉求也才能被有效地规训；在妥协和务实的前提下，温和的伊斯兰主义政党成长为成熟的政治力量，通过关注经济、民生、民主和正义，赢得广泛支持，并在执政的过程中，一方面实现了土耳其的经济繁荣发展，另一方面也化解了僵化世俗主义所造成的精神性社会紧张，使土耳其走上了一条更为健康和常态的现代化道路。

邓正来（复旦大学社会科学高等研究院、
国际关系与公共事务学院教授）

全球化与中国社会科学的"知识转型"

邓正来

首先，非常感谢贵校邀请我做这场演讲。我演讲有个特点：一般来说，我想花点时间讲一些我自己的相关思考，然后留更多的时间与大家互动、讨论。

我今天的演讲题目是：全球化与中国社会科学的"知识转型"。需要说明的是：我的这些思考既是我关于中国社会科学自主性的理论性思考，也是我在复旦大学创办社会科学高等研究院的主要理论依据。因此，我希望我的演讲不仅可以让你们对中国社会科学的发展状况有些初步的认识，而且也可以让你们对复旦大学社会科学高等研究院正在从事的学术事业有些大致的了解。

我想讲如下三个方面的主要内容：

首先，我想进行关于全球化的理论思考，为大家介绍一下我所谓的一种"根据中国"的"开放性全球化观"。

其次，我想结合中国社会科学百年来的发展状况分析中国社会科学所面临的当下主要使命。

最后，我想勾画一下制约当下中国社会科学的几大瓶颈及中国社会科学"知识转型"的主要方向。

下面，我进行第一个方面的演讲：

我们都知道，我们现在正处于全球化时代。我们究竟应当如何认识全球化及其给中国带来的挑战和机遇呢？在我看来，只有厘清如下几个问题，我们才能对此问题给出令人满意的回答：我们究竟是如何被裹挟进全球化进程的？我们究竟该如何认识全球化的性质？中国当下所处的全球化进程与此前的历史时期有何不同？在全球化时代所形成的世界结构中，中国究竟处于何种位置？已有的全球化话语及相关的理论话语是否足以解决中国所面临的问题？在晚近以来的研究中，我本人以我所谓的"世界结构"或"全球结构"为分析框架初步建构了一种"根据中国"的"开放性全球化观"。我的相关论说可归结为如下几个相关的命题：①

第一，中国经由加入 WTO 等国际组织而加入到全球化进程之中，但是当下全球化的世界却蕴含着结构性的不平等，亦即形成了一种我所谓的"世界结构"。伴随着全球化时代的到来，伴随着中国对世界的开放，尤其是在中国经由加入 WTO 等国际组织而进入世界体系以后，我们所关注的中国，已经不再是一个地理意义上的孤立的中国，而是一个世界结构中的中国。对于中国来说，这才是三千年未有之真正的大变局。此前的中国，作为独立的主权国家，虽说也因位于地球之上而与其他国家发生交往或冲突，但是却从未真正地进入过世界的结构之中——这意味着中国虽在世界之中却在世界结构之外，是"世界游戏"的局外人。我之所以将中国所参与的"世界游戏"标识为"世界结构"，是因为它是有"中心"和"边缘"之分的，它蕴涵着发达国家对后发国家的结构性支配。正如罗伯特·W.迈克杰斯尼所言："之所以出现市场的全球化，是因为那些发达国家的政府，特别是美国政府，将种种贸易合约和协定强加到世界人民的头上，使得那些大型公司和富商们能够轻而易举地主宰其他国家的经济命脉，却不需为那些国家的人民承担任何责任。"② 在我看来，发达国家对后

---

① 参见拙著《中国法学向何处去：建构"中国法律理想图景"时代的论纲》，商务印书馆 2006 年版，第 2—23 页和《谁之全球化？何种法哲学？——开放性全球化观与中国法律哲学建构论纲》第一部分，商务印书馆 2009 年版。

② 〔美〕罗伯特·W. 迈克杰斯尼：《新自由主义和全球秩序·导言》，载〔美〕诺姆·乔姆斯基：《新自由主义和全球秩序》，徐海铭、季海宏译，江苏人民出版社 2000 年版，第 7 页。

发国家的强制性支配关系，不仅表现于罗伯特·W.迈克杰斯尼所关注的经济层面，亦即世界结构在允诺经由市场经济体制而使生产资料在全球达致优化组合的同时致使中国处于一种日趋"依附"西方的边缘化地位，而且还表现在下述两个方面：一是在规则制度层面。众所周知，在一些颇具影响的领域当中，那些经由中国承认的所谓世界结构既有的法律规则或制度，实际上乃是一些西方国家的地方性知识；而正是透过这些法律规则或制度而传入的某些价值，也在支配关系的逻辑中转换成了无须讨论的单一性和终极性的标准。二是在一般的文化层面。众所周知，因意识形态的消解，科技的发展与文化确实发生了高度的整合，但是在当下世界结构的支配关系中，正是那些作为"支配者"的西方诸国的文化正在伴随着科技的出口而出口，而那些作为"被支配者"的发展中国家（包括中国）的文化则在不断地被压缩、被压制和被抽空化。

第二，与此前的现代化时期不同，西方国家在全球化时代对中国进行支配的性质发生了变化，亦即形成了一种基于承诺，而非基于"共谋"的支配。在现代化时期，由世界结构生成的"现代化范式"对中国的发展有着很强的支配作用，但其间最为重要的是，也是中国学者普遍忽视的是（亦即中国学者集体无意识的具体展现），中国知识分子在这种"支配"过程中与"支配者"的共谋，亦即中国论者对西方"现代化范式"所表现出来的那种无批判意识或无反思性的"接受"。显而易见，就这种支配而言，此前世界结构对中国支配的实效乃在于受影响的中国与它的"共谋"。据此我们可以说，这种支配乃是非结构性的和非强制性的——西方的"现代化范式"对于中国来说只具有一种示范性的意义，因为只要中国不与它进行"共谋"，那么西方"现代化范式"就无力强制中国按照其规则行事并根据它进行未来的想象。但在后冷战时代，世界结构支配的实效所依凭的却是被纳入这场"世界游戏"的中国对其所提供的规则或制度安排的承认。据此我们可以说，当下世界结构的支配是结构性的或强制性的，这种强制性所依凭的并不是赤裸裸的暴力，而是中国就遵守当下世界结构所提供的规则或制度安排所做的承诺，而不论中国是否与之进行"共谋"。由此可见，中国在全球化时代所参与其间的这种世界结构，对中国的未来发展在很大程度上有着一种并非依赖"共谋"而根据承诺的"强制性"支配。

第三，国际法上传统的"主权平等"原则并不能拯救中国，我们必须从"主权的中国"迈向"主体性的中国"。对世界结构中支配关系之不平等性质的揭示对后发国家极为重要，因为它凸显出了这种不平等的支配关系与 16 世纪以降西方论者所宣称的主权国家"平等"之事实之间所存在的高度紧张。根据前述的支配关系，当下的世界在很大程度上也被认为是一个"新帝国"时代的开始。当然，这个"新帝国"时代所依凭的主要不再是军事战争和鲜血，而是信息、知识、资本和市场；更为紧要的是，"新帝国"或其他支配者在这个时代的目的，很大的程度上也不只是为了在世界中扩张和维护各自的民族利益，而是为了在世界中把各自民族认为具有普遍意义的价值或理想图景当做物品加以推行，并经由推行这些民族价值或理想图景而将相关的社会秩序或政治秩序强加给其他的国家。因此，在当下的世界结构中，除了能够在对外方面为捍卫自己的领土完整、国家安全、人权保护和经济发展提供最正当的理据以外，所谓"平等"的主权，亦即主权的中国，不仅不是充分的，而且还有着相当的限度。世界结构中的"中国"的实质不在于个性或与西方国家的不同，而在于主体性，在于中国本身于思想上的主体性：其核心在于形成一种根据中国的中国观和世界观（亦即一种二者不分的世界结构下的中国观），并根据这种中国观以一种主动的姿态参与世界结构的重构进程。在当下的世界结构中，从强调"主权的中国"到强调"主体性的中国"的转换，根本的要旨便在于突破主权的限度，走向世界结构层面的"主体间性"、

"文化间性"或"文明间性",而这在更深的层面上则意味着不再是某些主权国家决定世界结构的规则或合法性,而是主体间性与世界结构的规则或合法性在交往和商谈中一起生成演化。

第四,无论是从全球化本身的性质还是从西方国家在全球化时代对中国予以支配的性质来看,当下如火如荼的全球化进程在对中国构成挑战的同时,也带来了千载难逢的机会,因为只要我们建构起中国自己的"理想图景",我们就可以将参与修改世界结构之规则的资格转化为修改世界结构之规则的能力,并基于中国立场型构来影响全球化的进程和方向。全球化不仅是"经济主义"论者所主张的经济全球化过程,更是一个既依凭民族国家又脱离民族国家的社会变迁过程;"法律全球化"也并不是从"国家法律一元化"走向"非国家法律一元化"的进程,而毋宁是一种从"国家法律一元化"走向"国家与非国家法律多元化"的进程;全球化也不是一种同质化的进程,而毋宁是一个单一化与多样化、国际化与本土化、一体化与碎裂化、集中化与分散化相统一的进程;全球化更不是一个客观必然的进程,而毋宁是"全球主义"对其形塑后的产物,是我们根据何种视角去影响全球化进程的"话语争夺权"问题。质言之,全球化就其性质而言其实是开放的,是可以根据中国的文化政治需求和国家利益予以型构的。一旦树立这种开放性的"全球化观",我们就可以为中国以一种"主体性"的姿态,并依据"中国理想图景"或"世界理想图景"去重构全球化进程及其方向提供认识论前提。从另一方面来看,中国进入世界结构的根本意义在于:中国在承诺遵守世界结构规则的同时也获致了对这种世界结构的正当性或者那些所谓的普遍性价值进行发言的资格。但是,有发言资格并不意味着有发言能力。仅仅依凭这种形式资格,我们根本不可能在修改未来生活规则的方面做出中国自己独特的贡献,而只能要么拥抱西方的既有规则,要么退回来重谈中国五千年的文明和中国的传统。这是因为我们没有关于我们是谁、何种生活是一种善的生活、何种生活是一种可欲的生活、何种全球化是我们认为合适的全球化等这方面的理想图景。显而易见，在我们没有这种性质的理想图景的时候，我们是没有能力就修改或参与制定世界结构未来规则做出我们自己的实质性贡献的。因此，只要我们形成了"根据中国"的理想图景，那么我们不仅有可能据此修改世界结构的规则，而且也可能据此影响世界结构的进程和方向。

由此可见，全球化并不是一个单一的同质化进程，也不是一个只有客观维度的历史进程，而是一个可以根据人的认识、利益、传统等被建构或重构的博弈进程。对中国这样的后发国家而言，全球化其实是一个机遇，即影响世界结构进程和方向的机遇。

在今天演讲的第二部分，我想结合百年来中国社会科学发展的基本轨迹分析中国社会科学所面临的历史使命。

如果说全球化进程对中国而言既是挑战又是机遇，那么对中国社会科学而言也是如此。在此，我想从如下两个方面来讨论这个问题：

第一，全球化的话语建构和话语争夺维度在根本上为中国社会科学以自己的努力建构符合中国国家利益和文化政治需求的全球化话语提供了机遇。一如前述，全球化不仅仅是一种事实，而且也是一个话语建构和话语争夺的过程。在我看来，正是全球化的这种话语建构和话语争夺维度为中国社会科学的发展提供了历史机遇，因为以中国国家利益和文化政治需求为根据建构一种新型的全球化话语正是中国社会科学在全球化时代的历史使命。

我的这一论断，在根本上乃是以我关于全球化和社会科学知识的如下两个基本观点为前提的：首先是全球化与全球主义之间的互动关系以及全球主义本身的开放性，其次社会科学知识在本质上就是米歇尔·福柯意义上的"话语"。

首先，从全球化本身的性质来看，如果我们采用乌尔利希·贝克在全球化研究过程中曾提出的那种涵盖全球性、全球主义与全球化的概念分析框架[1],我们可以发现,作为客观历史进程的全球化进程实是由作为主观形态的"全球主义"予以型塑后的产物;而如果我们对"全球主义"本身进行审视,它不仅可以是发生学意义上的、建基于新自由主义意识形态之上的全球主义,还可以是对此种全球主义进行批判的另一种反思性的全球主义。

从根本上讲,中国经加入WTO等国际组织而被裹挟进的全球化进程乃是与发生学意义上的全球主义一道首先在发达的资本主义社会出现的。这种全球化进程乃是与西方社会中的知识、特权、资源和利益共存,进而经新自由主义意识形态[2]的粉饰而被当做客观真理强制性地传播给包括中国在内的、作为西方国家之从属国家的非西方国家。正如达伦多夫所强调的,除了技术因素以外,1980年代以来各国普遍实行的新自由主义政策(非控制化、私有化、自由化)是推进全球化的前提条件"新的技术能力首先是在一种广泛流行的放松控制的气氛中实现的",而且"这种情绪在大国中,首先是在美国、英国这些国家中渗透,但是远远超出了这个范围"[3]。因此,全球化并不

---

[1] 贝克指出:广义的全球化既不只是一种客观现实,也不只是一种主观建构,而更是一种主客观的互动进程,而这三个不同的层次便是被分别称之为全球性、全球主义和全球化的三个概念。参见U. Beck, *What is Globalization?* London: Polity Press, 2000, 转引自张世鹏:《什么是全球化?》,载《欧洲》2000年第1期。

[2] 需要强调指出的是,作为发生学意义上的全球主义的新自由主义,甚至有着意识形态的性质,新自由主义向人们灌输的"市场压力不可逃避的说法不仅使人们无法采取对抗行动,而且使人们没有勇气维持现在的政治干预能力,在这一点上,我们可以说新自由主义思想的影响具有'意识形态'的性质。"(〔德〕哈贝马斯:《哈贝马斯谈全球主义、新自由主义和现代性》,沈红文摘译,载《国外理论动态》2002年第1期。)另外,马丁等论者也指出,"全球经济的紧密连接绝对不是一种自然而然的结果,而是由于有意识推行追求既定目标的政策所造成的结果。"(〔德〕汉斯·彼得·马丁等:《全球化陷阱——对民主和福利的进攻》,张世鹏等译,中央编译出版社1998年版,第11页。)保罗·史密斯也这样认为:"全球化大体来说是一种意识形态构形,宣布一种尚未到来的原教旨主义的资本主义。"(〔英〕保罗·史密斯:《一个世界:全球性与总体性》,载王逢振主编:《全球化症候》,天津社会科学院出版社2001年版,第96页。)

[3] 〔德〕拉尔夫·达伦多夫:《论全球化》,载〔德〕乌尔利希·贝克主编:《世界社会的前景》,祖尔卡姆出版社1998年版,转引自张世鹏:《什么是全球化?》。值得注意的是:非控制化、自由化和私有化——这三"化"构成了西欧各国和美国经济政策的战略工具,这些工具被新自由主义纲领推崇为一种"国家意识形态"。(〔德〕马丁等:《全球化陷阱》,张世鹏等译,中央编译出版社1998年版,第150页。)关于这个问题,另请参见〔英〕简·阿特·斯图尔特:《解析全球化》,王艳莉译,吉林人民出版社2003年版,第39—41页。

是一个单纯客观的经济过程，而是国际资本主义在新自由主义之全球主义的基础上推动全球化的一个进程，反过来又是以全球化来强化新自由主义之全球主义的一个进程。在这样的制度安排中，建构纯粹和完美市场这个新自由主义乌托邦的运动乃是通过采取各种政治措施来达致的，而这个新自由主义乌托邦则是由那些银行家、大公司的所有者和经营者以及那些从中获得自身存在合理性证明的高级政府官员、政治家和经济学家共同营造的。然而，正是在西方社会那些从属阶级和世界其他社会的人们当中，全球化与全球主义二者之间的矛盾也开始渐渐凸显出来了。一方面，全球化把世界人口的大多数与融入全球化生产和金融网络的小部分人之间在生存条件方面的差距扩大了；而另一方面，这种差距和其他相关传统或矛盾又演化出了一种对全球化和发生学意义上的全球主义本身进行反思和批判的全球主义，因为它从全球正义的角度出发提出了这样一个伦理问题：那些业已消耗掉大部分世界资源并造成大量污染的富人是否还可能满足穷人对于发展和更高生活标准的渴望？[①] 换言之，这样一种意识形态和制度安排是否有可能建构出一种可欲且正当的世界秩序？在我看来，正是这后一种意义上的"全球主义"为中国社会科学建构以中国为根据的全球化话语提供了理论上的可能性。

其次，在我看来，社会科学知识是一种以权力和"正当性赋予"为基本实质的话语。这意味着：社会科学知识绝不像客观实证主义者所宣称的那样只是反映性和描述性的，也不只是技术管制性的，而是建构性和固化性的——这些知识通过各种制度化安排而渗透和嵌入了各种管制技术和人的身体之中，并成为我们形塑和建构中国社会秩序及其制度的理所当然的"理想图景"。[②] 此前，正是因我们对潜隐于

[①] 参见〔加拿大〕罗伯特·考克斯《从不同的角度透视全球化》，载吴士余主编：《全球化话语》，上海三联书店2002年版，第20页。
[②] 参见拙著《中国法学向何处去：建构"中国法律理想图景"时代的论纲》，第266—267页。

全球化背后的新自由主义话语缺乏必要的反思和批判，中国社会科学所形成的全球化话语以及与此相关的社会秩序在根本上乃是以"西方理想图景"为依归的。因此，只要我们洞见到社会科学知识所具有的这种"正当性赋予"力量并恢复其批判性品格，我们同样可以以中国社会秩序的正当性为基点、以中国的国家利益和文化政治需求为根据建构一种新型的全球化话语。

因此，全球化是一个可以根据人之认识、利益及传统被建构或被重构的博弈进程，是一个在很大程度上属于偶然且可能是一个可逆且不确定的过程。据此我认为，中国社会科学论者绝不能只满足于对"全球化"做简单的描述工作，也绝不能不加反思和批判就在描述"全球化"的过程中不知不觉地接受西方论者新自由主义的全球主义"话语"的支配，而应当充分认识到全球化乃是一种开放可变的结构。这就要求中国社会科学必须采取一种"主动"的积极参与重构或重塑全球化进程及其方向的全球化策略。[①]

第二，与此相关的是，全球化时代的到来为中国社会科学走向世界、进而实现"知识转型"提供了历史机遇。我一直认为，全球化时代的到来不仅为中国社会科学建构以中国为根据的全球化话语提供了历史机遇，而且在根本上也预示着中国社会科学开始进入一个百年来"知识转型"的临界时刻，即开始走向世界，并与世界进行实质性的思想对话和学术交流的阶段。

从历时性的视角看，百年来的中国社会科学大体上经历了如下三个发展阶段：（1）可以上溯至19世纪的"知识引进"阶段，即引进西方社会科学的理论知识、研究方法、学科体系和学术建制等，在翻译大量西方社会科学文献的同时，也在中国建立了现代社会科学的学

[①] 参见拙著《谁之全球化？何种法哲学？——开放性全球化观与中国法律哲学建构论纲》，第179页。

科体系和学术建制；（2）从1990年代初开始的"复制"阶段，即开始运用西方社会科学知识和方法解释中国问题，"复制"西方社会科学的理论创新模式，这在经济学领域表现尤为突出；（3）从1990年代中后期开始的"与国际接轨"阶段，即开始与国际社会科学的学术规范、学科体系和学术建制等全面接轨，其主要的表现是1990年代中期开始的学术自主化与学术规范化运动。经过这三个阶段的发展，我们不仅大规模地引进了西方社会科学的理论体系，建立了较为完备的社会科学学科体系，而且也初步恢复并发展了中国社会科学的学术传统，并开始"复制"西方社会科学的理论创新模式，在学术规范等方面开始同"国际接轨"。

进入新世纪以来，随着我们对全球化及其对中国社会科学发展之机遇认识的深入，中国政府不失时机地提出了中国哲学社会科学"走出去"战略。这一战略的提出则预示着中国社会科学有可能迈入"走向世界"的新的历史时期。

以"引进"、"复制"和"接轨"为特征的中国社会科学的共同点在于以西方社会科学的判断标准作为我们的判断标准，而在这种判断标准下的研究成果不仅完全忽视了对中国本身的关注，实际上也很难与西方进行实质性的交流和对话。另一方面，中国晚近30年的经济发展之所以能够成功，是因为我们在很大程度上抛弃了各种西方模式、传统模式的束缚，但中国社会科学却仍然受苏联和西方知识的束缚，无法自主地解释当下实践中的中国经验本身。我们的社会科学学者很多时候其实是在帮着西方的先哲同中国的先哲们打仗。但是，帮着打仗的"我们"其实是不存在的；由于缺乏对我们生活于其间的当下中国的理论关切，"我们"事实上只是相对于西方论者们的"复印机"或"留声机"而已。也就是说，我们严重地忽视了对中国问题本身的深度研究和理论关注。

在我看来，"走向世界"这一新的历史阶段绝不仅仅是此前三个阶段的自然延续，而在根本上为中国社会科学提出了更高的要求：中国社会科学在此阶段必须建立"根据中国"的学术判断标准，并以这样的判断标准展开对中国问题和一般理论问题的深度研究，进而用西方社会科学界所能够理解的话语形式同它们展开实质性的对话，最终达到影响它们的目的。[①]

就中国社会科学而言，我认为我们至少可以拿出两方面的成果走向世界：一是拿出我们基于中国立场对全球化进程和世界秩序的性质、走向的重构与理解走向世界；二是让对当下中国的深度研究走向世界（当然，如果我们将人文科学也考虑在内，我们至少还可以让中国的哲学文化传统走向世界）。

一如前述，对全球化和世界秩序的重构，既是中国社会科学全球化的时代使命，又是中国社会科学可能为世界学术做出贡献的重要领域。如果我们认为后冷战时代新自由主义意识形态在全世界风行并于晚近遭遇挑战的历史，是单一的西方文化本身在型塑全球化和世界秩序过程中所不可避免具有的局限性，那么以博大精深的中国文化为历史依托、以中国在全球化时代的文化政治诉求为现实依归而形成的全球化话语有可能构成型构，成为影响全球化性质和方向的重要理论资源。

另一方面，对当下中国的深度研究，特别是对"中国成功故事"的学理阐释也是中国社会科学可以且应当为世界学术做出贡献的一个领域。我们知道，晚近30年的发展已使我们创造了举世瞩目的"中国成功故事"，而这其间一定隐含着我所谓的"中国经验"，因为中国并没有遵从西方既有的发展模式但是却达到了发展的目的。尽管我们可能还存在着这样那样的问题，比如说强调的单一性经济增长目标所带来的人权问题、民主问题、环保问题等等，但是一个不争的事实

---

① 参见拙文《高等研究与中国社会科学的发展》，载《文汇报》2008年12月27日。

是：我们已经在世界上传统最厚重、文明最悠久、人口最多、专制历史最长、现代化进程最曲折的国家初步完成了"市场化"的改革，持续了长达30年的高速经济增长。这本身的确堪称了不起的成功！[①]在这些成功的发展经验中，不仅存在着中国特有的制度运作模式，而且也存在着中国人的生存性智慧等等，而所有这些都是西方社会科学所无法解释的，需要我们通过自己的研究成果来解释。

在今天演讲的最后，我想分析当下中国社会科学所面临的主要瓶颈以及实现中国社会科学"知识转型"的主要努力方向。

我们必须承认：中国已成为"经济大国"，但还远不是"学术大国"，以及学术影响下的"政治大国"。我们知道，中国已成为世界第三大经济体（今年将超越日本成为第二大经济体）。这标志着，我们已经毫无疑义地成为世界"经济大国"。但由于社会科学学术传统的总体缺乏，我们还远不是"学术大国"，以及学术影响下的"政治大国"。在过去的三十年中，主要是囿于中国哲学社会科学发展的阶段性，中国对西方的影响主要还是局限在一般的政治层面、经济层面和大众层面，而忽略或无力对西方乃至世界的学术界产生足够的影响，我们的研究在世界未来发展的问题上，甚至在发展中国家如何发展的问题上几乎从来不为国际学术界所引证。而我们知道，作为社会之精英的知识界，通过其同事、学生这个通道，一直是影响社会发展和认识社会的最为重要的力量之一，但是西方学术界对中国社会科学的发展和成果却是完全陌生的；这一点可以从2007年度SSCI收录的来

[①] 中国社会科学界，特别是经济学界已经开始探究所谓"中国奇迹"的成因。比如说林毅夫提出的"后发优势论"："发展中国家一般说来，资金相对稀缺而相对昂贵，劳动力相对丰富而相对便宜，这就决定了这个国家具有比较优势的是劳动力相对密集的产业。"（林毅夫：《后发优势与后发劣势》，载《经济学季刊》2002年第4期。）秦晖则从交易费用的视角对此进行了解释："从1992年开始的第二波改革，其基本特点有二：其一是改革的帕累托改进色彩不复存在；其二是'在市场化进程中以集权降低制度转换的交易成本'成为'奇迹'的主要原因。"（秦晖：《中国奇迹的形成与未来》，载《南方周末》2008年2月21日。）

源期刊情况的统计中可以看出。2007 年度 SSCI 收录 1962 种由 40 余个国家出版的期刊,其中以美国最多,所占比例将近 60%,但其中涉及中国社会科学的期刊却只有 10 种,而真正由大陆地区主办的只有两种,这还包括今年 5 月份刚刚入选的一份刊物。[①] 更重要的是,我们在上面所发的论文引证率也是极其低下的。中国大陆地区期刊在 SSCI 来源期刊中所占比例和引证率在很大程度上客观反映了中国社会科学在世界学术中的影响力。毫无疑问,中国社会科学要真正走向世界的确任重而道远!

我们肯定会问:为什么当下的中国社会科学对世界学术的影响力如此低下?在我看来,这涉及我所谓的制约中国社会科学"走出去"的三大"瓶颈"。

第一个瓶颈是我们整个社会科学的"西方化"困境。我们刚才提到中国社会科学此前的"引进"、"复制"、"与国际接轨"阶段的共同点其实就是西方化。这种倾向主要表现在下述两个方面:首先,中国论者在一定程度上毫无反思和批判地接受西方的概念或理论框架,而这实际上给西方对中国论者的"理论示范"注入了某种合法的"暴力"意义。也正是在这种暴力性的示范下,中国论者毫无批判地从西方舶来经验和引进理论的做法,也就被视为合理的甚或是正当的。其

[①] 社会科学引文索引(SSCI)是由美国科技情报所(ISI)编辑出版的对社会科学期刊和论文进行评价的一种重要工具,2007 年度 SSCI 期刊分布中前 10 位的国家出版了超过 90% 期刊。在 2007 年 SSCI 收录期刊中,涉及中国社会科学的期刊 10 种,具体包括:英国布莱克维尔出版公司出版的《世界经济》(China & World Economy);美国纽约艾斯维尔公司出版的《中国经济评论》(China Economic Review);美国纽约大学出版的《中国季刊》(China Quarterly);美国 M E SHARPE 公司出版的《中国社会与教育》(Chinese Education and Society)、《中国政府与法律》(Chinese Law and Government)和《中国社会学与人类学》(Chinese Sociology and Anthropology);美国塞奇公司出版的《现代中国》(Modern China);澳大利亚国立大学现代中国研究中心出版的《中国杂志》(China Journal);中国香港中文大学出版的《中国评论——中国发展综合期刊》(China Review—an Interdisciplinary Journal on Greater China);中国台湾地区政治大学国际关系研究中心出版的《问题与研究》(Issues & Studies)。在这 10 种期刊中,除了 2006 年中国大陆首份入选 SSCI 收录期刊的《世界经济》(China & World Economy),由中国世界经济学会和中国社会科学院世界经济与政治研究所共同主办)以外,其余 9 本都是由美国、中国香港、中国台湾等地的大学和机构主编出版。尽管 2008 年武汉大学高级研究中心(IAS)和中央财经大学中国经济与管理研究院(CEMA)联合主办、由邹恒甫主编《经济与金融年刊》(Annals of Economics and Finance)也顺利入选 SSCI,但中国期刊在 SSCI 来源期刊中所占份额仍极其低下。上述数据是由我的博士生刘小平和孙国东从 SSCI 系统和网络中查询获得,在此也对他们致以谢意。

次，这种知识实践的展开，还迫使中国论者所做的有关中国问题的研究及其成果都必须经过西方知识框架的过滤，亦即根据西方的既有概念或理论对这些研究及其成果做"语境化"或"路径化"的"裁剪"或"切割"，进而使得这些研究成果都不得不带上西方知识示范的烙印。更为糟糕的是，上述情势还导致了一种在中国学术界颇为盛行的我所谓的中国论者对西方知识的"消费主义"倾向。

尽管由于中国社会科学学术传统的严重缺乏我们在可预见的将来还必须下足"引进"、"复制"和"与国际接轨"的功夫，但是"西方化倾向"显然只会"丢失了中国"，绝不可能完成上述使命。

我举个例子来说明这个问题。众所周知，中国人权的基本原则是生存权，而支撑这种生存权的在我看来乃是一种我所谓的"一代人的正义观"（the justice of a generation），这意味着我们这代人生活的正当性是以我们这一代人能否生存下来为基本判断标准的。另一方面，在环保领域，中国追随西方，大讲特讲环保；支撑这种环保现象的是什么呢？是一种我把它叫做"多代人正义观"（the justice of generations）。根据这种正义观，我们这代人生活的正当与否，不能仅根据我们有饭吃、有衣穿等标准来衡量，也就是不能仅根据我们对生活的认识来评判，而应当由我们后面的一代人或者多代人的生活质量来进行评判。但是，在中国法学和其他学科的研究中，我们却一方面在主张生存权，而另一方面大讲环保，根本就没有意识到"一代人的正义观"与"多代人正义观"这两种正义观之间所存在的紧张和冲突，更没有意识到在中国的转型过程中我们必须就这种正义观作出政治哲学的决断和抉择。我们可以把这类问题统称为"中国缺位的西方化倾向"，也就是说，我们严重地忽视了对中国问题本身的深度研究和理论关注。

中国社会科学还存在着第二大瓶颈，即"唯学科化的困境"。什么是"唯学科化"？我们可以看到：我们今天所有大学的建制，都是根据一级学科、二级学科的方式来设置的，每个学科之间相互没有关系。但是刚开始设立院系建制的时候很多学科和研究内容是分不清的，一些领域到底是属于这个学科还是那个学科，大家是有争议的，现在大家都很清楚了。学科化的发展是非常必要的，但是它有个很大的问题，这就是和中国的特殊的知识生产、知识传承紧密相关的问题。大家知道，中国的知识分子既是知识的传播者，同时也是知识的生产者，我们在传承知识的同时也研究问题。但是，我们却没有认识到知识传承和知识本身的研究是不一样的，传承性的知识和解释社会、认识社会的知识是不同的。知识一定是要传承的，所以为了便利，到 11 世纪就产生了大学，把知识一代代向下传播。过去的知识是师徒点对点的相传，后来随着现代大学的建立，开始以更快的速度成规模地传播。但是我们要注意，这种用来传承的知识并不直接等于用于解释和认识社会的知识。这是两种不同的知识，这两种不同的知识与学科化的关系也是不一样的。在传授知识的过程当中，我们确实需要学科化，这主要是出于知识传授的便利和传承的考虑。但是，我们在分析和研究问题的时候，我们在认识和思考问题的时候，根本就不可能说这个问题的左边是法学的、右边是经济学的、顶上是哲学的。为什么我们现在大学里的学生都在埋怨：我们在学校里学的知识到外面用不上，从课本上背下来的东西考试可以得高分，但是到外面是没有用的，对于认识、解释社会和改造社会没有太大的帮助。这种情况与学科化的结构勾连起来之后会产生更加复杂的问题。我们这样致力于知识传播的一拨人，用我们学科化的知识去解释中国的时候，会发现整体性的中国其实被学科化的知识给肢解了。为什么这么讲？如果我们把中国比作一头大象，经济学解释的是这头大象的大腿，法学解释的是它的肚子，哲学解释的是大象的脑袋。每个人解释的都不再是中国，一个整体的中国不存在了，被我们学科化的方式切割掉了，肢解掉了。这是非常要命的现象！

我想以中国非常突出的农民工问题为例说明这一问题。我们知道，今天在中国，有将近一亿八千万农民工在都市里游荡，劳动密集型行业、都市里的服务行业主要就是靠他们。对这样一个群体，我们每年最大的问题就是：如何让这批人在年关的时候得到他们的血汗钱，高高兴兴地回到家里和家里人团聚，过一个好年。这个时候，我们的政府很忙，我们的学者也很忙。比如，我们现在法学界的学者写文章，研究"如何兑现农民工的权利"。政治学界也是"如何保障农民工的权利"，经济学、社会学也是，都在分析这个问题。大家都同意：权利一定要兑现。我从来不反对认真地、努力地、有效地保护农民工的权利，但回过头来看一下，这真是我们说的那样简单的一个问题吗？根本不是！我们至少要问一下，这一亿八千万是什么人？是农民。是什么样的农民？大概是十三四岁到四十岁之间的农民。这意味着什么？意味着他们是中国农村的主力。什么叫中国农村的主力？严格地讲，他们其实是中国传统文化承载的主力。我一直认为：中国传统文化的传播和延续，不是在中国的都市里，也不是在学府里面，而是在乡村。既然他们是中国传统文化的主力，他们被抽空了，被抽离到中国的都市里来，这意味着什么呢？这背后更深刻的一个问题是中国农村文化、中国传统文化被抽空了，而更大的问题是我们中国发展战略的问题。我们都市化的发展战略凭什么就是正当的？这难道仅仅是农民工权利的问题吗？我们法学界写了些保障农民工权利的文章，任务就完成了。社会学也是，调查一下，什么人的权利得不到保障，什么人的问题需要解决，问题也完成了。背后的文化问题，传承的问题，中国整个发展战略的问题，跟他们研究这个问题是没有直接干系的。而最主要的，不是我们的学者不关心这些问题，而是我们的知识生产结构规定了他根本看不到这样的问题。在我看来，这就是"唯学科化"所导致的结果。

中国社会科学的第三大瓶颈是与全球化背道而驰的"狭隘的知识

地方主义"。吉登斯、贝克等社会理论家提出的"风险理论"告诉我们：全球化时代的到来事实上打破了科学主义的因果律，而使得"非意图后果"（unintended consequences）成为社会生活的常态。这意味着社会事件后果的不确定性已经成为全球化时代的一大特征，这也意味着我们必须把社会事件纳入到全球化的视野中考量。比如说前几年的松花江污染案，为什么政府干部要被撤职，它甚至能够影响政治制度的安排，影响一个政治系统的任命，谁都不知道它会导致什么样的结果。这时候，专家说话没用，专家说不会有问题，但老百姓说有问题，各种谣传四起，是"社会理性"而不是"技术理性"在起作用。这就是吉登斯、贝克所讲的"风险社会"的逻辑。对诸如此类的现象，我们只能按照全球化时代风险社会的逻辑来理解。然而，中国社会科学却存在着较为普遍的"狭隘的知识地方主义"。我们很多研究只关注中国，甚至仅仅是某个省、某个地区的问题，完全缺乏全球化的视野。

　　基于上述认识，我认为，中国社会科学的"知识转型"至少要完成三个主要任务：一要突破"西方化倾向"，确立中国社会科学相对于西方文化的自主性；二要突破"唯学科化倾向"，确立交叉学科甚或"无学科"的研究方法；三是要打破狭隘的知识地方主义，走向知识的全球化。

　　正是基于对上述问题意识、理论依据、历史使命等的认识，我于2008年在复旦大学创办了社会科学高等研究院。复旦大学社会科学高等研究院（IAS-Fudan）（以下简称"高研院"）系经复旦大学批准设立，集学术研究、学术交流和人才培养于一体的综合性、实体性学术研究机构。我们邀请国际著名学者安东尼·吉登斯教授和伊曼纽尔·沃勒斯坦教授担任名誉院长，突出"国际化跨学科"的特色，努力以国际化跨学科的学术研究、国际化跨学科的学术期刊、国际化跨学科的学术讲坛、国际化跨学科的学术会议，提升中国社会科学国际学术对话水平，建成非西方国家最重要的社会科学学术重镇之一。

我们专门设立了旨在"引进"世界社会科学理论的"世界社会科学高级讲坛"和旨在引导大家进行中国深度研究的"中国深度研究高级讲坛"；设立了两大国际会议系列："未来世界论坛"专门讨论基于中国视角的全球化和世界秩序重构的问题，"重新发现中国论坛"则主要讨论与中国思想、中国文化即当下中国问题有关的问题。成立近两年来，我们共举行高水平学术讲座近百场，国际学术会议近十次，Joseph Raz, Ulrich Beck, Harvey Mansfield, David Trubeck, Thomas Pogge, John Keane, Marshall Salins 等数十位国际著名学者先后到我院讲学、访问。

在此，我愿意伸出友谊之手，邀请对中国和中国社会科学感兴趣的学者到高研院讲学、访问或进行合作研究。

民族学是什么

杨圣敏

一、民族学的名称、领域与形成历史

(一) 名称与研究领域

1. 什么是民族学

中外学界历来有多种定义和解释。有人主要从其研究的领域，有人则从其开展研究的角度，或研究的方法等不同方面去定义和规范。而自民族学作为一个学科产生的一个半世纪以来，也像其他许多社会科学的学科一样，学科本身的研究领域、方法和角度等在不断地发展和变化。学者们在研究中也各有偏重，于是国内外的学者就对其有多种定义和归纳，这本是一个正常的现象，没有必要强行统一。在此仅以我国民族学学科的历史和现状为主要考察对象，参照国际学界的研究现状和主流看法，对民族学是什么进行一个大略的说明和解释。

现代意义的民族学，是从西方传来的一个学科。在西方创立这个学科时，"民族学"一词源于希腊文，由 Ethnos（民族、族群、人群）和 Logia（科学）组合而成，英文称 Ethnology，顾名思义，是以民族、族群、人群为研究对象的学科。"民族学"这个名称主要被应用于欧洲大陆的德国、法国和俄罗斯等国家，而在美、英等国，民族学被称为"文化人类学"（Culture Anthropology）或"社会人类学"（Social Anthropology）。"人类学"一词也是来源于希腊文，由

杨圣敏（中央民族大学民族与社会学学院教授）

Anthropos（人）和 Logia（科学）组合而成，意为"研究人的科学"，英文称为"Athropology"。它分为研究体质的人类（体质人类学）和研究社会与文化的人类（社会人类学或文化人类学）两个部分。而文化和社会都是某一个群体的属性，也就是说，个人的文化和社会属性都来源于其生活的群体、社区。所以无论是文化人类学还是社会人类学，也如民族学一样，都是研究群体的学科。

由此可知，在国际学术界，民族学（Ethnology），又称"文化人类学"（Culture Anthropology）或"社会人类学"（Social Anthropology），是研究民族、族群及其社会和文化的学科。也就是说，民族学的研究单位是"人群"，它主要研究不同人群的社会、文化特点及其产生的原因。在这里，所谓的"人群"单位，是多层多意的。它可以是以地域为基础的聚落，可以是建立在对某种文化互相认同基础上的人群，也可以以整个文明或现代国家为对象或单位。也就是说，民族学研究的单位，可以是一个民族，也可以是以地域、职业、年龄、信仰、性别、阶级等社会的或文化的界线划分的不同人群。更经常的情况是，民族学研究的对象是同时包含几个不同层面分属于不同阶层单位的生活群体和社会。

在中国民族学界，则比较多地强调民族学主要是对不同民族、民族关系和民族问题等的研究。但以上的说明和解释又太过宽泛。因为所有的社会科学和人文科学，都主要或重点以人类或人群为研究对象。那么民族学的独特之处又在哪里呢？简而言之，它的研究重点针对社会和文化，针对当代。它的方法主要是读社会而不是读文献。即民族学比较多地强调对不同人群、民族的社会和文化的研究。在时空观念和研究方法上，重点是通过对当代的社会与文化进行实地的调查来开展研究。

下面来看民族学所说的文化和社会是什么概念。

2. 文化是什么

从民族学的角度来看，有无文化是人与动物的主要区别。民族学和人类学家首次定义现代的文化（Culture）概念，是1871年英国的爱德华·伯内特·泰勒在《原始文化》一书中提出的。他说：文化是"包括知识、信仰、艺术、道德、法律、习惯以及作为社会成员的人所获得的任何其他才能和习性的复合体"[1]。自泰勒以来，文化定义层出不穷，以至于1952年，一位美国人类学家从文献中搜集到164种对文化的定义[2]。文化是什么呢？学界有多种版本的解释，但归纳起来，主要有这样几类说法："文化指的是任何社会的全部生活方式。""文化就是生活中数不清的各个方面。文化包含了后天获得的，作为一个特定社会或民族所特有的一切行为、观念和态度。""文化是被一个集团所普遍享有的，通过学习得来的观念、价值观和行为。"

综上所述，我们可以将文化的定义归结为两点：

（1）文化是后天习得的

除了我们先天带来的那些动物的本能之外，所有后天习得的一切，如习俗、观念、行为和道德规范、生活方式等数不清的各个方面，都是文化的内容。

（2）文化是共同享有的

文化是某一个人群共同享有的。这个人群可以是一个民族，也可以是以地域、年龄、职业、信仰、性别和阶级等社会的或文化的界线划分的不同人群。每个人群都会有自己不同的文化，也会有自己特定的道德和行为规范。

民族学所说的文化，普遍有如下三个特点：

---

[1] 转引自威廉·A. 哈维兰著《文化人类学》，瞿铁鹏等译，上海社会科学院出版社2006年版，第36页。

[2] 参见惠中主编《人类与社会》，中央广播电视大学出版社2003年版，第281页。

(1) 文化是有适应性的

不同的文化都是适应不同的特定的自然和社会环境而产生的，所以说文化是适应环境的产物。因此就会有草原民族的游牧文化，平原居民的定居农业文化，江河海边的渔业文化等，又有因社会环境不同而划分的都市文化、军旅文化等。

(2) 文化都是整合的

构成文化的诸要素或特质不是随机拼凑在一起的，而是在大多数情况下相互适应或和谐一致的聚合。在某一环境内，一般都有相互联系的文化特质"束"。例如，蒙古族牧民的文化特质束就包含了骑马、住帐篷、放牧牲畜、吃肉、穿蒙古袍等。这些衣食住行的特点，都是为了配合游牧的生活，各种特点之间也是一束或叫一捆互相适应配合的习俗。

(3) 文化总是不断变迁的

文化既然是适应社会和自然环境的产物，环境的不断改变自然也要推动文化的不断变迁。

3. 社会化与文化

人是一种社会的动物，人是有文化的，但文化不是经由生物遗传而来的，是后天习得的。任何一种文化都是一个社区或人群所共有的。任何社会都以某种方式将其文化一代代传递下去。所以每个人身上所体现出来的、习得的文化，都是他所生活的社会环境赋予他的。人从出生以后，经历了童年、少年、青年和成人的各个人生阶段，他首先接触的是父母、家庭，接着是其他亲属和邻居的同伴、同村或同街道的人，以后又不断扩大接触交往的范围，他周围群体的各种观念和态度、行为准则、生活方式和道德规范等，逐渐为他所接受，在这个过程中，他对应该如何行事等问题，都逐渐建立了一套概念、一套理论和规范，他要在这个社群中生活，就要遵守这些规范和价值取向，于是他逐渐被塑造成为这个群体中与大家互相认同的一员，这就是人的社会化过程。

民族学研究的，就是各个不同群体的不同的文化，不同的社会规则与特点。所以我们的研究对象是群体而不是个人。也就是说，我们并不研究在同一种文化之内的各个不同的个人，不是研究这些个人之间的差别，而是研究一个群体共同遵守、认同的文化，或不同群体之间文化的差别。我们在具体做调查与研究时，当然会针对具体的个人去做调查，但我们这种对于个人的调查，目标并不是了解个人，而是他所代表的那个群体的文化，那个群体共性的特点。我们每一个人都是归属于某些社会和团体的。现代社会的复杂性使得几乎每个人都具有多重的身份。例如，每个人都可从自己的职业、地域、民族、阶层、性别和信仰等派生出不同的身份。他在不同的场景中也就分属于不同的人群，有不同的认同。民族学对认同的研究，可以帮助我们从多个不同的角度去认识人类的本性，也可以帮助我们更深入地认识当今世界各种纷争的本质。

4. 民族学如何研究文化

我们说民族学主要研究不同人群的社会与文化。它的研究方式既包括对历史和文献的研究，也包括对现实社会、活的人群的研究，而以对当代社会的实地调查与研究为主。因此我们说，它的研究方法主要是读社会而不是读文献。那么，民族学如何在实地研究文化呢？

不同的文化就是一套套各不相同的规则和习俗。民族学研究的就是这些群体内共享的行为模式、规则和习俗。而每一个民族、人群、社会总是有一套理想的行为模式，它代表了在特定环境下，该社会、该民族或人群中大多数人认为是正确的模式。然而，一个社会实际的文化模式并不总是与其理想的文化模式相一致的。我们可以在任何文化中发现理想文化与人们实际的文化，即行为方式之间的差异。这个实际的行为方式才是我们要了解的文化。我们要研究实际的文化，就要到现实的生活中去调查。这套实际的生活模式我们并不能直接得到，而必须要较长时间地深入所研究对象的生活中去观察，通过所看到和听到的大量现象，超越表象去探索、归纳、总结出他们实际的生活规则和行为方式，以说明他们实际的文化面貌和特点。经过这样的调查，我们就可以拟就、推导出一套规则，一套可以真实地说明该文化内部实际施行的行为规则。我们了解到了他们实际的文化面貌和特点，研究还没有完成，研究的第二步，还要进一步去分析和解释，他们为什么会有这样的文化特点。这就是民族学对文化的研究步骤和方式。

（二）民族学的分支

传统的民族学往往以边疆、乡村的人群为主要研究对象，但当代人类社会正经历快速的城市化过程，现在，在西方发达国家，城市化已达到70%以上。从全球看，全球一半以上的人口已居住于城镇中。1993年5月中国召开第一届都市人类学会议时，国际都市人类学会主席安萨里先生曾在会上预言："在下一个世纪到来之时，世界所有地区将程度不同地实现都市化，农村生活如果那时还未完全消亡的话，无疑也将变得微不足道。"虽然他的预言今天并未完全变成现实，但我们看到，随着现代化的加快，城市人口比例增加的这个趋势还在快速发展着，于是，民族学如果继续以乡村和边疆为主而回避城市就显然会脱离对多数人群的研究，也难以站到人类社会发展的前沿。于是20世纪60年代，都市人类学产生了。对复杂的、都市社会的研究，又推动了更多分支学科的产生。如城市的流动人口、社会结构和社会网络、家庭结构和生产方式、民族关系、城市环境、文化认同与冲突、妇女问题、贫困问题、宗教功能、都市街坊生活的民族志等。

实际上，在各种学科中比较，民族学或人类学有这样的一个特点，它的研究方式和研究对象决定了它是一个完全开放的学科。也就是说，它几乎在所有方面都与其他学科互相影响。这是民族学突出的特点。它的研究要求借用几乎其他所有学科的知识，既包括社会科学的、人文科学的，也包括自然科学的。它的研究越深入，这种借用的需求就越多。现在，随着这个学科的发展，我们看到越来越多的民族学分支学科陆续涌现，例如，与其他社会科学有关的心理民族学（心理人类学）、法民族学（法人类学）、教育民族学（教育人类学）、语言民族学（语言人类学）、政治民族学（政治人类学）、经济民族学（经济人类学）等；与自然科学有关的生态民族学（生态人类学）、生物民族学（生物人类学）、医学民族学（医学人类学）等；与技术有关的如计算机民族学（计算机人类学）、影视民族学（影视人类学）等；与人文科学有关的如文学民族学（文学人类学）等，不一而足，五花八门，而且还会不断增加。为什么民族学、人类学有这样一种开放的特点呢？因为它研究的是人、人群、人群的文化，所以与人有关的方方面面都要涉及和探究。人本身和人群的文化是一个太复杂的研究领域，不言而喻，对人的研究必须从各种不同的角度去探索、观察、分析，才可能有更准确深入的解释和判断。

（三）对学科史的简短回顾

1. 民族志资料的积累

早在民族学作为独立的学科出现以前，在遥远的古代，世界上很多国家就已经积累了极为丰富的关于异民族的记录——民族志资料。如在古代埃及的金字塔画像和美索不达米亚的泥板文书中，在古代印度的佛教经典中，都有很多这类资料。在西方国家，比较有名的有古希腊历史学家希罗多德的《历史》和色诺芬的《希腊史》，古罗马恺撒大帝的《高卢战记》和史学家塔西佗的《日耳曼尼亚志》等著作，其中有大量异民族特殊文化的记载。

在各国的古代文献中，有关异民族的记述，最丰富和最系统的当属汉文文献。唐代颜师古说："志，记也，积记其事也。"清代学者章学诚说："国史、方志，皆《春秋》之流别也。"也就是说，早在春秋时期，将记述天子所在的中央地区的文献，称为史，将记述四边地区的文献称为志。所以晚近学者李泰芬称："在中央者，谓之史；在地方者，谓之志。"

早在商、周时期的甲骨文和金文文献中，就开始记录中原周边各民族有关政治、经济和文化等方面的情况。如在周代，中央政府中设有专职的"外史"之官，其职责是"掌四方之志"，并"诵训"（讲解）给天子，"以诏观事"，即帮助天子了解各方情况，更好地治理国家。此后，由中央政府组织撰写四方之志就逐渐形成了一个传统，特别是在司马迁撰《史记》之后，历代官修的《二十四史》和各种较大型的官、私著述中，几乎都有专门的篇章介绍周围的少数民族。也有很多专门介绍四方之事的专著。其名称有志、传、书、经等多种。如《华阳国志》、《蛮书》、《山海经》等。特别是《二十四史》中的《北狄传》、《南越传》、《大宛传》、《西南夷传》、《匈奴传》、《突厥传》和《吐蕃传》等对四周各少数民族的专门传记，两千多年来，在任何一个朝代的正史中，都是一种必须具备的内容和格式。正因为有这些系统的古代民族志的资料，如今中国的56个民族，都可以整理出比较清楚的历史。我们在探讨中国56个民族的族源时，在探讨他们的民族文化的源流时，也主要依靠这些古代民族志的资料。

各国丰富的民族志资料的积累，是19世纪以后民族学作为一个独立的学科得以建立的基础。但民族学是在西方建立起来的，中国的民族志文献一直是历史学家们研究少数民族史和民族关系史的资料。也就是说，中国古代的民族志资料，一直没有从历史学中分离出来。但一般来说，"志"与"史"的写法和体裁还是有所区别，分别称为"志体"和"史体"。志体是叙述性的，它全面地述往记今而以记今为主，将事物作横向的分门别类的综述。志体是资料性的，它将广泛搜集、调查来的资料，经过整理辨别，分类编纂，以反映一地区或一民族的社会生活与自然环境状况，因此志书内容广泛、详细。因为志体是详今略古的，所以每隔一定年限就要重修，它不能只依赖已有的文献，大量资料必须从当时当地搜集调查而得，对已有资料也需不断核实增补。因此实地调查，了解当前情况，是修志过程中最重要的前期工作。

史体是论述性的，主要是记述过去，详古略今。它所利用的资料以过去的文献为主，辅以考古和调查资料。它记事较为集中，不像志体之广泛，而往往以时间、事件为中心线索，侧重事物纵向的发展。它也征引大量资料，但它征引的资料较为集中，主要是为了证明自己的观点或反映一种客观规律。因此论述部分往往是史书的主体。

在西方，由民族志资料的积累到民族学的建立，也经历了一个漫长的过程。14世纪以后，在西方对美洲、大洋洲和亚洲的"地理大发现"以后，欧洲人开始大规模地向这些地区扩张，在异民族地区建立了大量殖民地。于是，在欧洲人看来属于野蛮人、"初民社会"(primitive society) 的各种异民族的信息，就源源不断地传回了欧洲。向欧洲的母国发回各种报告的主要为以下三种人：传教士、商人和殖民地统治者。欧洲人在殖民扩张的同时，还源源不断地向这些地区派遣传教使团和牧师，修筑教堂，传播基督教和天主教。住在殖民地的牧师不断向本国的宗教领袖、教会组织和自己的继任人寄回当地情况的报告。这些报告以介绍当地人的宗教和各种信仰为主。来到殖民地的欧洲商人们，则不断向本国的公司老板和商业伙伴发回有关当地的各种物产和生产的情况。住在殖民地的西方统治者，目的是政治上的征服，所以他们发给本国政府的报告主要介绍当地人的社会组织和人口等。经过几个世纪的积累，这些资料日益丰富，并且都以档案的形式保存于各国政府、教会和商业公司中。

2. 古典民族学的诞生[①]

18世纪以后，工业革命推动欧洲国家加强了对殖民地的扩张。为了配合对殖民地的统治，欧洲各主要国家纷纷建立了一些专门从事

---

① "民族学"这一术语最早出现于1607年。作为一个学科来使用是在1830年由法国学者让·雅克·昂佩勒 (J. Ampere) 提出的。参见夏建中著《文化人类学理论学派》，中国人民大学出版社1997年版，第2页。

殖民地民族研究的组织。他们都以来自殖民地的各类档案为研究资料。但这种专门研究并没有造成民族学的诞生，因为它缺乏科学的理论和方法。

19世纪中叶以后，由达尔文（1809—1882年）所创，用来解释动、植物界发展规律的进化论，被应用于解释人类社会。人类社会是从低级阶段向高级阶段发展的规律被广泛认同。于是西方学者们认识到，殖民地那些"初民社会"中的各种状况，正是他们自己的过去。他们希望通过对殖民地各后进民族的研究，来了解本民族和人类进化的历史。他们的研究资料就是积累了几百年的，来自殖民地的大量档案和报告。于是专业的民族学（人类学）家和民族学（人类学）诞生了。

但是最初的民族学家都被称为扶手椅里的民族学家，又被称为抽屉里的民族学家。因为他们的主要工作是在书房的扶手椅里阅读由其他人提供的民族志资料。他们中也有人做了大量的田野调查，如摩尔根。但他们却将实地调查与民族志的写作分开，没有将这两者视为科学方法的完整过程。他们轻视实地调查，而将主要精力用于阅读前人留下的各种民族志文献，并在此基础上归纳和写作。他们都信奉进化论和传播学派的思想，沉浸于用这些思想和理论对全球的文化进行宏观的归纳和建构的工作。他们的理论著作都是这些文献资料的堆砌。这一辈人中最突出的人物是弗雷泽，他的名著《金枝》，篇幅达5000页之多。

这个时期的民族学，尽管已经有了进化论的理论来从宏观上组织和解释各种民族志的材料，却缺乏科学的研究方法，也缺乏对更具体和微观的文化现象进行分析和解释的理论。首先，他们将田野调查与民族志的写作完全脱节；其次，田野调查和民族志的写作都没有科学的规范。于是民族学就完全处于一种开放的状态。任何人，不管他是什么专业背景，甚至没有受过高等教育的人，只要对民族学感兴趣，就可以自由涉猎，并且发表大量的著作。由于没有专业的规范，民族学处于一种无序的混乱状态。民族学成了公众的乐园。这个时期的民族学（人类学），被称为古典民族学。

3. 现代民族学的产生

19世纪末至20世纪初，民族学家们纷纷走出书斋，去做实地调查。这是因为：首先很多学者注意到，他们研究和讨论的异民族文化正在消失，必须抓紧时间去搜集这些正在消亡的文化；其次，旧材料已被反复引用，没有任何新意，并且由于这些材料之来源与记述的混杂陈旧，记述者多带着某种偏见，没有足够的可靠性；最后，后起的学者们，对于这些被老一代反复翻检、归纳和论述的旧材料已不感兴趣，他们对社会和文化的新认识和新思想，都需要用更新更具体的材料来论述。

学者们开始将田野调查作为科学研究的一部分，他们组织了很多综合调查队，对一些异民族地区进行大面积的综合调查。于是就逐渐产生了一些田野工作的规范。1874年，不列颠科学协会出版了田野调查专业手册《人类学的记录和询问》。20世纪初，剑桥大学的里弗斯（Rivers）提出了大面积的泛泛调查（Survey work）与小区域的深入调查（Intensive work）的区别，而后者是一种新的方法。他认为，应该对调查的范围和深度有所规范，调查者应该在一个几百人的社区里生活一年或更长时间，了解社区所有的方面，了解他们生活习俗的每一个细节。他已经指明了新的田野工作的方向。这个时期，在田野工作中做出最突出贡献的是美国哥伦比亚大学第一位人类学教授——博厄斯（Franz Boas，1858—1942）。1897年至1902年，他带领学生们对北太平洋沿岸的土著民族进行了大面积考察，他要求学生们事无巨细地全面收集土著人的材料，要学会当地人的语言，直接与被访问者交流。他自己就学会了12种土著人语言。这些做法都为田野工作的规范化打下了基础。

20世纪，在欧洲和北美，民族学已经形成了一个阵容不小的知识分子群体，但是它的学科地位尚未确立，公众乐园的状况并没有完全改观。这对学科的发展和从事该专业的学者都是不利的。要确立学科地位，在科学的领域占有一席之地，最重要的是要证明这是一门科学，在理论和方法上，都要有自己专业的学术规范，都要达到一定的科学标准。

在这方面做出最重要贡献的是马林诺夫斯基（Bronislaw Malinowski）。从他以后，民族学完成了从古典到现代的过渡。在马林诺夫斯基以前，尽管学者们已经开始亲自去实地调查，但他们的调查方法还很不成熟，特别是实地调查并没有与民族志的写作很好地结合起来。也就是说，他们的作品多不是以自己的调查资料为主要基础。

马林诺夫斯基开始用功能论的理论来解释和分析各种更具体的社会和微观的文化现象。功能学派认为，民族学应该探讨各种文化现象的社会功能和它们之间的关系。这种理论的产生，一方面可以用于解释进化论难以归纳的微观文化现象；另一方面，也激励学者们为了更深入地了解社会的各种微观现象，亲自去实地调查。

从马林诺夫斯基开始，产生了全新的田野工作模式，与旧的民族志的生产模式完全决裂。马氏主张，科学的任务是描述感觉经验，并将其当成一切论证的依据。为此，自然科学家是在实验室里工作，并将自己实验的过程和观察的结果写成科学报告；民族学家的实验室是他们研究的社会，他们必须亲自去实地"参与观察"，并将这种亲身见闻写成科学报告——民族志。正如自然科学的实验有一套科学的程序一样，民族学家必须结束过去那种粗糙和随意的调查方式，在田野调查和民族志的写作中建立自己的一套科学标准，自己的模式。马林诺夫斯基以自己在南太平洋的特罗布里恩（Trobriand）岛上两年的实地调查，和完全以此为基础撰写的民族志作出了这种工作模式的范本。他在岛上生活了两年，完全与当地居民同吃同住，学会了当地的语言，创造了一整套搜集资料的技术和方法。他的学术生涯和工作规范为后人树立了一个榜样：接受民族学的理论和方法训练——做田野调查——撰写民族志——获得承认。以后凡是想以民族学为职业的人都毫无例外地要遵循这样的道路，除此之外的人都成了民族学的业余爱好者。从此以后，"承认那些从未亲自对至少一种文化进行深入研究的任何权威的时代，已经一去不复返了"。也就是说，任何以民族学为专业的人，必须至少对一个民族（社区）做过实地的调查，并且以此为基础写出民族志。

二、民族学的理论基础和学科特点

（一）理论基础

经过一个半世纪的努力，民族学家们不断创建总结学科的理论，如今，民族学的理论已成体系。这些理论可以分为三个层次。第一个是宏观层面的理论。这类理论对全人类和人类社会以及整个人类的历史进行宏观的思考，给以宏观的解释。比如马克思主义的唯物史观，又如用于对人类社会进行宏观解释的达尔文进化论。第二个是中观层面的理论。比如马克思对于资本主义社会性质的研究，或我们对于某个民族特点的整体研究与理论归纳。第三个是微观层面的理论。主要指我们很具体的对某些或某个文化现象的分析与解释。例如对于某个节日的研究、某项风俗的研究等。

1. 传统民族学理论

民族学作为一门现代的学科产生以前，其思想渊源可以追溯到远古时代，如西方的古希腊、罗马时代和中国的商、周及其以后数千年的历代王朝，都有大量对不同民族、族群的社会文化的观察、记录与思考[①]。这些古代的思想虽然对现代民族学的理论有借鉴意义，但并没

---

① 较早的如《礼记·王制第五》；又《尔雅·释地第九》："九夷八狄七戎六蛮，谓之四海"。

有形成系统的学科理论。

　　作为一个现代学科的民族学，于19世纪产生于西方，是西方国家在殖民扩张的过程中，对殖民地开展的研究中逐步产生的。所以，初期的民族学研究，都是以"原始"、"简单"、"无文字"的"初民社会"为研究对象。从那时候起，直至20世纪中叶二战结束前，民族学热衷于研究人类的起源、宗教的起源、法律的起源、婚姻的起源等。在理论上，学者们试图通过对非洲、北美、太平洋岛屿等地区现存的"原始"、"野蛮"或简单的社会文化的研究，探讨人类社会的初始阶段的各种文化和制度。他们试图在这种研究中重构人类社会早期的历史。这一时期，指导民族学研究的主要是进化论。进化论是一个从宏观角度解释人类社会发展进程的理论。在进化论指引之下，则相继有摩尔根（Lewis Henry Morgan）对印第安部落的研究和据此提出的原始社会分期的理论、氏族制度的理论等，还有巴霍芬（Johann Jacob Bachofen）根据其对于原始社会研究提出的母权理论，麦克伦男（John Furgasor Mclennan）的内外婚姻制度理论，卢伯克（John Lubbock）对于宗教发展进程的阶段论等。在进化学派之后，学者们创建了用于解释人类文化发展变化的传播理论（传播学派）和对进化学派提出批评的历史特殊论理论（历史特殊论学派）。在传播学派之中有"文化圈理论"、"极端传播论"等。在历史特殊论学派之中有"文化相对主义"、"文化区理论"和"文化形貌理论"等。以上的古典进化学派、传播学派和历史特殊论学派有一个共同的特点，即都是从历史的观点来研究历史，在缺少可靠的历史文献的情况下，试图用民族学的研究去构拟人类的历史。

　　在此之后，则出现了以拉德克利夫·布朗（Alfred Reginald Radcliffe Brown）和马林诺夫斯基为代表的功能主义学派。功能学派并不试图纵向地从宏观角度解释人类社会的发展，它只是横向地分析各种文化现象之间的关系。因此，与此前的理论学派相比，它并不是一种宏观的理论。功能学派之中，有结构主义、仪式冲突、历史功能论等多种理论。功能学派的理论至今仍在国际民族学界有较大影响。我国民族学界第一代和第二代著名学者吴文藻、费孝通、林耀华和杨庆堃等人在其研究中都曾利用功能主义理论来进行解释。功能学派的理论在 1949 年以前的中国民族学界曾是影响最大的理论。

二战结束以前，国际民族学界的研究主要集中于非洲、美洲和太平洋岛屿等远离欧洲和现代工业社会的，被称为"原始"、"野蛮"、"无文字"的"初民社会"。二战以后，西方殖民地的独立和民族解放运动，挤压了西方学者研究的空间。民族学的研究领域开始更多向非欧洲的其他更复杂的非工业化传统社会拓展，包括印度、东南亚、中国、埃及等国家都成为研究的重点。民族学的研究开始走出"原始"、"无文字"、"无国家"的简单社会，迈向非工业文明的传统社会。此后非欧美的本土人类学研究也在这些传统文明社会得到很快的发展，这些本土学者在理论上也逐渐提出自己的见解，如中国民族学者自 20 世纪 30 年代开始的对中国社会的研究及其理论分析。到了 70 年代，民族学也开始了非西方国家的文化与西方文化的比较研究。90 年代以后，民族学的研究领域则进一步拓展到了欧洲和美国本土的社会和文化。美国硅谷内的电子计算机行业从业人员也进入了被调查和研究的视野。发展、现代化、全球化等问题更多地成为民族学关注的议题。

2. 马克思主义与民族学

马克思主义与现代意义的民族学都是于 19 世纪中叶产生的。从民族学一个半世纪的发展来看，19 世纪民族学的许多研究成果，对于马克思主义的产生有明显的影响，其中不少资料为马克思和恩格斯在其经典著作中所引用[①]。同时，马克思主义理论对于民族学的发展

---

① 如摩尔根的《古代社会》、亨利·萨姆纳·梅恩《古代法制史讲演录》、约·拉伯克的《文明的起源和人的原始状态》等。

也起到了在世界观和方法论上指引方向的作用,在很多具体的、中观和微观的社会文化现象研究中,也有其他理论无法替代的影响。中国民族学界一般认为,自19世纪中叶马克思主义产生不久,就形成了马克思主义的民族学,马克思主义民族学与西方主流的民族学是既有联系又有较大区别的民族学理论流派。马克思主义民族学的基本构成和内涵是,马克思主义由哲学、政治经济学和科学社会主义三个部分组成。其中哲学部分的历史唯物主义世界观,是马克思主义民族学的理论基础。马克思和恩格斯在1845—1846年合写的《德意志意识形态》一书中,第一次全面系统地论述了唯物主义历史观。在此后不久的《政治经济学批判》中,论证了有关民族的理论。有了唯物史观,民族学的研究才可能有一个科学的世界观指引。

在《德意志意识形态》等著作中,马克思还论证了马克思主义民族学的五个基本原理。即关于民族形成的原理[1];关于民族结构的原理[2];关于民族关系的原理[3];关于民族社会形态的原理[4]和关于民族解放的原理[5]。另外,他们关于劳动在人类起源过程中的作用,关于两种生产的理论,关于氏族和家庭史的理论,关于原始公社的理论,关于私有制产生的理论,关于直接过渡的理论等,都可算是民族学研究的经典理论。恩格斯说:"我们的历史观首先是进行研究工作的指南。"[6] 唯物主义历史观也包含了唯物主义的方法论,这种方法论要求马克思主义民族学的研究必须按照事物的本来面貌及其产生根源来理解和分析事物,必须全面地占有第一手资料,而且因为客观事物本身的复杂性和多面性,研究的方法也必须是多种方法的综合运用。学

---

[1] 《马克思恩格斯全集》第三卷,人民出版社1972年版,第56、57、70、169页。
[2] 《马克思恩格斯全集》第一卷,第24、445页。
[3] 《马克思恩格斯全集》第三卷,第24、41、51、80、82页。
[4] 同上书,第38、40、41、44、81页。
[5] 《马克思恩格斯全集》第一卷,第462、466页。
[6] 《马克思恩格斯全集》第四卷,第475页。

界一般认为,《家庭、私有制和国家的起源》一书,代表了马克思主义民族学的确立。同时,马恩还发表了不少民族学研究的专门著作,如《劳动在从猿到人转变过程中的作用》、《资本主义生产以前各形态》和多部民族学笔记、摘要等。

自马克思、恩格斯去世以后,马克思主义民族学一直受到西方主流民族学的排斥,并没有得到系统的发展,至今在理论体系的建设和研究成果上仍然比较薄弱。

西方主流的民族学和人类学家在研究中表面上自称无主观的立场,自称客观、中立,但实际上回避了很多需要立场的问题,回避阶级矛盾,阶级斗争等一些大的原则冲突(例如,用"文化相对论"反对"进化论"和马克思的"社会发展阶段论");回避对公正、真理,对阶级,对人类发展的正确道路的讨论,回避世界观的争论。他们强调要在研究中着重解释现象,不评判,实际上是一种小资产阶级的自由主义立场,在大是非面前,是一种投机态度。我们如何看马克思主义民族学与西方主流的民族学之间的关系呢?

两相比较,马克思主义民族学理论较多在宏观上指导对社会的解释,而西方主流民族学理论更多地是从中观和微观的角度对社会文化的分析。如功能理论,结构主义,亲属制度的理论,符号、象征等理论。也就是说,西方主流民族学在立场上基本还是站在西方主流社会的立场,主张改良,不主张革命。在世界观上往往是唯心主义的,其中一些中观、微观的理论则是值得学习和利用的,而研究方法(实证、实地调查)与马克思主义民族学没有明显的区别。

3. 当代民族学理论

20 世纪 60 年代以来,西方思想界出现了质疑权威、质疑科学主义的思潮。这个思潮导致了对过去传统的多种理论和被认为是科学的研究方法的反思和批判。在民族学界,同样也出现了对传统理论和方法的质疑与反思。

自马林诺夫斯基以来，民族学的研究都是建立在实地调查的基础之上。通过实地的观察，进行客观的民族志的描述，并在民族志的基础之上进一步地分析与研究，是民族学研究的基本步骤。20世纪30年代以后，民族学的研究从过去时，进入到现代时，从研究简单的无文字社会，到研究复杂的传统文明社会，再扩展到研究欧美工业社会。同时对于传统的研究方法和理论也提出了越来越多的挑战。到了20世纪60年代以后，传统上被视为客观的、科学的民族志描写手段遭到了根本性的挑战和质疑。质疑者提出，文化是否能够被客观地、如实地描述出来。因为民族学家在实地的考察和分析时，不可避免地要受到自身文化和主观认识的影响，因此，传统的研究方法可信吗？那么，如何解决民族志的信任危机呢？很多学者提出了新的理论思考。其中以格尔茨为代表的解释人类学、反思人类学等后现代的民族学理论是其中影响较大者。

在后现代思潮的反思和影响之下，民族学界也出现了对传统学术秩序和霸权的批判和追求自由论述的潮流。目前的民族学已出现这样一个局面，没有公认的普世的理论，缺少公认的理论权威，民族学的理论也相应进入到一个百花齐放，更加多样化的时代。如文化与人格学派、新进化论学派、结构主义人类学、象征人类学、解释人类学等理论纷纷涌现。

（二）研究方法的特点

科学研究所以卓有成效，主要是因为它采用了一种特殊的方法或程序。科学研究的方法可以分为两个层次——方法论（methodology）与研究法（research method）。方法论是与世界观相联系，受世界观左右的，主要指该类研究的基本指导原则。研究法所指的则是从事某种研究所实际采用的手段、方式、程序或步骤。

不同门类的学科由于研究对象的不同，在研究方法上会有所不同，却必须符合科学方法论上的若干基本要求，否则其科学性就会受到怀疑。但科学的方法是在科学研究的实践中不断摸索总结出来的。民族学自 19 世纪作为社会科学的一门学科产生以来，在方法论和研究法上都在不断发展和进步。

科学研究是实证性的研究。实证性研究的基础是掌握第一手的资料。所谓第一手的资料，就是根据亲眼所见或亲身经历所记录下来的资料。各门学科获得第一手资料的方式是不同的。如物理学、化学主要在实验中获得，历史学主要在文献中获得，而民族学的第一手资料则主要靠实地调查来取得。实地调查又称为"田野工作"(field work)或"田野调查"。田野调查是民族学研究最重要的特点。民族学家将自己在调查中的发现和体验用一种较为微观的整体描述法进行描述、归纳和分析，这就是民族志的撰写。田野调查和撰写民族志，就成为民族学研究最主要的方法和基本的过程。

实证的研究主要有两种方式，一种叫"质性的"或称为定性研究；另一种叫"量化的"或称为定量研究。一般来说，自然科学是以量化研究为基础，社会学也较多进行量化的调查和研究，民族学则以质性的调查和研究为主要特点。

质性研究一般是指对单一个案进行独特性和复杂性的探讨，追踪事物产生、演化和发展的全过程。它通过对事物本身的来龙去脉、前因后果和事物内部不同因素之间关系的细致描述来揭露事物的性质和意义。厚重细致的描述，是质性研究的重要特点。在质性研究中，研究者的观点是通过事物本身的细节来表达的。为了将研究者在现场的认真观察与体验直接而真实地表达出来，质性研究就要将一些能够表达独特关系的情节和背景，深入而细致地描述出来，以加深读者的印象和对这种关系的理解。厚实之描述，目的是要尽量为读者建立一种感同身受的了解，要通过这种厚实的描述，尽量把真实的情境和经验带给读者，使读者分享研究者的感受，受到较深的刺激，促使他们关注和思考这个问题，达到自然的概括，以争取他们对研究者观点的认同。详细的描述，就是要让自己的观点显得合情合理。为此，研究者在现场要认真观察与体验，并在写作中把这种现场的观察和体验直接表达出来。

质性的调查较多通过与被调查者的访谈来进行。这种调查一般是站在主位的角度，即被调查者的角度来进行。对质性调查的结果进行分析时，较多使用归纳法。归纳法强调先观察、汇集及记录若干个别事例，探求其共同特征或特征间的关系，以求将事物划分、归纳为不同的类型，并对某一种或多种类型的特点进行总结和陈述，从而就可以利用这种总结去观察和认识其他类似的事物。

民族学的调查特别要注意中性与客观的原则，即注意克服主观与片面。因为我们每个人都是在某一种文化中成长起来的，都会不自觉地受到自己的民族、性别、年龄和世界观等因素的限制。这就像戴着一副有色眼镜，在调查时会对其他民族、人群或文化带有一定的成见，从而使调查和研究由于某些偏见而不够科学。如何才能尽量减少和避免主观和片面呢？民族学的调查强调"缩小距离"和"参与观察"。即要求调查者在调查之初就注意缩小与被调查者之间情感和文化上的距离，要参与到被调查者的社区和生产、生活场景中去进行较长时间的直接观察。一般来说在一个社区要有一年的实地观察和体验，要能直接与当地人交流，要全面了解情况，并通过学习当地的语言和思考方式，理解当地的文化。

民族学的调查具有明显的生活性、平民性与现实性。民族学研究的文化主要是平民的文化，即平民的生活。这种调查主要是关注平民的生老病死、衣食住行、喜怒哀乐、风土民情和价值观念等行为模式。因为正是被调查的社区、民族这种民间的、日常的生产、生活的特点，代表了它的文化模式、文化类型。从时空观念上来说，民族学的研究既包括人类的过去，也包括现实，但主要是研究现实。而民族学的调查和研究在涉及历史时，它的出发点，它的目的也往往是为了用历史来说明，来解释现实中的现象和问题。民族学的调查与研究的成果，若干年后将成为历史著作。但它又与一般意义上的历史著作不同，因为它写的是"活的历史"，而非"死的历史"。也就是说，它是作者根据亲身的实地调查所撰写的历史，而不是根据"死的"文献撰写的历史。

在结束了实地调查之后，民族学家就要以一定的框架阐述这种参与观察的体验和发现，即撰写民族志。与宏观的分析不同，民族志采用的是较为微观的社会文化整体描述法。因为民族学把它所研究的社会的各个方面——政治、经济、法律、宗教等视为一个互相紧密关联的复合体。其中的任何一个方面，如果没有被放在与其他方面的关系中加以考察，就无法被单独理解。这种观察与分析的方法被称为"全貌观"。说它是微观的，还因为民族志不一定对某一民族的社会或文化进行全面的描述，它的研究对象，往往是一个小型的族群或社区，而研究的重点是对能够显示事物内部关系、结构和演变过程的细节详细调查与描述，用每个事物（案例）的细节和独特性来说服读者，表达事物的性质和意义。

当然，作为对实地调查资料的补充和背景材料，民族学家也广泛搜集和利用文献的资料。除了以质性的调查为主之外，民族学也进行问卷统计等方式的量化调查。

民族学自 20 世纪初传入中国后，中国的民族学在研究方法上已经逐渐发展出了自己的一些特点。如在方法论上强调实证，强调历史唯物主义与辩证唯物主义；在研究资料的利用和分析上较多关注历史文献和历史背景，较多注意利用各级政府机构提供或发布的统计资料；在研究的对象上主要以中国的民族和社会为主；在田野调查中，较多利用了大规模集体调查和分工合作的方式，如 20 世纪 50 至 70 年代的全国民族识别调查和少数民族社会、历史调查等。

三、民族学与其他学科的关系

（一）学科界线的变化

中国民族学自重建以来，学科界线模糊的问题在机构设置、研究规范、研究领域甚至人员划分等方面造成长期困扰。因此，近30年来，不断有相关的研讨会召开，相关专题的论文发表，在诸如广义民族学与狭义民族学、民族学与民族研究、马克思主义与民族学、民族理论与民族学的关系、民族学与人类学的关系等问题上各抒己见，却难以达成比较统一的意见。其实，中国民族学的学科界线问题却不仅是学理辨别的工作，它与历史的影响、资源的分配、机构的设置等诸多因素有关。

首先，我们回顾一下几十年来民族学在政府主管部门的文件中所划分的学科归属情况[①]。

在20世纪50年代，民族学受苏联学科分类框架的影响，被归入历史学一级学科之下，成为二级学科。当时中国高校中唯一的民族学专业教研室就设在中央民族学院历史系，1964年该教研室被改为民族志教研室，此后不久民族学在国内高校中失去了独立学科的位置。到了20世纪80年代，国家教委又将民族学划归法学，属于法学下面的二级学科。其原因我们已无从查考，但显然这样划分是与学科性质、与学理不合的。1990年，在国家教委核定的学科专业设置中，民族学仍为法学下的二级学科。1993年7月1日，国家教委的文件再次将民族学归入历史学中。同日，国家技术监督局核准的国家标准学科分类中，又将民族学上升为一级学科，其中包括民族问题理论、民族语言、文化人类学与民俗学、民族史、民族经济、世界民族共六

---

① 参见李绍明《关于完善中国民族学学科体系问题》，《广西民族学院学报》1996年第1期。

个二级学科。1994年3月，全国哲学社会科学规划办公室颁布的《国家社会科学基金资助项目申报数据代码表》中关于学科划分的分类，将民族学列为一级学科，其中包括八个二级学科，即民族问题理论、民族史学、中国少数民族语言文学、蒙古学、藏学、文化人类学与民俗学、世界民族研究、民族学其他学科。

以上政府主管部门这些不同的划分法，显然多有自相矛盾和不合学理之处。如国家技术监督局的划分实际上是将民族学划分为由多个学科组合成的学科群，成为"少数民族学"[①]。全国哲学社会科学办公室文件又将民族学所属范围称为"民族问题研究"，实际上是将不同范畴的学科和研究专题拼凑于一处，将民族学等同于"民族问题研究"，实际上就否定了民族学本身独立的学科性质。这种学科划分上的混乱，在某种程度上是民族学界内部学者和单位之间意见分歧的反映。如果想从学理上分清是非，其实并非难事，但至今没有这样做说明存在学理之外的原因。学科的划分不仅关系到学理，还关系到不同学术单位、学术团体甚至个人的学术资源、地位甚至前途。因此问题就比较复杂，也就更难解决。民族学学科界线模糊，还与学科本身的性质和特点有关。

（二）民族学学科的开放性特点

在国际学术界，与传统学科如文学、历史和哲学等学科比较，民族学、人类学和社会学都是很年轻的学科。它们是在19世纪以后，在欧美多个国家几乎同时发展起来的。受各国政治、文化和传统的影响，至今在欧美各国仍没有就学科名称、定义和研究范畴等方面达成一致。

民族学在英国被称为"社会人类学"，在美国被称为"文化人类学"，一般来说，现在这两者基本上是相同的，但美国和英国的学者

[①] 李绍明：《关于完善中国民族学学科体系问题》。

仍没有就彼此对学科的解释完全互相认同，他们都认为各自对学科研究的领域和定义还有一定差别。美国的人类学传统上分为四支：文化人类学、考古学、语言学和体质人类学（或叫生物人类学）。但在其他多数国家，语言学是一门单独的独立学科。在中国和俄罗斯等国家，考古学一直与历史学接近或直接合并为一类。

在欧洲大陆，如德、法等国，对于英美的"文化人类学"或"社会人类学"的称呼在传统上叫做"民族学"。汉文的"民族学"一词，是蔡元培先生译自德文"Völkerkunde"（或写为 Ethnologie）。实际上，德国人传统上对于本民族文化的研究有一个独立的称呼：Völkskunde，有时候被翻译成"民俗学"，也有人将其翻译成"民族学"。因为"Völk"是"民族"或"人民"的意思，是民族的单数形式，而"Völker"也是"民族"或"人民"的意思，是民族的复数形式。后缀"kunde"是"研究"的意思。这两个词如果直译都应该是"民族研究"或"民族学"。但单数的民族研究表示对本民族，也就是对德国日耳曼民族的研究，复数的民族研究指的是对国外民族、异民族的研究。在德国，民族学原来研究异民族，民俗学研究本民族。波兰和其他大多数欧陆国家，对这个学科的定义和学科领域都有类似的区别，至今仍是如此。在欧美以外，也有很多国家，这类研究都存在于社会学系或被称为"文化研究"。换句话说，民族学这个研究领域在国际学界的学术归类是不统一的，是有些混乱的。但我们也可以换一个角度看，在这个多元化的世界，不完全一致也是正常的。

一百年前，当分别去欧美各国留学的中国学子回国后，就各自带回了源自西方又互不相同的称呼和定义。在其他第三世界国家往往也有类似的情况。当时，自德国留学归国的蔡元培自然将其翻译为德国使用的"民族学"，而且他以中央研究院院长之尊，推行这个称呼于全国。而在燕京大学和清华大学，从美国留学回国的吴文藻（燕京大学社会学系主任）和潘光旦（清华大学社会学系主任）等人则一直使用"人类学"一词。

尽管西方各国对民族学、人类学各有不尽相同的定义，在研究领域中各有侧重，但有两点是肯定的：一是各国学者在民族学、人类学的理论上是相通的，基本为同一套理论；二是各国学者在研究方法方面基本上也是相通的，是大同小异的一套方法。所以民族学的开放也是有其底线的，即只有那些能够遵循或承认这些基本理论和方法的研究，才是民族学或民族学的分支学科。

（三）民族学与人类学

如上所述，在中国同时有民族学和人类学两个学科名称，最初是由于译自西方不同的国家和语言。国际学界的通识是，一般来说，欧洲大陆德、法等国的民族学，就相当于美国的文化人类学和英国的社会人类学[①]。在欧美国家尽管称呼各异，一般来说并不存在名称的争议，因为每个国家在国内都沿用自己传统的称呼。但在中国和其他东方国家，因为这个学科都是来自西方，所以都往往有像中国一样同时存在两种称呼的情况。

中国学界在民族学与人类学到底是一个还是不同的两个学科的争论也持续了多年，与日本的情况类似[②]，其实主要也不是学理的争论。有国外学者认为，这其实是"争位子"的辩论，是已"走入死胡同"的辩论，从学理上看是没有意义的[③]。老一代学者在这个问题上一直有明确的态度。如费孝通先生说："在我身上人类学、社会学、

[①] 例如，德国最著名的马普民族学研究所挂着英、德两种文字的牌子，德文写成"Institut für Ethnologie"即"民族学研究所"。同时，牌子上的英文写成"Institute for Social Anthropology"即"社会人类学研究所"。

[②] 日本原有民族学与人类学两个学会，经多年争论，于2006年合并为一个学会，统称"人类学会"。

[③] Xin Liu, "Past and Present: Two Moments in the History of Chinese Anthropology", *The Making of Anthropology in East and Southeast Asia*, edited by Shinji Yamashita, Berghahn Books, 2004: 152—183.

民族学一直分不清，而这种身份不明并没有影响我的工作。这一点很重要，我并没有因为学科名称的改变，而改变我研究的对象、方法和理论。我的研究工作也明显地具有它的一贯性。也许这个具体例子可以说明学科名称是次要的，对一个人的学术成就的关键是在认清对象，改进方法，发展理论。别人称我为什么学家是没有多大关系的。"①

实际上，这几个学科在西方国家经过一百多年的独立发展，现在已逐渐走向互相渗透与联合。在西方有的大学将社会学和人类学合建为一个系，称为人类学与社会学系。而人类学与民族学的关系，国际学术界早已将其归为一类。费孝通先生说，这三个学科构成了一条江水，"我们都是同饮这条江水的人"，"这三个学科都是研究人文世界和人类的社会行为的，三科是一个集团，可以各有重点，又互相交叉"。② 一百多年来，这三个学科的理论、方法和研究领域都在不断发展变化，其中一个重要的趋势是更多地转向对现代社会、主流社会的研究。而当代社会的复杂性又推动这种研究不断扩大地去借用其他学科的知识，不断互相交叉与联合来研究共同的问题③。这都提醒我们，三个学科将日益走向联合而不是更清楚的分界。

（四）汉民族研究问题

民族学和人类学在历史上曾经是以研究殖民地的"异民族"，研究所谓"初民社会"为主要对象的学科，但是殖民主义的时代早已成为历史。很多学者对全球人类学、民族学的历史进行分期时，将第二次世界大战结束以前称为"殖民主义时期的人类学"，甚至有人直接

---

① 费孝通：《人类学与社会学在中国的发展》，转引自乔健《中国人类学发展的困境与前景》，载杨圣敏主编：《中国人类学民族学学科建设百年文选》，知识产权出版社 2008 年版，第 403 页。
② 杨圣敏：《费孝通先生对学科建设的指导》，载《中国人类学民族学学科建设百年文选》，第 457 页。
③ 参见 Xin Liu, "Past and Present: Two Moments in the History of Chinese Anthropology".

称之为"殖民主义的人类学"。二战以后，人类学、民族学已经全球性地逐渐转向研究本国、本地、本民族和发达社会。因为已经没有原来那种殖民主义的政治目标，所以被有些人称为"现代和纯学术的人类学"，又由于其研究对象大量转向本土，所以又被称为"地方性的"、"多样性的"人类学。有人预言，未来的人类学、民族学将是在地方多样性研究基础上发展起来的全球性人类学、民族学[1]。可见，从研究领域上来看，研究本土、本民族、主体民族，研究城市、现代社会，已逐渐成为当代民族学人类学研究的主流。

任何一个学科都要有其扎根和生存的土壤，历史上的殖民地曾经是民族学产生和生长的土壤，但二战结束后，这个土壤已经逐渐变成本土，这是谁也无法回避的事实。还在二战结束以前，著名人类学、民族学家马林诺夫斯基在给费孝通的《江村经济》所写的序言中说："我认为那面向人类社会、人类行为和人类本性的真正有效的科学分析的人类学，它的进程是不可阻挡的。为达此目的，研究人的科学必须首先离开对所谓未开化状态的研究，而应该进入对世界上为数众多的、在经济和政治上占重要地位的民族较先进文化的研究。"当代学者们也多认为"在本土研究可能更容易接近真理"[2]。

1949年以前，中国民族学人类学界的研究领域，曾经是汉族和少数民族并重。全国解放以后，人类学作为"资产阶级学科"被撤销，民族学则完全转到以少数民族研究和教学为主的民族院校，民族学遂被误认为是研究少数民族的学科，特别是20世纪60年代以后，批判"资产阶级民族学"和"修正主义民族学"的风潮使得民族学基本被民族问题研究所取代，也可以说，当时民族学只能蛰伏于民族问

---

[1] 参见 Jan Van Bremen & Akitoshi Shimizu, *Anthropology and Colonialism in Asia and Oceania*, Curzon Press, 1999, pp.1—10.

[2] Xin Liu, "Past and Present: Two Moments in the History of Chinese Anthropology".

题研究之中。现在，当历史已经拨乱反正，我们就没有必要再将民族学的研究领域局限于少数民族了。而且几千年来，汉族与各少数民族是你中有我，我中有你，关系密不可分，如今更是如此。所以，一个将占中国人口 90％ 以上的汉族剥离出去的民族学，也很难对少数民族社会和文化有很全面和深入的理解。这对学科的发展和民族研究本身都是不利的。

纳日碧力戈（复旦大学特聘教授，贵州大学教授）

民族共生与民族团结

——指号学新说

纳日碧力戈

一、共生与大同的指号学启示

古代西方哲人亚里士多德和奥古斯丁都认为全人类的内心经验相同,即外界事物本身是同一的,它们在人类心智中的"印记"也是同一的;不过,他们也指出各民族表达这种事物和印记的口语不同,文字也不同。如亚里士多德说:"口语是内心经验的符号,文字是口语的符号"。无论是哪一个民族的成员,他们对于客观对象的心理印记(即心印)是相同的,"水"就是"水","土"就是"土",这是由客观对象的同一性和人类心智的同一性所共同决定的。同时,说汉语的人在说"水"的时候,发音是 shuǐ,说"土"的时候,发音是 tǔ,而说英语的人就会分别发音为 water 和 earth,这就是亚里士多德和奥古斯丁等哲人所论述的物象(事物)、心印(心理印记)同一而语音差异的观点。我们在研究民族和民族关系的时候,也要注意区分同一和差异的关系,注意它们所分属的不同层次。民族语言是人们约定俗成的产物,对于物象和心印的表达有特殊性或者民族性,这是正常现象。人类的口语和文字属于差异性层面,而物象和心印则属于同一性层面,要避免把不同层面相互混淆。中国古人谈"形气神",它们是一种超越的哲学思想:"形"为物象,"气"为势能,"神"为心智,这些都是人类大同的方面。从多样性出发,在差异中寻求共性,在高层上达成重叠共识。寻求共识不能以牺牲差异为代价，相反，由差异寻求共识是一种交流艺术，是一种存在美学，具有鲜活的人文意义和道德价值。

二、声音·心智状态·事物

亚里士多德指出，词语（word）涉及声音（sound）、心智状态（states of mind）和事物（thing）三者之间的关系；事物是本真的，心智状态也是本真的，它们独立于个别，有普世性。事物和心智状态通过意动关系发生关联，互为镜像，人类同一。声音就不同了：不同的国家有不同的语音，声音与事物—心智状态的关系是非意动的（unmotivated），互相指涉，但没有镜像关系。这些观点也为奥古斯丁等所继承。

亚里士多德在语言起源自然论与俗成论之争中站在俗成论一边，认为名词是约定俗成而有意义的声音，而动物发出的模糊声音虽有意义，却不能算作是名词。如此推论，符号[①]可分为属于人类的俗成"名词"（nouns）和属于动物的自然"征象"（signs）。亚里士多德的"心智状态"属于心理范畴，是语言使用者头脑里的东西；"心智状态"属于全人类，不是个体现象，是普世现象。奥古斯丁在《论辩证法》中指出：指号（sign）本身是被感知物，它向心智表明指号本身以外的某物。说话就是用音节清晰的言语（articulate utterance）给出一个指号（sign）。这里涉及三个要素：其一，指号本身，它是感知物，有物性，如表示有人经过此地的足迹和表示起火的浓烟，都是实实在在的物象；其二，指号所指的他物，同样有物性，如足迹所指

[①] 亚里士多德此处使用的"符号"（symbol）不大严格，他的"符号"包括了"指号"（signs），而在奥古斯丁指号学中，指号与符号已经有了严格的区分。

的那个途经此地的人和浓烟所指的烈火；其三，心智，它是连接指号及其所指的"媒介"，没有它指号与所指就不能发生联系。皮尔士的指号学也涉及这样三个要素，他不仅明确提出征象（sign）、对象（object）、释义（interpretant）的三分，而且在征象、对象、释义之下各有三分①。按照托多洛夫分析，奥古斯丁的指号具有"双料"（double）特征：既可被感知，亦可被理解。而亚里士多德在描述符号（symbol）的时候，并没有提到这个双重性。奥古斯丁始终认为语言只是指号的一种，在语言之外还有其他指号，成为后来指号学研究的基石。他还认为，词可以标示任何事物，由说者说出，听者也明白；这个见解指出指号与所指之间的关系，也指出说者和听者的关系，突出了相互交流，突出了过程，这一点为斯多噶学派理论所缺乏，而亚里士多德也强调不足。指号双重性的本质是双重物性，即指号本身是物性的，而其所指也可以是物性的②。比较起来，奥古斯丁保持了古典符号理论中的物性内容，把主要表现为心性的语言系统看作是诸多指号系统的一种，因此也使指号保持了原有意义上从物性到心性的综合特质，没有像后来的索绪尔那样，把指号仅仅限于约定俗成的语言系统，放弃或者"悬置"与社会和历史有关的物性，这给以后发展出来的皮尔士理论和语言人类学开创了广阔空间，使它们能够直接探讨和研究语言以外的各种社会、历史乃至自然现象。声音不同于心智状态和事物；声音只是沟通事物和心智状态的中介，因而是多样和相对的。

三、指号和符号

古希腊罗马时代区分 sign（自然指号）和 symbol（语言符号），

---

① 参见纳日碧力戈《语言人类学阐释》，《中央民族大学学报》（哲学社会科学版）2003 年第 4 期。
② 需要特别强调，从亚里士多德、斯多噶学派到奥古斯丁，他们的符号—征象理论都属于心理世界，他们所涉及的物性归根结底是"心之物觉"，是心理感知的物性。此外，征象所指的物性也有不同情况；所指为具体事物时，物性较强；所指为抽象事物时，物性较弱，乃至消失。因此我们说"其所指可以是物性的"。

亚里士多德称前者为 semeion 或 tekmerion，后者为 symbolon。根据 Giovanni Manetti 的研究，自然指号为"物象"和"心印"的相合一致，具有全人类的普适性；语言符号主要由"施指"（signifier）和"所指"（signified）构成，是约定俗成的；不同文化群体的施指—所指关系各不相同，具有民族特殊性。自然指号中多用蕴涵关系：p⊃q（如果 p，则 q），而语言符号用全等关系：p≌q（p 全等于 q）。

当下的"民族"之争属于指号和符号之争，即自然指号的"蕴涵关系"和语言指号（符号）的"全等关系"之争。在"民族"指号与符号之争中，研究者容易把语言符号中施指和所指之间的全等关系混同于自然指号中的蕴涵关系。比如，"国家"一词，汉语以四周有墙的"国"和屋檐下养猪的"家"组成，是定居文化模式的特点；蒙古语则用表示"进入"的 oron 和表示"人们"的 ulus 表示，表现了另外一种文化模式的特点。这属于符号性表现。此外，从自然指号出发，"国家"可以由居民、土地、制度等等组成，这是"如果……则"的表现模式。如果把某种民族的语言看作是普世性的，那么，该语言所表达的"民族"也就变成了普世性的，这当然是不可能的。不能把任意性的语言符号混同于普世性的"物象"和"心印"，亦即符号不能混同于指号①。不过，任意性的语言符号并非不可能表达普世性或者人类同一性，只是它要借助翻译，要借助多语共生，借助语言之间的交流。同样道理，强迫语言同化和语言霸权并不能带来"物象"和"心印"表达的同一，反而会增加维护民族关系的成本，不利于民族之间感情的沟通，也有损民族自尊。任何在民族地区做过田野调查的人类学者都明白，那里的物象和心印真切、直观，那里的"文化"是可以"触摸"得到的；但是，当本土人用自己的语言对此加以表达时，民族特点就显现出来了：有的语言有声调，有的没有；有的是

---

① 虽然在一般使用中，符号是指号的一部分，但在古典意义上，它们是有明显区分的。

主—谓—宾结构,有的是主—宾—谓结构;有的强调动词,有的强调名词,等等。在民族社会内部,一物指向另一物的指号,在物象关系上属于蕴涵关系,不是全等关系,因为它们之间毕竟存在物的差别,例如弹洞与子弹之间的关系:它蕴涵"子弹从这里穿过",但弹洞不等于子弹。然而,从物象独立出来的语言建立在索绪尔式"约定俗成"之上,始于"任意性"、终于"约定俗成"的语言符号主要表达全等关系,是理想的"是—否"判断,不是"如果……则"的蕴涵推断。是—否判断"说一不二",充满理想,但容易脱离实际,也让不少民族—族群的讨论者过度自信,把"符号真理"(即理想真理或者想象真理)等同于"指号真理"(即物象和心印的实际感觉),产生一厢情愿的语言中心主义民族观和族群观。

四、"民族"史

对于中国来说,现代"民族"(nation)是舶来品,是西方概念,它在经过本土处理之后,带有强烈的地方特色。即便在国外,"民族"概念也经历了一系列变化,并非从一开始就表示与现代工业和现代国家有关的"民族"。在古罗马时代,"民族"指地位低于罗马公民的外国人,也指在基督教统辖之下的几所大学里来自同一地区的外国学生群体,如巴黎大学有四个"民族":"光荣的法兰西民族"(来自法国、意大利和西班牙的学生),"忠诚的庇卡底民族"(来自荷兰的学生),"可敬的诺曼底民族"(来自东北欧的学生),"忠贞的德意志民族"(来自英格兰和德意志的学生)。在校园的学术辩论中,各社团党同伐异,也构成"民族";大学派代表到教会参加裁定重大问题,"民族"又指"教会共同体"中的派别,代表这些派别的是政治、文化和社会的精英。格林菲尔德指出,在拉丁语《圣经》的同样语境中未出现 natio 的地方,英文版都用了 nation,而拉丁文《圣经》中的 natio 指亲属共同体和语言共同体。

有学者认为,世界上的第一个民族出现在16世纪初的英格兰,它指英格兰的全体居民,与"人民"(people)同义,体现了主权、团结和忠诚。另一种观点则认为"民族"到18世纪70年代才被政治化,开始具有现代意蕴。在美洲和法国,"民族"指共同生活在一个政治地域里的人群,共同的外敌(殖民者)让他们暂时克服彼此之间的种族歧视和族群偏见,团结起来,形成统一战线。民族主义是一种相对主义,它强调差异,强调特殊,内聚外攘。中国的"民族"既有历史继承性,也有现代创新性。斯大林的民族四要素不太符合中国民族的"族情",他所谓只有在资本主义上升时期才能形成民族的论断,也不符合中国的现实。斯大林的民族定义涉及共同的语言、共同的地域、共同的经济生活,以及共同的文化—心理素质,他强调在定义一个民族时,这四大特征缺一不可,而且要在资本主义上升时期才具备形成民族的条件,即只有在资本主义上升时期才会出现民族。这个定义既强调领土和主权,强调语言文化,也强调工业化的先期条件,是个理想模型,不可能将世界上多样性的民族一一对号入座。例如,中国自明代有所谓"资本主义萌芽",1949年以前也不过属于一个具有殖民地、半殖民地性质的国家,根本没有进入"资本主义上升时期",缺乏马克思和恩格斯所期盼的强大工业大军,缺乏现代工业生产和成熟的商品市场,据此也就不具备形成"民族"的条件。

2005年5月,《中共中央国务院关于加快少数民族经济社会发展,加强民族工作的决定》中提出,"民族是在一定的历史发展阶段形成的稳定的人们共同体。一般来说,民族在历史渊源、生产方式、语言、文化、风俗习惯以及心理认同等方面具有共同的特征。"中国的"民族"观尽管受到苏联民族模式的影响,但它主要强调平等和弹性,强调历史的继承性,注意沟通感情,同时也有兼顾现状与发展的应对性，不同于"族以等分"的斯大林模式①。此外，汉语"中华民族"具有从单一转向多元的特点：先是排他的"中华民族"，后有包容的"中华民族"，即存在从"驱逐鞑虏"到"五族共和"再到"五十六个民族"的过渡。"五十六个民族"的认定是历史的进步，是中华人民共和国优于中华民国的一个重要方面。国内外的经验告诉我们，不承认民族的存在只能导致矛盾和冲突；承认民族的存在，就能把矛盾和冲突控制在最小范围以内。

五、域外"民族"论

国外学者根据不同民族的政治和文化特点对"民族主义"进行了分类，超越了所谓资本主义推动民族主义产生的通常说法，使民族主义的研究更加贴近历史和现实，也更符合学理。按照当下比较流行的分类，英国的民族主义属于个人—公民民族主义，法国的属于集体—公民民族主义，而德国的则属于集体—族群民族主义。汉斯·科恩把英国、法国、荷兰、瑞士、美国及英联邦的民族主义称为公民民族主义（civil nationalism），这种民族主义建立在政治和理性之上，把中欧、东欧和亚洲的民族主义称为文化民族主义，这种民族主义有"神秘性"，某个或某些政治和社会发展程度高的共同体高居其他共同体之上，族群边界和政治边界并不重合。中欧、东欧和亚洲属于农业社会，缺乏英法等国所拥有的中产阶级，由保守的贵族统治着占人口绝大多数的农民。安东尼呼应科恩，也把民族形成的过程及其特点，分

---

① 斯大林民族模式按照共同体的社会发展程度分为 natsia（进入资本主义阶段的共同体，包括社会主义共同体）、naronost（封建主义共同体）和 plemia（原始共同体）等不同等级，前资本主义的共同体要向社会主义共同体过渡乃至飞跃。中国不同，她把所有共同体不分大小、先进落后统称为"民族"，体现"平等"、"团结"的中国特点，这也符合列宁主义的表述：在革命取得胜利后的前资本主义国家"落后共同体"可以飞跃进入社会主义，成为现代民族。中国近代史上的"五族共和"（汉满蒙回藏）与清代的《五体清文鉴》（汉满蒙回藏诸文字）非常相似，具有令人回味的继承性。新中国后来对于五十六个民族的识别就是以"五族共和"为基础和起点的。

为东方和西方两种类型。他把英国、法国、西班牙、荷兰、瑞典和俄国归入"西方",把中欧、东欧和中东归入"东方"。

从这些情况看,"西方民族"有不同模式,其符号所指也丰富多彩,绝不是用"西方民族"或者"西方民族理论"这样的只言片语就能全部涵盖得了的。"西方"的民族模式不仅包括前述"公民式"、"文化式",也包括西班牙式的 nationality,也包括美国和加拿大印第安人的"第一民族"(First Nation)式。即便是在所谓的"公民式"现代国家,种族问题和族群问题也并没有完全得到公正处理,过去的种族歧视依然存在,族群冲突也时有发生。最近,香港科技大学的沙伯力教授在接受访谈时指出:美国和印度并非处理民族问题的典范,那里的民族问题也非常复杂,存在许多令人遗憾的缺点[①]。

六、盖尔纳民族论及其批判

盖尔纳出生在波西米亚犹太人家庭,对于种族歧视和种族屠杀有亲身感受,他毕生致力于以理性战胜种族主义和狭隘民族主义。他从剑桥大学退休后,前往捷克建立民族主义研究中心,并在任职期间去世。盖尔纳的民族主义理论可称为"现代论",即民族主义唯有在现代工业时代产生,是工业化的产物,顺应了市场经济的需要;民族主义先于民族、民族国家出现,它或者对于萌芽的原初民族要素重新排列组合,"创造"民族,或者另起炉灶而创造。

盖尔纳指出,民族主义要求民族边界和国家边界一致,只有这样民族国家才能保持稳定,工业才能发达,市场才能扩充,国力才能强大。在他看来,唯有单一制的民族国家才是现代理性和发达生产力的政体选择。

---

① 参见沙伯力《关于中国民族政策的新争论》,《民族学与社会学学院通讯》2011 年第 1 期。

盖尔纳旗帜鲜明地反对四种民族主义理论：民族自然论，即民族属于自然存在，不是社会建构；凯杜里的"思想偏差"论，即民族主义本非工业社会所必需，它的出现是偶然的知识迷失；马克思的"错误投递"论，即原本应该属于"阶级"的东西被错投到了"民族"那里；"黑色幽灵"论，即民族主义是关于鲜血与领土的"返祖"暴力，热爱民族主义的人说它带来活力，仇恨它的人说它象征野蛮。不过，盖尔纳的这种由生产力和理性推动的民族国家模式及其相关理论，受到社会科学界的广泛质疑。

查尔斯·泰勒（Charles Taylor）引用他人的批评，说盖尔纳不能解释民族主义为何出现在 19 世纪的中欧和 20 世纪的非洲[①]。阿姆斯特朗著《民族先于民族主义》，探讨了 1789 年以前欧洲和地中海伊斯兰社会的民族主义，指出民族具有宗教和世俗两种根源。安东尼·史密斯著《民族的族群起源》强调，族群文化和社会组织广泛存在于古代的欧洲和亚洲，且格外突出，而王国（帝国）也常常建立在族群共同体之上；民族主义代表了原有政治规范和社会规范的转型和推广。里亚·格林菲尔德著《民族主义：走向现代的五条道路》，把 16 世纪的英国看作民族主义的发源地，也就是说，"民族"并不完全是现代工业的产物。希顿－沃森指出，目前有 2000 多个民族生活在 200 多个国家中，多民族国家是常态，即"一个民族一个国家"模式不是当代世界的主流模式，多民族共生共存才是"正常模式"。

七、承认政治与民族团结：有族而能超越

鉴于目前中国国内民族理论的纷杂，有必要强调符号生态，即多

[①] 盖尔纳已经对此有答案：一些民族主义由工业化直接产生，另一些则受工业化影响而间接地后发产生。

语交流中的互动相依的民族关系，要在汉语、蒙古语、英语以及其他语言的"中国"表达中寻求"重叠共识"，建设全新的文化逻辑，以多种语义对照现实，修正偏差，推进各民族共生团结。在当前的语言使用中，"中国"被"肢解"成几部分；在一些少数民族语言中，"华"、"汉"不分，对"中华"的表达发生困难[1]。这些都是由于历史原因造成的，承认民族共生的现实，承认中华民族文化多元一体，才能沟通语言多义的现象，了解各民族的认知和分类系统，重新发现物象和心印的人类同一，建设可持续的各民族国家认同。

民族团结只能在政治上承认"民族"的基础上实现，五十六个民族的政治地位是中国各民族互相认同的重要保障，也是各民族国家认同的重要保障。同时，有"民族"不等于"惟民族"，不能局限于大民族主义和狭隘民族主义，各民族要对自身进行自省，在反思中进而超越，在超越中寻求更高层面上的"重叠共识"。

如前所述，在全新的信息时代，冷战时代的那种隔绝和封闭已经不复存在，人与人、民族与民族、国家与国家之间的沟通比以往任何时代都更加频繁和便捷。全新的形势呼唤我们创造和建设新文化，以指号规训符号，以神统形，缘气交流，三元归心，这是对中国古人形气神"三通"论的活用。民生为本、尊严为体是民族团结的核心，也是民族之"有而超越"的不可缺少的前提条件。

---

[1] 当然，不能由此得出政治结论说这些少数民族不认同中国，这是非常值得商榷甚至是有风险的说法。

从组织文化到作为文化的组织*

庄孔韶

人类学对传统社会组织的研究始于对非工业社会中以血缘为基础的家庭、家族和宗族的研究和以地缘、业缘为基础的村落、青苗会、水利组织等的研究。进入工业社会,人类学对现代组织的研究则可以追溯至霍桑实验以及后来的曼彻斯特工厂实验等。[①]

"人类学关于社会组织的研究有两种进路:社会的和文化的。"

社会取向的社会组织研究将社会视为一个体系,由类别(category)以及个人构成的群体(group)所组成。组织的各部分均有其各自的功能,各部分之间的相互关系及其发挥功能的方式就构成社会结构,也即组织结构。

社会进路对于组织结构、功能的研究以及将组织视为一个存在于与外界环境的互动中的体系的观点对日后的现代组织研究产生了深远的影响,形成了相应的研究领域,即现代组织的结构、功能研究以及现代组织及其环境关系的研究。但是,从社会进路的研究也存在缺陷,最突出的莫过于关注事件和静态模式,而忽视对社会中的概念、行为标准等文化层面的描述和分析。

因此,虽然社会进路直到 20 世纪 60 年代依然是社会组织研究的主流,但在此期间,从文化进路研究社会组织的潮流也悄然兴起。受

---

* 本文主要由方静文执笔整理。
① 参见 Susan Wright, "'Culture' in Anthropology and Organizational Studies", Susan Wright, ed., *Anthropology of Organizations*, London and New York: Routledge, 1994, pp. 5—14.

庄孔韶（浙江大学人类学研究所讲座教授）

语言学尤其是结构语言学的影响,从文化进路研究社会组织的人类学家认为文化由认知、概念以及一整套使之秩序化的原则组成,它是一个社会中的人们通过认知、决策、行动将社会加以类别化,从而实现社会秩序的标准和规则。鉴于各个社会中秩序形成的规则都是独特的,所谓的文化差异和相对性也就出现了。而且,正如语法一样,一个社会的文化规则也是可以"编码"的,暗示文化规则不是与生俱来的,也不是一成不变的,而是可以创造、形塑和改变的。社会组织研究的文化进路增进了人类学关于社会组织的认知、分类和秩序的研究,也启发了人类学对概念、意义的关注,增加了组织研究的文化视角。

此后,文化一直是人类学组织研究的核心,也是组织人类学得以发展的基础和契机。随着全球化的推进,商品的生产和消费、资本和人员的流动,均以世界体系为背景,组织由此在 20 世纪 80、90 年代迎来了巨大的变迁期。原本被奉为圭臬的西方科层制模式在被移植到非西方国家之后,出现了诸多问题。在质疑声中,人们开始尝试建立本土的组织方式。"在变迁的背景中寻找新的组织处理方式的过程中,文化概念得到凸显"。因为无论是组织在进入不同地区后与周围环境之间的关系还是组织内部劳工性别、阶级、族裔、国籍等背景的异质化和多样化最终都可归结于文化问题。而组织研究的文献也常常将文化概念的源头归于人类学,格尔兹和道格拉斯等人的论述经常为组织研究者所引用[1]。

一、人类学的"文化"概念与组织研究

自 19 世纪末 20 世纪初成为一个独立的学科开始,人类学一直将

---

[1] 参见 S. Wright, "The Politicization of Culture". *Anthropology Today*, Vol. 14, No. 1 (Feb., 1998), pp. 7—15; W. G. Ouchi & A. L. Wilkins, "Organizational Culture", *Annual Review of Sociology*, Vol. 11 (1985), pp. 457—483; L. Smircich, "Concepts of Culture and Organizational Analysis", *Administrative Science Quarterly*, Vol. 28, No. 3 (Sep., 1983), pp. 339—358。

文化作为一以贯之的研究主题，但学科内部对于文化概念并没有形成共识。各理论学派对于文化均有自己的理解和侧重，给出了多种文化定义。1952年，人类学家克虏伯和克拉克洪在合著的《文化：概念和定义的批判性回顾》一书中，就已收集到了从1871—1951年80年间的164种定义。如结构—功能人类学把文化视为制度，结构主义把文化视为无意识的、深层次的思维结构，象征人类学把文化视为符号，认知人类学把文化视为本土知识，后现代人类学则将文化视为一个建构的过程。[1]

为此，有的组织研究者检视人类学各学派的文化概念，分析其各自对组织研究的具体影响。

林达·斯默西奇（Linda Smircich）[2]以及大内（William Ouchi）和威尔金斯（Alan Wilkins）（1981年）[3]分别考察了功能主义、文化与人格学派、结构主义、象征人类学和认知人类学等学派的文化观点，寻找他们各自对组织研究的影响。大内和威尔金斯还指出：有时人类学文化概念的影响可能不是直接的引用，就像虽然组织研究者很少引用结构—功能主义的作品，但是该学派的社会体系的结构和功能以及有机的、整体的观点对当今组织文化研究的影响是不可否认的。

除了各个学派在文化概念上"仁者见仁，智者见智"，各有自己的定义之外，随着时间的推移和学科的发展，在表面看来纷繁复杂的定义背后，人类学的文化概念还有一个嬗变的过程，出现了一个相对一致的历史转向。文化研究者苏珊·莱特（Susan Wright）将转变之前的文化概念称为"旧文化"而将转变之后的文化概念称为"新文化"，并对其特征进行了描述：[4]

---

[1] 关于人类学文化概念的具体论述参见王筑生、杨慧《人类学的文化概念与人类学理论的发展》，《广西民族学院学报》1998年第20卷第4期，第25—32页。

[2] 参见 L. Smircich, "Concepts of Culture and Organizational Analysis", *Administrative Science Quarterly*, Vol. 28, No. 3, Sep., 1983, pp. 339—358。

[3] 参见 W. G. Ouchi & A. L. Wilkins, "Organizational Culture", *Annual Review of Sociology*, Vol. 11, 1985, pp. 457—483。

[4] 对新旧文化观概念和特征的描述，参见 S. Wright, "The Politicization of Culture"。

旧文化的跨度大致为自学科形成至20世纪50年代，进化论、历史特殊论、功能论等都是其中的代表。无论是认为各民族的人们因为处于不同的发展阶段而拥有不同的文化——进化论；各民族因特殊的历史和环境而拥有独一无二的文化——历史特殊论；还是各民族的文化都具有满足人的需求和在社会结构中维持社会秩序的功能——功能论，旧文化观的共识在于：世界由"民族"（peoples）组成，每个民族都有其一以贯之的生活方式或文化。这种文化是有边界的、小规模的实体，自足而且始终处于平衡状态。

旧文化观后来招致了许多批判，批判者认为旧文化观缺乏历时的、变迁的眼光，也忽视了文化的场景性，对于文化是有边界的、停滞不变的和共享的预设只是一种想象而非事实。但即便如此，旧文化观并未完全被抛弃，甚至还被引入其他学科和研究领域，如下文将会讨论的管理学界在20世纪80年代开始的对组织文化的热议。

自20世纪60年代以来，文化研究、后结构主义人类学和女性主义人类学的理论发展表明文化从来就不是有边界的实体之后，新文化观开始形成。新文化观认为文化是一个意义生产（meaning making）的斗争过程，一种文化对事务的界定甚至"文化"概念本身的界定都属于这样一个过程。文化因而是一个动态的概念，总是可协商的和处于赞同、争论和转变的过程中，而且是一个无边界的开放体系。

据此，我们可将人类学文化概念的上述转变概括为：文化从一个自足的、平衡的实体概念转变成了一个动态的、无边界的过程概念。

文化概念这种相对一致的转向也为组织研究领域的学者所意识到，如卡梅隆（Kim Cameron）和埃廷顿（Ettington）将人类学文化概念对组织研究的具体影响归结为两大传统：即"功能主义"传统和"符号"传统，前者关注作为整体的群体、组织或社会结构并思考作为整体组成部分的文化如何通过组织行为表现出来以发挥维持社会运行的功能；后者认为文化不是存在于可直接观察到的社会结构中，而是存在于个体思想之中,通过语言、仪式等来表达,因此,通过融入式的观察和体验,获得"当地人的观点"并对当地人的阐释进行"深描"是其要点。

基于对文化的不同理解,在被引入组织研究之后,人类学的文化概念激发了不同的研究旨趣和侧重,基本上可归结为两种视角,即"文化作为关键变量"(culture as a critical variable)和"文化作为根隐喻"(culture as a root metaphor)。文化作为独立变量或属性的视角进入组织研究,催生了组织文化研究;而将文化作为根隐喻的观点,提供了认识和改造组织的新角度,而且进入应用领域,取得了实际效果。

二、文化作为变量——组织文化

组织文化研究的浪潮始于20世纪80年代。在此之前,文化概念在组织研究中几乎是缺失的。施恩(Edgar H. Schein)将这种情况归咎于:对组织中社会体系的疏忽所导致的对文化重要性的低估,没有注意到文化是组织中最有力和稳定的力量;以及组织研究的主要方法是测量而不是对组织现象的民族志观察,文化不仅要被测量,更应该被观察。文化被组织忽略的另一个原因在于除非受到挑战或者出现变革,否则人们是很难察觉到身处其中的文化的,因为文化往往被认为是理所当然的价值观和基本预设。

随着对组织象征方面认识的增多,人们开始意识到文化与组织管理之间的关系。而且,从霍桑实验开始,刚结束在澳大利亚土著社会进行田野研究的人类学家劳埃德·沃纳(Lloyd Warner)抱着在现代社会实践人类学的热忱,将人类学的田野工作方法引入了工厂和车间,为文化视角进入组织研究奠定了方法基础。

除了理论视角的转变和方法上的准备,组织文化的兴起还有其现实基础。20世纪80年代和90年代初期文化在管理领域引发极大的关注，与国际竞争的加强尤其是日本企业的迅速发展息息相关，"随着日本企业的崛起，人们注意到了文化差异对企业管理的影响，进而发现了社会文化与组织管理的融合——组织文化"。由此，组织研究的关注点从组织结构、科层制等转向了组织文化，[1]并成为组织研究最为活跃的领域之一，使得组织结构和组织功能研究都黯然失色。[2]

如果说20世纪80年代，组织文化的研究以探讨基本理论为主，如组织文化的概念、类型以及组织文化与组织管理的关系等；那么，进入20世纪90年代，组织文化研究除了继续深入研究基本理论之外，增加了应用视角，将组织文化与组织效用的发挥和组织发展联系起来。[3]这种经验性的应用研究引发了组织文化是自在的还是可以被人为设计规划的讨论，同时也催生了关于企业文化测量以及企业文化诊断和评估的研究。[4]

但是，组织文化研究是以"文化是组织成员的共识"这一预设为前提的，随着现代大型跨国、跨文化组织的出现，这种预设与组织内部呈现出越来越多的文化差异性和多样性的事实不符。更重要的是，当组织文化被视为是组织成员的共识之后，组织内部的文化异质性及其所引发的分化、矛盾甚至冲突就会被忽略，组织文化也渐渐被物化、被限定边界，"从情境中的过程变成管理控制的客观化工具。"所以，到了20世纪80年代末，文化研究已经"居于支配地位，但却死气沉沉"。[5]为此，组织文化研究需要寻找新的路径，而将文化作为

---

[1] 参见 L. Smircich, "Concepts of Culture and Organizational Analysis", W. G. Ouchi & A. L. Wilkins, "Organizational Culture"。

[2] 参见 K. S. Cameron & D. R. Ettington, "The Conceptual Foundations of Organizational Culture", in J. C. Smart (Ed.), *Higher Education: Handbook of Theory and Research*, New York: Agathon Press, 1988, pp. 356—396。

[3] 参见石伟主编《组织文化》，复旦大学出版社2004年版。

[4] 参见卡梅隆、奎因《组织文化诊断与变革》，谢晓龙译，中国人民大学出版社2006年版。

[5] 转引自〔美〕乔安妮·马丁《组织文化》，沈国华译，上海财经大学出版社2005年版，第4页。

根隐喻的视角为走出这种困境提供了可能。

三、作为文化的组织——文化作为根隐喻

与将文化视为组织变量的路径不同,有些学者倾向于将组织理解为文化。他们放弃了"文化是组织所有"(what an organization *has*)的观点而强调"文化是组织所是"(culture is something an organization *is*)。[1] 也就是说,文化不再是解释组织表现的一个属性,而是用来描述组织的一个根隐喻。

何谓隐喻?亚里士多德在《诗学》中说:"隐喻,是指以他物之名,名此物。"[2] "隐喻[3]是人类使用一个体验要素理解另外一个体验要素以表达意图时的最原始方式。"隐喻是我们观察和认识世界的一种有效的方式,也是认识组织、理解复杂组织现象的重要方式。在组织研究理论和实践的发展过程中,组织研究者习惯借助于各种隐喻或形象来限定、架构和区分组织经验。虽然与物质世界相关的如将组织作为机器和有机体等隐喻在历史上占主导,但也不乏社会隐喻,如将组织隐喻为角色扮演的剧场、权力展示的政治舞台[4],或者部落(Tribe)[5]、氏族(Clan)[6] 等。

摩根总结了关于组织的 8 种根隐喻,分别是:作为机器的组织、作为有机体的组织、作为大脑的组织、作为文化的组织、作为政治体系的组织、作为心灵监狱的组织、作为流动和转变的组织以及作为统

---

[1] 转引自 L. Smircich, "Concepts of Culture and Organizational Analysis",但其初次表述出现在作者于 1981 年 7 月在 ICA/SCA 会议上提交的同名论文中。
[2] 转引自〔美〕苏珊·桑塔格《疾病的隐喻》,程巍译,上海译文出版社 2003 年版。
[3] 译文原文为"比喻",按照英文原文"metaphor",此处选择意义更为精确的"隐喻"一词。
[4] 参见 L. Smircich, "Concepts of Culture and Organizational Analysis"。
[5] 参见 G. Simons, "Coping with the Corporate Tribe: How Women in Different Cultures Experience the Managerial Role", *Journal of Management*, Vol. 12, No. 3, 1986, pp. 379—390。
[6] 参见 W. G. Ouchi, "Markets, Bureaucracies and Clans", *Administrative Science Quarterly*, Vol. 25, No. 2, 1980, pp. 129—141。

治工具的组织。每一种隐喻都提供了一种观察组织的独特视角,体现出不同的关注,如"机械比喻鼓励我们建构并理性地解释我们的所作所为,有机体比喻将鼓励我们专注于适应以及满足需要"。

组织理论家以认知人类学、象征人类学和结构人类学等流派的文化概念为基础而形成的文化隐喻与机械隐喻、有机体比喻不同,它用另一种社会现象——文化来类比同样作为社会现象的组织,从表现和象征方面而不是经济或物质角度来理解和分析组织,它将组织视为表现形式、人类意识表征的观点,超越了机械隐喻的将组织视为有目的的工具的观点和有机体隐喻将组织视为适应性机制的观点,"当文化作为根隐喻时,研究者的注意力从组织实现了什么;以及如何才能更有效地实现转向;组织如何实现,以及被组织意味着什么。"组织的语言、故事、仪式等依然是关注的焦点,但不再是文化产品,而是能够生产意义并决定组织的存在。[①]

将文化作为根隐喻,组织本身不再是一个封闭的实体,而是一个开放的、变动的文化体系,一个意义协商和意义赋予的过程,这一过程既表现为组织内部的互动,也表现为组织与外界环境之间的互动。摩根指出:"当我们将组织视为文化时,我们将它们看做具有自身独特价值、礼节、意识形态和信仰的微型社会。"不同的性别、年龄、职业、阶级、民俗、族群等都可能影响和塑造组织,使其表现出独特的文化风格。比如受稻作文化和武士精神的影响,许多日本企业文化兼有协作和服务的双重特色;阶级分化的历史使得工人与管理层的对抗和冲突成为英国企业的常态;而美国企业文化则强调竞争和赏罚分明。而且,文化是有场景性的,需要在与生存的土壤相适应时才能体现其价值,组织亦然,许多跨国企业在异国、异文化中所遭遇的尴尬甚至失败是最好的说明,这样,文化隐喻就为组织研究增加了文化多

---

① 参见 L. Smircich, "Concepts of Culture and Organizational Analysis"。

样和文化相对的视角，有利于更好地理解不同文化中的组织。

将文化作为根隐喻，组织的目标、管理、发展战略、结构、环境等不再是既定的，而是一个制定的过程。"组织文化不再是可以被托管、设计和制造的东西。它是鲜活的、进化的、自我组织的现实，能够进行塑造和再塑造，但不是通过一种绝对的方式。"

文化隐喻还为组织的变革提供了新的观点，"传统上，组织的改变过程一直被概念化地认为是技术、结构和员工能力改变的结果。在某种程度上是正确的。但是有效的改变还依赖于对指导行动的比喻意象和价值的改变"。"组织变化就是文化的变化"，文化在组织变革中的角色得到凸显。

四、"作为文化的组织"的人类学团队研究实践

中国的组织研究经常会关注汉人社会的家族宗族组织，这种组织携带了悠久和深厚的文化传统。李亦园认为中国文化是家的文化[①]，代表了许多学者的学术共识。不仅如此，"中国家文化之重要，是因为它不只是给家庭或家族提供一套规则，而且把它泛化到社会经济生活的方方面面。任何家族以外的社群、机构，包括企业或国家都可视为（家）的扩大。"这种把家庭关系往外扩展，把家庭或家族生活中发展出来的人际关系模式推广到更为广阔的社会关系中，用以类比和处理各种复杂的社会关系，就是所谓的类家族主义。

中国台湾学者杨国枢提出了泛家族主义[②]并做了具体论述，认为其主要表现为三个层次：(1) 将家族的结构形态与运作原则，概化到

[①] 参见李亦园《中国人的家庭与家的文化》，见文崇一、萧新煌编：《中国人：观念与行为》，巨流图书公司1988年版，第113页。
[②] 对于这种家族主义延伸至其他组织，使得其他组织呈现家族主义特征的现象，有多种说法，庄孔韶提出"类家族主义"，杨国枢等台湾学者则使用"泛家族主义"，但是含义是相近的，如果没有特别说明，在本文中两者是通用的。

家族以外的团体或组织；亦即比照家族的结构形式来组织非家族团体，并依据家族的社会逻辑（如长幼有序）来运作。（2）将家族中的伦理关系或角色关系，概化到家族以外的团体或组织；亦即将非家族性团体内的成员予以家人化，成员间的关系比照家族内的情形而加以人伦化。（3）将家族生活中所学得的处事为人的概念、态度及行为，概化到家族以外的团体或组织；亦即在非家族性团体或组织内，将家族生活的经验与行为，不加修改或稍加修改概予采用。[1]

笔者多年来一直关注汉人社会家族、宗族等组织的文化内涵，探讨理论和应用的关联性以及二者相互促进与转化的可能性。在接触和研究了组织人类学中"文化作为根隐喻"或者"作为文化的组织"的思想之后，[2] 强烈意识到该思路与汉人社会的组织研究实践存在对接点，笔者的学术团队[3]把对文化内涵的深度理解融入到公共卫生、公司分销、企业构架等应用项目之中，并取得了一系列成果。

这种类家族主义或泛家族主义首先在家族企业的组织过程中得到体现。

张华志对云南西镇家族企业的考察发现血缘、姻亲等亲属关系成为家族企业内聚的重要基础，企业俨然成为了第二家庭。

> 家庭或家族成员的认同和团结，延伸到家族企业中，家族企业被当做农人的第二个家庭。他们在家族中的表现被戴上了金钱的帽子。中国有一句俗话，"打虎要靠亲兄弟，上阵还靠父子兵"，家族企业中夫妻店、兄弟厂、父创子承都是第二个家庭凝聚血缘和亲缘关系的表现。[4]

---

[1] 参见杨国枢《中国人的社会取向：社会互动的观点》，桂冠书局1993年版，第95页。
[2] 参见庄孔韶、李飞《人类学对现代组织及其文化的研究》，《民族研究》2008年第3期。
[3] 张华志、章文、曹媞、李飞、刘谦等均为庄孔韶组织人类学团队调研的成员。
[4] 张华志：《第二家庭——家族企业的人类学研究》，中央民族大学民族学系2003年博士学位论文。

如果说张华志的研究呈现了中国传统的家族主义特征在现代企业中的有效适应和转换的话，那么章文对武汉某建工安装工程公司国企改造过程的研究则突出了忽视文化给组织变革造成的不良后果。由于企业当事人过于相信经济自由化的作用，企业既有的"大家族"归属意识和有效的权威性指导特征等文化遗产均没有得到适应性的存留和良性的转换，以至于导致了企业组织转型过程的失败结局。[①]

除了中国土生土长的企业，中国汉人社会的家族主义和类家族主义也延伸至外国来华企业中。例如美国安利公司在中国的营销模式发生了"被中国家族形态化"的历程，常常是直接借用中国家族关系角色，或呈现拟似与类比中国家族模式。其表现为：

> "安利生活化"与"生活安利化"的营销策略，借助了中国文化的家族组织传统。不仅销售人员家庭的物理空间具有了销售场所的用途及布局特点，而且同一团队中也出现了很多人来自同一家庭或者有其他亲属关系情况，其中夫妻共同从事安利销售的情况最为常见。不仅如此，家庭成员之间，尤其是夫妻之间在安利市场的开拓中都有一定的配合，显示了家庭关系纽带的巨大文化影响力。
>
> 安利团队的发展、壮大过程及团队名称的传递过程有着中国家族成长、壮大及姓氏继承、传递过程的痕迹。安利中做到一定级别的领导人一般有自己的工作室，这是团队中的人们举行活动、开会的地方。团队中的每个人都知道自己属于这个团队，而不属于其他团队，所以不会去别的团队参加会议，团队中人们的这种"聚族而居"的特点可以说是汉人社会家族运行模式泛化的

---

① 参见章文《微观渐进式改革——对武汉某安装公司的人类学与管理学调查报告》，中央民族大学民族学与社会学学院 2007 年硕士学位论文。

表现。安利团队中的亲密合作氛围,也给人家的感觉。

中国的安利团队是一个比较松散的组织,比起传统企业中的规章制度对企业运作的影响,安利团队中领导人的风格对于团队的组织、运行的影响显然更为直接;上线的经验、风格对下线的影响也是非常明显的。在这些庞大的安利团队中,我们看到的不是正式组织运行的规则,而更多的是"拟似家族组织"运行的规则。①

显然,我们需要秉持文化多样性和相对的原则,作为田野研究的一项重要的出发点。不仅如此,组织所携带的文化——表象及其隐喻均为人类学考察一览无余。当我们以为社会化过程已经为忽略(还是忽视!)关联的个体主义干预模型大行其道的时候,第三世界不同族群濡化进程挥之不去的文化习惯与隐喻总是不停地显现,导致简单化、"一刀切"防病模型与应对策略失效。这或者造成对组织(如家族企业)所谓正负评价之误判,或者无视那些在非亲属群体中因适应新的情境而呈现的组织重构与改造。我们认为,需要推崇和可以建议与采纳的正是"作为文化的组织"的观察与学理依据,以及在中国多样性文化中寻找动态的组织文化隐喻,这既是文化诠释上的,也可以是应用性的。

---

① 曹媞:《对安利传销过程的人类学分析》,中国人民大学社会与人口学院2007年博士学位论文。

葛剑平（北京师范大学生态服务产业规划与设计工程研究中心教授）

生态服务型经济的理论与实践[*]

葛剑平

一、问题的提出

中国的城镇化进程有着与众不同的特点，主要表现在形成了典型的城乡二元结构。城镇地区和农村地区在经济和生态方面都有着显著差异，而经济发展与生态保护的内在矛盾是构建城乡一体化的主要障碍之一，目前还没有一种有效的经济模式将二者统一起来。以北京为例，北京是典型的山地—平原耦合的生态系统，山地主要分布在北部和西部，面积占到全市面积的 62%，是生态资源聚集区和生态功能生产源区，而经济较为落后；平原面积仅占 38%，是城镇的主要分布区，经济发达，但生态环境问题较为严重。

（一）城镇系统与生态需求

城镇系统是一种人工生态系统，以人的需求为中心，最大限度地改变了自然生态系统的结构和功能。我国城镇化发展迅速，据 2010 年第六次全国人口普查数据，中国大陆城镇人口达 6.66 亿，占 49.68%，接近 50%[①]。作为首都，北京 2010 年常住人口高达 1961.9 万人，其中城镇人口比例高达 86%[②]，可谓超级大都市。城镇系统有利于产业、人才、技术和信息的集聚，使经济飞速发展，人们的物质生活资料极大

---

[*] 本文于《新疆师范大学学报》（哲学社会科学版）第 33 卷第 4 期发表时与孙晓鹏联合署名。
[①] 参见国家统计局《2010 年第六次全国人口普查主要数据公报（第 1 号）》，2011 年 4 月 28 日。
[②] 参见北京市统计局、国家统计局北京调查总队《北京统计年鉴 2010》，北京市统计局 2011 年版。

丰富。2010年，北京地区生产总值已经达到14113.6亿元，同比增长16.1%，按常住人口计算，全市人均GDP达到75943元（按年平均汇率折合11218美元），比上年增长7.8%，接近高等收入国家水平[1]。

城镇系统在带来经济高速发展的同时，也带来了城市生态环境问题，突出表现在：城市建设破坏了生态系统结构，降低了生物多样性，使生态功能得不到正常发挥；工矿企业和居民生活造成了环境污染；城市扩张和人口增长共同作用，导致了生态资源紧缺。以北京市为例，近年来城市建设用地急剧扩张。通过分析2001—2010年MODIS遥感数据发现，全市有666.3平方公里的植被覆盖出现显著减少（$P<0.05$）。平原区河流基本断流，湿地面积也由20世纪60年代的12万公顷锐减至目前的5万公顷[2]。另一方面，环境质量状况不容乐观。2010年，虽然经过较长时期的治理，北京未达标河段仍占监测河段总长度的45.6%，其中劣质类水质河长占监测河段总长度的43.2%，主要污染物为化学需氧量、生化需氧量和氨氮，污染类型属有机污染型；全年空气质量未达到二级的天数为79天，约占全年总天数的1/4[3]。因此，城市扩张与自然萎缩并行，经济发展与环境恶化同在，成为北京发展的突出问题，同时也是我国大城市发展的突出问题。

在这种情况下，城镇居民的生态需求被极大地催生出来，主要表现为对清洁的空气、水等生存必需品的需求，对绿色自然环境的需求，对宽敞生活空间的需求，等等。同时，城镇人口膨胀，人口密度不断增大，又使这种需求进一步扩大。2010年年末全市常住人口密度为每平方公里1196人，比上年年末增加127人，而核心区人口密度惊人，已达到每平方公里23401人[4]。如此之高的人口密度会造成

---

[1] 参见北京市统计局、国家统计局北京调查总队《北京统计年鉴2010》。
[2] 参见北京市园林绿化局《北京市园林绿化局关于湿地恢复建设工程的指导意见》，2009年6月11日。
[3] 参见北京市环境保护局《2010年北京市环境状况公报》，北京市环境保护局2011年版。
[4] 参见北京市统计局、国家统计局北京调查总队《北京统计年鉴2010》。

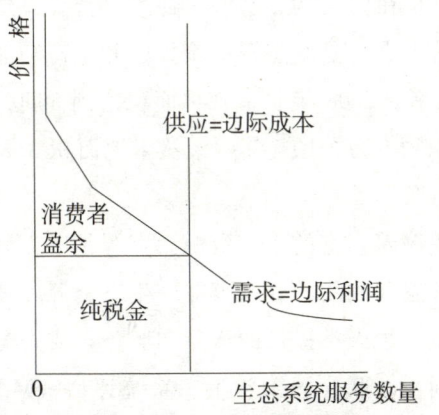

人均生态资源利用的紧张,从而大大增加个人的生态需求量。

图 1　基本生态服务的价格关系（据 Costattza 等[①], 1997）

生态需求是人类生存的基本需求,可被解释为人们对生态系统服务（ecosystem services）的需求,而生态需求的程度可用生态系统服务的价格来表示。生态系统服务是自然生态系统的特有功能,当自然生态系统萎缩和环境恶化时,生态系统服务就会减少,其价格也随之增加。生态系统服务的价格与生态系统服务的数量成反比,但不是线性关系,而是随着生态系统服务的数量降低,生态系统服务的价格（生态需求）的增加速率会越来越大,乃至无穷（图 1）。如果城镇居民的生态需求得不到满足,会极大降低居民的生活质量,甚至产生灾难性后果。

（二）自然系统与生态资源

自然系统是自然界经过长期演化形成的生态系统,是人类生存与发展的重要基础和宝贵财富。迄今为止,自然系统的机理还未被充分认识,而在当前技术条件下,任何人工系统也不能具备自然系统的廉价性和可持续性特征。所以,自然系统具有不可替代性。

[①] Costanza et al. "The Value of the World's Ecosystem Services and Natural Capital", *Nature*, 1997, 387, pp. 253—260.

北京现存的自然系统主要分布在山区，还有一些平原区的湿地。北京山区主要分布在门头沟、平谷、怀柔、密云、延庆等区县，面积占全市总面积的62%，是生态资源聚集区和生态功能生产源区，蕴藏着丰富的生态资源。2008年北京森林面积达到6660.5平方公里[1]，而北京市湿地面积约5万公顷，其中天然湿地面积3.5万公顷，人工湿地面积约1.5万公顷[2]。

自然系统蕴藏着丰富的生态资源。资源是以人为中心的概念，指一切可被人类开发和利用的客观存在。生态资源可被理解为生态系统服务，即自然系统给人类提供的产品和服务，或人类直接或间接从生态系统得到的利益。联合国千年生态系统评估（Millennium Ecosystem Assessment，MA）将"生态系统与人类福利"作为核心研究内容，提出了生态系统评估框架。MA根据生态系统的功能，把生态系统服务划分为四类：供给服务、调节服务、文化服务、支持服务。生态系统服务是传统经济发展到一定阶段的产物，因此生态资源越来越被理解为一种自然资本（natural capital），而恰恰是因为人们在经济发展中忽略了这种资本，最终导致了现在严重的生态危机。生态资源作为自然资本，价值巨大。Costanza等1997年对全球生态系统服务价值进行了初步测算，取得了惊人的结果：全球每年生态系统服务价值为16—54万亿美元，平均为33万亿美元，是1997年全球国民生产总值（GNP）的1.8倍[3]。

北京自然系统的生态服务价值巨大。相关研究表明，北京市森林资源总价值为5881.81亿元，其中，生态服务价值为5188亿元；碳储量达到1.1亿吨，每年吸收固定二氧化碳量约为972万吨，释放氧气量约为710万吨[4]。据研究，每公顷湿地生态系统每年创造价值达

---

[1] 参见北京市统计局、国家统计局北京调查总队《北京统计年鉴2010》。
[2] 参见凌玉梅《浅谈湿地生态系统的建设与保护》，《北京水利》2005年第3期。
[3] 参见 Costanza et al. "The Value of the World's Ecosystem Services and Natural Capital", *Nature*, 1997, 387, pp. 253—260.
[4] 参见北京市园林绿化局《北京市园林绿化局2008年工作总结和2009年工作计划》，2009年1月15日。

4000 美元至 14000 美元，分别是热带雨林和农田系统的 2—7 倍和 45—160 倍。按此标准计算，北京湿地每年可创造价值在 2 亿至 7 亿美元之间。

但是，价值如此巨大的生态资源并没有转化为经济收入，自然系统一直是经济发展落后的地区，自然系统内的居民（主要是农民）长期处于低收入水平。尤其是在 2005 年北京山区被规划为生态涵养发展区后，该区的传统产业发展被限制，大批矿山关闭，污染企业停办，经济发展面临新的困境。2010 年，农村居民人均纯收入为 13262 元，城镇居民人均家庭总收入 33360 元，比例为 1∶2.512[①]。

（三）不是悖论的悖论

从前面的分析中我们可以看出实际中存在的两个悖论：第一，城镇系统的居民拥有较高的收入和优越的物质生活条件，却有着与日俱增的巨大生态需求得不到满足；第二，自然系统的居民拥有大量的生态资源，却长期处于低水平收入状态，生活相对贫困。而且，在传统经济模式下，这个悖论得不到根本解决。

如果把两个悖论合起来看，我们不难找到思路：城镇系统居民收入较高，具备较强的购买力，可以通过购买"生态产品"来满足他们的生态需求；自然系统居民拥有大量生态资源，可以通过出售"生态产品"来提高自己的经济收入。如果这种思路可以实现，就将出现一种崭新的经济模式。在这种经济模式下，生产者生产生态产品，并在市场上进行交易，卖给城镇系统的消费者，满足他们的生态需求。可以称之为"生态服务型经济"。这种经济模式具有可以预见的可持续性：所有经济运行的基础是建设高质量的自然生态系统，而不是像传统产业那样去破坏它。在这里，自然系统并不仅仅指自然生态系统，还包括具有自然生态系统基本结构和功能的半人工和

---

① 参见北京市统计局、国家统计局北京调查总队《北京统计年鉴 2010》。

人工系统。

可见,生态产品是生态服务型经济的核心。生态服务型经济能否实现,关键在于生态资源能否转化为生态产品。

二、生态资源如何转化为生态产品

以生态需求为依据,我们可以将生态产品分为享受产品、支持产品和调节产品三类。

(一)享受产品

享受产品是指人们直接从自然系统获得的生理、精神和美学等方面的享受物品和服务,包括清新的空气、洁净的水、绿色土特产、优美的景观等,直接面向个人消费。其中,有些产品是实物形式,有些产品是抽象形式,不过,它们都是自然系统的综合产物,不可分割。享受产品的生产需要遵循"生态原理与享受方式兼顾"的原则。因为是个人直接消费,所以产品必须达到享受过程方便和舒适的要求;因为是自然系统的产物,所以产品必须遵循生态学原理,不能破坏自然系统的基本结构和功能。享受产品通过自然系统的建设、维护和修饰等途径生产出来。自然系统的类型应该是当地原有的生态系统类型,这是由温度、降水、地形等一系列因素共同决定的。如果在不宜林的地方造林,不宜草的地方种草,不仅会加重经济和管理负担,享受产品的质量也会受到影响。自然系统的建设和维护主要是在还原或修复原有自然生态系统的基础上,在遵循生态学原理的前提下,对自然系统进行维护和修饰。维护工作除了常规的生态系统监测和灾害防治外,还需要制定措施和修建设施,以防止破坏行为,处理废弃物等。修饰工作是在不改变自然系统结构和不影响自然系统功能的前提下,适当改造景观,修建观赏设施,布设图文标识,如人工湖、观景台、休憩处、生态走廊、指示牌等。此外,作为一种重要的享受产品，绿色土特产使人们在欣赏和体验生态服务的同时，获得了更全面的生态享受。绿色土特产包括自然系统生产的植物性和动物性产品，可以是野生的，也可以是半野生的，必须具有一定的自然属性。

理想的享受产品不仅具备优良的生态服务质量和便捷舒适的享受方式，还应具备特色品牌。这种品牌由当地生态系统的类型决定，或是与当地文化进行融合的产物。

北京近年来兴起的沟域经济模式可以看成是以生态享受产品为中心的生态服务型经济。沟域经济在城市周边的山区中发展起来，通过提供享受产品来满足城镇居民的个人生态需求。以怀柔区雁栖不夜谷为例，这里地处山区，拥有从山地森林到谷地溪流完整的生态系统类型，生态资源丰富。雁栖不夜谷针对市民的生态需求，发展并形成了比较全面的享受产品体系。当地通过山区生态林建设和小流域综合治理等生态建设，使原有生态系统得到修复和优化，生态功能得到良好发挥，空气清新，山清水秀，环境优美。在此基础上，还修建了一些人工湖、亭台、标识等便利设施，方便游客享受和体验。另外，当地通过栽植板栗、放养虹鳟鱼和柴鸡等方式，提供绿色土特产，深受游客青睐。在品牌和产品包装方面，雁栖不夜谷结合原有的旅游资源，提出"西线玩水、东线游山"的口号，并根据谷内上千盏太阳能路灯的特色，打造"雁栖不夜谷"品牌。现在，雁栖不夜谷已经成为北京沟域经济的代表之一，每逢节假日，以其优质的生态享受产品吸引着成千上万的都市消费者。

(二) 支持产品

支持产品是指某一生态区对另一生态区的生态支持服务（如上游对下游，山区对平原），包括涵养水源、调节气候、阻挡风沙、保持水土等。如果将尺度放大，支持产品实质上是一种子生态系统生态功能之间的逻辑因果关系。以上下游为例，当下游生态遭到破坏时，上游一般不会受到影响，而当上游生态遭到破坏时，这种破坏效应就会影响到下游。

支持产品是生态系统的一种整体功能，并通过一定的生态机制进行传递。支持产品本来就已经存在，不过大多受人类活动和经济建设影响而萎缩或消失，因此必须通过生态系统建设和管理来加强。这种建设和管理可分为修复、维护和优化三个阶段。修复是指对已经遭到破坏、功能损伤的自然系统，通过人工手段进行恢复的过程。对于相对稳定的生态系统或修复以后的生态系统，维护是一种必要且有效的手段。维护主要通过管护、监测、预报和必要的防干扰措施使自然系统的结构得以保持，功能得以正常发挥。优化是支持产品生产的高级阶段，即运用生态学原理，合理配置各种生态要素，增强自然系统的生态功能，以期达到生态支持服务最大化的目的。需要指出的是，两个生态区之间的某些生态连接通道需要修复，如起连接作用的河流、起过渡作用的植被等。

北京目前推行的山区生态林补偿机制和生态涵养区建设可被视为生产生态支持产品的实例。北京属于山地—平原耦合系统，山地生态系统对平原生态系统提供生态支持，山区的生态系统状况直接关系到平原地区的生态安全和经济社会的可持续发展。从 2004 年 12 月 1 日开始，北京实行了山区生态林补偿机制，对 60.80 万公顷生态公益林进行财政补助，保障山区生态支持产品的生产，通过林木抚育、森林防火、有害生物防治、资源保护等工作，使山地生态系统的支持功能得到恢复和提升。2005 年，北京将门头沟、平谷、怀柔、密云、延庆五个区县划为生态涵养发展区，关停区内矿山，限制区内污染型企业的发展，同时实施系统的生态修复工程，采用双向格栅、生态植被毯、植生基材喷附修复技术，使废弃矿山和受损的生态系统得到了不同程度的恢复。正是由于生态涵养区的支持产品，保障了平原区和城镇的生态安全。

（三）调节产品：碳汇产品

碳汇产品是指在全球气候变暖大背景下，生态系统提供的用于吸收和固定空气中多余二氧化碳的服务产品。这种产品具有一般性特征，适用于全球范围。由于森林碳汇作用明显，所以目前碳汇产品一般是由森林生态系统（碳汇林）进行生产。

碳汇产品通过造林（afforestry）、再造林（reforestry）以及森林管理（forestry management）进行生产，这也是《京都议定书》所提倡的方法（见《京都议定书》第3.3条）。造林是指通过栽种、播种或目的在于增进自然种子源，将至少有50年处于无林状态的地带转变为森林地带的人类活动。造林必须遵循因地制宜的原则，在宜林地上进行，结合当地的水热条件、地形和土壤等选择林型和合适的高碳汇树种。再造林是指在曾经有林，后被改为无林的地带通过栽种、播种或目的在于增进自然种子源，将这种无林地带改变为森林地带的人类活动。因此，再造林可以理解为一种生态系统修复，其依据是当地原有的森林生态系统。造林和再造林都是通过增加森林面积来增加碳汇。对于已有的森林（包括人工林和自然林），尤其是人工林，需要对森林管理进一步优化，增加碳汇。从森林的可持续性来讲，森林管理应遵循生态系统原理，保持森林的生产力、生物多样性、再生能力，以及当前和未来在地方、国家、区域和全球发挥有关生态、经济和社会功能的潜力，而且不对其他生态系统造成损害，在保障森林综合效益的基础上增加碳汇效益。不过，在我国造林项目中，森林管理在增加碳汇方面的作用往往被忽视，树种单一、低产低效、病虫害严重等问题普遍存在，限制了碳汇潜力的发挥。中国科学院人工林改造研究组对南方人工林的调查显示，若以国有人工林的单位蓄积（75立方米每公顷）为改造目标，通过强化管理措施，湖南、湖北、江西、福建、浙江、安徽、广东、广西八省区人工林植被碳汇初步估计将增加约22%；若以国际平均单位蓄积水平（99.8立方米每公顷）为改造目标，则该地区人工林地植被的碳增汇可达43%[1]。可见，在生产碳汇产品方面，森林管理应与造林项目一样被重视起来。

为支持林业碳汇，我国于2007年7月20日在中国绿化基金会下设立"中国绿色碳基金"，并成立了"中国绿色碳基金北京专项"。北京碳汇造林项目目前包括八达岭碳汇造林示范项目和中国石油北京市房山区碳汇项目。八达岭碳汇造林项目于2008年6月26日启动，是我国首批个人出资开展的碳汇造林示范项目，项目区位于八达岭林场五七分场、三堡分场和青龙桥分场内，在碳补偿资金的支持下持续开展规模为3100亩的碳汇造林示范工作。中国石油北京市房山区碳汇项目于2008年4月4日启动，由中国石油天然气集团公司出资300万元，与房山区青龙湖镇在今后20年内营造6000亩碳汇林。具体做法上，以八达岭碳汇造林项目为例，主要营造比例约为3:7的针阔混交林，计划种植适合北京本地条件的碳汇能力较强的元宝枫、新疆杨、银杏、白皮松、油松等树种，共计201500株。项目完成后，预计可增加碳储量约3.58万吨（约相当于13.13万吨二氧化碳当量），按北京森林平均每年吸收二氧化碳13.63吨每公顷的标准计算，每年可吸收固定二氧化碳约2816.86吨[2]。

三、生态产品如何交易

（一）附加值交易

享受产品由于具有经济学外部性，很难直接进行交易和消费，需要以传统产业为载体，通过增加传统产业生态附加值的形式体现出来。作为载体的传统产业，一般是传统服务业，如住宿、餐饮、旅游、娱乐等。这些产业以生态资源为基础来组织经营，向城镇居民提

---

[1] 参见王辉民、张文江、杨风亭《强化森林管理，挖掘碳汇潜力》，《科学时报》2009年12月21日A2版。

[2] 数据来源：北京碳汇网 http://www.bcs.gov.cn。

供生态消费。所以，享受产品的交易是一种附加值交易（图2）。

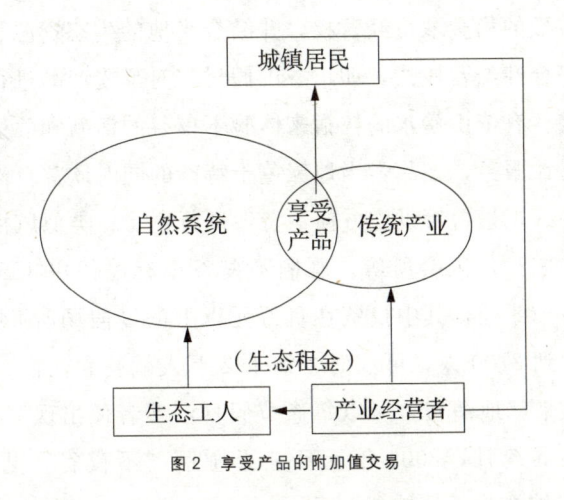

图2 享受产品的附加值交易

在享受产品的生产和交易中，利益主体包括生态工人、产业经营者及城镇居民三方。生态工人通过自然系统的建设和维护来保证享受产品的生产，产业经营者向生态工人支付生态租金以取得享受产品的经营权，并以享受产品的特征为依据来设计经营理念和经营方式。也就是说，生态工人通过将享受产品出租给产业经营者的方式使享受产品的交易得以实现。享受产品的交易在产业经营者和城镇居民两大主体之间进行。作为正式进行交易的享受产品，需要经过产业经营者的修饰或加工，这种修饰或加工通过提供可行性的消费方式（住宿、餐饮、旅游、娱乐等），为城镇居民构建生态消费平台。由于享受产品是自然系统的综合产物，理想的经营方式应该是综合性经营，集住宿、餐饮、旅游、娱乐、采摘等经营方式于一体，使城镇消费者获得全面的生态享受，使其生态需求得到最大程度的满足。此外，享受产品具有地域限制，不能运输和隔离，只存在于自然系统中，因此城镇居民必须进入自然系统中才能进行消费。

这种交易方式在北京的沟域经济中得到了很好体现。近年来，北京城镇居民在节假日大批涌向山区，通过购买和销售享受产品来满足自己的生态需求。以怀柔区雁栖不夜谷为例，在当地大规模的生态建设和生态林维护的基础上,生态资源极大丰富。产业经营者通过付给当地一定数额的租金取得经营权,并结合当地的生态资源状况,探索出了各种综合性经营模式,如川谷度假村,对享受产品进行了立体化全方位包装,有依山傍水的住宿来体验不夜谷的清新和静谧,有游船餐厅提供餐饮服务,在品尝当地绿色土特产的同时欣赏自然风光,还修建了木桥、观景台等设施方便消费者进行享受。类似风格的经营模式还有垂钓园、休闲会所等。雁栖不夜谷现有民俗户485户,垂钓园、度假村108处,其中投资在百万元以上的度假场所54处,总体从业人员达到2700人,可同时容纳1.2万人就餐和住宿。因为享受产品必须前来就地消费,所以每逢节假日消费者便出现"井喷"。据怀柔区旅游局统计,2009年元旦三天雁栖"不夜谷"共接待游客8000余人,综合收入达100万元。

(二)生态区交易

支持产品是一个生态区对生态上相关联的另一生态区的支持功能,可以理解为自然系统对城镇系统的生态支持功能,因此它属于集体消费,与享受产品的个人消费模式不同。这种区域之间的交易必须通过交易中介来实现,这个交易中介一般是政府,而交易的双方实质上是城镇居民和生态工人(图3)。

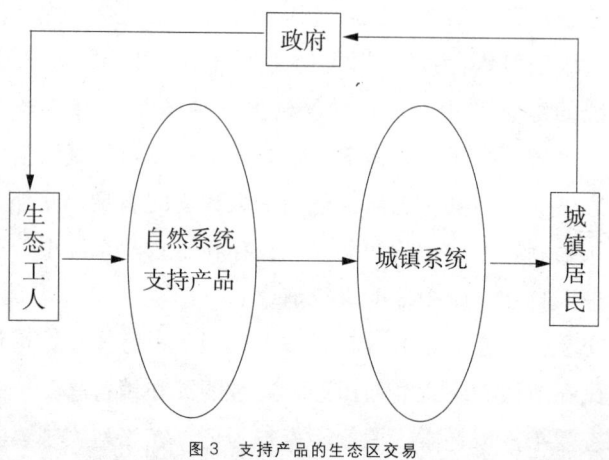

图3 支持产品的生态区交易

生态工人属于自然系统居民,他们通过对自然系统进行修复、维护和优化来扩大支持产品的生产,保障城镇系统的生态安全。支持产品的功能通过一定的生态机制进行传递,它的消费过程也就是城镇系统得以正常维持的一系列生态过程。在这里,广大城镇居民是支持产品的直接受益者。不过,城镇居民的消费属于集体消费,由于支持产品的外部性特征,他们不可能通过个人将产品的价钱支付给生态工人,必须通过政府这一中介来实现。政府作为中介,通过适当的形式(如税收)从城镇居民手中征收购买支持产品的费用,并通过工资的形式支付给生态工人,以补偿他们的劳动。由于生态区之间的支持功能不完全是由生态工人所生产,所以进行交易的支持产品实际上只是自然系统支持功能的一部分,也就是说政府对生态工人支付的工资数额不可能按照生态系统服务价值来确定。生态工人的工资所包含的价值由两部分组成,一部分是生态工人由于自然系统中传统经济发展受到限制而丧失的机会成本,一部分是他们进行支持产品的生产所付出的劳动价值。

北京虽然已经实行了多年生态补偿机制和生态涵养区发展规划,具备了一定的基础,但是完整的支持产品的交易机制还没有建立起来。以生态补偿为例,北京 2004 年实施山区生态林补偿机制,每年投入补偿资金 1.92 亿元,以山区公益林所在乡镇为单位,按一定条件配置生态林管护人员,补偿资金由乡镇财政以直补方式发给管护人员,主要用于林木抚育、森林防火、林木有害生物防治、资源保护等工作。对 4 万护林员,每人每月补偿标准为 400 元,补偿时间从 2004 年到 2010 年。从补偿标准上看,仅仅是维持最低生活水平的金额,还没有按照"机会成本+劳动报酬"的模式进行,资金来源也属于财政转移支付,城镇居民并没有对支持产品的消费买单,所以补偿资金较为短缺。再如,北京市政府从 2005 年 1 月 1 日起,对密云水库一级保护区内的群众进行补偿,每年补偿金额为 3187.23 万元,人均

910元。具体计算方法为：1.4元（2005年面粉价格）×500市斤（口粮指标）×1.3（煤、油、盐等生活必需品补助系数）＝910元。这也是一种生活补助的低级补偿形式。北京近年来生态补偿标准虽有所提高，但生态补偿仅仅是一种初级形式，有待于发展到完善的生态区交易机制的成熟阶段。

（三）碳交易

《京都议定书》把市场机制作为解决二氧化碳为代表的温室气体减排问题的新路径，发展处理当前世界范围内兴起的碳交易。《京都议定书》以"净排放量"计算温室气体排放量，即从实际排放量中扣除森林吸收二氧化碳的量，这一原则也为碳汇产品进入全球碳市场提供了可行的途径。这里仅讨论由自然系统所生产的碳汇产品（不包括CCS等人工机制）的碳交易。

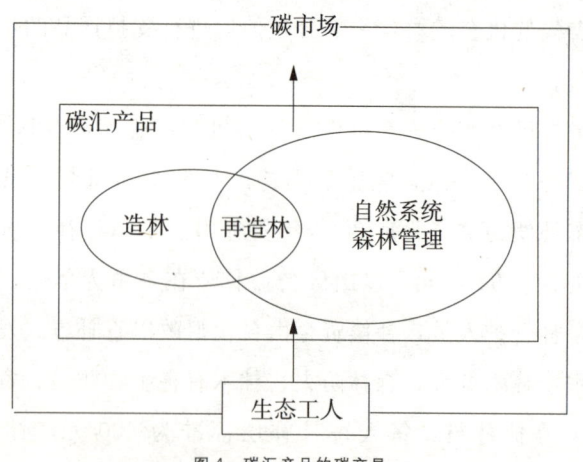

图4 碳汇产品的碳交易

碳汇产品的碳交易如图4所示。生态工人通过造林、再造林和森林管理等手段来增加森林生态系统对二氧化碳的吸收功能，即碳汇产品。生产出来的碳汇产品能否进行交易，关键看能否与碳市场进行衔接，即符合碳交易的市场规范。碳汇产品在生产出来后，必须是可测量的，即有科学的途径进行量化，一旦碳汇产品被碳市场所认可，成为具有一定价值的商品，就可以进行交易。所以，作为交易平台，碳市场的完善程度，直接决定了碳汇产品的交易状况。因为碳市场是一个国际市场，所以碳汇产品可以在全球范围内进行交易。虽然目前世界范围内尚未建立统一的碳市场，但随着世界各国对气候变暖的关注和碳交易机制的日益深入和完善，碳汇产品进入碳市场具有诱人的前景。

北京目前进行的两个碳汇项目属于造林和再造林项目，以森林管理为手段的碳汇项目也在准备中。不过，我国碳汇市场远未建立，北京碳汇项目也处在试验阶段，资金来源方面，以企业和个人捐助为主，依托于中国绿色碳基金北京专项。基金先期由中国石油天然气集团公司捐资3亿元人民币，用于开展旨在吸收固定大气中二氧化碳为目的的造林、森林管理以及能源林基地建设等活动。对于个人出资者，除由中国绿化基金会给予收据外，还发一个"购买"凭证（荣誉证书）和一个车贴。个人"购买"碳汇的资金，用于在北京开展林业碳汇相关活动。企业和个人出资购买林业碳汇的相关信息，包括资金的使用、造林营林地点、受益群体、碳汇计量等信息都会在中国碳汇网予以公布。公众可以通过向中国绿化基金会汇款的方式购买碳汇，也可以在中国碳汇网（http://www.fcarbonsinks.gov.cn/）进行网上购买。购买的碳汇，作为一种有价证券，有望在中国乃至国际碳市场上进行各种交易活动。

四、生态服务型经济的运行体系

（一）总体框架

将以上分析进行综合，生态服务型经济的轮廓已经清晰地展现在我们面前（图5）。

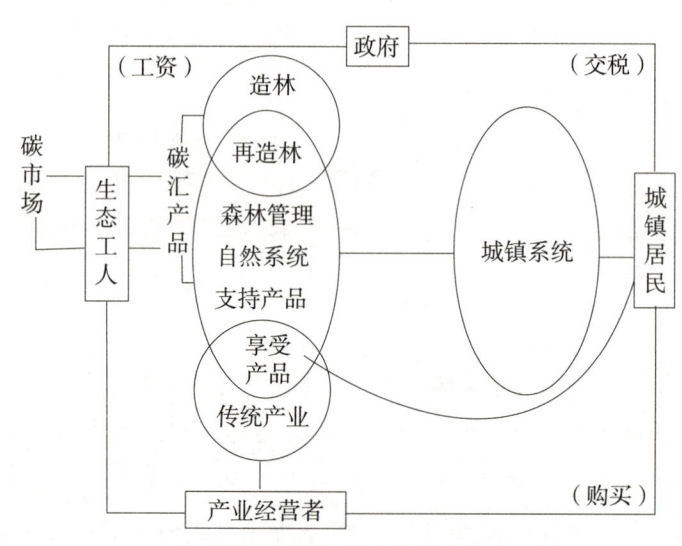

图 5 生态服务型经济的总体框架

生态服务型经济的运行体系包括两个系统和两个群体。两个系统，即自然系统和城镇系统，自然系统通过生产享受产品、支持产品和碳汇产品，对城镇系统提供生态服务。两个群体，即自然系统居民和城镇居民，自然系统居民通过一定方式作用于自然系统，生产生态服务产品来满足城镇居民的生态需求。在这里，自然系统居民又进一步分化为生态工人和产业经营者。生态工人的工作对象是自然系统，通过对自然系统进行修复、维护和优化等工作来生产支持产品和原始的享受产品，通过造林、再造林和森林管理等工作来生产碳汇产品。产业经营者以原始享受产品为中心，开展以服务业为主的传统产业活动，以生态附加值的形式来出售享受产品。城镇居民作为个人到自然系统向产业经营者购买享受产品进行消费，满足部分生态需求，同时作为集体通过政府中介向生态工人购买支持产品，来满足其余生态需求，而生态工人生产的碳汇产品，则可进入碳市场进行买卖。

与文章一开始提出的问题相联系，我们发现两个悖论得到很好的解决：城镇居民通过消费享受产品和支持产品，生态需求得到了满足；与此同时，自然系统居民的收入问题也得到解决，表现为产业经营者所获得的出售享受产品的收入，生态工人所获得的生态租金、生产支持产品的工资以及出售碳汇产品收入。

（二）互促机制

至此，我们不难发现，生态服务型经济是一种全新的经济模式，很好地解决了生态保护和经济发展之间的矛盾，符合可持续发展的理念。生态服务型经济的可持续性集中表现为三大互促机制。

1. 城乡互促。在生态服务型经济的模式下，传统的城乡二元结构被打破，城乡之间形成了相互依存、相互促进的局面。一方面，城市的发展依赖于农村所提供的生态支持保障，另一方面，农村的发展得益于城镇在生态消费中所提供的购买和支付。城市和农村互相促进，共同发展。

2. 收入增加与生态建设的互促。对于自然系统居民来说，长期收入低下，容易因生活所迫而垦荒毁林或从事资源型产业，破坏生态。一方面，产业类型改变不了低收入现状，另一方面，生态破坏不仅使生产不能持续，还会降低生活质量。而当自然系统居民参与生态服务型经济时，只有通过生态建设，才能提供高质量的生态产品，收入才能增加，而收入的增加又进一步刺激参与生态建设热情，不断提高生态环境质量。

3. 生态需求与工作效率的互促。对于城镇居民来讲，当生态需求得不到满足时，生活质量也随之降低，影响工作效率，进而影响经济收入，收入的降低会使生态消费得不到保障，生态需求更得不到满足。反之，当参与生态服务型经济时，生态需求得到满足，生活质量提高，有利于提高工作效率和增加收入，丰厚的收入又可以进行更高质量的生态消费，满足更多的生态需求。

五、展望

生态资源是人类生存和发展最为宝贵的资源，而生态服务型经济将这种资源纳入社会经济系统,通过规范人们的行为在保护生态环境的同时促进经济发展。虽然生态服务型经济目前还没有完全建立,但它已萌芽,并表现出强大的发展需求和旺盛的生命力。尤其是在我国目前迫切需要破解城乡二元结构、解决农村发展问题的时代背景下,又具有特殊的重要的发展意义。

对于北京而言,生态服务型经济的作用显而易见,主要表现为:有利于提高北京生态系统服务功能的数量和质量,满足广大市民日益增长的生态需求;有利于构建新型经济发展模式,形成新的经济增长点,增强首都经济社会发展的可持续性;有利于培植农村新型产业,引导农民增收致富和角色转换,推动北京城乡一体化进程。

马克思所有制理论在当代的发展

顾钰民

非常高兴有这个机会，参加新疆师范大学"昆仑名师讲坛"的学术活动。今天很有幸和自治区的领导、自治区其他高校的领导，和从事校园文化建设的各位领导和同志们一起探讨中国特色社会主义发展过程中大家关注的一个理论问题——马克思所有制理论在当代的发展，我想就这个问题谈谈我的观点和看法，和在座的各位同志，和我们的同学共同探讨。

我要讲的第一个问题是我们必须面对当前马克思主义所有制理论所面临的现实挑战。

大家知道，改革开放以来我们国家的所有制结构发生了深刻的变化。回顾一下，30 多年我们国家的改革，经济体制改革基本上是沿着两条线来展开的。一条线是市场经济体制的建立以及对传统的计划经济体制的改革，可以说这条线体现的是改革的市场化取向，市场经济体制建立，从 70 年代末到 80 年代一直到 90 年代初，我们在这条改革的道路上进行了艰苦的探索，建立和完善了社会主义市场经济，所以我们今天讲中国特色经济，社会主义市场经济就是其中最重要的内容之一，离开了它讲中国特色社会主义经济就没有实际内容。我们30 多年社会主义市场改革沿着这条线发展取得了重要的成果。中国特色社会主义经济改革的另一条线也是从 20 世纪 70 年代末开始的，那就是对所有制的改革。70 年代末我们对农村集体经济改革采取家庭联产承包责任制改革，这个改革的重点是对农村集体经济，对原来

顾钰民（复旦大学马克思主义研究院教授）

的人民公社体制，人民公社、生产队这样的集体经济我们进行了深刻的改革，形成了有中国特色的集体经济模式——家庭联产承包责任制。

到上个世纪 80 年代中期以后，也就是十二届三中全会以后，我们国家的改革重点从农村转向城市，城市改革就是对国有经济的改革，具体是把对国有企业的改革作为重点。一方面我们打破了单一公有制状况，实行了多种所有制经济共同发展的格局，另一方面，我们对国有经济进行了重大的改革，使我们的国有经济和国有企业改变了原来在计划经济体制下的特征，朝着符合社会主义市场经济发展要求的方向不断地深化改革，到了 90 年代初，经过多年的改革，我们明确了国有企业改革的目标是建立现代企业制度，它的形式就是公司制。我从所有制改革这条线上来梳理一下问题。

经过 30 多年的改革，我们国家的所有制结构发生了深刻的变化，国有经济也发生了深刻变化，到了上个世纪 90 年代后期，我们明确提出了以公有制为主体，多种所有制经济共同发展的社会主义初级阶段的基本经济制度。现在我们在坚持这个基本经济制度的过程中，面临的现实挑战是什么呢？大家应该注意到了。进入新世纪后，在所有制改革问题上，在坚持基本经济制度的问题上，为什么还必须坚持公有制的主体地位？这个问题怎么样从理论上说清楚。因为大家都看到这么多年以来，非公有制经济在整个社会经济发展当中的数量、比重有了很大的提高，这和我们现在要坚持基本经济制度的方向是一致的。现在的问题是在这样一个条件下我们为什么还必须要毫不动摇地坚持公有制的主体地位？这个问题我们要从理论上说清楚，而且是要有说服力地来解释好这个问题，这是现实中我们面临的一个挑战。理论上我们面临的挑战就是面对西方新自由主义的私有化观点，怎么样在理论上讲清楚，在中国为什么不能搞私有化。大家可能记得在前几年，中宣部针对这些问题编写了很多读本和小册子，其中有一本是《划清四个重大界限》，其中一个界限就是我们坚持基本经济制度，发展多种所有制经济与搞私有化的界限，还有一本是《六个为什么》，其中也讲了我们为什么不能搞私有化。这些小册子都给出了重要的理论解读，但是我想更重要的是我们还要在理论上深化对这一问题的研究。要有说服力地回答这个问题，必须从理论上分析清楚公有制和私有制的动力和效率问题。我想这是个根本问题，私有化的观点认为改革取向就应该是全面的私有化。这一观点最后都归结到一个理论问题，就是认为公有制经济从根本上不如私有制动力充分，不如私有制效率那么高。公有制经济和私营经济、外资经济相比，到底哪一种所有制效率更高，动力更充分，如果你认为公有制不如私有制有动力，那么我认为你要毫不动摇地坚持公有制的主体地位就缺乏深层次理论依据，缺乏深层次理论上的说服力。如果你得出这个结论，是不是坚持公有制就是坚持低效率的所有制？这个问题我们怎么从理论上来把它分析清楚。当然这就涉及对马克思主义所有制理论在当代的丰富和发展。今天面对中国已经发生巨大变化的现实，所有制理论在这个问题上也必须进一步地发展和丰富，要为我们坚持中国特色社会主义基本经济制度提供理论上的支撑。

所有制问题是所有经济学都无法绕开的问题，不管是马克思主义经济学，还是西方经济学，都会把所有制问题作为一个重要的研究对象，这一内容无法回避。因为所有制问题在我们整个经济、社会发展过程中，在处理人与人的经济利益过程中是一个带有根本性的问题，它起着决定性的作用。现在问题的关键是在发展多种所有制经济的同时，为什么还必须要毫不动摇地坚持公有制的主体地位，这是我们面对的非常尖锐的问题，因为在这个问题上大家的认识并不完全一致。在我们的整个经济理论界也好，在经济发展的实际部门也好，甚至在人民群众当中也好，持私有化观点的人还是有，持这种观点的人主张我们经济体制改革要走全面私有化道路。而要说清楚这个问题必须要从根本上解决的问题就是公有制和私有制进行比较，是不是公有制的效率、动力不如私有制。其实我们在教学中也会提到这个问题，同学经常会提出这样的问题，我也曾让他们谈谈对这个问题的看法。但是我发现同学们对这个问题的认识还是比较模糊的，实事求是地说大部分学生认为就是这样，也许是他们对社会一些问题的观察得出的结论，也许是受社会上各种观点或各种思潮的影响得出这样的结论，要解决好这个问题不能靠简单的几句话，要让他理解，要让他接受，要从根本的理论认识上解决这个问题，才能从根本上转变学生这种模糊认识。其实，我们高校的思想政治教育、思想政治理论课的重要功能就是要解决学生在思想中存在的困惑，在认识中存在的疑点、难点问题。所以关键的还是要解决理论问题，研究公有制和私有制要回答两个问题：第一个是公有制、私有制与生产力发展的关系怎样？这个问题就是讲所有制的效率问题，哪一种所有制效率更高？这个效率当然是从促进生产力发展的意义上来说的。这个效率就是生产力发展的效率。第二，所有制与人们经济利益的关系，这个问题涉及社会公平问题，因为所有制直接决定人们相互之间的经济利益关系，在不同的所有制下一定有不同的利益关系，那么在哪一种所有制关系下利益关系更协调，更和谐，更能体现社会的公平，这也是我们必须要回答的问题。所以，最后归结到效率问题和公平问题，效率是对生产力来说的，公平是对人与人之间经济利益关系来说的。对所有制的分析，是一个经济学理论研究绕不开也无法回避的问题，但是不同的经济学理论对这个问题的分析思路、判断标准，得出的结论是不一样的。

首先，我们来看一下马克思主义经济学对这个问题的分析思路，马克思对所有制效率的分析思路是在生产力与生产关系矛盾运动的关系当中来看所有制效率，它的标准是以一种所有制是否符合社会生产力发展的客观要求，来分析论证一种所有制是否具有高效率。这个原理我们都很清楚，当这种所有制符合生产力发展要求时就会促进生产力发展，反之，不符合生产力发展要求就会阻碍生产力发展。

第二，马克思从分析人与人之间的关系来分析一种所有制是否具有高效率，或者以处理人与人之间的利益关系为标准来分析一种所有制是否具有高效率。如果这样的一种所有制不能处理好人和人之间的利益关系，这种利益关系在所有制方面是不平等的，必然产生剥削与被剥削的关系，那么这种所有制关系就不可能调动绝大多数人的积极性，如果是这样当然就不具有高效率。反之就是高效率的。这是马克思分析所有制是否具有高效率的两个标准。

西方经济学分析所有制问题的思路，他们的判断标准跟马克思是不一样的。

第一，从市场竞争关系来分析所有制效率。他们认为如果在这个所有制下面，企业有很充分的竞争力，这个所有制就具有高效率，而要获得充分竞争力的一个前提就是企业要成为独立的市场主体，如果这个企业不能成为一个独立的市场主体，那么在市场上就不具有充分的竞争力，当然就不可能有高效率。所以，他们是用市场竞争力是不是充分来判断所有制效率高低。

第二，从产权关系是否清晰来分析所有制效率。这个标准是能否更好地承担决策风险，是决策者能不能对你的决策后果直接承担风险，如果决策者和承担风险的关系非常密切，那么你的决策就比较慎重，比较科学，效率就比较高。反过来，决策者对决策引起的后果不承担责任，不承担风险，那么这个决策就具有随意性，这个决策就没有高效率。

综合上述两种学说，首先按照马克思的分析思路看马克思得出什么结论。马克思认为，根据不同的生产力发展要求，历史上出现过的所有制都可以是高效率的所有制。由此也可以推论：随着生产力发展变化，任何一种所有制都不可能永远是高效率的所有制。为什么呢？因为生产力发展的客观要求在变化，所以讲所有制效率高低不能离开生产力发展的要求，否则是没有依据的。你既可以说它高，也可以说它低。实行什么样的所有制不能就其本身来看,而应该从面对的生产力发展要求,生产力的实际来判断这样的所有制是高效率还是低效率。这样的分析可以从我们人类社会发展的整个历史过程得到证实,人类社会历史发展中出现多种所有制都有它的客观性,一定的历史时期的所有制都会有高效率的一面。比如在奴隶社会,针对那时候的生产力发展水平要求,它是一种先进的所有制,它能够符合当时生产力发展要求,但是随着生产力发展,最后这样的一种所有制它又变成低效率了,所以后面取代它的封建所有制又变成了效率更高的所有制,再随着生产力的发展,资本主义所有制比封建所有制有更高效率,所以资本主义所有制取代封建所有制也是历史的必然,也是社会的进步。大家看到马克思在《共产党宣言》中对资本主义所有制的历史功绩和所发挥的作用给予高度的评价和肯定。所以,我们讲所有制效率不是抽象的而必须是具体的,它总是在一定的生产力水平下才体现高效率,这一点是马克思的分析思路和得出的结论中很重要的内容。按照马克思得出的结论,从生产力发展的角度来看,我们现在生产力发展的社会化程度越来越高,是高度社会化的生产力。马克思认为面对这样高度社会化的社会生产力,资本主义私有制已经不能适应这种生产力发展要求,所以资本也必须社会化,要求资本也必须采取社会化的形式才能适应生产力的发展,那么资本形式变化的趋势就是社会资本取代单一资本,股份资本将取代单一资本的形式。马克思在《资本论》(第三卷)里面说得非常清楚。他说:股份资本是对私人单个资本的一种扬弃,股份资本采取了资本的社会化形式。所以,它更能够适应和符合生产力高度发展的要求,资本的社会性在不断地强化。

今天和一百多年前马克思所指出资本的社会化程度又有了巨大的发展和不断提高,资本社会性质的不断强化,社会化程度不断提高,这里面包含的公有成分也在不断增加,我说的"公有"和公有制还不能简单地画等号,而这种"公有"就是马克思所说的是对单个资本的扬弃，这种扬弃就包含着更高的社会性质。正因为有这种扬弃，我们认为公有制比私有制具有更高的效率，得出这样的结论就在于资本的社会化、资本社会性质的增强，更符合社会化大生产的客观要求。

我们可以看一下今天资本主义发展的现实，我认为对马克思的结论是可以高度验证的，在今天的发达资本主义国家，企业的主流形式当然就是公司制、股份制，再也不像几十年前，哪个企业就是哪个私人老板的，就是哪一个人的，现在有这种情况也只是出现在一些个体企业或者说一些小企业。现在列入世界五百强的企业都是公司制，公司制就是企业资本来源于整个社会，资本高度社会化的，所以马克思得出结论：公有制取代私有制是历史发展的必然。

从人与人之间的关系来看，马克思分析公有制占有生产资料的平等关系。这就从根本上消除了雇佣劳动关系中劳动者与雇主之间的关系对立，因为公有制下劳动者同时也是所有者，剥削与被剥削的关系也消除了，这个矛盾的消除由此导致其他经济矛盾也不存在了。所以马克思得出结论：资本主义私有制不符合社会全面进步的要求，因为它不能处理和协调好整个社会的利益关系，所以在这个制度下面没办法实现社会全面的进步，这种私有制也必然被社会主义公有制所取代，这是马克思按照他的分析思路和判断标准得出的结论，我们思考一下马克思的结论有道理吗？他是不是科学，和我们今天的现实是不是相符合。

西方经济学分析的结论跟马克思的结论相反。第一，他们认为竞争是动力源泉，竞争的必要条件就是使每一个经济主体必须有独立的经济利益。在私有制条件下，每一个经济主体都有独立的经济利益，他们的经济利益只能通过竞争才能实现，所以，他们得出结论：私有制具有内在竞争力，当然也就具有充分的动力。相反，他们认为在公有制条件下，企业不能成为一个独立的利益主体，企业竞争力就不强，当然效率就不高，所以相比之下私有制就比公有制更有动力，效率也更高。

第二，他的标准就认为在私有产权下决策者与对承担的风险关系比较密切，在公有制条件下，选择和决策的费用较少由决策者全部承担，在公有制条件下决策者不直接承担决策的风险和后果，因为不是所有者，也没有能力承担这个后果或者由此产生的风险，所以他认为决策者与他对此承担的风险关系不很密切。从这点说，他们认为公有制就是低效率，公有制的效率不如私有制那么高，认为公有制条件下产权关系不清晰，不清晰就不能全部承担它的风险和后果，所以效率就低。

我们现在看现实。首先，经过改革开放30多年，公有制发生了深刻的变化，已经由传统的公有制发展成为现代公有制。公有制发生了变化，就不能用传统公有制的特征作为分析的依据来得出结论，我们是现代公有制，而现代公有制的基本特征可以概括为这么几点：第一，我们的公有制企业包括国有企业都已经成为独立的经济主体，国有企业都有他自己独立的经济利益，这个独立的经济利益体现在哪里呢？体现在企业生产状况与企业职工自身经济利益密切结合在一起，这与以前国有企业发生了根本的变化，现代企业有独立的自主权，当然也要承担生产经营的后果和风险，这也不像计划经济年代，国有企业一切都由国家包下来，这一点我想大家都看得比较清楚。现代企业具有越来越多的个体独立性，是独立的市场主体和法人实体。我这里用了"越来越多的个体独立性"来概括企业特征，现实就是这样。我们的企业在市场中就是一个市场主体、就是一个独立的法人实体，我们对国有企业改革确定的目标就是使国有企业真正成为独立的法人实体和市场主体，我们提出建立现代企业制度，现代企业制度就是公司制，公司制特征就是要求这个企业必须是独立的法人实体和独立的企业主体。作为市场主体就必须参与市场竞争，企业的利益也只能在市场竞争中实现。参与市场竞争就要承担相应的风险，亏损了国家不会包下来，企业就要自己承担，就要倒闭，就要破产。现在再也不能用老观念来看待我们的现代企业，国有企业的资本组织形式——股份制是公有制实现的主要形式，股份制也就是公有制不再是单一的公有形式，更多的是采取混合经济形式。现在的国有企业绝大多数都是公司企业。公司企业和企业最大的不同点是他的产权结构不同，工厂制企业从产权结构来说就是独资，国有企业就是完全由国家出资的企业，公司企业产权结构必须是多元化。按照我国的《公司法》，公司企业还有很多种形式，如股份有限公司和有限责任公司，有上市公司、非上市公司。但是从公司制企业的产权多元化这一点来说就是公司的特征，企业中有国有经济、混合经济成分，有外资成分、也有法人的成分，也可以有私人的成分，资本是多元化的，这才叫公司制。产权结构不具有这个特征就不叫公司。搞法律的同志可能都知道，现在国家有《公司法》，原来我们国家只有《企业法》，这两个法律同时使用，但《企业法》适用范围越来越小，就少数必须是有国家独资的企业才使用，绝大多数用《公司法》，而且《中华人民共和国公司法》适用一切所用制形式。凡是在我们国境内的企业都适用《中华人民共和国公司法》，我们没有国有经济的公司法，或者外资经济的公司法、或者私营经济的公司法，《公司法》只有一个，适应于一切所有制形式。所以，现在从我们国有企业资本组织形式来看，从企业这一点来说，我认为已经没有公有制和私有制的区别了。我说的是从企业、公司这个形式来说，当然要区分这个公司到底是个什么性质的所有制，必须要深入到企业内部看它的资本结构、看它的股权结构，如果这个公司是国有资本占主体，或者集体资本占主体，就表现出明显的公有性质；如果这个公司的资本不是公有资本占主体，而是私人资本占主体，这个公司当然就是私有性质。公司制、股份制本身不是判断所有制性质的一个标准。我们的认识高度一致了，公司制、股份制不是衡量所有制性质的一个标准，股份制只是一种企业资本的组织形式。所以，从这点来说，我认为股份制企业也好，外资企业也好，私人企业也好都是企业，都是一个市场主体，都是一个法人实体。

再看我们国有经济、国有企业与自己的利益关系，公有制企业都与自身的利益、职工的利益直接挂钩，并且企业的利益也只能在市场竞争中实现，竞争也是国有经济发展的基本动力。企业也将对经营决策的结果承担全部的责任。这些特征也在很大程度上改变了传统公有制、传统国有经济存在的问题和弱点。我们30多年国有企业、国有经济的改革，这个过程也就是在逐步消除传统国有经济的问题和弱点，慢慢地使国有企业也成为一个独立的市场主体，是一个法人实体。就这点上来说，国有经济和其他所有制经济在实现形式上，已经没什么区别了，最大的区别就在于企业资本的归属权归谁，国有经济当然归国家归全民所有。我们从公有制发展和它的特征的变化，可以得出结论：国有经济已经改变了原来存在的问题和弱点，企业同样具有充分的竞争力，我们的国有企业同样具有高效率。现代公有制总的变化，总的趋势就是利益分散化在加强，个体的独立性在增加。国有企业有自己独立的利益，这是一个总的发展趋势，实现形式股份制、公司制，这是现代企业共同的实现形式，与其他所有制企业是没有区别的。所有的企业都要按照《中华人民共和国公司法》依法进行，公司制这一形式使公有制与私有制可以直接混合，不仅是混合还可以直接融合。公有制和非公有制可以成为一个共同的法人实体和市场主体，这就是我们今天发展的现实。在一个上市公司里面有外资资本、有个人的、有其他企业法人的，那么多不同的所有制都可以融合在一个企业里面，一个公司里面，使我们多种所有制融合发展，今天这种现象太普遍了。如果还用原来的思路，认为公有制一定是低效率，就一定不如私有制，这样的结论我认为是站不住的，不符合事实，也不符合现实。

另一面我们要看到私有制的变化，私有制那么多年也发生了变化，传统私有制发展成为现代私有制，变化的基本特征就是私有制企业的财产组织形式已经高度社会化，企业资本主要不是来自于某一个个人而是来自于整个社会，对于一个私有制企业已经无法说清楚这个企业是属于哪一个人的，因为它的股东或者它的老板成千上万，社会资本是企业资本的主体，这是私有制变化一个很重要的方面，如果我们现在要找这个企业是哪一个人的，也能找到，那么这个企业就是个体企业，或者一些小企业，规模很小，几个人、最多十几个、几十个人，但这不是公司企业，一旦规模大了，一旦产权结构发生变化了，那企业的性质就是公司企业。公司企业的社会化程度就反映出来了。这是私有制企业的变化，资本组织形式既来自个人也来自社会，更多的是混合经济，而且现代私有制的所有权和控制权已经出现了实质性分离，所有者不是实际控制者，由非所有者控制企业的生产经营活动已经是现代企业的主流形式。控制企业的是企业家不是老板，因为它采取了公司制，在这种形式下它产生的必然结果就是所有权和控制权的实质性分离。这一点我们在现实中就看得非常清楚了。公司的所有者是股东，现在股东能去控制企业吗？对绝大多数的小股东来说，这个控制权根本就不属于你，没法控制，对于小股东来说最直接的就是他的股份收益，或股票收益，除此以外没有权利去过问企业的生产经营活动。我们很多人买股票，买了股票你就是这个企业的股东，但是你买股票的意图是你去关心企业的生产经营活动？参与企业决策？不可能，你买股票最直接的目的就是在股票中得到收益，参与企业分红，参与企业生产经营活动的利益分享。这是你买股票的最重要的目标。我们社会上那么多的人买股票，没有谁去参加过股东大会吧？因为股份制最高权力在股东大会，作为个人股份的持有者你参加过股东大会吗？显然没有，除非是大股东，这就是所有权和控制权的实质性分离，就所有者和生产经营的关系来说，越来越疏远了，绝大多数的所有者不去关心企业的生产经营活动。反过来，出现的现象是相反的，如果这个公司经营不善，出现了问题，企业股票就会下跌，按道理来说，每一个股东、每一个所有者这个时候就应该尽心竭力地关心企业的生产经营活动，要想方设法把企业搞好，可是现实却没有一个股票持有者是这么做的。相反，他赶紧把手里的股票抛掉，再也不要成为这个公司的股东了，因为这么搞下去我手里拿着股票就会损失越来越大，就赶快抛掉，反过来，这个企业你原来不是股东，但企业股票涨得很快，经营效益比较好、分红比较高，这时大家都会去买这个股票，都想成为这个公司所有者。企业好了大家都想成为主人，不好了大家都不愿意成为这个企业的主人。这就反映了所有者和企业生产经营之间的关系链条越拉越长。实际上按照私有化的观点就认为，怎么样使企业的动力更充分、效率更高。那么企业的生产经营者、实际掌握企业控制权的这些人必须是企业的主人，这样才能使这个企业有动力、有效率。所以，有段时间国有企业搞不好就把国有企业卖掉，卖给私人，这个企业就搞好了，他就一定会关心这个企业的生产经营活动。但根据现在的情况，我认为刚才说的观点是站不住的。从企业发展和趋势来说，就是所有权和控制权的高度分离或实质性的分离。所以对组织形式来说公有制和非公有制一样都是公司制，随着资本所有权的社会化导致资本的所有者也多元化、分散化，经济利益的分配也发生了相应的变化，股份公司就是最典型的情况。

资本所得和资本的利益也由独享变成集体分享，如果原来的企业就是一个人的，当然利润就由一个人独享，现在资本社会化了，是有成千上万人购买股份，当然这个利益也就要与成千上万人分享，买了哪个公司的股票都可以得到他的分红，这个分红就是分享利润。或者用马克思的分析来说这部分利润就是剩余价值。因为资本多元化了，当更多的人成为资本所有者，就意味着更多的人要分享资本的利益。当更多的人想成为利益分享者而成为资本所有者时，那么私有者就成为单纯的私有者，和企业的生产经营就完全脱钩了，而且从现在的发展趋势来看，这个链条会越拉越长。这在世界各国都是一个很普遍的现象。随着金融产品的创新，各种形式的基金获得了极大的发展，基金实际是一种投资工具，比如说我们现在也有很多的社会成员把自己的钱投到基金上面去，银行储蓄大家认为收益比较低，购买股票，很多人认为风险比较大，就去买基金，其实购买基金也有风险，因为基金也有很多不同的形式，但是这种形式一出现，使很多所有者和企业的关系越来越远。大家知道，当你购买了某一个基金那么你是和基金发生关系，你买了某某公司的基金就是某公司基金的所有者。基金公司把很多从社会上筹集的钱在他那里集中，成了数目比较大的一个基金。他当然不会把这个钱放在他的保险箱里，必须去投资运用，投资的主要对象是什么呢？那就是股票市场，因为基金公司比较专业，肯定比个人专业，他掌握了各种信息渠道。我们现在是把个人的钱委托给基金公司，让基金公司去购买股票。但是这样一来，利益关系的链条越拉越长了，就是基金公司拿你的钱去买某个上市公司的股票，这个时候成为股东的不是你，已经是基金公司了。你的钱流到了这个公司去，但你却不能成为这个公司的股东，只是和基金公司发生关系，你可以按市场规则把你投到基金公司的钱赎回来，也可以把它转让掉，基金也可以买卖。钱是你的但是股东已经不是你了，这种情况越来越普遍了，这样所有者和企业的关系不是越来越远吗？而且这是一个普遍现象，发展的一个大趋势，当然，链条越拉越长这也会产生一个问题，就像 2008 年国际金融危机、虚拟经济、金融工具的失控都和这个有关系，但这是发展的一个趋势，所以越往后链条越拉越长，私有者就只是单纯的私有者。特别是对绝大多数的小股东来说更是这样，所以现代私有制变化的基本特征就是私有制社会化程度越来越高，资本的社会性质在增强，这一点我认为，今天的现实是能够证实马克思在一百多年前对整个资本发展趋势的预测，马克思当时就说了股份公司这种形式的出现是对个人私有的一种扬弃。尽管还是私有制，但这个时候的私有制已经是高度社会化了的，已经不再是原来单个私有了。社会化程度在增强，实现形式就是公司制、股份制，控制权和所有权的实质性分离。私有制企业这些变化也能够在一定程度上适应社会化大生产的发展要求，所以私有制在今天，在我们中国也有发展的前景，也有存在的理由和他的生命力。这是因为私有制能够适合生产力发展的要求，资本高度社会化了，或者它具有一些"公有"的因素、"公有"的成分。这一点也必须实事求是地看到，如果你否认这一点，也不能很好地坚持我们中国特色的市场经济制度，这有两点：一是公有制的主体地位，二是毫不动摇地发展多种所有制经济。你不能说私有制经济没有发展的理由，没有生命力，这一点不符合实际，也不利于我们毫不动摇地坚持基本经济制度，说现代私有制不能容纳社会化大生产的生产力，无法解释今天的现实，也无法解释现阶段我们为什么要大力发展私有制经济。还要讲一点公司制既符合现代公有制发展要求，也符合现代私有制发展要求。所以，中央明确我们整个企业改革的目标就是建立现代企业制度，公司制是国有经济的重要实现形式。因为公司制这种形式符合高度社会化发展的要求，符合市场经济发展的要求，也就是说从现代公有制实现形式来说，找不到比公司制更好的形式。最根本就两点：一是符合不符合社会化大生产的要求，公司制就是资本的社会化；二是符合不符合市场经济的要求，市场经济要求这个企业就是法人实体和市场主体，这样才符合市场经济的发展要求。我认为这两点是最重要的，它适合私有制也适合公有制发展。

这具体体现在下面三个方面：

第一，公司制作为一种资本组织形式它有效地实现了资本的社会化。马克思主义的观点认为，生产的社会化必然导致资本的社会化，才能适合生产力发展的要求。这是在世界各国，特别是发达资本主义国家社会发展中能够得到证实的，发达国家企业主流形式都是采取公司制、股份制的形式，在上个世纪 40、50 年代，我们都知道，美国的大企业、大财团，还有比较重的家族色彩，这种大家族企业的状况都发生了改变，在私有制的条件下，虽然资本的性质是私有的，但是资本的来源和组织形式是社会化的，也就是说资本的组织形式是社会化的，具体就是公司制。

  第二，公司制确立了企业的法人制度，使企业成为一个独立的市场主体和法人实体。确立了法人制度的重要意义在于企业以其独立的法人地位对自身的生产经营承担了法律责任。这对我们的国有企业来说非常重要。我们国有企业受到各种观念的批评和攻击，矛头指向国有企业不能成为一个独立的法人实体，不能以自己独立的法律地位去承担生产经营的结果，所以没有动力，什么都靠国家。如果这种状况不改变，国有经济发展就会受到很大制约，也不能充分体现它的高效率和充分的动力。现在国有企业也确立了法人制度，从根本上就解决了这个问题。为什么我们要把国有企业确定为现代企业制度，建立公司企业，我想重要原因就在这里。公司法人无论是公有性质的资本组成或者私有性质的资本组成，在市场经济的运行当中都是一个独立的经济主体，从而使社会化的资本具有了个体独立性，这一点在制度上得到了保证，按照公司法这种产权关系，我认为国有企业的产权关系是非常清晰的。因为原来那些私有化的观点攻击我们国有企业的一个重要论点是说国有企业的产权不清晰，或者说国有企业的所有者"缺位"或"虚位"，国有企业的所有者是谁？你说是国家，国家代表是谁？是全民，那么全民是谁？当然你就没法说出是哪一个人了。由此就说是"缺位"或者"虚位"。因为产权不清晰，所以这个企业就没动力、没效率。我认为公司制度确立以后这样的问题不存在了，从我们国有企业最终的所有权来说那是属于国家所有，国家所有并不代表"虚位"，是实实在在的，《宪法》规定得非常明确，全民所有制采取国家所有制，归国家所有，所以全民所有制也叫做国有经济，国家就是个主体。怎么能不清晰？独立的企业有自己的法人财产，所以不管是国家的资本也好，个人的资本也好，其他所有者投入的资本也好，你只要投入到企业就是独立的法人财产，而投资者已经在很大程度上失去了对法人资本的直接控制。你出钱买了公司企业的股份，投入到这个国有企业，你就失去了对你这部分钱的直接控制。你不能收回。你的收回要采取市场方式，把你的股票拿到市场上卖掉，只要有人买，你就可以收回，如果没人买你就没法直接收回你的投资。你的资本投入企业以后你就成为这个企业的法人资本了，这个企业就成为法人企业，按照我们的《公司法》就要去注册登记，注册登记的钱就是法人资本。这个法人资本所有权就属于法人了。这个企业在生产经营过程中如果出了问题，出现了亏损，就必须用这个法人资本去偿还债务，当然作为企业他去偿还债务了，你作为投资者、股东当然也受损失，你的资本也就没了。但是我们现在是这样的制度，投资者只承担有限责任，承担的法律责任以投入企业资本额为限，这就叫有限责任公司，国有企业作为公司企业就有自己独立的法人财产，其中包括国有资本也包括其他资本，它是独立的，而这个资本就保证它能承担企业的风险和结果。公有制企业从法人财产上来说它使社会化资本就具有了个体独立性，公司制度就是来解决这个矛盾的，因为资本来源社会化，来源于成千上万的个人，不可能让成千上万的个人都去从事这样的生产经营管理，如果这样肯定没有高效率，所以资本的来源是社会化、大众化，而企业的生产经营决策权利必须是集中化，他必须是集中在少数人手里，比如说，决策权就集中在董事会，董事会最多也就十一个、十三个人。一个集中的决策机构。具体执行者就是企业家、总经理、总裁。一方面是社会化，另一方面是集中化，这才使企业具有更高的效率，也能够有更广阔的资本来源的渠道。这就是公司制的优势和功能，我们今天公司制都是法人。这也是公司制实现的公有制所有权和经营权分离的一个重要原因。

第三，公司制实现了企业所有者和控制权的分离，公司企业当中所有者的人数越来越多，单个所有者在整个资本中占的比例就会越来越少，所以单个所有者资本的比重下降一定导致所有权的高度分散，所有权高度分散，控制权就一定要集中，一个集中、一个分散，那也就是公司制度下所有权和控制权的分离。

这就是我们今天现实发展的大趋势，也就是我们今天面对的公有制的实际状况，私有制的实际状况。从这样一个实际出发，以这个事实为依据，看看马克思主义所有制理论该怎么丰富怎么发展，我们的观点、我们的认识该怎么样随着实践的发展而发展，就像总书记在建党九十周年大会上讲的：实践的发展永无止境，理论的创新也永无止境。发展马克思主义理论不是抽象的空话，是要有实际内容，我们的发展在哪里，我们应该对哪些问题进行发展，提出什么新的看法。这就是我们今天要研究的最重要的问题。公司制度现在发展的现实，对马克思主义理论也好，对传统的西方经济学理论也好都提出了挑战。怎样去适应我们今天的现实？有些经典的理论好像也不那么经典了，许多问题现在还需要进一步研究，重新去审视它。原来传统的西方经济学认为使经济发展有充分的动力和效率，就必须是私有制，因为私有制才有动力。但是现实已经完全不一样了，企业所有权和控制权已经实质性地分离了，私有者对企业发展的关系越来越疏远了。

最后，根据刚才的分析我们得出以下结论。

第一，公有制和私有制哪一种具有更高的效率，我认为不能做出简单化的结论。公有制和私有制都有其高效率和低效率的范围，脱离条件的约束、简单化的结论都是片面的，都不是历史唯物主义的态度。一个企业要搞好，具有高效率，与所有制是有关的，但还和其他因素相关，比如说经营管理、企业文化、市场环境、外部冲击，我认为这里面更重要的是人的问题。人不行，不管是什么所有制企业都搞不好，我认为人的因素还是第一位的，我们现代企业就要有眼光、有远见的企业家来管理，企业家不是所有者，都可以聘请，世界上一流的企业家不都是企业的大老板，所以我前面说的观点应该改变。"公有制不如私有制有效率，动力不如私有制充分"的观点我认为是站不住的，应该改变。当然，我们也不能得出相反的结论：私有制就是没效率，这个结论也不符合事实。我认为在今天的发展条件下，公有制和私有制都可以做到高效率，做得不好也都可以是低效率，因为现实中公有制做不好的、倒闭的、破产的都有。私有制企业破产的、倒闭的更多，所以我们不能把单一的例子作为一个普遍的结论，我想这个结论也更有利于我们毫不动摇地坚持社会主义经济制度。

第二，公有制和私有制都存在自身不同的缺陷，也都有自身的优势。相互之间不能替代，从发展的趋势来说，在一些领域特别是社会公共领域，公有制更具有自身的优势，公共领域越大公有制作用发挥也就越大，在协调方面公有制更能协调一个和谐的关系，这个话是有很多西方的学者说的，他们从西方发达国家发展的现实分析，也不认同公有制不如私有制。社会公共领域的范围越大，社会要解决的问题就越多。公有制要有优势，能够更好地解决问题，它更多的是国有经济性质不一样。国有经济和私人资本是不一样的，更着眼于解决很多社会问题，所以，从发展趋势来说由政府出面解决西方国家在经济社会发展当中必须要解决的问题越来越多，而要把这些问题解决好也就是为他们的发展形成一个比较好的社会环境，很大程度上缓和社会矛盾也是不能否认的。我想在发展过程中我们的政府要解决的问题也会越来越多。而且毫无疑问，公有制比私有制更有优势，所以从发展的趋势来说，公有制经济不是越来越萎缩，而是有更大发展余地，这也符合马克思主义的基本观点和分析方法。

第三，以公有制为主体，我们既有生产力发展效率因素，有经济发展的因素，更有社会价值目标的因素。因为我们在讲的时候，有些同学就提出这样的问题，他说按照你得出的结论，公有制不如私有制这个观点不对，原来的这种看法可以改变，但是另一个问题：你既然说公有制有效率，私有制也可以有效率，按照这样的分析，那我们为什么还要坚持公有制的主体地位？所以我认为，我们选择一种社会经济制度，选择一种所有制一定要符合生产力发展的要求。同时也有你的社会价值目标的追求。选择公有制为主体是我们的价值目标决定的。因为我们是以马克思主义为指导思想的，以社会主义制度为目标，以中国共产党为我们的领导力量，我想只要我们坚持这三个，我们选择公有制为我们的基本经济制度就有它的客观必然性。否则，私有化就是必然的。我们坚持马克思主义的指导、社会主义的制度、中国共产党的领导更符合中国的国情，更符合中国的实际，更有利于社会主义现代化建设，更能够实现社会主义发展目标。这一点，从新中国成立后，从改革开放以来的实践是可以充分证明的。特别是2011年，中国共产党建党90周年，回顾我们党的历史，回顾我们党的发展给中国人民、中国社会带来的巨大变化，这些历史性的变化，这些事实都说明这是符合中国实际的，能够给我们中国人民带来福利的这样的选择，既然我们坚持了马克思主义的指导、社会主义制度、中国共产党的领导，那么我们坚持社会主义基本经济制度、坚持公有制的主体地位，就是一个科学的、正确的、符合中国实际的选择。

谢谢大家！

我的教育生涯

顾明远

非常荣幸到我们大西北最广阔的新疆，特别是到新疆师范大学来做客。我二十年以前到过这里，现在已经过了二十年，来了以后还是感到非常兴奋。这次我要讲些什么呢？本来我想请大家出几个题目，有些人建议我，还是讲你的教育生涯吧，可能大家对您的有些故事会感兴趣，那么我就讲这个题目。

首先我是一个小学老师出身，孙院长在我们北师大学习的时候也知道。现在应该说时间很长了，从教也已经六十多年，今年已经八十几岁了。这么个经历，我想讲讲，可能大家会感点兴趣。讲一些理论呢，可能大家都在书本上啊，老师那里啊，都听过了，那我就讲点故事。我是1948年高中毕业，那是新中国成立前了，当时的一个思想就是要工业救国，而且我们学校也是理科专长。很多同学都是考理科，当然那个时候考大学是非常困难的。所以我就报了理科，清华大学的建筑系，因为小时候我也比较喜欢画画，建筑呢要画画。那时候要工业救国嘛，可能也有点好高骛远，年轻人嘛，要报就报最好的大学，要报就报最好的专业。现在的同学们对这个报专业好像也不大考虑，往往是看到分数，再根据分数多少报，其实还是应该有些自己的想法。现在的大学生报专业也不大有自己的想法。我们那个时候还是有想法的，就像工业救国。而且要考就考好的大学，好的专业，所以就报清华大学的建筑专业。一下子没考上，落榜了，我就经常讲："我是落榜生。"那没考上怎么办呢，就当小学老师。到上海去当了小

顾明远（北京师范大学教授）

学老师。当了小学老师以后，1949年解放了，当时就感觉到教育很重要，而且当教师一年啊，就觉得这个教师的职业很好，和孩子们在一起非常快乐。新中国成立以后要培养人才，所以我第二年就考了北京师范大学，同时也考了上海的复旦大学，都是报的教育系。后来北京师范大学录取得比较早，我就跑到北京去了。

在北京上完二年级以后，国家为了培养人才，派了第一批留学生到苏联去留学，我就是第一批留学生，有360多人。一直到了1956年才回来，在那里待了5年，回来以后就在北师大教书了。教的是教育学，教了2年，就被北师大派到师大附中当了教导处的副主任。一开始是1958年搞教育大革命。可能年轻人都不知道什么叫教育大革命。那时候我们的附中也搞教育大革命。把老教师给批判了，说学制要缩短，毛主席说学制要缩短，教育要改革，我们就去搞改革，搞九年一贯制、半工半读等。学校就派我去帮一位老校长工作。这位老校长原是师大教育系的老教授，教研室主任。他叫我去帮助他，本来是去帮助他一段时间，但是他把我留下来了，一留就留在师大附中四年。这四年对我一生也有很大的影响。

当小学老师，走上了教育的工作岗位，是一个转折点。第二个转折点就是在师大附中当了四年的教导处副主任，对我以后研究教育理论影响非常大。所以我非常赞成，师范大学的老师也好，同学也好，一定要到中小学的实践里面去。我在师大附中得出了教育的两个信条。第一个信条是没有爱就没教育，第二个信条是没有兴趣就没学习。我就是在师大附中得出来的，为什么呢？我再给大家讲个故事。

1958年，同学们可能不知道，那时候"大跃进"，大炼钢铁。我们在操场上建起了高炉，把铁的东西，甚至把锅都给砸了，去炼钢铁。这就是当时的一种运动，就是我们国家要发展，就要有钢材，要求达到三千万吨钢。今天已经不是三千万吨了，现在已达到好几亿吨了。而当时要钢，全民都炼钢，到处都是小高炉。把树也给砍了，把锅也给砸了,大炼钢铁。那时候终日奋战,同学们都是炼钢工。有一天早上,我一起来就发现我们的会议室有一个女孩子睡在里头,一开始我没在意,我想可能是大炼钢铁炼到晚上十二点、一点,当然在新疆不算晚,我们那儿十二点、一点就算晚了。我想她可能是回不了家就睡到会议室了。后来,我发现她一连好几天都睡在会议室,觉得奇怪。问她你怎么不回家?她说她不回去。经过了解才知道,原来她是我们一位高级领导干部的孩子。在战争年代,生了孩子顾不上带在身边,就交给了当地的老乡抚养。新中国成立以后就把她领回来,领回来以后呢,思想上就有差距了。母亲感觉到她在农村养成了一些不好的习惯,就不大喜欢她,她功课也确实不太好,她的外婆也有点重男轻女,喜欢她哥哥不喜欢她。这个女孩子就坚决不回家。我只好把她安置到了学校的宿舍。学校的宿舍其实很小,家住得远的同学才在那里住,她离家并不太远,为了照顾她,就把她安排在宿舍里,专门找了教务处的一个女老师来照顾她。到了元旦,她妈妈来看她,她都不愿意见面。我们把她叫到校长办公室,说你妈妈来了,她也不见。好说歹说把她拉到她妈妈跟前,她连妈妈都不叫。后来我就给她妈妈写信,不断地通信。我就说,没有爱就没有教育。你不爱她怎么教育她?她妈妈还很不以为然,她说你们学校对她不严格,你看她功课不好又不回来,光讲爱,没有阶级性。我说你要教育她要让她知道你爱她,她才会听你的话。当时正在讲阶级斗争,报纸上正在批判爱的教育。在南京师大的附小有一个非常有名的老教师叫斯霞,她可以称得上是个教育家,现在她去世了,如果活着的话今年已经一百多岁了。当时有记者为她写了一篇报道,主要是说她用母爱对待孩子。当时在社会上就引起了大批判,说母爱没有阶级性,差点就批到我的头上。我们那个领导干部就讲,你看我的孩子在学校里就是一种母爱教育。因为当时我是年轻人,我也没有什么名气,我也没有写文章,倒没有点我的名。但是那时候批判母爱教育很猛烈。一直到 1979 年,中国教育学会第一次年会上才给斯霞老师平反。但从那个时候开始我就坚信，没有爱就没有教育。但是什么叫爱？我们现在很多老师和家长不大懂得什么是爱。孩子的父母都说，我们都爱孩子啊，想让她好啊，让她学习好。但是孩子不理解，现在很多家长让孩子读这个班那个班，在功课之外再加负担。为什么啊？为你将来好啊。但孩子不理解，孩子不领你这个情。所以怎么去爱孩子呢？首先要理解孩子，相信孩子，相信孩子都能进步，相信孩子都能成才。要理解孩子的需要，孩子有多种需要，有学习的需要，也有玩儿的需要、交往的需要、尊严的需要。教育上出现了很多问题，就是不懂得孩子需要什么。十年以前浙江有个孩子就把母亲杀了。这个孩子叫徐力，后来他关在杭州监狱的时候，广播电台有一个知心姐姐叫卢勤的去采访他，他一开始不愿意谈，非常麻木，也无所谓，不愿谈。后来做了许多工作，在谈话时发现，他的妈妈就只知道让他读书，其他什么也不让他做。这个孩子觉得他什么需要都满足不了，什么需要都满足不了还做什么人，要不就她死要不就自己死。所以他能把母亲给杀了。孩子也有他的需要，用马斯洛的理论说，人有多种需要：首先有生理需要，吃饱穿暖；第二个安全的需要；第三还有尊严，有自己的人格，还有一些其他的需要。孩子有很多需要，有玩的需要，有交朋友的需要，还有隐私的需要。如果我们的老师家长不尊重他的需要，那么你说我爱你，他怎么能理解呢？虽然没有爱就没有教育这句话很普通，也不是我的发明。过去很多教育家都讲过，但是我从我的亲身经验里感到这个问题非常重要，我一直就把它作为自己的一个教育信条。要爱就得要理解，理解孩子的需要，要和孩子沟通。我们现在的老师、家长跟孩子不大容易沟通，为什么呢？老师、家长对孩子都有一种高高在上的态度。所以我说，有时候我们需要低下头来倾听孩子的心声。我有时候就跟小学老师讲，你们当小学老师的要蹲下来跟孩子说话，孩子才能感觉到你是平等的。你要是高高在上，孩子都仰着头跟你说话，他就会觉得不平等。要蹲下来跟孩子说话，他觉得平等，就容易沟通。

第二条，没有兴趣就没有学习。在那个中学里头，我经常去听课，发现有些孩子喜欢数学，有些孩子喜欢语文，喜欢的课，他就学习得很好，不喜欢的课他就学习得不好，甚至不好好学，课堂上就玩别的东西。喜欢的课程他就非常专心。有的孩子喜欢艺术，有的孩子喜欢动手，有的孩子喜欢科学，有的孩子喜欢文学。还有，就是老师的作用，老师讲得好的课学生就喜欢，师生关系好就能吸引孩子。学生对老师非常崇拜，说这个老师非常关心我，这个老师对我真好，然后学习就有了兴趣。而且我觉得，兴趣不是天生的，是可以培养的。培养学生的兴趣爱好是培养人才非常重要的一条。我们现在的教育有很大的弊端，问题是什么呢？是我们的孩子"被教育"，"被学习"，而不是他自己要学习，不是自己对某一学科某一知识有兴趣。去年电视里就播出来，很多学生到了中学毕业以后问他，你喜欢报什么大学？他说不知道，报什么专业？不知道，对什么专业感兴趣？不知道。因为我们现在的教育就是被教育，让你背，让你考，拿个考卷让你考。模拟考试，这个考试，那个考试。所以学生没有时间、没有兴趣、没有爱好。苏霍姆林斯基有一句话说，小孩到了十二三岁，如果还没兴趣和爱好，老师就要为他担忧。担什么忧呢？担心他长大了以后，也是对事物漠不关心，无所谓，成为一个平平庸庸的人。所以我觉得没有兴趣就没有学习。这是两个信条，我就简单地讲了两个故事。

在教育实践里遇到的问题也引起我的思考。我们作为一个师范大学的老师也好，学生也好，应该经常到实践里去。我在中学干了四年以后又回到大学。回到大学不久，国家在高等学校建立了40多个研究国外的机构。当时周恩来总理要我们研究外国，要知己知彼。我们既然要跟外国人打交道，我们就要了解外国，不能那么封闭。过去我们只向苏联学习，一面倒，我们不能只学习苏联的东西不学习其他国家的东西。我们要研究外国，所以在高等学校建立了40多个研究机构。北师大就成立了4个，一个是外国教育研究室，一个是苏联文学研究室，一个是苏联哲学研究室，一个是美国经济研究室。学校就把我调到外国教育研究室工作，从此我就和外国教育、比较教育结上了缘。当时中央宣传部要编一份教育动态杂志而且是让领导干部看的，学校党委就让我去编《外国教育动态》。这样我就和比较教育结上了缘，一直搞到现在。其实我不是搞比较教育的，我主要专业是教育基本理论。没搞多久"文化大革命"开始了。"文革"之前我在北师大教育系担任副系主任，那时没有系主任只有副系主任，还代理副总支书记。"文化大革命"中我当然就受冲击了，叫走资本主义道路的当权派，可能年轻人都不知道，对我冲击还不算太大，因为我做干部时间不是太长，然后就下去劳动，劳动回来以后就分配我到二附中当校长，那个时候不叫校长，叫革委会主任，当了三年革委会主任。那时刚好联合国恢复中华人民共和国的合法席位，随后联合国教科文组织也恢复了我们的合法席位。1972年国家派了清华大学副校长张维院士去参加大会。1974年派了一个代表团去参加第十八届大会。代表团有五个正代表，五个副代表，还有三个顾问，我就是顾问之一，当时还是"文革"后期的1974年。教科文组织就要有教科文的代表，科学就是张维，教育就找了我，但我不是代表只是一个顾问，教育就我一个人。

　　1974年我们准备去参加联合国教科文组织大会，事先要做些准备。当年联合国教科文组织正在制订中长期规划，要制订中长期规划就要列很多项目，就是这个十年我们到底要搞什么，在教育方面，我就收到一百多个提案，这一百多个提案里有两类，一类是发展中国家，就是我们过去叫第三世界国家，像非洲、拉丁美洲、东南亚的第三世界的国家，他们的提案主要是希望联合国教科文组织能够给扫盲

（扫除文盲）、普及初等教育立项。他们说我们很穷，我们的文盲很多，我们小学教育都没普及，希望教科文组织援助，设立援助项目。第二类提案是发达国家，发达国家经过1973年的石油危机以后，经济萧条，出现经济危机，失业人口增多，发达国家的提案就是要为失业青年开展成人教育、终身教育。对于终身教育我就不懂，问周围的同志，都不懂。当时还在讲阶级斗争，社会主义和资本主义不能融合。所以我们在大会上反对两霸，反对霸权主义，反对跨国公司，说跨国公司是对第三世界的剥削。其实经济全球化必然会有跨国公司，但是那个时候是一种"左"的思想。在教育方面，既然终身教育是发达国家提出来的，是资本主义国家提出来的，那肯定是资本主义的东西。最后举手表决，对第三世界扫盲计划，普及初等教育计划，我就高高地举手；一说到终身教育，我也不能反对，因为我当时也不懂，我只好弃权。那个时候我们虽然跟苏联已经闹翻了，但跟阿尔巴尼亚还是盟友，当时阿尔巴尼亚的代表坐在我前面，他转过来，看我举手他也举手，看我不举手他也不举手。就闹了这么个笑话。开完会议以后，法国教育部长在凡尔赛宫宴请我们，在金色大厅。外国人宴请不像我们中国人大鱼大肉，都是小面包，里面夹一点香肠，一杯水或者一杯香槟酒。然后大家拿着杯子走来走去随便聊天。澳大利亚的一个代表问我，说中国人怎么解决青年人的失业问题？我一句话就给他顶回去了，我说，我们中国没有失业问题，中学毕业生全部上山下乡，我们农村有广阔的天地。说这些话现在就觉得非常可笑，上山下乡不就是失业吗，不就是没工作吗？结果因为不懂什么叫终身教育，闹出这么一个笑话来。

回来以后到了1976年，"文革"结束了，我们看到一本书，这本书我认为是20世纪非常重要的一本书。我们学教育的人应该看一看，可能有的老师已经看过，没看过建议看一看。这本书是1972年由联合国教科文组织国际教育发展委员会编写的，委员会的主席是法国原总理富尔。书名叫《学会生存——教育世界的今天和明天》，1976年才传到中国，由华东师大的一位老教授翻译过来，翻译过来以后居然没有一个出版社敢出版，一直到1979年才由上海译文出版社出版。这本书畅销全世界。这本书里讲到，由于科学技术的发展，引起了社会的变革，人类社会已经进入学习化的社会，人的一生只有不断地学习，才能不断适应科学技术的变革和社会的变革。最早终身教育主要讲的是成人教育和职业教育，但是现在要把所有的教育纳入到终身教育的范围里面来。我觉得这本书是20世纪最有影响的一本书，非常值得我们学习。因为它不是只从教育角度来谈教育，而是从整个世界的变化，从科学技术的变化，从社会的变革来谈教育。

1974年从巴黎回来我就回到北师大了，当文科小组（即现在的社科处）组长，1979年担任教育系的系主任。中国教育学会是1979年成立的。1980年夏北京市高教局和中国教育学会搞了一个培训班，叫高等学校干部暑期培训班。因为当时要恢复大学的秩序，要按照教育规律来办学，不能像"文革"期间以阶级斗争为纲，要以教学为中心。那么大学到底应该怎么办，就办了一个这么一个暑期培训班，他们要我去讲课。我们教育系过去只研究中小学教育，没有研究高等教育，教育系就是培养中小学老师，培养师范学校的老师，是专门研究中小学教育的，高等教育怎么办我们也不知道。那时副校长就说："你去带头讲。"要我去讲第一讲。我想了半天讲什么呢？就讲了"现代生产和现代教育"这样一个题目。为什么讲这个题目呢？因为我感觉到我们过去在"文革"以前，包括"文革"中间，老是把教育看成是阶级斗争的工具，甚至是政治斗争的工具。"文革"以后，总路线变为以经济建设为中心了，那么我们教育要不要起作用？要不要为经济建设服务？我在想这个问题。过去我们老讲，教育不能脱离政治，这是对的，教育脱离不了政治。但是教育是不是还有其他的功能啊，我在研究中就感觉到，现代教育实际是现代工业的产物。所以我当时就提出了两个观点：第一个观点是，现代教育是现代生产的产物。你们想想看，中世纪的时候哪有中小学，我们学校的发展不像我们想象的，先有幼儿园，再有小学，而后有中学，最后出现大学。从教育发展的历史来讲，是先有大学，到中世纪的时候先有大学，小学是没有的，儿童是在家庭里头受教育。所以说有家庭教育，没有学校，一直到资本主义萌芽的时候。出现了行会学校，还不是现代的中学。一直到了工业革命以后，工业革命大机器生产需要有知识的工人，没有知识不能掌握机器，所以那个时候才讲普及教育，后来许多发达国家出现了普及教育，那个时候才有小学。所以我们教育的发展是先有大学，然后有中学，再有小学，倒过来，整个现代教育的体系是现代生产的产物，这是我提出的第一个观点。第二个观点：教育和生产劳动相结合是现代教育的普遍规律。为什么呢？因为教育要适应科学技术的变化，科学技术的变化引起生产的变革，教育如果不跟生产相结合，教育就很难发展。教育既是它的产物，又是生产发展必要的条件，科学技术需要教育来培养人才，需要教育来提供人力资源。这是我提出的第二个观点，一提出来不要紧，第一个大家可以接受，一提教育和生产劳动结合是现代教育的普遍规律，有的人就吓了一跳，当时《百科知识》杂志准备发表这篇文章，他说你能不能把这句话删掉，否则你要受批判的。我说我不怕，"文化大革命"那么大的风浪都过来了，这句话是我的精华，不能删掉。但是你们知道吗，一直到1991年我还为这句话在挨批判，有的领导认为，这个观点没有阶级性，教育与生产劳动相结合是马克思主义的观点，是社会主义的教育原则，是社会主义教育与资本主义教育的分水岭，你怎么说是普遍规律呢？我说，你们看看西方国家，教育和劳动相结合，比我们国家搞得还好。我讲这个课的时候我就找根据，还是找我们的老祖宗嘛，马克思在《资本论》中有三句话：第一句话是，大工业机器生产的技术基础是革命的，以往的生产方式都是保守的。大工业机器生产之后，大家要竞争，机器就要不断改进。例如原来做一双皮靴用了 5 个小时，机器改进以后 3 个小时就生产出来了。那我不是赚的钱就比你多嘛。所以资本主义是靠竞争的，靠不断的技术革新。所以马克思主义讲，大工业机器生产的技术基础是革命的，以往的生产方式是保守的。我们农村里以往的生产方式很保守，没有把知识科技和生产结合起来。第二句话他讲，现在大工业生产造成了劳动的变换、职能的更动和工人的全面流动性。这个问题我们在 80 年代的时候讲起来很费劲，什么叫劳动的变换，职能的更动和工人的全面流动性？而且马克思和恩格斯还讲到，在未来的社会里，一个人可以根据社会的需要和自己的爱好，从一个岗位转移到另一个岗位。怎么转移到另一个岗位？党教育我们一辈子当一个螺丝钉，怎么能转来转去呢？不能理解！因为那时我们生活在小生产社会里。今天我们都能理解了，工人为什么下岗，为什么那么多的人要下岗？不就是因为生产的变革，不适应了嘛。朱镕基同志当时讲，要把过去旧的纺织机器都砸烂。为什么要砸烂？因为生产的东西都是低级产品，没有人来买，砸烂以后才能换新的。过去纺织工主要靠手工接线头，现在都自动化了，都要用电脑控制了。过去劳动模范靠接线头一分钟接多少头，现在劳动模范还要靠接线头吗？完全用计算机了。下岗不就是流动吗？第三句话马克思讲：未来的大工业生产要用全面发展的人来代替局部发展的人（大意如此）。他说的全面发展的人，指的是既能体力劳动，又能脑力劳动的人。怎么能够达到呢？那就要把生产劳动和教育结合起来。我们现在是讲教育与生产劳动结合，因为我们现在教育普及了，那个时候教育还没有普及，所以工人要发展就要和教育结合起来，生产劳动与教育结合起来，才能培养全面发展的人。大工业生产需要全面发展的人，不仅会用体力，而且还要用脑力、用知识、用科技，才能适应大工业的生产。但是 80 年代的时候，我们不理解。《资本论》我在 1949 年以前看了一点，新中国成立以后就看了，在苏联学习的时候也学了，讲课的时候也讲了，但是没有懂得这三句话的真正意义。一直到改革开放以后，我国工业化、现代化程度提高了，才逐步地理解。为什么？因为我们生活在一个小生产的社会。我们没有看到大工业生产，我们国家的现代化大工业生产还没有完成，80年代更不用说了，还没有大工业生产的变革。一直到80年代后期我国经济转型，技术改造，工人下岗，才逐渐理解。有人说终身教育是我最早介绍到中国的。不是的。介绍这本书的是华东师大绍瑞珍教授，她是研究心理学的，现在如果在世的话，已经一百多岁了，是她翻译过来的。我们国家在正式文件上提到终身教育是1993年，落后了差不多30年。《学会生存》是1972年发表的。在那之前，在1965年成人教育会议上就讲到终身教育这个概念，但是我们国家在1993年的教育发展纲要里才提到。这是我讲的又一个故事。

改革开放以后还有个关于教师的故事。我读的是师范，回来以后又在师大，虽然有几年在中学，但还是在师范大学。在师大当了七年副校长，当了十年研究生院院长，真正算得上一辈子从事师范教育工作。我感觉我国社会对教师不够重视，我们现在面临的教育问题很复杂，很多都是社会问题在教育上的反映。不完全是教育内部的问题，但如果从内部问题来讲，最关键的还是教师的问题。我们的教师总体上是合格的，但是优秀教师还是很少数，真正能称得上教育家的教师更是极少数。所以真正要改变我国的教育面貌，就要提高教师待遇，提高教师专业水平。要使教师真正成为一个令人羡慕的职业，这是第一。第二，要把教师的专业化提高到一个不可替代的位置。80年代我和教育工会的主席方明同志，给光明日报写信，要求每年春节的时候领导要给教师拜年。后来方明同志在全国政协提出设立教师节，我校王梓坤校长也倡议设立教师节。我们比较教育研究所搜集各国尊重教师的情况，写了一份咨询报告。当时我就提出一个观点，我觉得一方面全社会都要尊师重教，要尊重教师，另一方面教师要值得社会尊重，教师自身要有水平，要专业化，要值得人们尊重。为什么我提出这个问题？我再给大家讲一个故事。1980年，粉碎"四人帮"不久，各级各类学校开始恢复，师范教育也在恢复。就要有教科书，对不对？一门是教育学，一门是心理学。教育部就委托我们北师大来编教育学和心理学。当时我是教育系的系主任，教育学就由我来主编。心理学由心理系的系主任彭飞同志主编。我就找了两个老师，我们三个人一起到全国考察、开座谈会征求意见。我们到了成都、重庆、武汉、长沙、杭州，又到了上海，转了一圈。跟中师老师、小学老师座谈，讨论教育学该怎么编，教育学应该学什么。我们到了武汉，住到湖北省委招待所，那时候还没有宾馆，只有招待所。招待所一屋子住好几个人，我们同屋住了一位劳动人事部的干部，我们就一起闲聊，我们说"文革"把知识分子打成"臭老九"，至今知识分子不受重视。过去不是流传有很多说法吗，比如搞导弹的不如卖茶叶蛋的等等，脑体倒挂，知识分子待遇地位低，特别是小学老师，待遇太低了，很多地方都记工分，代课就记工分。劳动人事部的人却说："小学老师算什么知识分子？"我听了吃一惊，说，小学老师怎么不算知识分子，小学老师有知识才去教书的，过去在村子里，小学老师是村子里最高的知识分子。他说，你看看现在的小学老师，半文盲都能当小学老师，这样的小学老师能算知识分子？这句话对我的刺激非常大。确实是这样子，年轻人可能不知道，"文革"期间有一个笑话，说有一个村干部对一个小学老师讲，你好好干，干好了我调你去当售货员。当时这句话真的对我刺激特别大。后来到80年代的时候，一方面呼吁社会尊重教师，另一方面，我觉得教师必须要有专业性。所以在1989年，我就写了一篇文章，那篇文章我记得还在广播电视台广播了。我说教师要有不可替代性。社会上的职业，凡是可以替代的，人人都可以做的，这个职业是不会得到社会尊重的。你说壮工，他虽然有力气，但不懂专业技术，不会被尊重。80年代的时候，我们都很尊重司机。你要是出去叫个司机你还要给他送几包烟，你不送烟他不好好给你开，因为他有专业。我们不会开车，没有专业。现在不同了，年轻人都会开车了，司机的专业性就不强了。现在他要摆我我就不怕了，你要摆我我就叫个出租车。对不对？那时候出租车又没有，他是专业的。所以我觉得凡是专业的才能受到尊重。后来我就总结了一条规律：就是社会有一条铁的规律，只有专业化，才能受到社会尊重。如果这个职业是可替代的，那么这个职业就不会受到社会的尊重。所以我们的教师自己要专业化，要确实让人民群众尊重你。如果你不好好工作，不好好上课，还要让孩子去上补习班，上补习班就为了要钱，那么家长怎么尊重你这个老师啊。教师只有自己有师德，有专业，才能被尊重。为了教师的专业化，我就在学位委员里呼吁为中小学教师设置研究生学位。我曾担任国务院学位委员会学科评议组成员，当了四届，第一届到第四届，我就争取设立教育硕士专业学位。一开始想给大学的基础课老师争取学位。"文革"以后，大学的基础课老师都是本科毕业生，像我们北师大毕业以后大多去大学当基础课老师，但没有学位。那时候还没有研究生制度，还没有学位制度，但是他们要进修，所以出现了助教进修班等等。本来是想给大学基础课教师争取设立教育硕士专业学位，但是教育部的领导认为大学老师还是应该走学术性的道路，后来我们就决定给中小学老师争取学位。从1993年我们就开始调研，做方案。我感觉给中小学老师提供学位，一方面是提高老师的专业水平，另一方面是提高老师的地位，使青年教师有个奔头。大学的教师还有可能进大学教师进修班，还可以升讲师，还可以升副教授，可以升教授，但到了中学小学就不行了。大学老师还可以出国，中小学老师就没有机会。所以我从1993年开始策划，一直到1996年，国务院学位委员会终于通过了。通过以后，我就担任了教育硕士专业学位的专家组组长，后来又担任了教学指导委员会的主任，2004年卸任。也是干不动了，现在是北师大的校长钟秉林担任主任。我在卸任以前，还酝酿给中小学老师争取教育博士专业学位。这个博士学位前年也争取到了。在中小学老师里头培养博士生，这样我们的老师有了硕士学位和博士学位，社会价值就提高了，社会地位也才能提高。

我的教学生涯，就是一直跟着我国教育事业的发展而发展，最近几年，主要是参加国家中长期教育改革和发展规划纲要的调研编制工作。现在纲要已经公布，为了落实，国家又成立了教改领导小组，下面成立了一个咨询委员会，有60个咨询委员，我也是咨询委员，并任第一组的组长。我年事已高，只能为教育做力所能及的工作，搞一些调研。我的整个教育生涯之中，并没有像很多理论家那样坐下来研究这个理论，那个理论，我没有，我只是遇到什么问题就坐下来思考，提出自己的意见。但我是从教育理论的角度，从教育理性的角度提出来的。例如我提出取消奥数班，是从教育的规律提出来的，不是灵机一动提出来的。这些问题争论很大，今天也来不及讲了，我简单地讲了一些故事与大家分享，讲得不对的地方希望大家批评，谢谢大家。

蒙曼（中央民族大学历史系副教授）

鉴古知今

——武则天的领导艺术

蒙　曼

谁都知道，历史讲的是过去的事情。可是，在如今世界各地的学校里，历史都是一门必修课。那么，今天的人们为什么必须知道历史呢？一百个人恐怕会有一百种答案吧。但是，我想，最能得到广泛认可的理由可能就是鉴古知今了。不了解历史，我们便无从把握今天。就像一个人没有走过前面的一步就不可能接着走下一步一样，没有历史，人类也无由走到今天。而且，历史已经在很大程度上左右了我们今天行走的方向。举例来说，如果此前的你一直往东走，现在无论你是否还想往东，你的起点都已经在东方了。这还只是鉴古知今的一个方面。另一个方面是，假如你在此前的行走过程中栽过跟头，你在今后的行走过程中也都会将其作为教训慎重参考。我们了解历史的意义就在于此。了解武则天这样一个空前的历史人物的意义也在于此。

武则天在中国是一个知名度极高的人物。众所周知，她是中国两千多年的封建史上唯一的一个女皇帝。无论你对她个人评价如何，你都不能否认，她曾是大唐以及武周王朝的真正主宰者，而大唐（包括武周）是中国历史上最著名的盛世。为什么大唐在中国人心中有如此重要的位置？换言之，为什么今天的人提到强国理想时还会说梦回大唐呢？是不是因为大唐发达的物质文化呢？答案当然是肯定的。根据学者测算，盛唐时代，人们的平均粮食占有量是 700 斤。这是当代中国在 1983 年刚刚达到的额度。有了这个数字，我们才能真正理解杜甫的诗句"稻米流脂粟米白，公私仓廪俱丰实"。但是，也必须承认，我们梦回大唐的理由远不止于此。我们更在意的是大唐的精神，这个精神，在我看来，最重要的是宽容、开放和向上。所谓宽容，是儒、释、道三家并尊共荣的思想局面，是唐僧偷渡取经，回来仍然能受到热烈欢迎的大国心态；所谓开放，是长安城居民中百分之二的外国人口，是祆教、景教、摩尼教的合法地位；所谓向上，是李白高歌"天生我才必有用，千金散尽还复来"的昂扬精神。这些都在我们心中具有永恒的魅力。这样的物质加这样的精神才是大唐。而武则天正是这个盛世的领导者。这样一来，无论你爱她还是恨她，你都必须承认，她是一个成功的领导者。那么，她有哪些领导艺术值得我们今天学习和思考呢？

谈到武则天的领导艺术，我想总结四句话：眼界是基础、用人是关键、舆论是辅助、个人魅力是协调。

先说眼界是基础。眼界是最考验领导人素质的地方。是一个人对时局的把握能力和对未来走向的基本预见力。无论领导一个帝国还是一个企业，最重要的就是确定方向。那么，武则天接手唐朝时，它最主要的矛盾是什么，方向又在哪里呢？简单说来，武则天时期，唐代的主要矛盾是贵族对社会的掌控力过大，制约了君权，也制约了社会流动。而社会发展的方向，就是打破贵族对统治层的垄断，缔造一个既保证君主专权又满足社会流动需求的官僚社会。

贵族为什么会制约社会发展呢？所谓贵族社会，其实就是一个身份制社会。社会成员按照先天的血统，在社会上占据不同的地位，彼此之间很难逾越。而在所有的社会分层中，贵族占据极端重要的地位。众所周知，中国古代政治分层无非君、臣、民三级，在身份制社会里，贵族依靠九品中正制等制度世代把持高位，整个官僚集团的中上层都被他们的小圈子垄断了。一个贵族，只要不是傻瓜，就可以"平流进取，坐至公卿"，这当然很难保证官员的质量。因为贵族当官是由先天的血统决定的，即使换个皇帝他们也照样做大官，因此他们对当朝皇帝很不买账,甚至有的贵族身份比皇帝还高。在这种情况下,皇权发展要受到贵族制约,很难真正伸张,这让皇帝相当郁闷。

跟皇帝一样郁闷的还有平民。平民占人口的大多数。但是,在身份制社会中,他们的社会地位很低。平民里也有才俊之士,可是上升无门,再怎么努力,也无法占据高位,施展才华。大诗人左思曾经写过这样一首诗:"郁郁涧底松,离离山上苗。以彼径寸茎,荫此百尺条。世胄蹑高位,英俊沉下僚。"说平民中的才俊之士就像长在山涧里的大树,无论个体如何挺拔伟岸,在整体海拔上也永远高不过山顶上的一棵小草。这样的社会是不公正的,也是不流动的,不利于历史向前发展。

武则天看到了这样的情况,她决心利用这种情况。怎么利用?废王立武就是一次表演。联合皇帝和平民中的年轻才俊,打击朝廷里的关陇贵族官僚。通过种种手段,她成功地将这些贵族打压了下去,自己也当上了皇后,这就是历史上著名的废王立武事件。通过废王立武事件,唐朝的皇权有了很大提升,非贵族出身的普通官僚也得到了更多的机会。此后,武则天在施政过程中一方面利用科举制选拔新人,一方面通过持续的政治斗争不断打击身处高位的贵族官僚,提拔在朝廷之中独立无所依傍的中下级官僚,通过统治队伍的一次又一次换血,到她统治结束之际,贵族在唐朝政坛已经不再占据重要位置了,皇权大大提高,平民向上流动的能力也大大增强了。

那么,武则天这样做有什么历史意义呢?首先,她赢得了自己的地位。这个地位的获得来自于皇帝和官僚的支持。另外,她打破了身份制对于社会的束缚,建立了流动性更大的君主集权的官僚制度,这个制度对于社会的良性发展至关重要。在唐朝之后,直到清朝,中国将近一千年的历史都处于皇权至上的官僚制度笼罩之下,反映出这种制度强大的生命力。这是双赢。武则天获得双赢靠的是什么?就是她的眼界,是她把握根本社会问题的能力和智慧。这就是所谓的世界大势，浩浩荡荡，顺之者昌，逆之者亡。这种眼界和智慧让她取得事半功倍的统治效果，这就叫做眼界是基础。

再看用人是关键。毛泽东主席对武则天用人有过评价，说她既有识人之智，又有用人之术，还有容人之量。识人、用人和容人，基本就已经涵盖了武则天人才政策的全部内容。确实，在一个国家的基本制度订立之后，管理人才的选拔和任用就成了关键问题。在强调人治的传统社会尤其如此。所以，中国自古就有"为政之道，要在得人"的说法。而在中国古代的君主中，武则天虽然居于异端地位，但是，即使她的敌人也不得不承认，她的用人方略可圈可点。按照唐朝中期名相陆贽的说法就是："当代谓知人之明，累朝赖多士之用。"那么，武则天究竟有怎样的人才政策呢？用人从识人开始，我们先看识人。

识人靠什么？是不是靠火眼金睛呢？偶一为之当然可以，还能顺便彰显统治者的智慧和求才若渴之心。例如，武则天赏识郭元振的例子。郭元振当年是一个县尉，主管治安。但是，他不仅不能保境安民，反倒自己绑架治下的百姓。武则天经审问得知，郭元振这么做，并非为了图财，而是要把抓来的人送给朋友。面对这样一个胆子大，不怕死，对朋友赤胆忠心的罪犯，武则天果断决定，不处以死刑，而是把郭元振发配到西北战场。因为这样的人固然当不了亲民官，但是有可能成为一个好将军。果然，十年之内，郭元振成长为西北战场最成功的将军，也是唐玄宗朝的第一任宰相。这是武则天火眼金睛的佳话。但是，大规模建立人才队伍绝不能靠统治者一个个地随机发现。武则天非常明白这个道理，她靠机制来发现人才。什么机制呢？武则天建立了三种机制来保障人才的选拔：科举制、制举制、荐举制。在这三种机制之中，科举类似于今天的高考，制举类似于公务员考试，荐举则包括毛遂自荐和组织推荐，彼此相辅相成，其中，尤以科举制影响最大。

科举不是武则天创造的，但是，在武则天之前，科举制并没有受到绝对重视，选拔的人才也非常有限。到了武则天时期，她把这种制度发展到了一个新的高度。怎么发展呢？她首先采取措施提高考生的地位。当时，参加科举考试的人有两种渠道，一种是生徒，就是各级学校的学生；一种是乡贡，就是到各州政府报名，经由各州政府考试上来的人才。两种渠道中，乡贡占主要地位。在武则天以前，各州上贡的时候，在文书中，都是把贡物放在前头，贡人放在后头，这不是重物轻人嘛！武则天下令改变这种格局，把贡人放在首位，以示国家重视人才高于重视物质享受的信念，这对考生的精神自然是极大的激励。武则天的另外一个创举是充分利用殿试制度。所谓殿试，就是皇帝在大殿亲自面试考生。这一制度本来是唐高宗开创的，但当时规模很小，作用不大。武则天为了充分彰显国家对科举考试的重视，下令亲试天下考生。一时间，几万才子齐集洛阳，皇帝亲临现场，出题问卷。这样一来，天下人都看出来了，在皇帝心目中，科举考试是最受尊重的上升途径。从此，不仅考生群情振奋，科举一下子也成了全社会关注的重点，甚至出现了"五尺童子，耻不言文墨"的局面。武则天为什么这么重视科举制呢？很简单，科举的精髓就在于"英雄不问出处"，这种精神最能体现她想要打破贵族对官僚阶层的垄断，实现真正意义上的社会流动的愿望。而且，考生接受殿试，由皇帝的恩典得中进士，也就成了天子门生，这当然有助于让他们形成面对皇帝的向心力，有助于维护皇权。科举制对中国古代社会的发展功德无量，被称为中国的第五大发明，也使得中国成了全世界范围内流动性最强的古代社会。后世的《劝学歌》说："朝为田舍郎，暮登天子堂。将相本无种，男儿当自强。"这是何等自信和豪迈的想法！虽然武则天在她死后的一千多年间饱受男性儒家知识分子的种种攻击，但事实上，正是她给了所有男性一个机会。这就是历史的吊诡之处吧。通过科举制、制举制和荐举制，武则天网罗了一大批优秀人才，这些人才不仅为武则天服务，也继续为武则天以后的大唐王朝服务。比如我们熟悉的开元贤相姚崇、宋璟、张说、张九龄等等，都是在武则天时期培养成长起来的，这就叫做"当代谓知人之明，累朝赖多士之用"。可以说，没有武则天的识人之术，也就没有盛唐时代的"锦天绣地，满目俊才"。

识人之外，我们再看用人。古语讲"金无足赤，人无完人"，所谓用人，关键是人尽其才，让每个人都充分发挥自己的长处。在我看来，在武则天手下效力的五类人才特别有代表性。

第一类是办事人才，就是辅佐君主，考虑国家大政方针的人。这类人中最典型代表是狄仁杰。狄仁杰是科举出身，武周时代拜相，任职期间决定了两件最重要的事。一件是协助武则天结束酷吏政治，让武周王朝的统治走向正轨；另一件是劝说武则天立庐陵王李显当太子，实现了武周向李唐王朝的平稳回归。这两件事都事关王朝发展的大方向，狄仁杰能够把这两件事情办好，也就奠定了他在武周一朝无与伦比的地位。那么，武则天对这类人才如何使用呢？众所周知，武则天是铁腕人物，但是，她对办事人才却是充分地尊重，充分地任用，充分地爱护。举两个例子。狄仁杰比武则天小六岁，但是，武则天总是尊称他为国老，从不直呼其名。每次上朝，武则天都不让他下拜，总说：国老一拜，我全身都疼。后来，狄仁杰去世，武则天还伤感地说：国老一去，整个朝堂都空了！真是生荣死哀。这样的君臣关系，就是唐太宗和魏徵也无法比拟。所以说，武则天对真正的办事人才是充分爱护的。

第二类是守正人才，就是忠诚耿介，可以在朝廷里维持纲纪的人。这类人中最优秀的代表就是宋璟。众所周知，宋璟是著名的唐玄宗开元贤相，和姚崇齐名。其实，宋璟真正开始崭露头角是在武则天时期。宋璟为人素来以刚直著称，人送外号"铁筷子"，说他像铁筷子一样又直又硬。当时，武则天有两个男宠，一个叫张易之，一个叫张昌宗，非常得宠，神气活现，一般大臣在他们面前都要低头。甚至连狄仁杰这样的老臣都要敷衍他们,和他们饮酒作乐,称兄道弟。偏偏宋璟不买账。每次看见这两个小伙子,都报以白眼,以示蔑视。有一次,大臣聚会,张易之兄弟特地拍宋璟马屁,说:"宋公乃当今第一人,理应上座。"没想到宋璟眼一瞪,问道,"才疏位卑,张卿谓为第一人,何也?"要知道,当时一般人为了巴结二张兄弟,都称呼他们俩为五郎、六郎,哪有人敢叫张卿呀?所以宋璟这样说,自然是举座皆惊。有一个官员不识趣,就问:"宋公为什么管五郎叫张卿啊?"宋璟又是眼一瞪,说:"你不是张家的家奴,为什么要管他叫五郎?"(唐代家奴称呼男主人为郎)通过这样的例子我们可以看出,宋璟为人太不会变通了。众所周知武则天时代司法残酷,那么宋璟会不会倒霉呢?不会。武则天虽然也贬过他的官,但是每次事情一过,总会把他重新提拔回朝廷。武则天为什么要这样做呢?很简单,有这样的人在朝廷里,虽然领导有时可能面子会过不去,但是,朝纲不会大坏。对这类人才,领导一定要有心胸去优容之,礼敬之。

第三类是点缀人才,就是一些非常风雅,能够为国家装点门面的人。武则天晚期,政治基本步入正轨,国家储备比较充足,这样的人才就登场了。比如唐代大诗人李峤、宋之问,在武则天晚年都身居高位。很多人都知道,李峤有一首咏风的诗:"解落三秋叶,能开二月花。过江千尺浪,入竹万竿斜。"全诗灵秀活泼,确是诗中隽品,但是说起李峤的政治业绩,大家就基本没什么印象了。可能有人会想,选拔官僚,当然要以施政为标准,怎么能以赋诗为标准呢?那么,武则天为什么要用这样的人呢?很简单,这些人虽没有什么杰出的政治能力,却有助于提高国家的文治形象。在这个意义上讲,风雅是有价值的。那么,对这类风雅的臣子要如何使用呢?武则天掌握的尺度是,要优容,但是不能重用。必须明确,这类人最大的作用是修饰性的,而不是实质性的。犹如一栋房子,不装修不行,但是一定要清楚,能让房子立起来的是钢筋水泥的结构,而不是装修。

第四类是打手人才，就是帮助武则天打击反对派的酷吏们。最典型的代表就是"请君入瓮"的来俊臣。这些人大多出身卑微，文化水平不高，也没有什么政治理想。在朝廷里，他们根本不见容于大多数官僚，只能依靠武则天立足，因此对武则天忠心耿耿。以来俊臣为例，他出身罪犯，依靠告密起家，被武则天提拔为御史，从此为武则天服务。任何人，只要对武则天的统治可能构成威胁，来俊臣都坚决秉承武则天的旨意，必欲置之死地而后快。为此，他还搞起了发明创造，研制出十副大枷震慑人犯，还编写了中国古代制造冤假错案的理论依据和经验指南《罗织经》。在来俊臣等人横行的时代，官员各个朝不保夕，每次离家上班都要跟家人诀别，说：不知今晚还能不能回来？简直就是一片白色恐怖。可能有人会说，这类人都不是好人啊！没错。那么，武则天为什么要用这类人呢？很简单，因为武则天是靠政变当上的皇帝，再加上女人的身份，使得她很难得到官僚集团的认可。当时，确实有一些官员反对她，还有更多的官员左右摇摆，意欲观望。这使得她的统治很难稳定下来。怎么办呢？只能依靠酷吏，通过杀一批人的形式震慑更多的人，让官员们至少先不敢造反。以后，再慢慢加以笼络，让他们从不敢造反过渡到不想造反。换句话说，打手就是武则天手中的工具，能为她稳定统治赢得时间。那么，对待这种人应该怎么使用呢？武则天的做法是有条件、有时间限制的任用。所谓有时间限制，就是酷吏横行主要集中在武周建立之初，统治不稳定的时候，一旦统治稳定后，则痛下杀手，将其诛杀或流放；所谓有条件，是指酷吏都局限在司法部门，绝对不让他们干涉政治决策。换言之，对于这些人一方面要利用，但另一方面要严格控制，要把他们的消极影响降低到最小。

第五类就是中坚人才，这类人就是所谓沉默的大多数。他们占据官僚队伍的主体，虽然由于能力所限没有特别的建树，但是总体说来也算兢兢业业，恪尽职守。这类人人数众多，优点不明显，甚至在历史记载上很难留下痕迹，似乎也找不出来代表人物。但是，一定要注意，是他们平凡的工作在支撑着帝国的发展。对这样的人应该怎样使用呢？很简单，要给他们留空间，要给他们上升的出路。换言之，即使没有特别的功绩，也要考虑他们的年资、劳苦给予升迁，这也是对待大多数官员应有的态度。比如娄师德就是一个代表性人物。娄师德是一个宽厚仁慈，近乎胆小怕事的人，中国有一个著名的成语叫唾面自干，说的就是娄师德的例子。这样的人不上进，不出头，但是，也不惹事，不生非，在自己能力所及的范围内兢兢业业地维持着统治的运行。这就需要统治者予以充分的肯定，让他们成为大多数官僚的榜样。

人才政策的最后一个问题就是容人之量。一个好的领导，如果没有宽阔的心胸容忍异端，就很难有真正的发展。春秋时期有一个著名的故事，楚庄王有一次宴请臣僚，并且让自己的爱妾给大家敬酒。正喝得痛快，忽然灯灭了。这时候，有一个客人就偷偷拉了一下爱妾的衣带，想要调戏她。这个爱妾非常机灵，马上把这个人的帽缨扯了下来。然后对楚庄王说："刚才有人调戏我，我把他的帽缨扯下来了。现在请大王拿火来，让这个人现原形！"这个时候，楚庄王说了："刚才大伙不过是喝多了，犯下了无心之错，怎么能够苛责呢！这样吧，所有的人都把帽缨扯下来，咱们再点火把！"这样一来，失礼的大臣保住了面子，也保住了性命。三年之后，楚庄王和晋国大战，有一个臣子总在他的左右护卫，奋不顾身，终于取得了战斗的胜利。楚庄王问他为什么那么忠诚勇敢，大臣说："我就是三年前失礼的那个人啊！大王当年不杀我，我今天特来报恩！"毫无疑问，这个故事表明，有的时候宽恕更能赢得人心。

领导除了包容人的不足之外，更要包容人的才干。大家都知道楚汉战争。强大的西楚霸王最终不敌一度弱小的汉王刘邦。关键因素在哪里？就是包容力不同。看看西楚霸王和汉王的两段名言吧。楚霸王在四面楚歌的情况下说："力拔山兮气盖世。时不利兮骓不逝。骓不逝兮可奈何。虞兮虞兮奈若何。"他在歌唱什么？他在歌唱自己的能力。认为上天亏待了他。在他心目中，胜也罢，败也罢，有关系的只有自己。事实上，项羽在历史上也确实以不能用人著称。韩信本来是他的部下，但是得不到重用，跑到刘邦那里了；范增是他手下最好的谋士，但是，受他怀疑，郁郁而死了。走的走，死的死，项羽也就完了。再大的英雄，如果不能看到别人的长处，不能用到别人的长处，也不能成功。

再看刘邦。刘邦也有一段著名的吟诵："大风起兮云飞扬，威加海内兮归故乡。安得猛士兮守四方！"在威加海内的情况下，他想到的是猛士，是人才。事实上，这也是刘邦能够灭掉项羽的心得。汉灭楚后，刘邦曾经总结过自己的取胜之道。他说："夫运筹帷幄之中，决胜于千里之外，吾不如子房。镇国家，抚百姓，给馈饷，不绝粮道，吾不如萧何。连百万之军，战必胜，攻必取，吾不如韩信。此三者，皆人杰也，吾能用之，此吾所以取天下也。项羽有一范增而不能用，此其所以为我擒也。"这就是包容力。任何人，只有不自以为是，能够容纳别人的才华，才能成事。

武则天是不是一个能够懂得包容人的不足和包容人的才干的人呢？大家都知道骆宾王的故事。在武则天向皇位发起冲锋的时候，徐敬业在扬州起兵造反。为了制造舆论，徐敬业请当时著名的文学家骆宾王替他写了一篇讨伐武则天的檄文，文中多处咒骂武则天，说她"入门见嫉，蛾眉不肯让人；掩袖工谗，狐媚偏能惑主。践元后于翚翟，陷吾君于聚麀。加以虺蜴为心，豺狼成性。近狎邪僻，残害忠良。杀姊屠兄，弑君鸩母。神人之所共嫉，天地之所不容。"这样激烈的言论，实在是太不留情面了，真是考验人的忍耐力。那么武则天对这篇檄文是怎么反应的呢？她看完檄文后竟连连称赞，还惋惜地说：这样的人才流落到民间是宰相的过错啊！一句话，举重若轻，既掩盖了自身的问题，又安定了朝廷的人心，还安抚了天下的知识分子,这就叫做容人之量。再对比一下隋炀帝,我们就能明白武则天的伟大之处了。隋炀帝时期,有一个叫薛道衡的人,是当时最有名的诗人,有一篇描写思妇的代表作《昔昔盐》,其中两句最为脍炙人口:"户牖悬蛛网,空梁落燕泥。"隋炀帝也善作诗文,可嫉妒心强,容不得别人超过他。一看见薛道衡的大作,隋炀帝不惜罗织罪名把他杀死了。还恨恨地说:我看你还能作"空梁落燕泥"吗?为什么武则天得国,而隋炀帝亡国,和心胸是不无关系的。能够识人,善于用人,肯于容人,这不就是一个优秀的领导嘛!

再看舆论是辅助。任何一个政权要想长久立足,不能只依靠枪杆子,总需要得到人心的认可。这样才能逐渐摆脱血腥气,渐变为得民心者得天下。怎么才能得民心呢?在很大程度上还需要有舆论的配合。那么,怎样才能做到驾驭舆论呢?武则天有两个作为。第一就是关爱文人,容忍文人。如我们刚才谈到武则天的容人之量。其实,什么人可以容,什么人不可以容,武则天分得非常清楚。她容什么人呢?文人。因为中国古代讲:秀才造反,三年不成。文人没有武装,不会构成真正的威胁。但是,如果是有可能真正威胁武则天统治的武将或者是朝廷大臣,武则天就不会容忍他们了。事实上,容忍文人除了安全之外,还有一个巨大的好处,那就是制造舆论。文人可能不掌握任何实质性的政治权力,但是他们掌握话语权。容忍了一个文人,你可能赢得的就是整个舆论。这一点,武则天做得相当高明。

武则天的第二个作为是驾驭主流舆论,从而赢得主流人心。对于武则天来说,当时的主流文化是什么呢?是儒、释、道三种思想并重。但是,三家之中,儒家强烈反对女人干政,对武则天并不认可;而道教因为太上老君李耳的关系,又被李唐王朝奉为祖宗,也很难协助武则天改唐为周。对这两种思想,武则天的利用有限。剩下的另一个主流思想就是佛教了。佛教在当时社会极端流行,被认为是指引人们心灵的宗教。更重要的是,佛教因为众生平等的理念和此生虚幻的取向，对于性别差异的关注不那么严重。武则天受家庭影响，本身信奉佛教，再加上佛教的这些优点，当然对佛教大力弘扬。她禁屠吃素，还曾写下著名的开经偈："无上甚深微妙法，百千万劫难遭遇。我今见闻得受持，愿解如来真实义。"武则天投桃，佛教界自然报李。佛教经典《大云经》和《宝雨经》都成为武则天最重要的理论支持，武则天也借此在一定程度上摆脱了女人不能当皇帝的困扰。这就叫做驾驭主流舆论。

最后我们讲个人魅力是协调。一个领导是否被爱戴，不仅取决于是否有政绩，也取决于是否有"人缘"。武则天的"人缘"表现在三个方面。第一有决断力。古代社会，对妇女的主体要求是服从而不是独立判断。因此，女性统治者，往往给人决断力不足的印象。那么，武则天怎么表现决断力的呢？举一个例子。在徐敬业叛乱的时候，朝廷里的宰相裴炎也趁机逼宫，要求武则天让位给唐睿宗李旦。中央和地方同时着火，好多大臣也因此狐疑不定，想看看武则天怎么处置。那么，武则天究竟是怎么处置的呢？她在第一时间把裴炎罢官砍头，先肃清了中央的杂音，形成坚强的领导核心，然后又果断出兵，镇压徐敬业叛乱。就是这样条理清楚，行为果断的举措，充分展现了武则天的个人能力。也就是在这种情况下，大臣们认识到，别看武则天是一介女流，但是，绝不缺乏统治者应有的决断力，从而坚定了追随她的信心。第二就是亲和力。决断力很重要，但是，一个统治者，不能仅仅让人觉得可畏，更要让人觉得可亲。这一点，武则天也做得不错。比如我们前面讲的，武则天对狄仁杰尊称国老，狄仁杰和她一起骑马出行，帽子被风吹掉，武则天马上让太子李显去给国老捡帽子，这不就是亲和力的表现吗？第三是活力。武则天当皇帝的时候已经是67岁高龄了，这样的年龄在平均寿命只有三十几岁的唐代显得相当老迈。很多人会因此心生狐疑，万一自己今天投靠武则天，没过多久，她就驾鹤西去，怎么办？那么，怎样才能让人们树立信心，相信领导人还很健康，很有活力呢？武则天除了精心化妆，掩盖老态之外，还曾经有过这么一次出众表演。她80岁的时候在龙门举行了一个赛诗会，规定谁第一个做出诗，谁将得到当时的高档时装——锦袍。结果，一个叫东方虬的人第一个写好了，武则天也就把锦袍赐给了他。结果东方虬还落座未稳，宋之问也把诗呈送给武则天。武则天一看，如果说东方虬的诗可以称得上文通句顺的话，宋之问这首诗就是文理俱美，强太多了。怎么办呢？难道因为几十秒的差距就让宋之问屈居第二？武则天觉得不行。于是，她大步走到第一名东方虬身边，将锦袍从他身上扯了下来，转赐给了宋之问。看到老皇帝如此矫健的身形和如此活泼的反应，大臣们顿时发出一阵欢呼。这就是所谓"龙门赋诗夺锦袍"的故事。毫无疑问，武则天这番充满活力的表现给她增加了不少分数。这种集决断力、亲和力和活力于一身的魅力，对武则天的统治当然也助益很多。

正因为有如此高超的眼界，如此杰出的人才政策，如此强大的舆论支持和如此高超的个人魅力，武则天才能够在对妇女极端不利的社会条件下脱颖而出，成为中国历史上独一无二的女皇帝。斯人已矣！但是，留给我们的思考有很多。每个人都可以舀一捧水，借以感受海。但是，任何一捧水都不是大海的全部。我想，解读武则天也是如此。我们对她领导艺术的探究犹如从她的海洋里舀出的水一样，我们知道这不是海的全部，但是，我们还是因此感受到了海。

于丹（北京师范大学艺术与传媒学院教授）

阅读经典　感悟成长

于　丹

今天，非常感谢大家在遥远的边疆给我提供了这个讲台。天下师大是一家，我像你们这么大的时候，四方游学，走到各地都住在师范大学。24年前，我曾经喝过新疆师范大学的美酒，现在再来新疆师范大学的时候，自己已经成了一名老师，再看着和我当年第一次来新疆时一样年龄的同学，心里非常激动。应该说，不管走到什么地方，我最亲切的岗位其实还是在讲台上，因为只有在讲台上面对同学时，我才会觉得心里特别踏实。教师就是永远在面对成长的一种职业。

我们今天在这里讨论文化的发展。什么是真正的文化？文化其实就在你们呼吸的空气里，在你们眼前的山、脚下的大地里，在你们自己的生活方式里。新疆这个地方的文化，足够大家仔细体味。我在24年前就怀着梦想、一定要来到这方土地上，就因为这里的文化是不可替代的。

"文化"这个词最早出自《周易》。《周易》的《易传》上说："观乎天文，以查时变；观乎人文，以化成天下。"观乎天文，就是我们要观察四时的变化，体会时节的更替。这个季节来新疆的人特别多，因为这里的秋色特别纯美，天象由热转凉的变化我们关注到了，人就能跟上天象的变化，这叫"观乎天文，以查时变"；"观乎人文，以化成天下"，也就是说要观察世间百态，凝聚起来这种思想价值观，再去氤氲入世，流化生命，这叫"文而化之"。所以文化这个词通常被认为是个名词，其实从它本义来讲，也可以理解为一个动词。所谓

"观乎人文，以化成天下"，就是让文明能够化入我们的生命，让我们自己的内心有一种文化的根性去指导当下的生活。在新疆这个地方，你们就都能够体会到什么是"文而化之"。

我们从小就在课本中学过，从长安开始那条浩浩荡荡的丝绸之路，西出阳关，踏上一条既荒凉又辉煌的道路。中国的丝绸、药材、造纸术、印刷术，我们所有古老的文明从这条路上源源不断地输出去，西方的瓜果、瓷器、玻璃等很多东西顺着这条路输进来。就在这条路上，最早有多少戍边的英雄志士，有多少悲壮的边塞诗篇，这个地方有大漠孤烟，有豪情传奇，有四时不同的风光，也有到今天还沁人心脾的瓜果，还有遍地的鲜花和风物。这个地方离天很近，离俗世很远；这个地方的人守着自己的生活方式。这种"文"其实是文化的核心竞争力。我们怎么样能在今天这个时代"文而化之"，让这种"文"照耀滋养人心，让这种"文"一直能够融化到今天的生活里，这是我们要考虑的事情。

新疆师范大学是一所全疆非常优秀的大学。清华大学的梅贻琦校长曾经说过："大学者，非有大楼之谓也，有大师之谓也。"大楼有多高不是最重要的，重要的是要看有多少大的思想。一所大学就要有大人格、大胸襟、大气魄、大眼界，这才是大学之大。一个人从小长大，走到大学这个阶段的时候，很快就要走到社会上去了。工作后，我们经常会听到一个词：局限性。何为局限？局限就是一个人格局太小，所以为其所限。下棋时，在一个棋盘上布局最重要。一开始拥有一个大格局，以后就不会为其所限。我们在大学里要给自己布一个大格局，带着这个格局再去走世界上的千山万水，你就能够去谋篇，去规划自己未来的理想。在西部、在新疆这样一种不可替代的文化风物之中去锻造和酝酿一种真正雄阔的大人格、大气魄，这应该是我们在大学时代真正该完成的。

今天这个时代，人们会有很多的机会，但是同样有很多的压力和焦虑。怎么样去面对这个时代，怎么样去应对挑战，这就看你在大学的时候能够带走什么，你自己从这片文化里面能够吸取到什么精神力量。

我想跟你们分享一下我像你们这么大的时候，在西部的见闻和感动。我最早来新疆的时候，是因为知道西部有很多传奇，所以就和几个同学相约结伴而行。在进新疆之前，我们在偏僻的柳园站下车，去探访了敦煌莫高窟。那是我第一次来闯大西北，在炎炎的八月里，眼前一片枯黄的大漠，那种情形真的是激动人心。在黄色的大漠映衬之下，能看到西北的天空有多么蓝。每天我们都在敦煌莫高窟的洞里流连忘返，听解说员讲每一个石窟的画像。

敦煌石窟每天下午四点半以后就关门了。然而到晚上十点钟的时候，自然光还没有收尽，我当然就很想进沙漠。师兄们就特别不屑地跟我说："你现在不能进去，沙漠里很危险，等到哪天咱们看完了这些石窟，找一个早晨咱们再进沙漠。"但是有什么危险，谁也没有跟我详细说。他们每天背着摄影包去摄影，却觉得我是一个小孩，常会洗一盆大白杏，把我一个人往屋里一搁，说你自己在这吃杏啊，乖乖地等着我们回来。我每天就在想为什么不能进沙漠，到底有什么可怕，我想他们可能是怕沙漠里会天黑。我就去找了那个讲解员，借了一个特别大的手电筒，捏了一把英吉沙短刀，带上一条毛巾，斜挎着一壶水上路了。记得当时我穿着一条牛仔短裤、一件纯棉小背心，戴着一个大草帽，临走的时候，我给师兄们留了一个纸条："你们别担心，我带手电了。"我当时真的不担心，我就想有了手电还怕什么呢？我记得下午五点之前的天空湛蓝湛蓝的，大把的阳光毫不吝啬地洒下来，像一把一把的金属粉末，落地无声，融进那个金黄色的大漠，山和沙丘的线条如同刀切斧刻出来一样，真的是太让人动心了。

我一个人往沙丘上爬，经常是爬几步就滑下来一截，再爬几步，再滑下来一截，等到了沙丘的另一边就可以连滚带爬地下去。我当时就感觉，这个沙漠是如此古老，我却如此年轻，心中激情澎湃，豪情壮志奔袭而来，古往今来的诗篇开始在脑子里飞旋。

就这样一路走着走着，忽然就觉得身上开始冷了。沙漠里一旦冷的时候，气温就像坐着滑梯一样"唰"的一下就到底了。太阳一下去，温度突然之间就急剧下降了。更严重的是，我已经找不着来时的路了，四面全一样，那一刻终于明白什么叫"天似穹庐，笼盖四野"，因为就像一口锅一样，四周沙丘都是一样的。天越来越黑了，我想我不能再走了，可是太冷了，得生火。也就是那时候，我第一次认识了一种植物——骆驼刺。沙漠里只有骆驼刺，不长别的植物。我就用那把英吉沙刀刨骆驼刺的根，手就往外拽。双手被划得鲜血淋漓，终于弄出了一堆骆驼刺。我在沙丘里扒了一个坑，掏出火柴去点，但是怎么也点不着，划了半盒火柴，都快没火柴了。最后，我只得在那个坑里面糊上毛巾，把骆驼刺包在里面，终于把它点着了。点着了以后可就不能再灭了，再灭就没有引子了。所以，只要冷了我就继续去刨骆驼刺，手里握着一把刀不停地在砍骆驼刺。

我一个人坐在沙漠的中心，看着天空，等待着天亮。西北的天即使到了最黑的时候都是墨蓝墨蓝的，天空的云彩一朵一朵的镶着那种紫黛色的亮边，疾走如飞，仿佛天马行空。我就在那里一会儿去刨点骆驼刺，烤烤火，一会儿看看天空。几个师兄就打着手电，满世界找我，天快亮时，他们老远看到了一堆火，终于找到了我。找到了以后，大家痛骂了我一顿：你进沙漠，你知道沙漠会降温吗？我说：不知道，那真是不知道。你知道沙丘里有狼吗？不知道，沙漠里有狼啊？从来没听说过。你知道沙丘会平移吗？不知道。你听说过沙尘暴吗？不知道。那个时候都不知道。他们说，你给我们留张纸条，说你带手电了，你那手电有用吗？我一想，身上的火柴、毛巾、水壶都有用，最没用的还真就是手电。后来他们说，真是傻丫头！就把我带回去了。

进新疆后，向北我们到了吐鲁番、哈密，向南去了库尔勒。火车在广袤的大地上蔓延着，偶尔还会一站一站地抛锚，我们没有水、没有吃的，就这样游遍了整个新疆。

从新疆回去以后，我继续读书，师兄们早早地毕业，都出去建功立业了，有的出国了，有的散布到全国各地。很多年后，我也走到社会上，才开始知道社会有太多太多不尽如人意的地方，社会有它的规则，一个新新人类刚进入社会的时候是会不断碰壁的。所以，刚工作的时候，我曾经有一段时间情绪非常沮丧。这个情况被海南的师兄知道了。没过几天，我就接到他寄给我的一封信。我很奇怪，那时候没有 E-mail，也没有手机，大家逢年过节会寄张贺卡写封信，但平时都是不通信的，为什么非年非节给我写封信呢？我打开信封，抽出来是一张白纸，没有抬头没有落款，正中间只写了一行字：我什么都不怕，我带手电了。看到那句话时，我突然就明白了那次西北之行在我的生命之中到底留下了什么。

等到你们长大以后，也会知道这个世界有很多规则。人为什么会胆怯呢？很多时候人是被自己的知识和经验吓住了，被别人的传闻吓住了，我们就收敛了那种年轻的近乎荒唐的青春梦想，开始学着去适应。我知道了这个社会的沙漠中会有很冷的降温，会有狼，会有沙丘的平移，也会起沙尘暴，我就开始胆怯，自己的心怕冷，也就输给了自己。我当年闯沙漠的时候，是年轻到近乎荒唐和无知的，但是，无知也是一种无畏的勇气，仅仅是为了一个青春的梦想，就可以去闯过一切，带着手电就闯沙漠。多年之后，到我的师兄给我写那封信的时候，我才明白当年最没用的那只手电，却是我生命中最重要的道具之一。因为它的光芒洞穿了世界上种种的坎坷、困顿，从少年时代一直照耀到我成年的时候，让我知道不用怕，你自己有手电，你的生命有光芒，你的青春有梦想，你要去赴一个约定，那你就勇敢地往前走吧。

大西北，对你们许多同学来讲是故乡，但对我来讲它是一种深深的情结。苏东坡曾经说过一句话，"此心安处是我乡"，说一个人心能够安定的地方就叫做家乡。我们的心都渴望自由与飞扬，但是在城市中我们到处都会碰到有形或者无形的壁垒。我们多么希望有这样的大漠长空，让我们的心为了梦想去勇敢地飞扬。勇敢对一个年轻人来讲是多么重要！因为生命如同写诗，绚烂之极才能归于平淡。当你根本就不曾绚烂过，直接就平淡下去，就会归入平庸。想要拒绝平庸，不要怕年轻时的绚烂。每一个人在自己不同的年龄段都会有缺点。但是对于20岁来讲，鲁莽一点，没有经验，过分的勇敢，这都不是致命的缺点。最致命的缺点就是过早地陷入一种世故、冷漠、玩世不恭，对这个世界上一切的悲欢、爱恨情仇，都无动于衷，嘴角挂着一丝冷冷的笑意，事不关己，高高挂起，这对于青春来讲，是致命的硬伤。你觉得你可以逃离伤害吗？那么你同样远离了生命的感动：你以为你可以少很多麻烦吗？那么你也失掉了很多性情朋友。什么是年轻？什么是我们大学里的大？那就是你的生命很澎湃，你要在这样一种大风景、大气场、大历史、大文化中铸就自己的大人格和大情怀。

我一直都喜欢西部的秋色，尤其是喀纳斯梅利的秋景。去喀纳斯时，同行的人一直和我聊天，问我为什么喜欢秋天胜过喜欢春天。我说，因为春天的花朵都是草本的，它顶多让这个大地变得华丽；但是秋天的树木是木本的，你看新疆的秋色，就是把一树一树的树叶全都燃烧起来，招摇成为硕大的花朵。我们到喀纳斯看看，那些明黄的、苍绿的、嫣红的叶子铺天盖地，装点群山，花朵有这种力量吗？木本的植物更高大，扎根更深，所以秋天的力量更磅礴，更丰满。年轻是什么？就是站在春天里，眺望秋色的时候，想要自己秋天的时候有那么丰美的生命，自己的根就要扎得很深，要让自己有这么大的气场。

孟子说："我善养吾浩然之气。"人的成长需要养气，因为这个天地之间有一股正气。《庄子》里有一句话："独与天地精神往来。"你相信天和地是有精神的吗？如果我们每天只关注眼前的一科考试，要背的三道题，长大后一份工作的薪水，工作以后往上提的职称，跟恋人拌嘴了，再长大为人父母，为人父母后孩子的成绩又不好了……如果一辈子只有这些事情，你就没有时间去关注天地精神。什么叫做"独与天地精神往来"？就是我们生也有涯，但是一颗心却能够磅礴万物，能够做到天地与我共生，万物与我合一。

一个人光读书，读来的是知识，你想让它成为智慧吗？那你就要从养气开始。我们都听说过一个词：才气纵横。什么叫才气？才华要靠气托起来，才能飞扬灵动起来。才子要没有了气场，光是一个死才华，就不能被称为才子。所以人要去养浩然之气。天地的正气、生命的英气、责任的担当，都要靠一股气托着。没了气，我光学知识不行吗？台湾的星云大师在与我闲聊的时候，曾说过一个特别形象的比喻。他说："知识这东西本来也挺好，可是知识要是老学却不消化，那知识也会生病的，你们想想知识的'知'加一个病字头，是什么啊？你看这世界上的痴男怨女，都是念书念多了，人家那些不念书的人啊，他还没有那么多忧愁。"为什么我喜欢在新疆边边角角的地方去走一走，就是因为我喜欢看见那些原生态的生活。人家高兴了就唱歌跳舞，不高兴可以喝酒大睡，喜欢的人就到一起，不喜欢大家就分手了。大学里不缺知识，但是知识不是一切，它如果不能成为我们生命的一种智慧，那么人脑拼得过电脑吗，你能跟电脑拼内存吗，你检索知识的速度能比得上电脑吗？所以，知识并不是念大学的目的。念大学是要养气的，要让一个人在这个世界上有所担当。

这个时代，有很多不如意之处。但是品头论足、指手画脚，世界就能改变吗？这个世界除了批评之外，更需要一批有信念、有力量的实践者。什么叫做"文而化之"？"文而化之"首先就需要一批有担当有行动力的知识分子，他们就产生在在座的各位中间。要有人用自己的信念和努力，以一种乐观的态度去改变这个不如意的现实。指手画脚是容易的，但现实不会因为你的讨厌而改变。你不养气怎能去做事呢？这就是中国文化给我们的启示。

中国人讲究破万卷书，还要行万里路。我从小就喜欢到处走，在来你们学校之前，我还去了一趟喀纳斯。我从来就没有放弃过走到世界所有地方的可能性，因为人是在这些地方酝酿自己的见识，看见不同的生命坐标。

到喀纳斯的时候，我曾经爬到了禾木镇的山顶往下拍禾木的晨雾，在山顶上透过红色、黄色的丛林，去拍禾木镇袅袅升起的炊烟，那个时刻我充满了感动，因为我看见一户两户人家的炊烟升起来了，渐渐地十户八户炊烟升起来了，渐渐地，图瓦人的炊烟连成了一层薄薄的晨雾，衬着那些姹紫嫣红的朝霞，飘拂在禾木镇宁静的上空。牛出来了，羊出来了，那些牛步履从容，老牛带着小牛；那个肥硕的大尾巴绵羊摇摇晃晃地往外走，一切都出来了。那一刻我就在想，我在北京每天这个时候会看见什么呢？会看见二环路堵车了，三环路堵车了，每条路上堵的都是西装革履等待上班的人们，人们堵在路上就觉得很愤怒，就觉得自己的时间耽误了很可惜。于是，伸出头来骂的也有，拍着车门叫的也有，不停按喇叭的也有。这一幕是太多太多大都市的生活，但是在禾木你能够看到什么呢？禾木这个地方真和睦，你能够看见有那么多的牛羊、植物在分享着这个世界，有那么多的炊烟，有那么多的生命。

我去过很多地方，经常会有当地的人介绍说，你去参观一下我们的遗址吧！你去看一看我们什么地方的化石吧！那也很重要，我当然也会去看，但是我不会有这么深的感动。人心的感动的确与生命相关，只有这些炊烟底下忙碌的人家，只有那些漫步山野的牛羊，只有那些蓬勃的姹紫嫣红的植物，在提醒我们世界上不仅仅是我们这些都市忙碌的人唯我独尊，还有这么多的生命在跟我们分享，我们因为这个世界的平等、宁静和丰富多彩而心生敬意。

大家知道《礼记》里有这样一句话："地载万物，天垂象。"一切生命都在大地承载着，但天象也在跟大地相呼应，人们是"取材于地，取法于天"。我们的衣食住行是取材于地，特别是在秋天，可是天空的法则告诉你"人法地，地法天，天法道，道法自然"。再好的东西不能穷奢极欲，不能坐吃山空，不能斩断它可持续发展的链条，必定"留得青山在"，你的子孙才能有柴烧，我们要"取法于天"，来节制地"取材于地"。《礼记》里最后说了这样一句话，"是以尊天而亲地也"。"尊天亲地"这四个字是一种基本的感情，就是尊敬苍天，亲近大地，对天要有敬畏之心，对地要有爱护之情，敬天我们才会尊重规律，爱地我们才会保护地球，《礼记》那个时代不知道什么叫低碳，也不知道什么是环保，但是它说出了中国人的一种可持续发展的朴素观念。

今天这个时代，是一个科技空前发展的时代，你能想到的事，现在都发明出来了，但这就是一切吗？文明是一把双刃剑，一方面，我们在文明中获得了巨大的享受，另一方面，文明也助长了我们的狂妄之心。我们现在对天地山川还有多少敬畏？我们对长辈、对文化还有多少尊崇？如果说这样一种敬重之心凋谢了，我们就失去了真正的发展。曾经有本地朋友问我：为什么喜欢新疆？我说我在这里可以看到三个层次的"不污染"。第一个层次，这里的风物环境还没有被污染，还没有枯竭，因为我昨天下午看到了天池，我很高兴天池和我二十几年前来的时候还是一样，晶莹剔透，自然环境仍然是生机勃勃的。第二个层次，就是这儿的生活也不污染，大盆的鱼、大盆的肉就这么原汁原味地用白水炖出来，仍然是喷香喷香的。你们知道在北京烤肉的话那上面浓油赤酱，要撒多少佐料，只有在新疆才能吃到原味的烤肉，不撒辣椒，不撒孜然，甚至也没有多少盐，但是它就是那么香，为什么呢？就是因为这个地方的东西不污染。今天中国的食品安全令人堪忧，但是在新疆仍然保持着一种不太受污染的生活。第三个层次，在自然风光和社会生活之后，最让我着迷的是新疆的人心不受污染，在这里接人待物那种豪爽、热情、透明、天真一如既往。我一直都记得二十多年前第一次来新疆的时候，坐了好长时间火车终于到了库尔勒，我们身上带的那点钱，只能住在一个极其简陋的小招待所，招待所里有一个圆圆脸、大眼睛、很漂亮的维吾尔族女服务员叫阿依古丽。阿依古丽跟我们这帮穷学生聊天时，特别豪爽地说："我明天倒休，我带你们去我家吧。"第二天她果真带我们去了。她家其实是一户很简单的人家，但墙上挂着漂亮的壁毯，地上铺着红红的地毯，那是我第一次喝到砖茶，是阿依古丽在她家给我泡的粗枝大叶、味道浓浓的砖茶。我现在仍然记得当年茶的味道和那种温暖的人情味。她在家里给我们唱歌，临走时我们都恋恋不舍。

走到今天，我再来到这里，仍然能够看见这里的人心和世相。我在北京也常常想起这一幕，北京往往是一些家庭很有背景的人，才请别人去他家别墅看一看，会说"看看我收藏的字画"，"我收了几件瓷器，去我那坐一坐，在我们家开个冷餐会"。北京似乎没有哪个服务员会豪迈地对一帮穷学生说："我倒休，我带你们去我家。"北京的茶现在越喝越讲究了，从明前龙井一直到昂贵的大红袍，还有收藏上百年的陈年普洱，但是我很怀念当年那种粗枝大叶的砖茶，因为那种味道是能够直入人心的，只有那种茶才能二十几年还在你心里留下一种回荡。我多希望新疆这个地方的不受污染在人心可以一直恒久。人心不污染，我们的生活方式、食物才能不污染；人心不污染，我们的自然环境才能不污染。人心要是一污染，一切都会跟着变的。你们在的这个地方是我心中的一块净土。

网上现在流传的一句话："我们每个人生下来本来都是原创，可我们活着活着就活成了盗版，还有好多人最后活成了山寨版。"为什么呢？就因为我们有偶像，老想成为别人，最后把自己活成了盗版。我们能不能让自己的一生成为精彩的原创，不可替代，那就要看你走过了千山万水之后，还能否走进自己的内心。我们的眼睛、耳朵都是往外长的，所以我们都习惯往外看，我们有没有那种能力去反观内心呢？你要是没有反观内心的力量，文化是没用的。

　　为什么我们要阅读经典？其实阅读是一种心灵的感悟。中国人本来是非常讲究心灵生活的，中国字的心字旁、竖心旁和心字底，都很有意味。现代人认为，思想是头脑的事，但是"有所思在心田"，所谓的想就是心相而生，你想什么，你心里就有什么，所以心相为想。我们说感恩，什么叫恩情，恩情是因心而起的，不发自内心怎能有恩德呢？我们说慈悲，现在老说慈善要看有多少善款，其实善行是慈悲心决定的，没有慈悲的那两颗心只有钱管什么用呢？一个人做错了不能不反省。最有意思的是，中国人说"这个孩子懒惰"，他不会认为这个"懒"是肢体的行为，"懒""惰"都是竖心旁，一个人的心懒，他的肢体才不活动，心要是很勤快，他就能动。中国人把一切事情都归乎于心，中国人过去是特别重视心灵生活的，而且这一颗心也不是今天西方解剖学说的跳动的心脏。中国人的可爱，是用五脏六腑来参与心灵的活动。老百姓夸一个人有学问，会说"一肚子学问"；文人比较文雅，互相恭维说"满腹经纶"，说白了不还是一肚子学问！一个人的真话、好话，又叫"肺腑之言"。要按照西方医学，那肺腑是管呼吸的，怎么管真诚呢？肠子，中国人不认为那只是管消化的，要是想一个人、为一件事伤心，就可以"肝肠寸断"，一个人后悔可以"肠子都悔青了"。中国人是用五脏六腑来支撑一颗心的，多么真诚的心啊！

　　人生的成长是什么呢？就是意志越来越坚强，心灵越来越柔软，用坚强的意志去闯过坎坷、艰难，勇往直前，带着一颗柔软的心去感知爱、感知美、感知慈悲，感知让你心动的蓝天、碧水和鲜花。这样生命才有反差，反差越大，你拥有的生命越有宽度。有句谚语说得好，"人不能决定生命的长度，但可以决定生命的宽度"。想想看，人再怎么保养，还是很少有人能活过 100 岁。如果我们把生命比作水流，那么你的水容量到底是决定于河流的长度还是决定于宽度呢？你一辈子是把自己活成一条窄窄的小溪，还是活成一条宽敞的大河？宽度永远在自己的手中，这就是生命的含义。

为什么我们要谈中国文化？文化是用来修养身心的。文化就是在山长水阔之间，我们给自己建立的生命的气场以及担当的责任，我们对生命的那种自豪、我们对规则的认可以及我们执行的能力。

新疆有很多歌舞、很多传奇的故事。追溯到汉唐的时代，大西北有北庭都护府、安西都护府，那么早的时候，我们这里就有那么多的传奇守着这片疆土。它是个什么地方，新疆这个"疆"，你看左侧弯弓守土，有一张大弓守住弓里的土地，右侧就是我们的三山夹两盆。这个字的形态，可以给你多少文化的想象！

同学们可以想想，为什么学校要开"昆仑名师讲坛"？其实就是给大家一种昆仑山的高度，去看这个世界。从山间到盆地，这个巨大的落差中，不是空寂的，它是有生命的，它有太多太多人共同谱写的传奇。这就是为什么人年轻时需要登山的缘故。孔子曾说："登东山而小鲁，登泰山而小天下。"孔子正是因为登上东山，才看到原来生活的鲁国也不大；再往高处，登上了泰山往下一看，原来天下也不大。一个人站在多高的高度，就能有多大的眼界。大学就是让你的生命不断登山，拥有一个非凡的格局，拥有一个超群的高度，拥有一种开阔的信念，拥有一种雄厚的担当，这就是大学的使命。文化就是一种助长剂，就是让这一切更圆润地融入你的生命。

中国的文化源头是儒道释，这三家在上千年的碰撞之中有融合，也有分工。儒家负责让我们了解每个人和社会、他人的关系，道家让我们了解个人和宇宙、自然之间的关系，而佛家是教我们同自我、心灵之间建立的这种关系。你想想，每个人都要先进入社会，像儒家那样去做个圣贤；每个人都要维护宇宙自然，那就用道家那种心态与天地精神共往来；每个人内心都要确立自我，像佛家那样学会与心灵的对话。中国人讲究悟禅，就是觉悟自己的内心。觉悟是佛教用语，觉字下面是"见"，"悟"字是竖心旁、一个吾，觉悟就是见我心。真正的觉悟不是看外在的标准，被人管理或服从规则，真正的觉悟是有能力看得见自己的内心。儒道释是相通的，相通在这颗心上。儒家讲的"仁"，就是要自我反省，将心比心，"君子日三省乎己"，一个人要反省，反省什么？《论语》里说"为人谋，而不忠乎"，就是说你在社会上谋个差事，就要问问自己有没有不忠诚的地方？第二句话叫"与朋友交而不信乎"，跟朋友交往有没有不守信用的地方？第三句话叫"传不习乎"，是不是通过学习把外在的知识转化成了自己的经验？

这三句话，我们今天还需要反省吗？我们试着做一个语境的转化，来看看今天这个时代人有什么困惑。今天的时代节奏很快，每个人困惑的就是外在的选择和机遇都太多，而自己时间太少。每个人有多重生命角色，而且彼此不断地冲突着，不知道怎么分身。我们每一个人最少都有三重生命角色。第一重，你要在世界上安身立命，就得有个职业，不管长期的还是临时的，在职业角色中，有自己的一个身份，实现自我价值。职业需要我们不断地付出，很辛苦很劳累。第二重角色，每一个人都有一个伦理角色，家家户户都有自己的亲人、朋友，这就是伦理的角色。这也得操心，需要付出。第三重，每个人还都有一个自我角色，我们都有自己的爱好，一个自己的生活方式，爱安静的人可能喜欢品品茶、听听音乐，爱热闹的人，可能喜欢去看看风景、跟朋友聚会。但是每个人都只有一个自我。一天只有二十四小时，这么多重角色在抢夺着时间，时间给职业多了，家里人就怨声载道；家里跟职业都照顾了，自己的身体垮了，就没朋友了；老跟朋友去玩，职业业绩又上不去了。怎么样才能匹配好呢？中国古人教给我们一种智慧，就是凡事不要去求一个上限的标准，说"有多好，我有多大的一个梦想"，最好的状态是人在各项指标上守住底线，不失底线就能完成一个平衡。那么这三个角色的底线在哪里？我们不妨看一看《论语》里是怎么说的，"为人谋而不忠乎"，忠诚是我们职业的底线；"与朋友交而不信乎"，守信用是伦理的底线；"传不习乎"，一个人在外界的传播环境中，通过自我学习而不断提升更新自己，这是自己生命成长的底线。"日三省乎己"，就是要记住这三件事的底线。

今年是孔子诞辰 2562 年，《论语》讲的也都是两千多年以前的人和事。这么多年过去了，我们能不能转化语境，站在 21 世纪去解读呢？也就是说，如果我们能把这三点都看得和今天的生活相关，就真正解读了《论语》的内涵。孔子说的无非是在职业生涯中要尽忠，在伦理交往中要守信，在个人生命成长中要学习。记住这三点，我们守住的就是生命的底线

我们怎么样能够从古老的文化里找到自己的定位呢？其实非常简单。大家都知道，儒家文化是讲究仁爱的，"仁"字是单立人、一个二字，特别简单，可是这个字在《论语》中出现 190 多次，是最重要的一个字。这四个笔画里藏了一个密码，你仔细看看，这叫二人成仁。所谓仁爱就是每两两之间的人际关系都能处理得很好，这就叫做仁爱，这就叫做"二人成仁"。什么是两两关系？在家里，父子之间，母女之间；长大以后，同学之间，恋人之间；工作以后，跟上级之间，下级之间；这都是两两关系。什么叫做仁爱之心？就是眼前人、身边事当下就做，把所有的两两关系尽可能协调好。你说仁爱这个标准，说高也高，说简单也简单。孔子说仁爱就是"己欲立而立人，己欲达而达人"。"己"就是自己，"己欲立"，大家辛苦地学习、工作，不就是为了要把自己的价值立起来吗？自己这么想立，别人也这么想立起来，所以就有竞争！能不能在立己的时候搭一把手把别人也立起来呢？这就叫"己欲立而立人"。立住了以后大家就想发达，所以第二句话就叫做"己欲达而达人"。我想发达，别人也想发达，我再搭把手帮一把别人一起发达。第三句话说得很有意思，叫"能近取诸譬，

可谓仁之方也已","能近取譬",就是说跟你最近的人将心比心,换位思考。"可谓仁之方也已",可以说这就叫仁爱的方法。仁爱是多难的事情吗?你能做到将心比心吗?

现在读大一、大二的同学,可能都是90后,即使现在上硕士上博士的也都是80年代后出生的,甚至是80年代晚期出生的。这时候长大的孩子,很多人都是独生子女,从小可能很少有分享和分担的环境,上了大学以后,不管是生活习惯、学习习惯,都容易出现冲突。那我们向古典文化学什么呢?学一种思维方法。比如说将心比心这件事,孔子说法叫"恕",到了宋代朱熹在注《论语》时,给"恕"字做了特别好的拆解,叫"如心为恕"——人为什么会宽容,就是学着换位思考,当他人心如我心,换位去想的时候,自然就觉得宽容一些。比如说大家生长在新疆,如果你现在要去苏杭看一看,你就会觉得那儿的思维方式、生活方式跟新疆有着天壤之别。每个人都是在自己的文化坐标中长大的,交往中都少不了有些磕磕碰碰、摩擦冲突,除了极少数是故意的、恶意的冒犯,我相信绝大多数可能都是个误会。我读博士的时候,外教是一个华裔美国女孩,很活泼,年龄比我们还小,教我们口语,她一句中国话都不会说,每天醒来了就跟我们聊,过年的时候,大家开联欢会,班长就去问她:"老师,我们要开联欢会了,你跟我们一起玩嘛!"小老师可高兴了:"好啊,好啊,我跟你们一起玩!"我们班长是一个在职的博士,是一个老大哥,三十多岁了,戴着眼镜,非常认真,就拿着纸,挨个儿问我们每个人:"你出个什么节目?是唱歌还是跳舞?我给你排在第四个还是第五个?"排到最后去找小老师说:"老师,你看你出个什么节目?我给你排在什么位置?要不要放在最后?"小老师看着他,一会儿脸涨得通红,突然之间发怒了:"我不参加了,你们告诉我是联欢,大家应该即兴上台,你怎么弄出这么一个东西来约束我?你现在就知道我表演什么,那我还没有演呢,你先问我什么位置上去,我高兴我就上去啊，你凭什么来这么问我啊!"我们班长就磕磕巴巴地说："你怎么了？你怎么了？"这一幕过去了很多年，我一直印象很深。这里面没有谁是恶意的，这就是差异，生活方式的差异。中国的学生，都是看着春晚长大的，我们太习惯节目单这个东西了，美国又没有春晚，他们那种即兴联欢，哪习惯拿这么一个东西呢？这就是文化的差异，你觉得中国和美国文化差异大，你以为乌鲁木齐和杭州差异不大吗？你的此刻都带着你全部的历史，一个人一定是在历史的所有生活习惯中铸就了他的今天。

向中国文化学什么呢？学一学儒家所提倡的"将心比心"。朱熹说"如心为恕"，他还说"推己为恕"，把自己的心推到别人的身上。中国人把好的心情推到别人身上，这叫"老吾老以及人之老，幼吾幼以及人之幼"，我对自己家老小好，我就对别人家也好。要是不好的事，也要推己及人，所谓"己所不欲勿施于人"。你不喜欢的事，别人一定也不喜欢，这就是将心比心。

你们可能会觉得中国文化好难，卷帙浩繁，可是你要把它还原在当下，就能感觉到很有一些行为的机智。中国儒道释这些经典，操作性非常强。比如说"仁"字，一个人问孔子，什么叫"仁"？老师说"爱人"，好好地发自内心去爱别人，这就叫"仁"。此人又问怎么做才叫"仁"？孔子说给他五个操作原则，叫做恭、宽、信、敏、惠。我们今天来看看孔子给的这五条操作原则跟大家的生活有没有关联。

第一个字"恭"，是恭敬的"恭"，孔子说"恭则不侮"，就是说你想自己的生命不招来一些无端的羞辱，不招来一些摩擦冲突，你就先要毕恭毕敬地去对待别人，发自内心对人恭敬，你自己当然就会活得有尊严。这个道理听着简单，做起来难。每个人都觉得自己重要，越强调自我中心的人，越容易和别人有冲突。恭敬这种事，是"内敬"决定了"外恭"，内心能体会别人的不容易，对人要有一份体谅和恭敬，自己行为就能随和很多。保持尊严最好的方式不是剑拔弩张，而是生命谦和。一个大学里面有一个流传很广的真实故事。大概是十几年前，在北京大学，有一个考上大学的小伙子，在金秋九月去报到。天很热，小伙子扛着行李进去，到处都找不到报到的地方，迎面看见过来一个穿着中山装瘦瘦的老校工模样的老人，小伙子咣当把行李往那儿一搁，说："老头儿，帮我看会儿行李。"老人说："好。"他就走了，找了一大圈找到了报到的地方，跑回来扛起行李走了。他发现周围的人都对他侧目而视，那老人就在那儿认认真真地给他看了半天。有人跑上来跟他说了一句话："你知道刚才给你看行李的是谁吗？那是季羡林先生。"这个故事一直让我在想什么叫做身教胜于言传。看看季先生这样一位大家，这样一位学术泰斗，站在暴晒的太阳底下给一个不懂事的孩子看了半天李，大家就不尊敬他了吗？相反，大家更尊敬他的人格，而他也真正教育了新入学的学生。所以大家要知道，生命的陶冶不在于遇到一点事情就剑拔弩张，而是有一种谦和的力量；它是一种柔韧的力量，不是那种硬对硬的直冲；它确保你的生命有尊严。对别人恭敬一点，发自内心地对人有一种善意，它就能让你一直带着这种尊严行走一世，这就是第一个字"恭"字，叫"恭则不侮"。

第二个字是宽容的"宽"。孔子说"宽则得众"，谁对别人宽容，谁就能得到众人的拥戴。大家都知道宽容是种美德，什么是宽容呢？有时候我想宽容，应该是先宽而后乃容，我理解这是两个阶段，没事的时候先把自己养宽，等有事来的时候自然能容得下。一个平时活得鼠目寸光、斤斤计较、小肚鸡肠的人，一开始就活得窄，怎么可能容呢？平时养宽是一个过程，遇事能容是一个结果。平时不宽，遇事肯定不能容。所谓"宽"，不在乎现在你住多少平米的房子，而是一种看人的态度。大家可能听说过苏东坡参禅的故事。他的一个好朋友佛印平时一直参禅，是一个出家人。俩人一起打坐，苏东坡累了以后就睁眼问佛印："你看我像什么呀？"佛印睁眼说："你端端正正坐着，像尊佛。"苏东坡哈哈大笑:"你看你个大胖子,穿着一身黄袍子,往那一堆,我一看你就一摊烂牛粪。"说完了觉得占便宜了,回家就跟自己的才女妹妹苏小妹炫耀说:"我今天占大便宜了,佛印说我像尊佛,我说他就一摊臭牛粪。"苏小妹一听就冷笑:"就你这悟性还参禅呢!你没听佛家讲'身似菩提树,心如明镜台'。所谓明心见性,就是说我们的心是一面镜子,人心里面装着什么,折射到眼睛里就能看到什么。佛印说你像尊佛,你看看你自己,你不就是个凡夫俗子么,人家凭什么说你像佛呀?就是人家修炼得特别好,慈悲、包容、看人的优点,所以他看每一个凡夫俗子都慈眉善目。这个境界就叫人人是佛。你可倒好,参了半天的禅,一睁眼看人是牛粪,你说你心里边到底装的都是些什么呀?"现在我们的生活水平虽然提高了,但是看谁都是牛粪的人却越来越多了。总有那种挑剔的、苛刻的、指手画脚的、眼里不容沙子的人,貌似他生活水准特别高。这种人朋友很少。一个人真正高的生活水准,跟他对世界的爱与包容是有关的。当然,我们要强调一点,包容不是没有原则的。把古典原则拿到今天来看,所有的公民生活在两条线的系统之间。低的一条是以法律为核心的制度系统,高的一条是以伦理为核心的道德系统。我们遇到的动车事件、食品安全、农民工生命权利以及教育权利的保障等等,能用道德说话吗?这不能完全靠宽容去现身说法,一定要去找制度,要找法律,来保障每个公民的公平与安全。在确保了底线之后,人际的小摩擦靠修养、靠我们的宽容、靠我们的道德。如果没有了底线,一切都靠包容,是非常可怕的。孔子当年也不赞成没有条件的宽容。有个学生问他:"以德报怨,何如?"意思是我老用美德去包容,怎么样,我做得不错吧?结果老师反问了一句话:"以德报怨,何以报德?"别人老伤害你,那么多不公正,你还老去包容,等到你遍体鳞伤,再有美好对你的时候,你还剩下什么去回报啊?那学生一听不知道怎么办了。孔子给出了八个字的答案:"以直报怨,以德报德。"这八个字说得多好啊！"直"就是正直的直。正直其实就是一种法律，一种准绳。有一个词叫"绳之以法"，绳子是直的，以直抱怨就是能用法律，能用制度，能用一个简单正直的方式解决问题，去解决掉这个伤害和不公平。当别人给你美好的时候，你就同样地反馈。为什么今天要大家重读经典，有人很困惑，那些东西不都是封建的糟粕，都过时了吗？但其实这里面有很多被我们误读了，我们很多人都会觉得以德报怨是好事，儒家肯定提倡。你没有想到孔子当年的不提倡吧？所以宽容是有底线的，特别是要站在今天的角度去解读。

第三个字是守信用的"信"。他说"信则人任焉"，就今天的话来讲，谁守信用，别人就不断地任用他、任命他，他的职业生涯就一定比别人好。《论语》从来不说空话，不说守信用是做人的道德底线，他说守信用别人才用你，这就是一句实话。现在我们在学校里都很看重专业成绩，都看谁能拿到一等奖学金、谁是三好生，这些是很重要，但更重要的一个不在评估体系之内的标准，就是你这个人有诚信。老百姓的话叫"金碑、银碑、不如口碑"。学习成绩，哪怕挂科了还能补考，你哪个没有学好的话，还能提升；口碑这件事，你砸一回试试！就再也没有人找你了。所以，在大学里还要看到一点，学习不是唯一的。有时候我真是看见过，那种学习尖子害怕挑战就一直念书。有个学生来找我说："老师，你今年招硕士不？我考你硕士。"我说："好啊！你要学哪个方向？"他说："哪个方向都无所谓，其实我就是不想工作。我想继续念硕士。"念完了之后，又说："工作环境太险恶了，老师今年招博士吗？我考博士。"博士读完了，我就说："你博士以后还准备干嘛？你还不出去吗？"大学不是避风港，学以致用，学习是为了让你的生命更坚强，走到社会去担当，你不能老躲着！光学习死知识没用的，你得去用。在用这一点上，信用就很重要。我经常跟以前当班主任时带的班级里的学生聊天，他们都毕业十多年了，回来都是三十好几岁了，都在各个重要的岗位上了。我跟他们开玩笑说:"我发现一个特点,就是工作年头长了呀,学习委员的工作普遍不如生活委员好。"学习委员在学校的时候成绩都特别好,因为学习委员他要负责成绩,他甚至比班长成绩都好;生活委员一般成绩都比学习委员差十几名,但他每天张罗着发饭票、打扫卫生、组织春游,就好像学习委员"智商高",生活委员"情商高"。生活委员千万不能跟任何人不守信用。虽然上大学的时候生活委员成绩不一定很好,但他出去以后跟人打交道,融合和承诺责任的能力反而比较高。所以,"信则人任焉",古圣先贤告诉我们的都是实话,我们也得把它用在生活里。这个"信"字,我们站在2011年回望过去,会觉得特别意味深长。21世纪第二个十年开启之后,"3·15"晚会全面曝光了我们的食品安全问题,接着红十字会的信用遭到强烈质疑,动车追尾事件出现了,到现在在追查地沟油,各式各样的事情爆发出来,可以说2011年我们真正遭遇了诚信危机,我们都在追问个人与机构真正的诚信在哪里。我们是可以向传统要答案的,你去看一看孔子的时代是怎么说诚信的。学生子贡有一次去问他:"老师,给我讲一讲怎么才能做好政治?"孔子就说了三条:"足兵,足食,民信之矣"。做好政治这件事很简单,只需要三个条件。第一是"足兵",有充足的国家机器,有兵力的保障;第二是"足食",有丰厚的物质基础,要有衣食住行的保障;第三条叫"民信之",公民个人之间有信誉,彼此之间有信任,对社会有信仰,这都叫"信"。有这三条就可以了,政治就能做好。答案就这么简单。子贡还刁难他的老师说:"此其三必去其一。""去兵",那我们就不要国家机器了。接着说:"此其二必去其一,去何?"老师说:"去食",那物质基础也可以不要了。接着孔子说了一句话,这是一句振聋发聩的话,"自古皆有死,民无信不立"。没兵力没粮食,人大不了一死,自古而今谁能躲过一死?但是要没有这个"信"字,国民将无法凝聚,这叫"民无信不立"。"昆仑名师讲坛"为什么一定要讲一讲中国文化?就是因为文化对于我们来说不是锦上添花，不是茶余饭后的谈资，她是重建我们核心价值体系的力量之源，我们向古典要答案，能够让我们今天做一个中国人的时候更加从容，内心更加坚强，这就是"民无信不立"。

第四个字是"敏锐"的"敏"。孔子说"敏则有功"，谁敏锐谁才能真正建功立业。"敏"就是一种大智慧，绝不是小聪明，不是说顺风顺水的时候我们用点小技巧就叫敏锐。敏锐是一种眼光，更是一种判断。大家以后都是要去找工作的，我们都知道工作太难找了，社会上就业的机会太少了。什么人能找到最好的岗位呢？用一点敏锐。用什么样的敏锐呢？有一个大的电信公司招聘一个特别简单的蓝领技术工种，需要会用莫尔斯密电码发报，应聘的人挺多，都被带进一个特别喧嚣嘈杂的大房间。因为是一家电信公司，滴滴答答的电报声往来穿梭，他们就被安排在靠墙的两排长椅上坐下，被告知对面有一个小门，他们的面试就在小门里进行。可是已经过了一小时了，也没人叫他们，他们的头都蒙蒙的，听着电波声喧嚣得不得了。这时候跑来一个刚看了广告的小伙子，他都没有位子，就在旁边站着。站了一小会儿，突然就笔直地向那个小门走去，进去待了十几分钟。这时人力资源总监带着这个小伙子出来，跟大家说："对不起，你们都可以回去了，这个职位已经是他的了。"大家心里极不平衡，都说："我们又没有迟到，一直毕恭毕敬在这儿等着，是你们不叫我们，等得头都要炸了，为什么职位给他了？"人力资源总监就说出了一个秘密："从你们坐在这儿的那一刻起，我的考试一直在进行，你们听这儿有很多种密码声往来穿梭，其中有一种莫尔斯密码，在持续发着一样的话，'如果你听得懂这种密码，请你走进小门'，这句话我都发了一个小时了，你们谁都没进来，只有最后这个小伙子说听懂了这个密码。"人力资源总监又说："你们既然敢来这里应聘，我相信每个人都懂莫尔斯密码。你们没进来，是因为把这一切当成噪音，你们习惯了坐在那里等待指令。但是我们这个大公司需要的是一个在嘈杂喧嚣的环境中用心捕捉有效信息的人才,绝不仅仅是一个发报员。"大家都知道工作难找,但是我们这个世界上有无数的密码,我们能从密码中捕捉到有效信息吗?一个大学生真正好的心态是不怨天尤人,从自己身上去找机会,如果老说这个世界怎么没给我机会,你会发现机会越来越少。谁能建功立业呢?只有你自己能够"敏则有功"。

第五个字是"惠"字,叫做"惠则足以使人"。有恩惠之心就足以调动别人的积极性,这话有点像在说学生干部。"恩惠"这两个字,又是心字底,我们都知道小恩小惠是有人发个红包、给点福利,但是这两字都是心字旁,说明恩惠花钱是不好使的,还得用心。怎么用心呢,希望我们的学生干部都明白,要用心发现别人的优点。上学期间,大家彼此之间功利的冲突是最少的,真到了工作单位的时候,人和人之间会存在着千丝万缕、不可摆脱的冲突。要是你在上学时都没学会发现别人的优点,那到了社会上将会看谁都是"牛粪"。早发现别人的优点,就会看到每个人的不可替代性。这样的人以后才能够用得起人,别人也愿意给你做事。中国老百姓说"寸有所长,尺有所短",要相信每个人都有自己的才华。战国时期四公子养士,孟尝君养的那三千门客里面还有鸡鸣狗盗之徒,那些学鸡叫的钻狗洞的经常被那些饱读诗书的文人笑话、挤兑,说他们白吃饭。真到国家有难的时候,就发现饱读诗书的束手无策,而鸡鸣之徒深更半夜惟妙惟肖地学鸡叫,提前把城门给叫开了,主人就逃生了;狗盗之徒从狗洞进去把重要的狐裘偷出来了,才让孟尝君完成了外交任务。所以用一句经典的话说,"鸡鸣狗盗也是一种核心竞争力"。所谓核心竞争力,就是它的不可替代性、唯一性。我们可以拿不同的文凭,但不是说拿了博士文凭就有了核心竞争力。一个人要看到自己的核心竞争力,也要发现别人的核心竞争力。看每个人只看不同人的优点,这就是恩惠之心,你能鼓励别人,赞美别人,能跟别人交心,你还犯愁用不起别人吗?"惠则足以使人",这叫你的处世之道。

仁爱的"仁"字只有四画，孔子就说了五条，"恭、宽、信、敏、惠"，可以说是很有操作性。在很短的时间内，我不可能逐字逐句讲所有的经典，今天先告诉大家一个方法、一个心态。第一，就是破除对经典的成见，不要认为它就是很难的，它就是腐朽的，它对我们就是没用的，如果你用心去读，经典也是很简单的。第二，就是建立两个坐标，一个是时间的坐标，要把古典带到当下，带入今天的生活去解读，另外一个就是空间的坐标，要站在国际化的角度，把中国文化和其他文化比较，不要唯我独尊。多元文化的交流才是我们这个社会值得提倡的文明生态。空间坐标和时间坐标建立起来，你就有了理解经典的环境。第三，就是让经典与自己的生活有一些关联，你能读懂什么，对什么感兴趣就去读什么，别勉强；你说我就是喜欢道家的，那就去读道家的，你如果只能读懂儒家的就去读儒家的，也许佛家的离你很远，你看不上那些迷信的人，没关系。

我在你们这么大的时候，熬夜写东西酷爱喝咖啡，不爱喝茶，觉得茶味太淡。咖啡又浓又醇香，里面有方糖的甜、有咖啡的苦，还有牛奶的香，直到三十岁以后才爱上了茶，慢慢品味到了茶的滋味。茶是什么呢？我们来看一下"茶"字，从结构上看就是一个人生在草木之间。喝着一盏茶，一瞬间人就如归山林，坐在草木氤氲之间，感觉四季流光在你心中舒展。人为什么要回到草木间呢？中国人讲"沐春风而思飞扬，凌秋云而思浩荡"。春天万物都在生长，坐在草木之间你就能有蓬勃的生机，而秋天秋云碧丽，长风辽阔，思绪当然也会浩荡广大起来，这就是人在四季流光中的感受。中国人饮茶也是有讲究的。在春天、夏天，热气蒸腾燥火上升，中国人要喝不发酵的绿茶，要清心祛燥，一旦转向秋深，开始喝半发酵的乌龙茶，等到大雪封山很寒冷的时候，开始喝红茶，喝熟普洱，全熟的发酵茶，这样会在最萧瑟的季节给人一种从心里涌起的温暖，这就是人跟四时的关联。

读经典也是一样。你喜欢什么东西，是因为你生命跟它有了融合的可能了。就好比音乐，太小的时候我是听不了古琴的，觉得古琴有点悲凉，而且太萧瑟了，不丰富。我从上大学的时候到现在一直喜欢爵士乐，因为它那种灵光乍现的即兴让人永远激动不已。随着阅历的增长，开始慢慢能够进入到了古琴的境界中去，才知道，在这五弦之上能奏出山水之音。什么叫"巍巍兮志在高山，洋洋乎意在流水"，人不用心去听，能听出那里面的道理吗？陶渊明归隐田园的时候喜欢抚弄一把无弦琴，一喝多了就抱着那块木头给大家弹琴，谁都听不明白怎么回事，几百年后李太白写诗道："陶令去彭泽，茫然太古心。大音自成曲，但奏无弦琴。"一个人如果天籁和鸣都装在心中，就能做到"大音自成曲"，这就是世界上最好的音乐，"但奏无弦琴"，他还要琴弦做什么呢？因为他的心融进了天地的松风鸟林、溪水潺湲，这一切不都是音乐吗？他还用得着琴弦吗？这是听琴的尽兴。

我每写一本书，都是自己在某个成长阶段的感触。这次我的新书《趣品人生》开篇第一章叫"一山一水一世界"，是讲山水之游。我开始对大家说，光读万卷书是不够的，人不去亲山近水，怎么能够知道山水中的那些密码呢？怎能体会到我们生命之外可憧憬、可亲近的那些坐标呢？儒道释都是这个道理。儒家教个人与社会之间的关联，说了那么多道理。

那么道家教人什么呢？大家或许读过《逍遥游》的片段，《逍遥游》写的就是什么叫做"大"，庄子写"北冥有鱼，其名为鲲。鲲之大，不知几千里也。化而为鸟，其名为鹏。鹏之背，不知其几千里也。怒而飞，其翼若垂天之云。"你想想这个大鸟，它的翅膀有几千里，它翅膀张开就像天边的云彩一样遥远，"抟扶摇而上者九万里"，"背负青天，而莫之夭阏者，而后乃今将图南"。这是什么境界啊！有的时候读书是要读出来的，你们读一读这些诗篇，这些文章，你们就会觉得浩然之气从身体中澎湃而出。你想想那样的大鸟在九万里苍穹之上，青天在它的翅膀上，它在云气之间翱翔，没有任何力量能够阻挡它，它才能从北冥飞到南冥，超越人间沧海桑田。大和小永远是个相对值，你们看看那里头写的燕雀，你们熟悉吧？写的口吻多么惟妙惟肖啊，地下的一大堆小鸟，蜩、斥鴳等那些小鸟都纠结在一起指指点点。小鸟说，"我决起而飞，抢榆枋而止，时则不至，而控于地而已矣，奚以之九万里而南为？"意思是说，你以为就它会飞啊，咱也会飞啊，咱们一振翅膀有时候吧嗒一下撞上榆树叶子就掉地下了，有的时候连榆树叶子都碰不着，那怕什么？小鸟说我"翱翔蓬蒿之间，此亦飞之至也。而彼且奚适也？"你看小鸟的口气，说咱们也会翱翔，咱在蒿子秆里照样翱翔，看咱那飞翔的高度，就叫飞翔的极致，它那么大一个傻东西，它干嘛呢，真不理解。其实等你们长大了，就会知道在这个世界上总会有各种不理解。这个世界上永远都有麻雀不理解大鹏，但是不会有大鹏不了解麻雀，也没有哪个大鹏说急了，就非得扎进草窠子里去找麻雀打一架，然后接着飞。

什么是生命力量的超越，就是它高、它大。在年轻的时候，可以成长的时候把自己养大，以后你才不怕小事。你们现在正处在晒太阳长身体的时候，瓜果蔬菜随便吃点什么，钙就挺充足的。如果到了四五十岁，钙不足、骨质疏松，大把地吃钙片补得也不如你们现在。所以，不要等到自己的生命、人格有一天需要吃钙片了才去补，趁自己能蓬勃成长的时候，靠自己的骨骼尽可能让它扩大。《庄子》里有一个境界，叫做"乘物以游心"，是说在这个世界上学习、工作，所有这一切其实都像搭乘车马去某个目的地一样，我们都是穿越了物质生活，这就叫"乘物"。人这一辈子穿越所有的生活经历，只为唯一一个目标，就是两个字叫做"游心"。怎么样做到"心游万仞"，这是一种境界，要往这个境界上去走。道家给了我们很多丰富的营养，是因为它有宇宙坐标。庄子有一句话叫"天地有大美而不言，四时有明法而不议，万物有成理而不说"。天地最大的美是不言的，根本就不言说出来，我在喀纳斯的时候就深有此感。我站在禾木山顶的时候，我流连在喀纳斯湖边的时候，我在白哈巴哨卡的时候，我一遍一遍地讲"朝晖夕阴，气象万千"，神奇的光影勾勒着一片一片细碎的树叶，哗啦啦地在风中跳舞，所有颜色融合在一起，跌宕成一个乐章，光影一转的时候，柳暗花明，眼前突然又是一份不同的风景，这一切哪是一张照片、一幅油画概括得了的呢？天地的大美永远沉默地张开它的怀抱，只要你投入进去，它就将你接纳为它欢欣的孩子。每个人在自然面前都是一个赤子，你爱它，它一定爱你。它的爱亘古不变，只是我们这些狂妄的孩子太久没有回家了。你一次次的归来，只为了一次次的出发。再走到这个世界闯千难万险的时候，我们不积淀这种生命力量、我们不养气的话，我们用什么去对抗苍凉和不如意呢？这就是天地的大美无言。用这种眼光来看"四时有明法而不议"，春夏秋冬的流转，从来不曾改变，这是一种明明白白的法则，别老想着去改变它，遵循、顺应是最好的办法。最后一句说得更好，叫做"万物有成理而不说"，万事万物有它已成的道理，不必言说。在建立社会坐标之外，再建立一种更为辽阔的宇宙坐标，我们的心就打开了。

那么大家可能会说儒家、道家都挺好的，佛家不都是迷信吗？你要想一想，迷信是信的人自己有迷雾，那你能够正信吗？正信就会提出里面一些好的东西。佛家能够告诉我们什么？一个佛家弟子去问大师："你教我一个参禅的办法啊？"大师说："你回去吃饭睡觉。"小和尚说："谁不吃饭？谁不睡觉？这吃饭睡觉怎么能叫参禅呢？"师傅说："是，人人吃饭，绝大多数人挑肥拣瘦，吃的都不太痛快；人人睡觉，绝大多数人不是失眠就是做梦，睡得不太安稳。你就回去试着把每顿饭都吃得很香，把每宿觉都睡得很稳，那你就已经在参禅了。"你们说佛家离我们很远的，是这样吗？用一颗平常心，参一段生活禅，不必去烧香磕头，你也能建立觉悟，要用这样一种健康的、当下的、理性的方式看待文化。文化能怎样融会贯通，全在我们自己！站在今天，去看你的未来，它纵使有很多坎坷，但你想想，我现在能从文化中带走什么去跟它抗衡？我们再说一个佛家故事：有一座山上的庙里供着一尊花岗岩的石佛，雕得栩栩如生，善男信女特别喜欢它，每天香火不绝，都来朝拜。但没有人知道，从山脚通往山顶，一层一层走上来的台阶也是花岗岩的，而恰巧和这佛像产自同一块山石。这些台阶心理很不平衡，久而久之联合起来向佛像发难。台阶们怒气冲冲地说："你我本来都是一体的，现在你高高在上，被人膜拜，而我们就被大家踩在脚底下，你到底有什么了不起？"佛像心平气和地跟台阶说了一句话："兄弟们，你们才经过几刀，就有了今天的岗位，而我是千刀万剐，终以成佛啊。"我们大家记住这个故事，走到社会上不要抱怨这个社会给了你多少不如意的遭遇。日本有个说法叫"人生如竹"，生命像竹子一样，竹子闯过的关节跟它拥有的高度永远成正比。人闯多少关，就能长多高。

这就是我要给大家说的儒道释。只谈方法，不论这里面具体的、很多的解释。只给大家一个起点，但没有标准答案。中国文化的标准答案，在乎每个人的人性。

文化是什么？开始我就说了是文而化之。在大西北，在新疆这样一个英雄豪情与柔美浪漫并重的地方，我们还不能文而化之吗？我们把这个地方的风情文化跟中国的传统经验都融入到自己生命的时候，在大学完成一件大事，给自己生命一个大承诺，让自己有眼界、有胸怀、有担当、有道义。这样的一种大忠、大勇、大德、大义应该是在大学里培养起来。所有文化之间，只要一个人能够融会贯通，你就会发现它们都不冲突。你说西部的这种风情文化跟中国的传统经验就冲突吗？有些冲突是人为的一种隔阂。当你以生命作为载体的时候，这一切都融注到你的心里了。

我很喜欢苏东坡的词，"一点浩然气，千里快哉风"，这应该是中国人的素描像。所谓"一点浩然气"，指的是人安静的时候，心中有浩然正气，气宇轩昂；所谓"千里快哉风"，是人动起来，在行动的时候，快意人生，驰走千里。我们不要在静的时候嘀嘀咕咕，动的时候拖泥带水。怎样才能做一个静含一点浩然气、动如千里快哉风的中国人呢？得靠文化入心、入怀，滋养生命。

儒道释融合在一个人的生命之中之后，它能给我们什么承诺呢？它不能改变地震、海啸、泥石流这些自然灾害，也不能拯救金融危机、诚信危机，文化是让我们面对这一切的时候，内心有一个信念，从我们自己开始，让不如意的现实一点一点变好。

文化最终的承诺是给我们每个人以生命。我曾经看到这样一个故事，说有一个年轻的小伙子不服自己的老酋长，他觉得老酋长太神奇，任何事情从来不出错，这怎么可能呢？他就想："我跟你打个赌，非让你错一次不可。"就抓了一只刚孵出来的小鸟，背在身后，胸有成竹地问老酋长："你说我手里的小鸟是生是死？"他想："如果你说小鸟是活的，我手指一捻，就掐死它；如果你说小鸟是死的，我手心一张它就飞了。"那个睿智的老人很宽容地一笑，说了一句话："生命就在你的手中。"我今天在这里以中国文化为引，把这句话送给大家："文化其实就在你的心中。"

今天坐在这个屋檐下的有很多是新疆师大的同学们，也有来自政府机关和各行各业的朋友，不管我们现在是20岁、40岁，还是60岁，我希望中国文化能够给每个人一个依据，不管面对一个如意或不如意的现实，不管面对未来多少有限年华，我们都能够活得从容不迫，都能够活得气宇轩昂，能够在这样的长天大地之间，确立一个文化人格的自我，有承诺，有担当。

现在我们的窗外是一片斑斓的秋色，风光正好，年华正好，让文化成全我们每个人的心，特别是同学们，让你们都能够从此刻出发，一生都能够经常想起：有文化在心，生命就在自己的手中。

祝福各位朋友！祝福新疆师大！

谢谢大家！